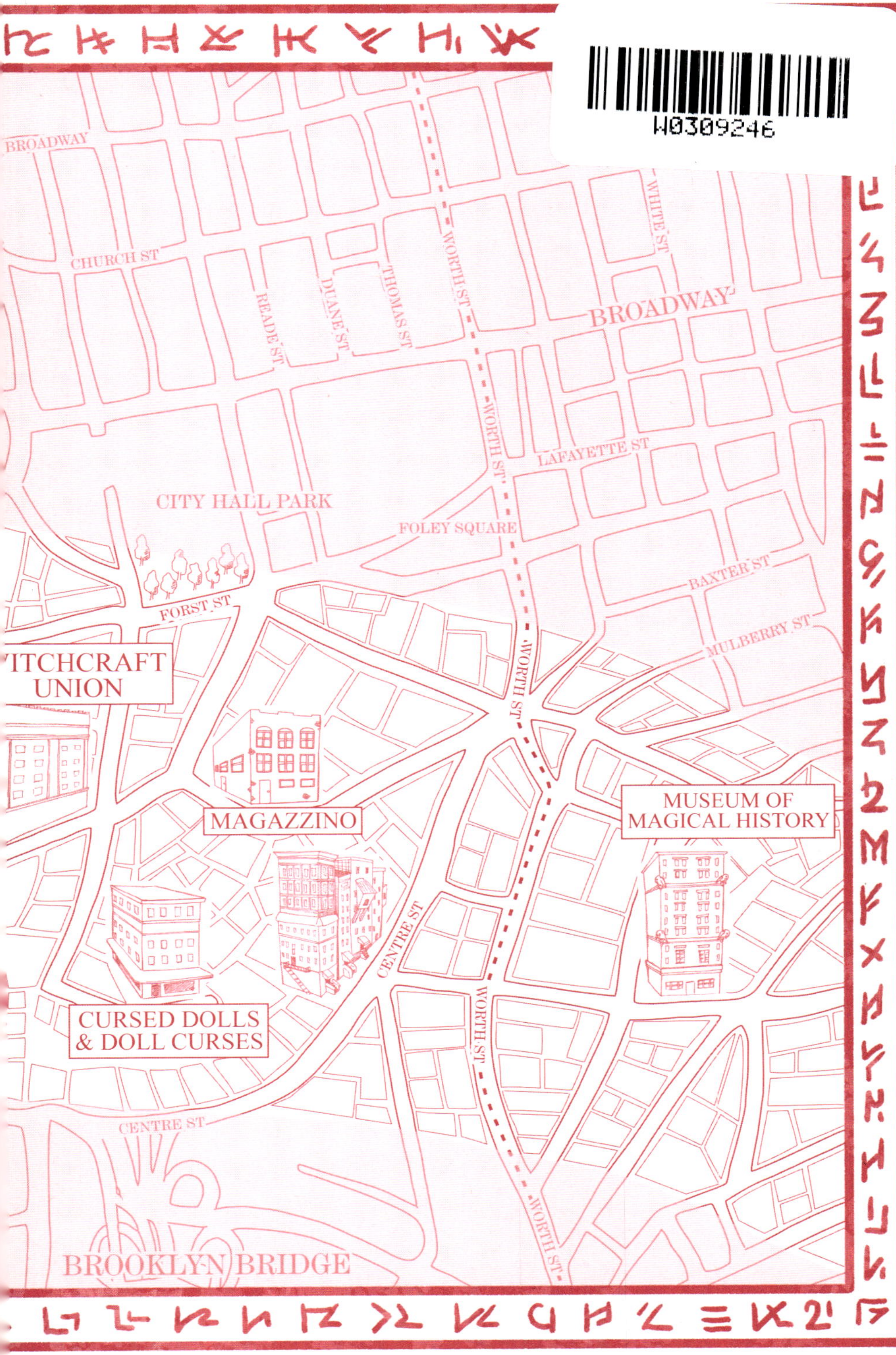
BROADWAY
CHURCH ST
READE ST
DUANE ST
THOMAS ST
WORTH ST
WHITE ST
BROADWAY
LAFAYETTE ST
CITY HALL PARK
FOLEY SQUARE
BAXTER ST
FORST ST
MULBERRY ST
ITCHCRAFT UNION
MAGAZZINO
MUSEUM OF MAGICAL HISTORY
CENTRE ST
CURSED DOLLS & DOLL CURSES
CENTRE ST
BROOKLYN BRIDGE

Jennifer Alice
Jager

Il Rituale Proibito

Il mondo magico di Emily Seymour

Jennifer Alice
Jager

Il Rituale Proibito

Il mondo magico di Emily Seymour

EDICART

EDICART è un marchio EDICART Style
Via Jucker, 28 - Legnano (MI) - Italia
Quest'opera è stata realizzata dalla
Michael Meller Literary Agency GmbH, Monaco.
d. L'autrice è stata sostenuta dai finanziamenti di

VG WORT
NEU START KULTUR
Die Beauftragte der Bundesregierung für Kultur und Medien

Mappe e illustrazioni alle pagine 144 e 145: *Jennifer Alice Jager*
Progettazione e illustrazioni della copertina: © Isabelle Hirtz, Amburgo
Utilizzando le seguenti immagini da Shutterstock:
© Serg Zastavkin, © debra hughes, © PayPau e © paranormal
Titolo originale: Emily Seymour - Totenbeschworung fur Anfanger
Traduzione dal tedesco di *Beatrice Mereghetti*

www.edicart.it

Per voi che mi sopportate.
So di essere spesso un inconveniente... mi dispiace tanto.
Vorrei farci qualcosa, ma non ~~voglio~~.
POSSO

1

Avere acerrimi nemici è una cosa abbastanza superata

Era fin troppo presto quella mattina quando il capitombolo dal letto mi svegliò di soprassalto. Atterrai sulla schiena in mezzo alla biancheria sporca, urtai il gomito e sbattei assonnata le palpebre.

«Ahia» dissi, in ritardo rispetto al dolore che già andava attenuandosi.

La porta di camera mia si aprì con uno scricchiolio, io buttai la testa all'indietro e vidi mia cugina Mandy in piedi sulla soglia.

«Come accidenti fai a cadere dal letto ogni mattina?» domandò.

Mandy era tutta in tiro come se ci fossero un tappeto rosso e uno stuolo di paparazzi ad aspettarla. Si era fatta una piega a onde con il phon, aveva un top di paillettes, fin troppi strati di trucco, e unghie con cui avrebbe potuto tagliare una bistecca. Era come al solito, quindi. Tuttavia, la prospettiva da cui la vedevo dal pavimento non andava esattamente a suo favore.

«Noto solo ora che hai il doppio mento» osservai. «Anzi, addirittura triplo».

«Tss» sibilò indignata, si gettò i capelli sulle spalle con un gesto teatrale e, tutta impettita, si allontanò.

Mi liberai a fatica dal copriletto, che mi stritolava le

gambe come un pitone, e mi alzai in piedi. Come riuscissi ad avvolgermi in modo da finire ogni volta sul pavimento, non lo sapevo proprio. Doveva essere uno dei miei superpoteri segreti. Insieme a quello di inciampare nei miei stessi piedi da ferma e di mancare la sedia quando mi sedevo.

«Emily, vieni a tavola?» La mamma fece capolino nella stanza e si guardò intorno, scioccata. «Anzi, prima riordini. Stanotte ti ha attaccato un'orda di vampiri, per caso? Sembra che ci sia stata una battaglia qui dentro».

«Bussare è una parola sconosciuta in questa casa, vero?» brontolai. Mamma sollevò un sopracciglio. «C'era la porta aperta. Riordina e poi vieni di sotto. Ci sono novità».

Guardai verso la finestra. Il sole era appena sorto, il che significava che avrei potuto sonnecchiare ancora per almeno mezz'ora prima di dover andare a scuola. Novità a colazione con tutta la famiglia? Alle mie orecchie, non suonava allettante.

«Cominciate pure senza di me» suggerii.

«Non te lo stavo chiedendo» insistette mamma.

Sospirai. In casi come questo, non cedeva. Quando si trattava della famiglia, tutti dovevano essere pronti in qualsiasi momento.

«Per quanto mi riguarda... arrivo subito» mi arresi con riluttanza e sbattei la coperta sul letto. A quest'ora non avevo proprio voglia di fare discussioni inutili.

Alle spalle di mamma spuntò Cedric. Mio fratello maggiore, che non mi somigliava per niente. Avrebbe potuto essere il gemello di Mandy, perché i suoi capelli, proprio come quelli di mamma, erano di un biondo intenso, e non rosso zucca come i miei.

Non avevo dubbi sul fatto che investisse almeno un'ora ogni

mattina per acconciarsi alla perfezione i capelli con il gel. Portava uno dei suoi abiti sartoriali, che lo facevano sembrare un Lord del XVIII secolo, l'anello con lo stemma di famiglia e un paio di mocassini di pelle lucida. Avrebbe fatto una bella figura accanto a Mandy sul tappeto rosso.

«Be', qualcuno qui sta vivendo appieno la sua inclinazione al caos» disse dando un'occhiata intorno.

«Non si può avere qualche minuto di pace da queste parti?» Mi diressi a passi pesanti verso di lui, lo spinsi fuori dalla stanza e chiusi la porta. Da dentro, mi ci appoggiai contro e feci un respiro profondo. Probabilmente nel sonno cercavo di sfuggire alla mia famiglia. In ogni caso, sarebbe stata una spiegazione logica per le mie notti inquiete.

«Dieci minuti!» udii gridare la mamma.

Sgranai gli occhi, mi riscossi, e dalla confusione di vestiti sul pavimento agguantai una felpa rosso acceso e un paio di jeans. Ne approfittai per gettare tutto ciò che puzzava su una pila di vestiti sporchi alta quanto un uomo accanto all'armadio.

Ai miei occhi, per il momento, avevo riordinato abbastanza. E poi, come si presentava camera mia non erano affari di nessuno. Questo era il mio regno. Le mie quattro mura. Tutto il resto della casa dovevo condividerlo con Mandy, i suoi e i miei genitori, Cedric e mia nonna. La nostra villa fatiscente, per quanto enorme, non offriva abbastanza spazio. Almeno, così la vedevo io, che desideravo un po' di pace e di tranquillità, stare da sola per qualche ora a leggere un buon libro... cosa impossibile con litigi continui, scoppi di agitazione, cose che esplodevano e non morti che vagavano per il giardino. A quasi tutte le persone che conoscevo al di fuori della mia famiglia, tutto questo sarebbe parso la follia più completa; per me era la vita di tutti i giorni. Non morti e tutto il resto.

Ecco cosa significava nascere in una famiglia di necromanti dove contattare gli spiriti, richiamare le anime dei defunti o evocare zombie erano cose all'ordine del giorno. La necromanzia, infatti, altro non era che il dono dell'evocazione dei morti, un dono ereditario, ma non nel mio caso. Io avevo preso da mio padre in tal senso, per cui ero una normale mortale, priva di qualsivoglia abilità magica e della facoltà di sguinzagliare eserciti di non morti nel mondo, se ne avessi avuto voglia.

Tuttavia, non è che potessi ignorare la vocazione della mia famiglia e basta. Quando c'era bisogno di una mano da parte di tutti, anch'io dovevo dare il mio contributo. Più spesso di quanto fosse utile per il sano sviluppo di una sedicenne, venivo costretta a trascorrere nottate nei cimiteri, a combattere fantasmi e a dissotterrare bare.

Il mio unico barlume di speranza di sfuggire a tutto questo era di diplomarmi con un bel voto per poi trasferirmi in un'università lontana. Preferibilmente dall'altra parte del mondo, dove non avrei avuto a che fare con tutto quel circo e nessuno avrebbe mai avuto il sospetto che necromanti, streghe, vampiri e fantasmi esistessero per davvero.

Dopo essermi infilata i vestiti, mi concessi qualche minuto in bagno, mi sciacquai, mi lavai i denti e mi legai i capelli scarmigliati in una coda lenta. Dal piano di sotto saliva già il tintinnio di piatti e posate. Senz'altro sarei arrivata di nuovo per ultima a tavola e mi avrebbero guardato male. Ma almeno non dovevo dividere il lavandino con nessuno.

Con la borsa di scuola a tracolla, mi affrettai a scendere le ripide scale. Il legno vecchio e consumato scricchiolò sotto i miei piedi e, poco prima di raggiungere l'imponente salone d'ingresso, scivolai. Agitando le braccia, mi aggrappai alla ringhiera, sbattei il sedere sul gradino più in basso e guardai la borsa slittare sul parquet lucido fino alla porta d'ingresso.

«Ahia» gemetti per la seconda volta in quella mattina infame. Considerando che avevo l'abilità di un asino ubriaco sui pattini a rotelle, forse era anche un bene che mi mancasse la capacità di prendere decisioni sulla vita o sulla morte. In ogni caso, non avrei voluto essere nei panni di qualcuno riportato in vita da me.

Come rispondendo a un richiamo, Mandy apparve di fronte a me e si poggiò i pugni sui fianchi. «Ti piace proprio poltrire sul pavimento, eh?»

Mi tirai su e mi massaggiai il coccige. «Sai, Mandy, in quasi tutti i film horror scadenti c'è una vecchia e sinistra casa infestata. Un minuto prima splende il sole, gli uccellini cinguettano, tutti sono felici e mangiano gelato alla panna. Poi, all'improvviso, cala la nebbia, le nuvole oscurano il cielo, un cane abbaia in lontananza e un gruppetto di adolescenti rincitrulliti si organizza per trascorrere la notte proprio in quella casa infestata. Il luogo perfetto per mettere alla prova il proprio coraggio e prendere una decisione stupida dopo l'altra nell'arco di novanta minuti di riprese, finché alla fine non muoiono tutti».

«E che cosa vuoi dire con questo? Che viviamo in una casa infestata? È impossibile che la nostra villa di famiglia ti sembri così terribile».

«No, sto dicendo che saresti perfetta in mezzo a quegli adolescenti decerebrati. E probabilmente saresti la prima a tirare le cuoia».

Mandy rise, gettando la testa all'indietro. «Lo prendo come

un complimento. Sarei un'attrice eccezionale. E poi, non ho paura dei fantasmi. Piuttosto, sono loro ad avere paura di me».

«E chi non ne ha» mormorai.

«Come?»

Scossi la testa e attraversai il salone d'ingresso rivestito in legno. «Niente, mi chiedevo solo perché nessun produttore cinematografico ci abbia ancora chiesto di mettergli a disposizione questo rottame di villa per il remake della Famiglia Addams».

Sarebbe stata un'ambientazione davvero perfetta. La proprietà era enorme, stravecchia, c'erano stanze che sembravano trappole mortali e passaggi segreti che nemmeno io avevo ancora esplorato. I fantasmi erano compresi nel prezzo. Mancava solo Mano.

«Tu sei pazza Emily, lo sai?» esclamò Mandy, seguendomi.

Come avevo presagito, al lungo tavolo della sala da pranzo sedevano già mia nonna, mamma, papà, mio fratello Cedric e, sul lato opposto, zia Sophia con lo zio Joseph. A loro si unì Mandy.

Nonna, come al solito, era sprofondata nella sua poltrona a orecchioni a capotavola e portava al collo un consunto boa di volpe sopra un'inestimabile collana di perle. Stringeva il bastone da passeggio dalle guarnizioni d'oro che negli ultimi anni era diventato il suo compagno più fedele, e mormorava qualcosa tra sé e sé.

Da sinistra, zia Sophia le versò il tè. Tutta bardata come la figlia Mandy, era difficile negare la parentela. Non avrei mai compreso perché si occupasse assiduamente della nonna al solo scopo di ingraziarsela. Alle spalle, Sophia la chiamava "vecchia ciabatta" e stava già adocchiando la sua grande camera da letto. Io, tuttavia, dubitavo che la nonna l'avrebbe citata nel testamento. La nuora non le andava abbastanza a genio. Probabilmente perché lo zio Joseph, sposandola, aveva portato una strega in casa. La nonna non si fidava delle streghe.

«Basta!» La nonna agitò energicamente la mano. «Mi ci vuoi affogare, in quel tè, per riempire la tazza fino all'orlo in questo modo?»

«L'ha detto con buone intenzioni» mi assicurò mamma in tono conciliante. Si sedette alla destra della nonna, proprio accanto a mio padre, che era intento a seppellire nel suo piatto una montagna di uova strapazzate con fette di bacon.

«Contieniti, Veland» lo ammonì mamma. «Pensa al tuo cuore».

«Credimi Odila, sto pensando al mio cuore, e ciò che il mio cuore desidera è bacon croccante a volontà».

La mamma sospirò: «Così finirai di nuovo nella tomba e stavolta non ti tirerò fuori. Sappilo».

«Te l'avrei consigliato anch'io» disse papà.

Mi sedetti tra lui e Cedric.

Papà mi scompigliò i capelli: «Guarda un po' chi si unisce a noi».

«Smettila» brontolai, lisciandomi le ciocche che sparavano per aria. A sei o sette anni, mi sembrava ancora un gesto carino quando papà mi scompigliava i capelli. Ora invece era soltanto il segno che io, per lui, ero ancora una bambina.

«Tanto vale che ci rinunci» disse Mandy, impertinente, sedendosi all'altro lato del tavolo. «Ormai per quell'acconciatura non c'è più niente da fare».

«Ah ah» la schernii, asciutta.

«Abbiate un po' più di educazione a tavola» ci ammonì

zia Sophia, senza alzare lo sguardo. Stava tagliando un toast integrale con forchetta e coltello. Accanto a lei, zio Joseph fissava in silenzio il piatto vuoto. A volte mi domandavo se fosse ancora vivo. Appariva e si comportava come se Sophia gli avesse succhiato via da tempo l'ultima scintilla di forza vitale.

«Esatto, comportatevi bene» Cedric concordò con nostra zia, sporgendosi verso di me con un ampio sorriso. «Anche se ha proprio ragione».

«Idiota» sibilai, tirandogli una gomitata nelle costole.

Lui rise. «Scherzavo!»

Storsi gli occhi, mi misi nel piatto una fetta di pane, la maltrattai con un po' di burro e la cosparsi di cacao in polvere.

«Lo sai, vero, che abbiamo anche la crema di nocciole?» chiese Mandy con il tono di chi vuole avere sempre ragione.

Io mi ero già ficcata il pane in bocca e in risposta alla sua osservazione sbuffai, soffiando così per sbaglio il cacao fino all'altro lato del tavolo, proprio in faccia a zio Joseph. Sembrava che si fosse fatto una bella maschera di terriccio per fiori, e a quella vista dovetti trattenere il respiro per non scoppiare a ridere.

«Sta' attenta!» imprecò zia Sophia, saltando in piedi e tamponando la guancia del marito con un tovagliolo. «Quanto sei imbranata!»

Mandy e Cedric risero di cuore, mentre zio Joseph non batté ciglio. «Va tutto bene» mormorò, prendendo il tovagliolo dalla mano di Sophia.

«Emily?» disse mamma, brusca.

«È stata Mandy che...» cominciai, ma mi interruppi e sospirai, rassegnata. Dovevo proprio perdere l'abitudine di mettermi a discutere con la mamma. Avrei ottenuto risultati migliori coltivando pomodori nel deserto o incrociando i cani con i gatti. «Niente più pane e cacao a colazione. Promesso».

«Anch'io voglio pane e cacao» disse nonna guardandosi intorno. «Sophia, pensaci tu».

«Ehm...» balbettò lei. «Ma certo. Emily, passami il cacao, per favore. Senza spargerlo per tutto il tavolo, possibilmente».

Guardai stupita la nonna e lei mi fece l'occhiolino. «Su, su» incalzò. «Che non ringiovanisco mica».

«Appena ognuno avrà pane e cacao, parleremo del motivo per cui siamo qui riuniti» annunciò mamma con impazienza.

Sospettavo già che avesse a che fare con la necromanzia e fui ben felice quando il campanello mi svincolò prima che mia madre potesse iniziare sul serio il discorso.

Balzai in piedi. «Questa sarà Santana» dissi. «Mi dà un passaggio a scuola. Continuate pure senza di me».

Senza aspettare una risposta, lasciai la sala da pranzo. Santana era la mia migliore amica e, per di più, una strega. Con lei potevo parlare apertamente di tutto ciò che mi infastidiva della necromanzia e della mia famiglia senza temere di essere dichiarata pazza. Che è quello che di sicuro sarebbe successo se il resto dei miei compagni di classe avessero intuito qualcosa della mia doppia vita. Solo Santana, in quanto strega inveterata, era al corrente di tutto.

«Emily, siamo ancora a tavola!» gridò mamma.

«Ma non posso certo lasciare Santana qua fuori ad aspettare!» ribattei, attraversai il salone d'ingresso e spalancai con forza la porta.

Contrariamente alle mie aspettative, non mi comparve davanti il viso di Santana. Di fronte a me c'era uno sconosciuto. Un ragazzo, poco più alto di me, con occhi stretti color verde muschio, capelli neri come la pece che gli ricadevano sul viso e labbra carnose. Un sorriso impenetrabile gli increspava gli angoli della bocca, conferendogli un'aria intimidatoria e sicura di sé.

Di certo non era il postino. Sebbene portasse una borsa a tracolla, non indossava una divisa, bensì una camicia nera aderente e un paio di jeans larghi. E tutto gli stava maledettamente bene. Presi in considerazione l'idea di domandare alla mia famiglia se qualcuno per caso avesse ordinato su internet un top model maschio. Ovviamente, sarei stata in grado di chiederlo solo se fossi riuscita a fare qualcos'altro, a parte starmene lì inebetita a fissare quel ragazzo di una bellezza soprannaturale.

Non aveva nessun gioiello con simboli magici, né orecchie a punta o ali sulla schiena. Era solamente un po' pallido intorno al naso, però non aveva la tipica carnagione grigio-argentea dei vampiri. Dall'aspetto sembrava un normale essere umano... sempre che tanta bellezza si potesse definire normale.

«Hai del cioccolato in faccia» disse.

Immediatamente le mie guance avvamparono, e io mi passai entrambe le mani sulla bocca.

Lui sorrise. «Fatto una buona colazione? »

«Sì... io... chi? »

«Ashton Goodwin» si presentò, porgendomi la mano.

Io ero del tutto fuori di me e stavo per afferrarla, prima di ricordarmi che avevo le mani sporche di cacao. Me le pulii in fretta sui pantaloni. «Scusa».

«Figurati». Passandomi accanto, entrò nel salone d'ingresso e si guardò intorno con interesse. «Molto... imponente».

«Ehm, un momento! Hai detto Goodwin? » Sebbene

preferissi tenermi fuori dalle questioni magiche riguardanti la mia famiglia, quel nome diceva qualcosa perfino a me. Quella dei Goodwin era una famiglia di necromanti, proprio come la mia. Ed erano i nostri acerrimi nemici. Anche se mi era sempre sembrato ridicolo che nella vita reale esistesse una cosa del genere.

Ashton si voltò verso me. «E tu sei Mandy Seymour? »

«Emily» risposi.

Lui strinse gli occhi. «Sono piacevolmente sorpreso».

«C-come? » balbettai. «Perché...?»

In quel momento, mamma arrivò di corsa e si mise tra noi. «Signor Goodwin, è in anticipo! La aspettavamo soltanto fra un'ora».

«Ashton sarà più che sufficiente» la rassicurò.

«Ashton, molto bene. Mi dispiace per l'accoglienza accidentata di mia figlia. Emily, non devi andare a scuola?»

Guardai la porta aperta e stavo per dire che Santana non era ancora arrivata, quando la mamma mi spinse fuori. Non senza difficoltà riuscii ad afferrare la borsa di scuola.

«Passa una buona giornata!» mi augurò e poi mi sbatté la porta in faccia.

«Ma...» mormorai.

Ashton Goodwin... Se avessi saputo che i Goodwin avevano un figlio così bello, avrei già pregato da tempo di fare pace con loro.

Per poco non barcollai giù dalla terrazza. In realtà, era un bene che l'incontro tra me e lui fosse stato così imbarazzante, perché altrimenti mi sarei solo fatta un mucchio di illusioni. Ashton era decisamente troppo per me. Per non parlare del fatto che praticamente tutti i membri della mia famiglia avrebbero preferito radere la nostra villa al suolo dandole fuoco piuttosto che acconsentire a un'unione tra i Seymour e i Goodwin. Ma il pensiero che tra noi potesse scattare la scintilla mi fece battere il cuore. Un sorriso mi si allargò sulle labbra e io mi incamminai.

2

Chi l'avrebbe mai detto che sarebbe bastata una banana a sedurmi?

Per raggiungere Santana sulla strada per la scuola, dovevo attraversare un bosco di abeti che si diceva fosse maledetto. Quella reputazione era dovuta in parte ai vecchi alberi nodosi, le cui ombre ricordavano le sagome di streghe terrificanti. Crescevano così fitti che quasi non filtrava luce sul sentiero poco battuto che vi serpeggiava in mezzo, sconnesso come il letto di un fiume in secca. Di notte era particolarmente inquietante, e se a un bivio sbagliavi strada finivi nel vecchio cimitero di Springdale.

Tuttavia, il motivo principale per cui gli abitanti della mia città natale erano terrorizzati da quel luogo aveva a che fare con la piega dello spazio che attraversava il bosco.

Di sicuro mio fratello Cedric avrebbe saputo spiegare, con un miscuglio confuso di magia e fisica, in che cosa consistesse esattamente una piega dello spazio. Io da questo avevo intuito quel che bastava per capire che, in sostanza, era proprio ciò che il nome suggeriva: il tessuto spazio-temporale, per magia, era piegato.

Allo stesso modo in cui si passa il ferro da stiro sulle pieghe di una gonna, soltanto che qui la piega non era nel tessuto di una gonna, bensì nel mondo, invisibile agli occhi degli ignari.

All'interno di queste pieghe si nascondevano intere regioni. I comuni mortali non avevano idea che in tutto il mondo, proprio sotto il loro naso, ci fossero i varchi d'accesso a un luogo dove streghe, vampiri e fantasmi facevano parte della normalità. Un luogo chiamato da coloro che lo conoscevano il Mondo di Mezzo.

Ed era proprio attraverso questi varchi, o pieghe dello spazio, che qualsiasi tipo di stranezza si riversava nel Mondo di Fuori. Così, se da qualche parte, in una limpida giornata di sole, appariva all'improvviso la nebbia, o si sentiva ululare un lupo, sebbene non ci fossero lupi nella zona, era lecito supporre che nelle vicinanze ci fosse una piega dello spazio. Ed erano proprio questi eventi inspiegabili a provocare quel brivido che bastava a rendere un piccolo boschetto innocente, come quello vicino alla mia città natale, così inquietante.

Persa nei miei pensieri, seguivo il sentiero tra gli alberi cartilaginosi e quasi dimenticai che stavo andando da Santana. Non riuscivo a togliermi Ashton dalla testa. Senza dubbio i Goodwin sapevano un paio di cose sulla nostra famiglia, e viceversa. Mamma ovviamente lo aspettava e avrei potuto scommettere che il motivo della colazione tutti insieme era proprio lui.

Una mano apparve davanti a me, schioccò le dita e mi riportò alla realtà.

«Terra a Emily» sussurrò Santana.

Io ero troppo assorta per accorgermi che aveva attraversato la piega dello spazio. Il fatto che lo facesse tutti i giorni, come se nulla fosse, non smetteva mai di stupirmi. Anche solo il pensiero di entrare nel Mondo di Mezzo mi dava il voltastomaco. Santana, tuttavia, non aveva scelta. A differenza della villa dei Seymour, la casa in cui viveva con la mamma si trovava all'interno di una piega. Invitare compagni di classe era quindi un tabù.

Santana fece un ampio sorriso, si portò accanto a me e si sporse in avanti tanto che le trecce castano scuro penzolavano a mezz'aria. «Sei ancora addormentata?» mi chiese.

Tirai a fondo un sospiro. «Santana, ho appena incontrato il ragazzo più bello che il mondo abbia mai visto! Anzi... entrambi i mondi».

«Ed è fatto di cioccolato?» chiese lei.

«Eh?»

«L'angolo della bocca». Mi indicò la faccia.

«Oh, per la miseria!» Mi passai le dita sulle labbra. «Ora?»

«A posto. E adesso racconta!»

Presi un bel respiro profondo in preparazione al fiume di parole. «Si chiama Ashton Goodwin, si è presentato alla nostra porta stamattina e...»

«Goodwin?» mi interruppe. «Non intenderai *quei* Goodwin?!»

«Oh sì, proprio loro».

Santana sgranò gli occhi. «Fai sul serio? La tua famiglia lo ha cacciato all'istante?»

«Al contrario! Mamma lo ha accolto a braccia aperte. Nemmeno io riesco a capire. La faida tra le nostre famiglie va avanti da intere generazioni. Non si accantona una cosa del genere così, da un giorno all'altro».

«Non capisco» disse Santana.

«Mamma stava per annunciare delle novità a colazione, quando all'improvviso è arrivato Ashton. Dopodiché mi ha letteralmente buttato fuori di casa» spiegai. «E se avrò sfortuna, ora che sarò di ritorno, lui se ne sarà già andato».

Nel frattempo ci eravamo lasciate il bosco alle spalle e stavamo percorrendo una strada deserta, passando accanto a mucche al pascolo. Davanti a noi spuntarono i primi edifici. Casette placide, con giardini ben tenuti e steccati bianchi. Springdale era una vera e propria città vetrina. Tutto il contrario della nostra decrepita villa. In lontananza vidi altri studenti diretti a lezione. Si spostavano in gruppetti, in bicicletta o a piedi, salutandosi l'un l'altro come se fossero comparse in un video promozionale sulla tranquilla vita di campagna.

«Allora torna subito indietro» mi consigliò Santana. «Inventati che stai male o cose così. Se vuoi posso farti venire il mal di pancia». Schioccò le dita e apparve una sfera di tremolante luce verde che tenne in equilibrio sul palmo.

«Ehi, voi due!» gridò qualcuno alle nostre spalle.

Reagii in un lampo, afferrai la mano di Santana e la trascinai giù. Proprio in quel momento David Adler ci sfrecciò accanto con la sua nuova mountain bike.

«Ehi, Dave!» ricambiai il saluto e riparai dal suo sguardo l'incantesimo nella mano di Santana.

Per fortuna, David non fece molto caso a noi. Proseguì senza rallentare e presto fu troppo lontano per sentirci.

Tirai un sospiro di sollievo. «Uff, c'è mancato poco».

Santana guardò David ancora per un attimo, poi alzò la mano. «*Contare*» sussurrò e la sfera di luce scomparve. «Non così poco, dai» affermò.

Chi praticava la magia doveva rispettare molte regole. La più importante era quella di non fare mai uso dei propri poteri magici davanti agli ignari. Mamma mi intimoriva sempre ricordandomi che, se fossi stata tanto imprudente da rivelare qualcosa del Mondo di Mezzo o della magia ai comuni mortali, il Tribunale del Mondo di Mezzo mi avrebbe scaraventata in gattabuia e lasciata lì per il resto della vita. Nessuno avrebbe mai osato mettersi di proposito contro i Guardiani, ai quali, su incarico del Tribunale, era affidato il compito di garantire che le leggi del Mondo di Mezzo fossero rispettate. Tuttavia, dato che a me non bastava schioccare le dita per fare magie, io non correvo nessun pericolo serio.

«Comunque quella della nausea è un'ottima idea» dissi in tono ironico. «Così passerò la giornata in camera mia e non mi accorgerò proprio di niente. E poi, non ti è permesso evocare malattie».

Santana fece finta di niente. «Questo vale solo per le persone normali, i comuni mortali».

«Sììì?» Indicai me stessa. «E io che cosa sarei?»

«Tutto fuorché normale». Mi diede uno spintone scherzoso.

«Oh, grazie» la schernii.

«No, sul serio, tu ti comporti sempre come se non avessi nulla a che fare con l'eredità della tua famiglia, ma sei e sarai sempre la figlia di una necromante, non puoi negarlo. E la necromanzia è un dono meraviglioso! Lo vorrei anch'io. La tua gente non passa semplicemente il tempo a creare zombie. Può entrare in contatto con le anime dei defunti, perfino concedere loro qualche ultimo giorno per sistemare i conti in sospeso. Può dare la vita! Nessun altro nel Mondo di Mezzo è in grado di farlo. Là, tutti invidiano i necromanti».

«E tu sai trasformare un banale panino al formaggio in una torta al cioccolato. Io vorrei avere quello, di talento!»

In realtà non è che non vedessi l'ora di fare cambio con

Santana. Per definirsi una vera strega, bisognava appartenere a una congrega e solo le donne non sposate erano ammesse... non che avessi intenzione di sposarmi a breve.

Santana rise. «Okay, lo ammetto, fa la sua figura. Ma è anche vero che per riuscirci ho dovuto esercitarmi a lungo. Passo quasi ogni giorno a studiare gli incantesimi del Grimorio della mia congrega, e la mamma mi sta insegnando tutto quello che c'è da sapere sulla preparazione delle pozioni».

«Anch'io mi esercitavo molto, una volta» dissi. «Ma non è mai servito a niente. Sono e sarò sempre una comune mortale, proprio come mio padre».

«Se fossi stata più attenta a biologia, sapresti che in realtà non è possibile. Metà del tuo patrimonio genetico deriva da tua madre, perciò in te ci sono i geni della negromanzia».

«Se è così, allora probabilmente sono la necromante più sventurata del mondo».

«Chissà, magari questo Ashton è venuto a darti delle ripetizioni, per farti scoprire finalmente i tuoi poteri nascosti! Nelle prossime settimane trascorrerete tutti i pomeriggi insieme, prenderete confidenza e poi *bum*!»

«Bum cosa?»

«Bum, innamorati! Che cosa pensavi?» Mi rivolse un sorrisone.

Io scrollai le spalle. «Bum, salta in aria la casa?» Confidavo di riuscirci, date le mie abilità.

Santana sgranò gli occhi.

«Anche se non ho idea di che cosa voglia da noi un Goodwin, sono abbastanza sicura che i miei genitori preferirebbero che fosse un pesce rosso a darmi ripetizioni piuttosto che qualcuno della sua famiglia».

Santana mi fece l'occhiolino con fare innocente. «In effetti, perché no? Se il pesce rosso sa quello che fa»

«Ahah»

«E ora dimmi, com'è, fisicamente? Non tralasciare neanche un dettaglio!»

Quel giorno, dopo che le lezioni si furono trascinate come melassa, fui felice quando nel pomeriggio potemmo avviarci di nuovo verso casa. Al boschetto salutai Santana, che scomparve fra gli alberi. Questa volta vidi baluginare la piega dello spazio attraverso cui rientrò nel Mondo di Mezzo. Fu solo un breve lampo di luce, come uno spiraglio che svanì prima ancora di poterlo percepire davvero. Niente di spettacolare, se non si veniva attratti dentro la piega. Chiunque non avesse idea di ciò che era appena accaduto avrebbe probabilmente liquidato il tutto come un breve istante di cecità dovuto a un raggio di sole.

Mentre tornavo a casa, ero sempre più nervosa. Sapevo benissimo che era ridicolo (Ashton era sicuramente già ripartito), ma non riuscivo a spegnere quella sensazione. Ero certa che avrei fatto di meglio di quel nostro primo imbarazzante dialogo, se avessi fatto in tempo a vederlo. Davanti alla porta d'ingresso, feci un respiro profondo e decisi che avrei mantenuto la calma e avrei fatto finta che di Ashton non mi importasse proprio niente.

«Ehilà?» gridai, dopo che fui entrata. La mia voce echeggiò sulle pareti rivestite di legno. Nessuno rispose, perciò salii le scale. O mi ignoravano, cosa che accadeva spesso, oppure erano da qualche parte dove non mi sentivano.

Andai a controllare i soliti posti, diedi un'occhiata fugace all'enorme biblioteca di famiglia, in grado di rivaleggiare con la Bodleian Library di Oxford, guardai nel vecchio studio del mio bisnonno con il mostruoso camino in ghisa, e infine mi incamminai per il lungo corridoio del secondo piano. Terminava davanti a una porta poco appariscente che conduceva alla sala rituali nella Torre Est. Sapevo che soprattutto Cedric vi trascorreva molto tempo, e stavo per afferrare la maniglia della porta, ma le mie dita incontrarono resistenza. Un incantesimo sigillante divampò e mi trasmise una leggera scossa.

«Dannato...» gemetti, stirandomi le dita che mi formicolavano.

Il simbolo in rune antiche sfavillò ancora per un momento, come se qualcuno avesse dipinto la porta di vernice fluorescente, poi svanì di nuovo. Quello, tra chi aveva poteri magici, corrispondeva in pratica al cartello "vietato entrare", e poiché l'incantesimo andava lanciato da fuori, probabilmente là dentro non c'era nessuno.

Alla fine mi arresi e tornai in camera mia. Ero un po' scocciata. Per una volta nella mia vita volevo sapere che cosa stavano facendo tutti quanti, e proprio in quel momento non c'era nessuno. E dire che di solito in questa casa si riusciva di rado ad avere un attimo di pace.

Per un po' mi sforzai di concentrarmi sulla matematica, finché il mio stomaco non cedette. Il pranzo a scuola era stato molto magro e stamattina non avevo quasi toccato il mio pane al cacao. Di conseguenza, la voglia di mangiarne ancora crebbe rapidamente.

Abbandonai i compiti non finiti e mi diressi in cucina, l'unica stanza della casa che non sembrava ferma a trecento anni fa. Zia Sophia aveva insistito con tenacia perché almeno in cucina fosse introdotta un po' di modernità. Per suo desiderio, e nonostante le proteste della nonna, qualche anno fa erano stati installati un'isola con piano cottura a induzione, un forno a incasso con mille funzioni e una lavastoviglie. Così nessuno avrebbe potuto dire che non eravamo approdati al XXI secolo. Soltanto le erbe essiccate appese al soffitto, alcune delle quali velenose, suggerivano che in quel luogo non si preparavano soltanto piatti deliziosi, bensì anche pozioni magiche per vari rituali ed evocazioni. In ogni caso, un'occhiata alla dispensa avrebbe confermato il sospetto. Vi erano conservati gli ingredienti e gli utensili più bizzarri. Le zampe di gallina e la pelle di serpente rientravano tra quelli più meno pericolosi.

Quando entrai in cucina, nessuno era impegnato a rifornirsi di elisir magici, a bollire interiora di lucertola o a tritare code di topo. Solo ora mi balenò in mente che forse gli altri non erano affatto in casa, ma impegnati in qualche rituale importantissimo per salvare il mondo dalla rovina imminente. E ancora una volta, l'avrei scoperto solo quando avessi letto di strani fenomeni atmosferici sulle pagine del giornale cittadino.

Misi l'ultima fetta di pane su un piatto e lo appoggiai insieme al burro e al cacao sul bancone della cucina. Mentre cercavo un coltello nel cassetto delle posate, qualcosa mi toccò la spalla. Il mio subconscio mi fece prontamente pensare a un ragno bello grosso, per lo spavento cacciai un urlo e mi voltai di scatto.

Ashton indietreggiò e alzò le mani in segno di difesa. «Scusa, non volevo spaventarti».

«N-non mi hai spaventato» boccheggiai. Tuttavia, il fatto che avessi il fiato corto e che mi premessi una mano sul petto, dove il cuore mi martellava frenetico, dimostrava tutto il contrario.

«Allora lo abbassi?» chiese. «O devo temere per la mia vita?»

Mi accigliai stupita.

Ashton puntò l'indice giù, senza abbassare le mani. Seguii il gesto e mi resi conto che gli stavo puntando contro il coltello per il burro. Mi precipitai ad allontanare la lama da lui.

«Se ti avvicinerai un'altra volta così di soppiatto, ti avverto che non risponderò delle mie azioni» dissi.

«Lo terrò a mente» promise e mi gettò un'occhiata oltre le spalle. «Spalmi di burro un panino anche per me?»

«Ehm...» Mi voltai di nuovo verso il piatto. Dopo il breve spavento, mi tornò il nervosismo e cercai le parole. «Io... non lo so» balbettai. «Abbiamo finito il pane e... quanto tempo hai intenzione di fermarti?»

«Forse un giorno o due» disse, appoggiandosi al bancone.

Dovetti ricompormi per smettere di fissarlo come una scema. Persone come lui non dovrebbero esistere nella vita reale. Quegli zigomi alti, la curva perfetta delle labbra, gli occhi scuri incorniciati da ciglia folte... fin troppo lunghe. Com'era possibile che avesse ciglia così lunghe? Uno come lui doveva stare dentro a un film o a una serie, così che lo si potesse ammirare da lontano... senza temere di accartocciarsi accanto a lui come una fetta di bacon in una padella. Soprattutto quando faceva quei sorrisi sfuggenti, come adesso. E intanto si sporgeva verso di me. Involontariamente, indietreggiai per mantenere la distanza tra noi.

«Se avessi saputo che i Seymour difendono il cibo con le armi, mi sarei portato qualcosa» sospirò.

«Non ho detto che...» iniziai, ma mi interruppi quando la sua espressione cambiò.

Fece un sorriso sghembo e mi guardò di nuovo la mano. Seguii il suo sguardo.

Mentre gesticolavo, avevo impugnato di nuovo il coltello per il burro e di conseguenza avevo finito per puntarglielo contro per la seconda volta.

A quanto pareva, la cosa lo divertiva.

«Ti prendi gioco di me, eh?» chiesi con sospetto.

«Forse un pochino». Alzò le sopracciglia con aria eloquente.

Non potevo sopportare che facessero battute a mie spese. Mi voltai di nuovo bruscamente verso il piatto. «Prego, dividiamoci l'ultima fetta allora» decisi, e spalmai il burro sul pane. «Dato che il signore sta morendo di stenti» aggiunsi tagliente, senza volerlo, e subito me ne pentii.

«Figurati» concesse lui. «Posso prendere qualcos'altro».

«No, no, nessun problema!» lo rassicurai. «Volevo solo... era una battuta. Facciamo a metà, okay?»

«Come preferisci» disse.

Lo sguardo era fisso su di me, come se qualcosa di me o di ciò che avevo detto lo avesse incuriosito. Forse era solo perché le nostre famiglie si erano evitate per molto tempo, e io non corrispondevo all'immagine che lui si era fatto di noi. O forse avevo ancora qualche macchia di cioccolato in faccia.

Mi allontanai in fretta da lui, afferrai il barattolo del cacao, per poco non lo rovesciai, e infine lo cosparsi generosamente sul pane imburrato. Poi mi ricordai che non avevo nemmeno chiesto ad Ashton che cosa volesse sul pane.

«Scusami, magari preferivi del formaggio o qualcos'altro?»

«Prendo quello che prendi tu» disse.

«Bene, allora...» Non osai guardarlo di nuovo. Avevo troppa paura di essere catturata di nuovo dalla sua vista e diventare rossa come una spia lampeggiante. Tagliai il pane a metà e spinsi il piatto verso di lui.

«Ti piacciono le banane?» chiese all'improvviso. Il pane non lo guardò neanche.

«Cosa?»

«Quelle cose gialle e ricurve». Indicò la fruttiera che zia Sophia aveva sistemato a mo' di decorazione sull'isola della cucina. Era piena di pere, mele raggrinzite e banane troppo mature, indizio evidente che noi Seymour mangiavamo frutta troppo di rado.

«Lo so cosa sono le banane» brontolai.

Ashton si sporse sul bancone e ne staccò una dal casco. Nella sua mano, le macchie marroni e nere sulla buccia cominciarono a svanire. Lasciarono il posto a un giallo forte e intenso, e ben presto la banana era ringiovanita di diversi giorni.

La fissai incredulo. «Come hai fatto?»

«Ora sei tu che prendi in giro me?» domandò. «Fai come se non avessi mai incontrato un necromante».

«Ma questo... nessuno di noi sa...» Puntai il dito da lui alla banana e viceversa, e mentre gesticolavo Ashton si portò spaventosamente vicino a me. Tanto vicino che non riuscii a evitare il suo sguardo. Affondai nei suoi occhi verde muschio e mi resi conto che stava afferrando il coltello per il burro solo quando le nostre dita si toccarono. Un formicolio mi attraversò tutto il corpo.

«Sono sicuro che sei capace anche tu» disse. «È solo che voi non usate molto spesso i poteri per le piccole cose. I Seymour preferiscono i rituali elaborati».

«Può essere» mormorai, deglutendo a fatica. Ora era talmente vicino a me che non mi poté sfuggire il suo odore stranamente buono. Stavo per chiudere gli occhi e fare un respiro profondo, ma feci in tempo a ricompormi.

Riuscii a sostenere il suo sguardo finché non si voltò per sbucciare la banana. Sollevata, buttai fuori l'aria. Dubitavo che sarebbe stato bello se avessi tagliato la corda e fossi scappata via di corsa, ma era proprio quello il desiderio che in quel momento mi montava dentro. Trovarmi da sola con quello schianto di ragazzo mi trasformava in uno straccetto nervoso, timido e insicuro. E io di solito non ero né timida né insicura!

Ashton tagliò la banana a fettine sottili e la distribuì sul pane. «Tu frequenti una scuola qui nel Mondo di Fuori, vero?» chiese.

«Tu no?» La mia voce suonò insolitamente stridula. Mi schiarii la gola per riportarla sotto controllo.

Ashton ignorò la mia controdomanda. Teneva lo sguardo incollato sui dischetti di banana e sembrò tornare subito assente. Come se i suoi pensieri non fossero più lì in cucina, ma in un luogo completamente diverso, in un posto lontano, che non gli piaceva affatto. «Tuo fratello Cedric, anche lui ha frequentato la scuola del paese qui vicino?»

Si girò verso di me, nascondendo qualsiasi cosa gli passasse per la testa dietro un sorriso forzato, e mi porse il piatto.

Esitante, presi una metà della fetta di pane. Non sapevo a che cosa si riferisse la sua domanda su mio fratello, ma ero piuttosto sicura che non si trattasse soltanto di innocui convenevoli.

«Sì, esatto» risposi, perché quello che gli stavo rivelando non era un segreto di famiglia ben custodito. Addentai il pane e sgranai gli occhi. «Oh mio Dio!» esclamai con la bocca piena. «Cavolo, è la cosa più buona che abbia mai mangiato!»

Ashton sorrise e appoggiò il piatto. «Sono contento che ti piaccia. Mia madre una volta mi preparava il pane, banane e cacao. Quanti ricordi».

«Una volta?» chiesi scioccata. La mia voce risuonò molto più alta del solito. «Non c'è il cacao dalle tue parti? Perché cavolo non lo mangi ogni giorno, è delizioso!» Addentai un altro grosso boccone e masticai di gusto.

«Forse a un certo punto mamma ha ritenuto che fossi troppo grande» commentò.

«Troppo grande?» Mi venne da ridere. «Quanti anni hai? Cinquanta?»

Ashton non rispose. Il suo sguardo si posò imperscrutabile su di me, lo fissai, aspettando che mi contraddicesse, ma non lo fece.

Il silenzio tra noi si allungò mentre il punto interrogativo nella mia testa cresceva. «Tu...?» balbettai. Che fosse davvero vecchio come Matusalemme? Dopo quello che aveva fatto alla banana, forse conosceva un trucco per rimanere giovane per sempre. Il pensiero che potessi avere una cotta per un vecchio decrepito mi fece accaldare e rabbrividire allo stesso tempo. Proprio mentre mi stavo abituando all'idea di avere a che fare con un nonno, sulle labbra di Ashton tornò quel sorrisetto... ma questa volta aveva un che di malizioso.

«Diciotto» disse.

Dal mio cuore cadde una vagonata di sassi. Aveva solo due anni più di me.

«Quindi a diciotto anni si è troppo vecchi per pane, banane e cacao?» sogghignai. «Allora devo darmi da fare!» Diedi un altro morso, sospirando di piacere mentre masticavo, e mi pulii gli angoli della bocca con il pollice.

Ashton mi guardò come se non avesse mai visto nessuno mangiare prima. «Be', a te manca ancora qualche anno, no?»

Spalancai gli occhi. Quanto pensava che fossi piccola? «Qualche...?» cominciai, mettendomi la mano sulla bocca perché per poco non gli avevo sputato sulla camicia la poltiglia di cacao e banana. La situazione non sarebbe potuta diventare più imbarazzante di così! Mandai giù prima di riuscire a tirare fuori uno «Scusa...» sentendomi parecchio a disagio. «Ho sedici anni».

Ashton mi guardò con attenzione. «Ah, sì? Beh, è meglio che mangi, allora, così cresci ancora un po'».

Lo fissai sbattendo le palpebre. Ero avvampata in viso. D'accordo, non ero una stangona, ma nemmeno uno gnomo. Probabilmente era il mio comportamento a fargli pensare che fossi più piccola. Mi era stato detto più di una volta che non mi comportavo necessariamente secondo la mia età. Soprattutto da Mandy, che coglieva ogni occasione per prendermi in giro.

In ogni caso, ora mi sentivo obbligata a dare l'impressione di essere più grande. Mi sistemai i capelli dietro le orecchie, raddrizzai la schiena e feci per appoggiarmi con disinvoltura al bancone della cucina dietro di me, che però era un po' più lontano di quanto avessi immaginato. Barcollai nel vuoto, mi sfuggì un breve grido e se Ashton non mi avesse afferrato per il gomito con un movimento fulmineo, molto probabilmente sarei atterrata di sedere.

Imbarazzata, alzai lo sguardo verso di lui. «Scivoloso» commentai.

Lui aggrottò le sopracciglia e staccò la mano dal mio braccio. «Il pavimento?»

Mi limitai ad annuire. Un attimo prima avevo pensato che la situazione non avrebbe potuto diventare più imbarazzante di così. A quanto pareva, avevo sottovalutato il mio talento nel cacciarmi in quelle situazioni penose.

«Non volevi mangiarlo tutto?» domandò.

«Ehm... sì...» Mi cacciai in bocca l'ultimo pezzo di pane e

lo inghiottii tutto d'un fiato, cosa di cui mi pentii all'istante. Il boccone era troppo grande e mi strozzò la gola. Mi girai dando le spalle ad Ashton, lottando contro un accesso di conati di vomito e tosse, mi schiarii la gola e mi battei il pugno sul petto.

Intanto notai che Ashton non aveva dato neanche un morso alla sua metà di pane. La fetta era ancora intatta sul piatto. Evidentemente, era troppo impegnato a osservarmi mentre mangiavo. Dopotutto, gli stavo offrendo uno spettacolo avvincente.

«Non hai messo del veleno nella banana, vero?» chiesi scherzando. Ma poiché stavo ancora combattendo con quel nodo alla gola, le mie parole suonarono pressanti e, senza volerlo, serie.

Guardai Ashton, che appariva altrettanto serio. Ancora una volta si alzò tra noi quell'insondabile muro di silenzio, lui si avvicinò, trafiggendomi letteralmente con lo sguardo, e io mi dimenticai di respirare.

«Non preoccuparti» disse, abbassando la voce a un mormorio minaccioso.

Preoccuparmi? Io? Solo perché mi guardava come se volesse divorarmi come io avevo divorato il mio pane un attimo fa?

«Puoi star certo che sono l'ultima persona a mettere a repentaglio la fragile pace tra le nostre famiglie».

«Allora... è tutto a posto» balbettai.

E per dirmi questo, doveva avvicinarsi così tanto da potergli contare le ciglia? Stavo per spingerlo via da me con gentilezza, quando mi oltrepassò per prendere il piatto e si riportò a una distanza adeguata.

«Ah, eccoti qui!» La mamma era entrata in cucina e sorrideva ad Ashton in modo esageratamente amichevole. «Ora siamo pronti. Allora, se vuoi accompagnarmi?»

«Certo» disse lui e mi spinse il piatto in mano. «Prendi pure la mia metà. Da come ti sei ingozzata, starai ancora morendo di fame».

Cercai in fretta qualcosa da dire mentre lui stava già raggiungendo mia madre.

Lei si fece da parte per lasciarlo uscire dalla cucina. «Emily, non devi fare i compiti?»

«Possono aspettare» dissi, posando il piatto sul piano della cucina e voltandomi verso la porta. «Preferirei...»

Mamma e Ashton erano già scomparsi.

«... venire con voi».

Frustrata, mi accasciai contro il bancone. Stavolta riuscii addirittura a centrarlo. Avrei potuto aggiungere l'invisibilità alla lista dei miei superpoteri. Ma tanto non era una novità per me, in quanto comune mortale, essere tenuta fuori dalle questioni veramente importanti, e soprattutto pericolose. La novità, questa volta, era che la cosa mi infastidiva.

3

Niente di meglio di una gita di famiglia al cimitero

Mi sedetti alla scrivania e fissai i problemi di matematica irrisolti per un'eternità. Non riuscivo a concentrarmi. Di solito prendevo il mio rendimento scolastico molto sul serio. Dopotutto, non volevo rimanere bloccata in quella casa per sempre. Ma finché avevo in mente Ashton, non c'era spazio per nient'altro.

Il mio sguardo vagò verso la sua metà di pane, banane e cacao. Avevo portato il piatto in camera mia, ma finora non avevo toccato nulla.

Sarebbe stata una completa follia chiedere a Santana di fare un incantesimo di conservazione sul pane? Così avrei potuto nasconderlo nella mia scatola dei ricordi sotto il letto. Diamine, certo che sì, e che follia! Il fatto che mi venissero in mente pensieri del genere era già un segno che Ashton mi stava facendo diventare pazza.

Per la frustrazione mi buttai contro lo schienale della sedia e mi passai le mani sul viso. Perché doveva essere così incredibilmente bello? Perché era arrivato qui e con quel suo incantesimo sulla banana e quello sguardo penetrante aveva messo sottosopra tutto il mio mondo?

Mi reclinai indietro ancora di più, fissai il soffitto e decisi di mettere i compiti nella borsa e andare da Santana. Avevo bisogno di qualcuno con cui parlare, e potevo farlo solo da lei. In questa casa gli smartphone non erano visti di buon occhio e l'unico telefono dei Seymour era un pezzo d'antiquariato degli anni Trenta appeso all'ingresso. L'aggeggio funzionava anche, ma a chi è che piaceva stare in piedi in mezzo a un corridoio a parlare di faccende private?

Stavo per tirarmi di nuovo giù appendendomi al bordo della scrivania quando bussarono alla porta. Per lo spavento persi l'equilibrio, quasi caddi all'indietro dalla sedia, ma con uno sforzo riuscii a tenermi.

Cedric entrò in camera mia e si guardò intorno con estremo scetticismo. Si era tolto la giacca, sbottonato la camicia e arrotolato le maniche. Ne dedussi che aveva avuto una giornata molto impegnativa, visto che di solito si assicurava di avere un aspetto impeccabile.

«Il disordine in questa stanza è un dato significativo, sorellina».

«Che cosa ci fai qui?» domandai.

«Ho saputo che hai incontrato il nostro ospite in cucina».

«Sì, e allora?»

«Posso?» Fece un gesto verso il mio letto.

Feci un ampio gesto. «Fa' come se fossi a casa tua».

Con un'andatura elastica, Cedric attraversò la stanza. Non sapevo come ci riuscisse, ma, quando faceva così, qualunque fosse la stanza in cui entrava, sembrava che da quel momento in poi tutto ruotasse intorno a lui. In sua presenza, perfino le mie quattro mura non sembravano più camera mia, bensì il mero sfondo dello spettacolo della sua vita.

Quando raggiunse il mio letto, lisciò il lenzuolo, sprofondò sul materasso e si puntellò con i gomiti sulle ginocchia. Una ciocca gli si staccò dai capelli lisciati all'indietro e gli ricadde in faccia. Questo lo faceva sembrare più simpatico e non feci fatica a immaginare come mai quasi tutte le ragazze avessero avuto una cotta per lui durante gli anni della scuola, e tutti i ragazzi volessero essere come lui. Si era diplomato qualche anno prima, perciò al liceo non avevo vissuto l'imbarazzo di non essere altro che una comparsa nella vita di mio fratello... non che in sua assenza avessi mai interpretato la parte della protagonista. Ero sempre stata più che altro un'assistente di scena.

«So che non hai una buona opinione della nostra categoria» esordì, senza giri di parole.

«Non è che...»

«No, no!» la interruppe. «Non devi difenderti. La necromanzia non ti va a genio, e non perdi occasione per farcelo percepire. Da questo punto di vista, è un bene che tu abbia preso da papà. Almeno non sei costretta a rinnegare la tua natura».

Avrei voluto spiegargli che non era così. Soprattutto perché avevo la sensazione che gli sarebbe piaciuto condividere con la sorellina il nostro talento di famiglia segreto, per il quale era eccezionalmente dotato. Io non avevo scelta. Da piccola l'avevo sempre ammirato, oltre misura, quasi idolatrato, ma la necromanzia si era frapposta tra noi e aveva fatto sì che nel corso degli anni ci allontanassimo sempre di più. Naturalmente mi dispiaceva. Cedric era molto importante per me, e avrei voluto essergli molto più vicina.

Con grande disappunto di tutti, tuttavia, il massimo che io riuscivo a fare era dare vita a una lampadina, e soltanto premendo l'interruttore sul muro, e questo non si poteva in alcun modo negare.

«E quindi?» Incrociai le braccia sul petto.

«A prescindere da come la pensi sulla necromanzia, dovresti essere consapevole del significato storico dell'evento che si sta svolgendo».

«Ma quale evento?» domandai.

«I Seymour si stanno riappacificando con i Goodwin» spiegò, come se dovesse essermi chiaro da tempo. «Sai che cosa significa?»

Assunsi un'espressione pensierosa e mi sfregai il mento. «Niente più battaglie da film tra eserciti di non morti?»

«È dal XIV secolo che non succede» mi disse con un sorriso. «Le nostre famiglie sono in guerra ormai da ere. Porre fine a questa situazione cambierà molte cose in meglio. Non ci saranno più dispute sulle responsabilità. Niente più ostilità, niente più paura di cadere in un'imboscata di un Goodwin. Ciò che accadrà in questi giorni avrà ripercussioni su tutti gli abitanti del Mondo di Mezzo. Le cose cambieranno anche per te, Emily. Per esempio, potresti frequentare senza problemi un'università sulla Costa Occidentale. Nessuno di noi dovrà preoccuparsi che i Goodwin ti diano la caccia nel caso in cui tu non fossi più sotto la nostra protezione».

Non mi ero nemmeno resa conto dell'esistenza di quel pericolo. Né che fossi in qualche modo sotto la protezione dalla mia famiglia. Che cosa se ne sarebbero fatti di me i Goodwin? Tuttavia, più ci pensavo, più prendevo coscienza del fatto che, per la mia famiglia, io rappresentavo un punto debole. Non sapevo usare nessun incantesimo per difendermi, però ero a conoscenza di alcune cose sui Seymour. Per esempio, sapevo dove tenevamo il nostro Grimorio e come leggere il codice in cui era scritto. Conoscevo i rituali che erano prerogativa della nostra famiglia e fin da bambina avevo imparato a memoria le rime che indicavano la strada per raggiungere luoghi nascosti.

«E ora che cosa volete che faccia?» domandai.

«Abbiamo negoziato tutto il giorno e abbiamo raggiunto un buon accordo, ma non è stato facile. Credevamo che con il giovane Goodwin sarebbe stato un gioco da ragazzi, ma lui è diverso dagli altri, più imprecisi, della sua famiglia. Ha cervello e sa molto bene a che cosa prestare attenzione. Sarà anche questo il motivo per cui lo hanno inviato qui come interlocutore per la negoziazione. In ogni caso, mancano solo alcuni dettagli finali prima di apporre i sigilli delle nostre famiglie sul trattato. Fino ad allora, sarà tuo compito tenere occupato il giovane Goodwin. Sembra che ti abbia preso in simpatia. Se lo distrarrai, potrò ridefinire gli ultimi dettagli a nostro favore».

Non ero sicura di aver capito bene quello che Cedric aveva appena detto. Ashton mi aveva preso in simpatia? Me? Non potevo crederci sul serio. Dopotutto, con lui mi ero comportato come un'idiota per eccellenza. Per non parlare del fatto che mi aveva preso per una ragazzina molto più piccola di lui. «In che modo dovrei distrarlo?»

Cedric guardò oltre me, verso i compiti. «Non fai progressi? Di solito sei brava in matematica».

«È solo che non riesco a...»

«Concentrarti?» Sciabolò con le sopracciglia, sollevando gli angoli della bocca in un ghigno malizioso. «So bene come funziona per voi adolescenti. Vedete tutto rosa, il vostro adorato sembra straordinariamente bello, gli ormoni impazziscono, e basta uno sguardo o un tocco per farvi credere di aver trovato l'amore della vita. Non so se Goodwin abbia una cotta per te, ma rispetto a te avrà al massimo uno o due anni in più e chiede di te, fa domande. Vale la pena di provare a fargli perdere un po' la testa. Tanto che cosa abbiamo da perdere?»

Immaginai come mamma, papà, zia Sophia, tutti quanti si fossero seduti a tavolino a parlare di come farmi mettere insieme ad Ashton. Mi domandavo se avessero tirato a sorte per decidere a chi sarebbe toccato recapitarmi quel messaggio.

«È un piano subdolo» dissi senza mezzi termini. «Come può funzionare la pace tra le nostre famiglie se ricorrete all'inganno ancora prima di firmare l'accordo?»

«Oh, andiamo, non c'è niente di male nel cercare di ottenere qualche vantaggio. E non ti chiediamo nulla di più che di trascorrere un po' di tempo insieme a lui. Ma se pensi che sia troppo, allora prego,» indicò la porta «va' da lui, raccontagli quello che ci siamo detti e butta all'aria la possibilità di avere un futuro al di fuori di queste quattro mura. Perché, credimi, se l'accordo non andrà in porto, tu non te ne andrai mai da Springdale».

«Voi non potreste impedirmelo» dissi.

«Se tu...!» Si interruppe con l'indice alzato e fece un respiro profondo. Prima si strofinò il ponte del naso, poi mi si avvicinò con fare indulgente e mi poggiò le mani sulle spalle. «Hai ragione. Noi Seymour siamo bravi ad approfittare di tutto. È stata l'eterna rivalità con i Goodwin a renderci così. E ora abbiamo l'opportunità di porvi fine. Lo capisci, vero?»

«Va bene». Mi scrollai di dosso le sue mani. «Se devo proprio farlo, lo farò. Lo distrarrò, ma niente di più, sono stata chiara? Tenetemi fuori dai vostri intrighi».

«Allora dopotutto c'è una Seymour in te, sorellina! Forse non una necromante, ma se non altro una Seymour». Si avvicinò alla porta e si fermò ancora una volta sulla soglia. «Ehi, Emily...»

«Che c'è ancora?» ribattei di scatto.

«Magari Mandy ti presta una magliettina sexy».

Mi precipitai sul letto, afferrai un cuscino e glielo lanciai contro. «Levati dai piedi!» sibilai.

Cedric lo schivò abilmente. «Troppo lenta, sorellina». Aprì la porta e scivolò in corridoio con un unico movimento elegante. «Al piano di sotto, nel salone d'ingresso, tra dieci minuti. Con scarpe robuste. Abbiamo un altro lavoro da svolgere. Dobbiamo andare al cimitero a dissotterrare un corpo. E Goodwin verrà con noi». Mi fece l'occhiolino e chiuse la porta prima che potessi tirargli un altro cuscino in faccia.

Dieci minuti erano bastati perché passassi due volte in rassegna ogni capo di abbigliamento del mio armadio. Non c'era molto, perché la maggior parte dei vestiti giaceva sporca e puzzolente sulla pila di biancheria che cresceva. Accarezzai anche l'idea di seguire il consiglio di Cedric e chiedere aiuto a Mandy. Ma la scartai subito. Dopotutto, non volevo sembrare una palla da discoteca. E poi, non ero l'anonima protagonista di un filmetto d'amore per ragazzini, che da topolino grigio si trasformava in top model grazie a un restyling e alla fine scendeva le scale in un elegante abito da sera, dove l'aspettava il cavaliere che l'avrebbe accompagnata al ballo di fine anno. Preferivo attenermi al mio stile abituale... cioè, non averne uno. Almeno così mi sentivo me stessa.

Mi tenni la felpa rossa e presi gli stivali di gomma dalla

scarpiera. Incespicando fuori dalla porta, mi infilai gli stivali... e per poco non sbattei addosso a zia Sophia. Indossava, in tinta con l'ombretto, un abito lungo fino a terra color viola scuro e, sopra, un cappotto che assomigliava spaventosamente ai mantelli dei vampiri nei vecchi film horror in bianco e nero. Sul serio, mancava solo la scopa per completare il costume di Halloween da strega.

Mi guardò con attenzione. «Tuo fratello ha parlato con te?» chiese.

«Sì, zia».

«E vuoi venire davvero così ...?» Si schiarì la gola. «Be', ormai non ci si può fare nulla». Con un sorriso gelido sulle labbra, mi afferrò il braccio e mi tirò giù per le scale.

Avrei voluto poter dire che mia zia era quella stravagante tra i Seymour, e tutti gli altri erano al corrente di come ci si vestiva nel XXI secolo. Ma, ahimè, non era così.

Nell'atrio, mamma, Mandy e Cedric ci stavano già aspettando. E anche loro apparivano in procinto di partecipare a una festa in costume d'epoca. Mia madre, come zia Sophia, portava un lungo abito fluente. Se non altro almeno Mandy non sembrava uscita dal secolo scorso. Ma, con il top glitterato, la cintura in vita, i leggings e le scarpe con il tacco alto, neanche lei dava l'idea di avere intenzione di sporcarsi le mani. Cedric, che si era rimesso la giacca e si era pettinato perfettamente all'indietro i capelli, pizzicò il fazzoletto da taschino nella tasca sul petto e quando mi vide mi rivolse un cenno furtivo del capo.

«Andiamo a dissotterrare un cadavere, ho capito bene?» domandai.

«Non sarà così facile, tesoro» disse la mamma. Si avvicinò a me e armeggiò con la mia felpa. «Non avresti qualcosina di più elegante? Che ne dici di quella camicetta blu che ti ho regalato per Natale?»

«I lupi mannari, ricordi?» Quello straccetto era pieno di buchi dopo che la mia famiglia si era scontrata con un branco intero, e in quella storia ero stata coinvolta anch'io. Quella sera non fu uno dei miei momenti di massimo splendore, ma mia madre tendeva a dimenticare in fretta certe cose.

«Ah, già» disse, pensierosa.

In quel momento papà entrò nel salone d'ingresso. Era carico di tre vanghe e un sacco di sale da tre chili. Subito dietro di lui lo seguiva Ashton, i nostri sguardi si incrociarono e io gli voltai in fretta le spalle. All'improvviso ebbi la sensazione che, se lo avessi guardato troppo a lungo, avrebbe potuto leggermi in fronte il piano della mia famiglia.

«Se magari la prossima volta Joseph aspetterà che il sale sia nel bagagliaio, prima di tirare fuori la macchina dal garage, non dovrò trascinare il sacco per tutta la casa» brontolò papà, inciampando contro le vanghe che gli stavano scivolando da sotto le braccia.

«Dammi...» mi offrii... e urtai la mano di Ashton, che contemporaneamente stava per afferrare la stessa vanga. Spaventata, mi ritrassi. Il cuore mi batté all'impazzata, mentre Ashton si limitò a sorridere con aria gentile.

Prese le vanghe da papà e ne passò una a me. «Prendi questa, le altre le porto io».

Ricambiai imbarazzata il sorriso e allungai la mano con esitazione. I nostri occhi si incontrarono di nuovo e il mio cuore ebbe un sussulto. Avrebbe potuto essere uno di quei momenti in cui tutt'intorno a me cavala il silenzio e io mi perdevo completamente negli occhi verde muschio di Ashton. Tuttavia, il sorriso furtivo di mia madre non mi sfuggì.

Strappai letteralmente la vanga dalle mani di Ashton, mi voltai e mi diressi verso la porta. Un imbarazzo totale, ecco cos'era. Un. Imbarazzo. Totale.

Cedric mi raggiunse a metà strada. «Dovrai impegnarti un po'» mi sussurrò.

«Sparisci» ringhiai.

Era impossibile che sarebbe finita bene. Già era difficile stare nella stessa stanza in cui c'era Ashton. Come potevo sopportare di stare in sua presenza con la missione segreta che mi ronzava in testa costantemente? Camminai più in fretta per seminare Cedric e uscii di casa.

La nostra auto di famiglia era una vecchia Ford Lincoln. Una limousine degli anni Ottanta in grado di offrire posto per tutti noi. Zio Joseph era già in piedi nel vialetto con la macchina. Riposi la vanga nel bagagliaio e mi sistemai sul sedile posteriore. Mandy salì alla mia sinistra. Mi spinse con forza al centro e chiuse la portiera. A destra arrivò Ashton e io mi feci piccola piccola.

«Che bella macchina che avete» commentò lui.

«Già» risposi, trattenendo il fiato. Era seduto così vicino a me che le nostre spalle si toccavano.

Di fronte a noi presero posto mamma, zia Sophia e Cedric. Zio Joseph faceva da autista come al solito e papà caricò il sale nel bagagliaio prima di congedarsi con una rapida occhiata nell'abitacolo. Quando la famiglia aveva un incarico da svolgere, lui restava quasi sempre a casa. Gli piaceva approfittare di avere la villa praticamente tutta per sé per poter lavorare in pace. Essendo un restauratore freelance, riceveva regolarmente vecchie pellicole e foto da sviluppare e preferiva non essere disturbato quando maneggiava materiali delicati e quelle sostanze chimiche.

Uscimmo dalla proprietà diretti verso l'autostrada, ci lasciammo Springdale alle spalle e ben presto, curva dopo curva, attraversammo un paesaggio boscoso.

«Voi due avete più o meno la stessa età» disse la mamma indicando Ashton e me. «Di sicuro avete tante cose in comune».

«A parte l'età, vuoi dire?» chiesi con un sopracciglio alzato, notando dallo sguardo della mamma che il mio tono ironico non le piaceva affatto.

«Che ne dici di accompagnare Ashton a fare un giro domani? Springdale è davvero una bella cittadina». Gli angoli della bocca le si contorsero mentre si sforzava di mantenere il sorriso.

«Certo, posso farlo» dissi con riluttanza. Dopotutto, l'avevo promesso a Cedric.

«È un'offerta molto gentile» la ringraziò Ashton. «Ma dubito che mi rimarrà abbastanza tempo. C'è ancora molto di cui discutere».

«Oh, ci penseremo noi» promise la mamma, scuotendo la testa. «Non è vero, Cedric?»

«Gli ultimi dettagli li definiremo in un attimo» concordò lui. «Puoi ritagliarti tranquillamente un po' di tempo».

Ashton guardò Cedric per un momento insolitamente lungo. Qualunque cosa lo avesse già preoccupato in cucina sembrava averlo colto di nuovo. «In tal caso...» disse infine, e si voltò verso di me. Il sorriso appena percettibile sulle sue labbra era come un sipario dietro a cui nascondeva cose che non voleva svelare a me e alla mia famiglia. «Ovviamente, solo se ti va davvero».

Cercai una risposta che non mi facesse sentire una bugiarda e che non suonasse come se in sostanza non avessi scelta. In quel momento vidi che stavamo svoltando in Mirrorstreet, una via che da tempo aveva smesso di essere tale. Ormai, solo un sentiero sconnesso che tagliava la boscaglia alla nostra sinistra indicava che un tempo c'era stato qualcosa.

«Attenti!» esclamai, mentre zio Joseph si lanciava nel fosso senza frenare.

Sbandammo, gli pneumatici persero aderenza, la Lincoln si ribaltò e noi fummo sollevati dai sedili.

L'auto fu investita da una luce abbagliante. Da poche immagini sfocate, il mondo intero apparve capovolgersi. Un attimo dopo tornammo sui sedili.

La luce si attenuò e proseguimmo lungo un'ampia strada come se nulla fosse accaduto. L'ambiente circostante, però, era cambiato completamente. Dove prima c'erano fitte foreste, ora vedevamo una steppa polverosa, una bassa macchia e montagne rossastre all'orizzonte.

Feci diversi respiri profondi. Non appena entravamo nel Mondo di Mezzo, mi si ribaltava lo stomaco, anche se per farlo bastava lanciarsi in una piega nello spazio... sottosopra, s'intende. Poco prima, però, avevamo corso lungo il bordo di una piega per sbucare in un luogo del tutto diverso. Dunque, non eravamo entrati nel Mondo di Mezzo, ma avevamo usato la piega come un'autostrada, percorrendo così alcune centinaia di chilometri in pochi secondi. Perciò, non c'era da stupirsi se mi sentivo come se avessi appena mangiato un secchio di lombrichi.

Solo dopo che mi fui calmata un po' mi resi conto che, per tutto il tempo, mi ero aggrappata a qualcosa. Avevo afferrato il braccio di Ashton e mi ci tenevo ancora attaccata.

«Tutto bene?» mi chiese.

«Sì!» gemetti, staccando la mano da lui. «È solo che...»

«Anche a me vengono sempre un po' di vertigini quando la gravità si sospende».

«Capita a tutti» concordò la mamma.

«Solo che noi non urliamo come dei pazzi» disse Mandy in tono arrogante.

Zia Sophia le tirò un calcio sullo stinco.

«Ahia!» si lamentò.

Quelle uscite in famiglia... quanto mi facevano saltare i nervi! Ed era una situazione quasi insopportabile, con Ashton seduto accanto a me. Ma cosa avrei dovuto fare? Non potevo certo buttarmi fuori dal finestrino. Anche se il pensiero era allettante.

Ben presto, prendemmo una deviazione e attraversammo una cittadina. Era già abbastanza tardi, gli abitanti avevano finito di lavorare e ovunque si vedevano passanti che si voltavano a guardare con curiosità la nostra auto d'epoca. Sprofondai ancora di più nel sedile e sperai che fosse troppo buio perché riuscissero a lanciare un'occhiata dentro l'abitacolo. A Springdale, tutti conoscevano già la mia famiglia e il suo vestiario discutibile. Lì ormai non attiravamo l'attenzione praticamente di nessuno. Altrove, invece, davamo nell'occhio come cagnolini variopinti.

Mi schermai gli occhi con la mano, sperando che tutto andasse per il meglio, e fui felice quando finalmente ci lasciammo alle spalle le vie piene di vita e ci fermammo nel parcheggio di un cimitero fuori mano.

«Ho visto un McDonald's lungo la strada» commentò Mandy scendendo.

«Oh, per favore, no» mormorai. Non sarebbe stata la prima volta che mi sarei seduta in un fast food con la mia famiglia dopo aver portato a termine un incarico: io con le scarpe da ginnastica piene di fango e la terra tra i capelli scapigliati, gli altri nei loro bizzarri costumi di Halloween, e decine di occhi puntati su di noi.

«Nel forno c'è un arrosto che vi aspetta» disse zia Sophia con mio grande sollievo. Uno dopo l'altro, tutti scesero e rimasi solo io. Finalmente osai alzare lo sguardo.

«Sembra che ti vergogni della tua famiglia» disse Ashton, che aveva sporto di nuovo la testa dentro dalla portiera.

Lo guardai, allarmata. «No, io... è...» Tirai un sospiro di rassegnazione. «Sì, più o meno».

«Non dovresti. Io trovo tutti divertenti». Sorrise. «Anche tu».

Divertente? Quindi mi trovava divertente? Be', tanto non pensavo di piacergli, come sosteneva Cedric. Quella affermazione rendeva anche il suo comportamento molto più sensato. Vedeva me e la mia famiglia soltanto come una strana marmaglia di comici.

«Da morire dal ridere» dissi, asciutta.

Ashton mi tese la mano.

«Grazie, ce la faccio» borbottai.

Si fece da parte, io gli passai accanto per uscire dall'auto e andai al bagagliaio, che lo zio Joseph aveva già aperto. Senza parlare, lui tirò fuori le vanghe e mi lasciò solo con il pesante sacco di sale.

«Sono ansioso di vedere che cosa succederà» udii Ashton dire a mia madre mentre mi caricavo il sacco di iuta su una spalla, perdevo l'equilibrio per il peso e facendo diversi passi indietro.

«In caso di anime inquiete, usiamo un rituale collaudato» spiegò lei. «Tu sarai il primo Goodwin a parteciparvi».

«Avete già scoperto il motivo dell'irrequietezza dell'anima?»

«Il motivo?» chiese la mamma meravigliata.

Mandy rise. «E a chi importa? L'importante è che smetta di dare luogo a infestazioni, così che nessun comune mortale si faccia l'idea che qui sia all'opera qualcosa di soprannaturale».

«Non abbiamo bisogno di conoscere il motivo» spiegò Cedric. «Peraltro, non sono neanche affari nostri. Non siamo pastori. Noi accettiamo l'incarico di sbarazzarci di un fantasma e ce ne occupiamo in tempi rapidi e senza complicazioni».

«È esattamente così» confermò mia madre. «In questo caso, è stato il Tribunale del Mondo di Mezzo a incaricarci personalmente. Da qualche tempo a questa parte, tra i comuni mortali della zona si è diffusa la voce che il cimitero sia infestato. Per preservare il segreto dell'esistenza del Mondo di Mezzo, oggi affronteremo il problema. Ma a chi lo sto spiegando? Essendo tu un Goodwin, sarai stato sicuramente coinvolto in casi simili, non è vero? Anche se suppongo che la tua famiglia si occupi più che altro di incarichi privati. Tua madre non preferisce fare sedute spiritiche, leggere le carte e cose del genere?»

Era una chiara frecciata diretta ai Goodwin. La mamma si vantava del fatto che noi lavoravamo per il Tribunale e liberavamo i cimiteri dagli spiriti infestanti, e allo stesso tempo accusava i Goodwin di occuparsi solo di cose di poco conto. Se fossi stata in Ashton, i miei lineamenti sarebbero esplosi. Eppure lui riuscì a rimanere del tutto indifferente.

Mi schiarii la gola. «Non mi dispiacerebbe se sbrigassimo la faccenda in fretta. Questo sacco pesa una cifra, dov'è che va messo?»

«Da questa parte» disse la mamma e si affrettò a incamminarsi avanti a me.

Io la seguii.

Ashton mi raggiunse e afferrò il sacco di iuta. «Ci penso io». Non aspettò nemmeno la mia risposta e si gettò sulla spalla senza sforzo il pesante fardello.

Cedric apparve accanto a me. «Vedi? Gli piaci».

«È solo gentile» obiettai. «Il che è più di quanto si possa dire di te».

Mio fratello alzò le mani in segno di difesa e fece un sorriso furtivo. «Il mio talento non risiede nei lavori fisici».

Alza gli occhi al cielo. Cedric non voleva sporcarsi le mani. Proprio come Mandy e zia Sophia. Preferivano lasciare il lavoro sporco agli altri. E con altri intendevo me.

4

Con un gioco da tavolo, questo non sarebbe successo

Ci sono famiglie che trascorrono il venerdì sera a sfidarsi ai giochi da tavolo o davanti alla televisione, condividendo un sacchetto di patatine e bisticciando per ottenere il controllo del telecomando. Quella sera, io mi trovavo con lo zio Joseph in piedi in una buca profonda quasi due metri, con gli stivali affondati nella terra scavata che mi arrivava quasi ai gambali, intenta a riesumare un corpo. Gradualmente, cominciai a dubitare che in quella fossa fosse stato sepolto qualcuno. Non c'era ancora traccia della bara e mi facevano già male tutte le ossa.

Mia madre aveva monopolizzato Ashton. Forse aveva l'impressione che io non stessi svolgendo abbastanza bene il ruolo che mi era stato assegnato, ed evidentemente era per questo che si sentiva in dovere di riempirlo di chiacchiere fino a fargli fumare il cranio. Zia Sophia e Mandy, nel frattempo, camminavano per il cimitero, eseguendo un incantesimo che schermava le nostre attività notturne dagli occhi di osservatori indesiderati.

Cedric disegnò un elaborato cerchio rituale di sale intorno alla tomba. Era un vero artista in questo campo. Se i necromanti non avessero dovuto nascondere i propri poteri ai comuni mortali, si sarebbero potute esporre le stampe fotografiche delle sue opere di sale nelle gallerie d'arte.

Mi raddrizzai, mi stiracchiai la schiena dolorante e mi tersi il sudore dalla fronte. Il fatto che non fossi la prima della classe a ginnastica non era certo dovuto al fatto che nel tempo libero non facessi abbastanza per tenermi in forma. Quella non era certo la prima tomba che mi facevano scavare.

Certo, a fare il grosso era lo zio Joseph, che spalava come se ne andasse della sua vita e non pareva nemmeno stancarsi.

«Posso?» sentii Ashton chiedere da sopra, ed eccolo atterrare nella buca proprio di fronte a me. Si raddrizzò e mi venne così vicino che i nostri nasi quasi si toccavano. Avrei voluto indietreggiare, ma non c'era spazio.

«Si sta un po' stretti qui dentro» disse e mi rivolse un sorriso gentile.

Alla luce argentata della luna piena, il contrasto tra la sua pelle piuttosto pallida e i capelli neri come la pece che gli ricadevano sulla fronte era ancora più forte. I suoi occhi verde muschio brillavano come giada e avevano su di me un effetto quasi ipnotico.

Cercai di ricordare quello che aveva detto Cedric: erano solo i miei ormoni impazziti. Mi ero presa una cotta per Ashton senza conoscerlo davvero. Forse, se me lo fossi ripetuto abbastanza spesso, sarei riuscita a mantenere la lucidità.

«Di solito una tomba come questa è fatta per ospitare una persona sola» dissi con voce velata e lanciai uno sguardo oltre le sue spalle, verso lo zio Joseph, che continuava a spalare senza sosta. Occupava la maggior parte dello spazio.

Ashton catturò di nuovo il mio sguardo. «Non volevo lasciarti fare tutto il lavoro da sola, ma tua madre aveva molte cose da raccontarmi. Se vuoi, ora ci penso io».

Si avvicinò alla mia vanga, le nostre mani si toccarono e un piacevole brivido mi attraversò il corpo. La terra cominciò a muoversi.

Mi ci volle un attimo per rendermi conto che era la bara ad aver cominciato a tremare, e non soltanto il mio intero mondo interiore, scosso dalla vicinanza di Ashton.

«Ora bisogna fare in fretta!» gridò la mamma da sopra, passandoci la terza pala.

Ashton la prese e si girò verso di me. «Qualcuno non sembra affatto entusiasta di essere riesumato. Lascia a me il resto».

Di nuovo ci fu una violenta scossa, come se una forza invisibile stesse strattonando la bara e cercasse di liberarla dal terreno con tutte le sue forze. Dovetti aggrapparmi al bordo della fossa. Mamma aveva ragione. Ogni secondo era importante, ora. Nessuno di noi voleva avere a che fare con un fantasma infuriato.

«Non c'è tempo per riposare» dissi. «Dobbiamo sbrigarci o sarà pericoloso. Joseph?»

Mio zio annuì e smise di buttare la terra fuori dalla buca. Iniziò invece a spalarla nella nostra direzione il più in fretta possibile, per portare alla luce almeno la testa della bara. Sarebbe bastato. Non sarebbe stato un lavoro pulitissimo, ma me ne sarei fatta una ragione. L'importante era finire tutto prima che lo spirito riuscisse a manifestarsi.

Scivolai accanto ad Ashton e cominciai a spostare la terra di zio Joseph nell'angolo posteriore della buca. Nel processo, un po' di terra mi finì negli stivali.

Ashton non aveva paura di usare olio di gomito. Quando una

nebbia fitta si riversò nella buca da tutti i lati, anche lui dovette rendersi conto che non avevamo tempo da perdere.

«Ed è proprio per questo che non si scherza con gli spiriti arrabbiati senza sapere che cosa vogliono» mormorò Ashton cupo.

«Fa parte del mestiere» brontolai, anche se dubitavo che le sue parole fossero destinate alle mie orecchie. Finora aveva sempre cercato di mostrarsi amichevole.

Non sapevo come funzionasse per i Goodwin, ma la mia famiglia aveva a che fare con casi del genere con una frequenza spaventosa. Di tanto in tanto vedevo Cedric partire per andare a contattare una persona morta per conto di un cliente, ma di solito c'era uno spirito aggressivo che si scatenava da qualche parte e, poiché tutti nel Mondo di Mezzo sapevano che i Seymour erano specializzati in casi del genere, si rivolgevano a noi. Quindi, in senso lato, eravamo un po' come i Ghostbusters... ma senza quelle fantastiche armi laser, che avrebbero reso il mio patrimonio familiare molto più divertente.

La nebbia, che fino a un attimo prima sembrava un fenomeno naturale, cominciò ad addensarsi in forme simili a tentacoli. Come serpenti contorti, attraversati da lampi blu, si alzarono dalla foschia e cercarono di farsi strada attraverso la terra fino alla bara.

La terra per le sepolture era benedetta e di norma non permetteva ai morti di tornare in possesso dei loro corpi. Tuttavia, poiché eravamo costretti a dissotterrare il corpo prima di poter trasportare la sua anima nell'aldilà, aprivamo loro una via. E approfittarne era proprio quello che lo spirito arrabbiato aveva intenzione di fare.

Ashton cercò di evitare che penetrasse nel corpo del defunto tagliando i tentacoli di nebbia. L'acciaio temprato della pala ottenne un grande effetto: spezzò senza sforzo la nebbia, provocando da parte dello spirito delle urla di lamento che mi attraversarono il midollo. Tuttavia, una pistola laser che distruggesse gli spettri sarebbe stata molto più efficace, perché per ogni tentacolo trafitto da Ashton ne crescevano almeno uno o due nuovi.

«È inutile» dissi. «Ora è più importante la terra».

«Ti rendi conto che in questo momento siamo immersi fino alle caviglie nella presenza di un uomo morto?»

Avevo smesso di preoccuparmi di queste cose molto tempo fa. «La terra» gli ricordai.

Ashton si raddrizzò. «Qualcuno sa che cosa cerca questo spirito?» domandò. «Nessuno?» aggiunse dopo una breve pausa.

«Al momento, il suo corpo» risposi, con una punta di irritazione. «Allora facciamo che...» Mi interruppi quando qualcosa mi strinse la gamba. All'inizio fu solo un breve strattone, guardai in basso e improvvisamente la terra sembrò aprirsi sotto il mio piede destro. Gridai per lo spavento e sprofondai fino alle ginocchia nella nebbia.

«Diavolo!» gemette Ashton, conficcando alla cieca la vanga nel terreno. Di nuovo, un urlo straziante lacerò l'aria, seguito da un altro scossone che mi trascinò ancora più giù. Allungai la mano a tentoni intorno a me, ma non trovai appigli.

Un brivido freddo mi attraversò e capii che quello spirito non stava semplicemente cercando di trascinarmi giù. Voleva impossessarsi di me, dopo che probabilmente si era reso conto che quello che era il suo corpo sarebbe rimasto fuori dalla sua portata.

Ashton mi afferrò il braccio. «Resisti!» mi esortò, ma fu inutile. Nessuno può vincere la volontà di uno spirito infuriato con la mera forza fisica. Percepivo già che la mia resistenza svaniva, i miei pensieri si affievolivano, e fui inondata di strane sensazioni. Paura, rabbia e disperazione. Frammenti di ricordi che non riuscivo a collocare, avvolti da urla orribili che non riecheggiavano più nel cimitero ma risuonavano direttamente nelle mie orecchie. Faceva un male terribile e tutto ciò che mi circondava scivolava via lontano.

Confusamente, vidi Ashton stringere la mano libera a pugno e portarselo alla fronte. Sussurrò qualcosa e tra le sue dita ci fu uno sfarfallio. All'inizio fu solo un timido bagliore, poi la luce divampò, fluì attraverso le vene fino al gomito e con il suo calore scacciò il freddo che aveva reso il mio corpo rigido e indifeso. Anche le urla nelle mie orecchie si attenuarono fino a diventare un bisbiglio lontano.

Ashton si lasciò cadere in ginocchio, allargò le dita e sbatté con forza a terra il palmo della mano. La luce che aveva evocato esplose, provocando una scossa, e la nebbia si ritrasse da noi. Come bruciata da una fiamma, si annerì nel punto in cui entrò in contatto con l'incantesimo di Ashton e si disintegrò in cenere senza vita.

Ashton non esitò a lungo, mi afferrò con entrambe le mani e cercò di liberarmi, ma il mio piede continuava a restare bloccato come se fosse avvolto dal cemento.

«Cavolo, non riesco a liberarmi» gemetti, con la voce quasi rotta.

La nebbia stava già tornando. L'attacco di Ashton al fantasma ci aveva fatto guadagnare solo pochi secondi ed ero quasi certa che ora fosse ancora più arrabbiato di prima.

«Forza!» ringhiò Ashton, gettandosi finalmente in ginocchio per liberarmi a mani nude.

La nebbia si riversò su di noi da tutti i lati. Il freddo tornò a invadermi le membra, il mio cuore accelerò e i sussurri si trasformarono di nuovo in urla insopportabili. Ma, quando qualcosa a un tratto mi colpì dall'alto, le voci tacquero da un secondo all'altro.

Un vero e proprio fiume di sale si riversò su Ashton e su di me scorrendomi sul collo e sulle spalle, bruciandomi il naso quando respirai e intasandomi gli occhi. Tossii.

«Non c'è di che» sentii Cedric dire con tono soave sopra di noi.

Infastidita, frustrata ed esausta com'ero, mi scrollai di dosso quanto più sale possibile e lo tolsi a pacche dal maglione. Anche Ashton era coperto dalla testa ai piedi. Pure lui tossiva e cercava di togliersi quella roba dai capelli.

Era tornato il silenzio. La nebbia era scomparsa e con essa il fantasma infuriato. Cedric aveva allontanato il pericolo da noi, anche se in maniera non proprio elegante.

«Avresti potuto aiutarci» rimproverai zio Joseph, che continuava impassibile a spalare. «Ero occupato» disse semplicemente, sollevò la vanga e la spinse giù con forza. Si udì un rumore di legno spezzato, e io sperai che la bara fosse l'unica cosa ad essere stata rotta da quei suoi modi brutali.

Feci un altro sforzo per liberarmi la gamba e questa volta ci riuscii. Venire fuori dalla terra umida delle tombe era più facile quando non c'era di mezzo uno spirito infuriato con le sue dita tentacolari.

«Usciamo di qui» dissi, alzandomi e tendendo la mano a mio fratello.

Cedric la fissò senza reagire, così gliela porsi di nuovo con enfasi. Alla fine sospirò e si degnò di aiutarmi, sebbene io fossi completamente sudicia e lui non sopportava di essere imbrattato di terra.

«Solo perché sei tu, sorellina».

Accanto a me, anche Ashton emerse dalla tomba. Si tirò su senza sforzo e fu subito irretito dalla mamma.

«Be', la cosa si è rivelata più spiacevole del previsto» disse scusandosi, spazzandogli via un po' di sale dalla spalla.

«Un pizzico sarebbe bastato» disse, rivolgendosi a Cedric con il sopracciglio alzato.

«Meglio prevenire che curare» rispose lui.

Mi raddrizzai e mi scossi i capelli salati.

«Attenta al cerchio rituale» mi ammonì la mamma. «La minima imprecisione e ne pagheremo tutti il prezzo».

«Lo so, sto attenta» ringhiai.

Cedric aveva fatto un ottimo lavoro. Intorno a noi era stata creata una vera opera d'arte di sale, che ricordava un intricato mandala di proporzioni esagerate. Vi erano incastonati tanti piccoli cerchi, ognuno dei quali offriva spazio sufficiente per una persona, che, durante il rituale avrebbe lasciato fluire i propri poteri. Innumerevoli rune dovevano garantire che l'anima del defunto venisse attratta e tenuta stretta, in modo tale da poterle indicare la strada per l'aldilà. Se non altro, la prima parte aveva già funzionato.

Anche zio Joseph si arrampicò fuori dalla tomba e da lontano vidi Mandy e zia Sophia che tornavano.

«Non siamo disturbati» annunciò Sophia.

Mandy mi diede un'occhiata dall'alto al basso. Sulle labbra le balenò un ghigno sardonico. «Come fai a sporcarti sempre così tanto?»

«La prossima volta possiamo dividerci i compiti in modo diverso» suggerii. «Tu dissotterri il corpo e io...»

«E tu che cosa vuoi fare?» chiese con aria di sfida.

«Ora basta» ci interruppe la mamma. «Abbiamo un incarico da portare a termine, e il tempo stringe. Ashton, saremmo onorati se tu partecipassi al rituale. Spero che il piccolo incidente di prima non ti abbia scoraggiato».

Ashton fece un sorriso gentile, ma ormai lo avevo capito. Mentre lo spirito infuriato si riversava nella tomba sotto forma di sostanza nebbiosa, ero riuscita a vedere oltre la facciata che manteneva in presenza della mia famiglia. Sembrava che il modo in cui noi praticavamo la necromanzia non gli piacesse affatto.

Tuttavia, rispose: «Ma no, partecipo volentieri».

«Allora mettiti qui» chiese zia Sophia, indirizzandolo verso uno dei cerchi.

«Emily?» si rivolse Cedric a me.

Mi sentii subito nervosa. Di solito ero categoricamente esclusa dall'esecuzione di questi rituali. Essendo una comune mortale, non ero in grado di fare alcunché. Doveva essere la presenza di Ashton a farmi venire voglia di contribuire, stavolta... o almeno di fare finta di esserne capace. Dopotutto, aveva appena combattuto eroicamente contro un fantasma per salvarmi, e non aveva ancora idea di quale fosse il mio dono.

«Sì?» chiesi con aspettativa.

«Lì dietro c'è ancora il sacco di sale» spiegò, indicando la lapide contro cui era appoggiato il sacco. «Portalo via, okay? E non dimenticare le vanghe».

Sospirai e lasciai ciondolare le spalle. «Consideralo già fatto» dissi, avvicinandomi alla lapide.

Avevo quasi dimenticato qual era il mio posto in famiglia.

«Emily, alza i piedi!» mi gridò mamma. «Dovremo lavare via tutto se cancelli qualcosa».

«Non cancello niente!» le ribattei indignata, mi accucciai e tirai fuori le pale dalla tomba. Attraverso la bara aperta e spaccata non mi fu risparmiata la vista dello scheletro. Mi sorrideva malizioso.

«Non fare quella faccia» gli dissi. «Il sorriso sparirà anche a te».

Naturalmente, lo scheletro non stava davvero sorridendo. Senza la carne attaccata alle ossa, tutti mostravano i denti. Per quanto stupida fosse stata la tua vita quando lasciavi questo mondo, sorridevi finché non ti sgretolavi in polvere.

Afferrai il sacco di iuta mezzo vuoto, me lo caricai sulle spalle e lo trasportai insieme alle vanghe fuori dal cerchio rituale. Posai tutto vicino a una panchina di pietra e mi sedetti.

Da una distanza di sicurezza, osservai ciò che stava accadendo. Tutti presero posizione. Quella sera era mamma a condurre il rituale e iniziò a lanciare l'incantesimo. La sua voce melodica riecheggiava nel cimitero: parole dal suono mistico in una lingua morta, trasportate da poteri che facevano brillare l'aria intorno a me. Il vento si alzò, ululando tra i rami degli alberi e facendo danzare le foglie secche. Le raffiche si abbatterono anche sulle rune e sui cerchi di sale, i quali, però, intrisi di magia, resistettero alla natura che si ribellava.

Ma il cerchio non solo rimase intatto, ma bruciò l'erba. Il sale cominciò ad ardere, trasformandosi da bianco a nero e sprofondò nella terra, che infine cominciò a tremare. A quel punto, ovunque Cedric avesse cosparso il sale, si erano formati dei profondi solchi.

Tutti i partecipanti mantennero la massima concentrazione, lasciando che i loro poteri fluissero in tutta la congrega, rafforzandola con la magia e conferendole così il potere di comandare le anime dei morti.

Non trascorse molto tempo prima che la nebbia ricominciasse a salire. Per sicurezza, infilai la mano nel sacco di iuta, presi un po' di sale e mi alzai in piedi. Anche se sapevo bene che lo spirito che la mia famiglia aveva evocato si sarebbe diretto come ipnotizzato verso il cerchio, senza fare alcun caso a me, preferivo non correre rischi inutili.

Come sospettavo, la nebbia mi passò accanto. Si avvicinò al rituale da tutti i lati e cominciò a formare un vortice. La mamma alzò la voce e le braccia, Cedric, zio Joseph e Mandy iniziarono a mormorare le parole del Potere. Solo zia Sophia fece fluire la sua energia nel cerchio senza pronunciare l'incantesimo ad alta voce. Non essendo una necromante, le parole magiche uscite dalla sua bocca non avrebbero avuto alcun effetto.

Non avrei saputo dire se Ashton stesse facendo come lei. Mi dava le spalle, e io ero troppo lontana per sentire la sua voce.

Come quando Ashton aveva attaccato lo spirito infuriato, la nebbia cominciò gradualmente a trasformarsi in cenere. Sembrava che qualcuno avesse versato inchiostro nero in un bicchiere di latte. Correnti scure percorrevano la nebbia vorticante, che turbinava sempre più in fretta intorno al cerchio.

La mamma gridò nella notte l'ultima frase decisiva. «*Symasia edra extana!*» Con le sue parole, la cenere incandescente si incendiò.

«Ferma!» gridò Cedric, ma era già troppo tardi.

Nella confusione, riuscii a scorgere solo migliaia e migliaia di scintille trasportate dai mulinelli di foschia nera che sibilando bruciavano la nebbia. Solo quando udii l'urlo capii dove guardare.

Ashton!

Voltai di scatto la testa e mi si contorsero le viscere. Le scintille si erano estese attorno a lui. Avvolsero il suo corpo ricurvo e, prima che comprendessi davvero quello che stava accadendo, lui cominciò a dissolversi. Un violento risucchio attirò le scintille e la nebbia nera. L'incantesimo fece effetto, tutto collassò, fu trascinato al centro del cerchio rituale e giù in profondità. Un torrente di cenere e scintille scomparve nella terra così rapidamente che bastò un respiro perché tornasse la calma. Lo sfarfallio rosso era scomparso e dove prima Cedric aveva cosparso il sale, era rimasta solo terra bruciata.

L'anima del defunto era stata risucchiata nell'aldilà. Proprio come Ashton.

Rimasi lì raggelata. Il cuore mi martellava nel petto e i pensieri si rincorrevano nella mia mente.

«Ma che diavolo...?» esclamò zia Sophia, interrompendo il silenzio imbarazzante che era calato sul cimitero.

«Non può essere vero!» Mia madre si guardò intorno in cerca di aiuto.

Cedric cominciò a camminare su e giù. «Accidenti, è stato... non può essere...»

«Abbiamo appena ammazzato un Goodwin, giusto?» chiese Mandy. «Quindi ora dobbiamo prepararci alla vendetta?»

«Non ci credo» disse la mamma.

Io non stavo meglio di loro. Non era possibile che fosse successo! Doveva essere stata un'illusione, un trucco. E se avessimo sbagliato di grosso a giudicare i Goodwin? E se fosse stato il loro scopo fin dall'inizio quello di farci credere di aver ucciso uno di loro? Possibile che fossero falsi e mendaci quanto i Seymour?

Barcollai verso gli altri. Mille possibilità mi passavano per la mente. Mille spiegazioni, una più assurda dell'altra.

Cedric si batté più volte il pugno sulla fronte. «Ho calcolato tutto con esattezza» disse. «Non sarebbe dovuto succedere!»

Mia madre si avvicinò alla lapide e perlustrò il suolo. «Guarda» disse, indicando a terra.

Cedric la raggiunse, seguì il suo indice e fece correre gli occhi sul terreno finché la traccia non si interruppe. Proprio davanti ai miei piedi.

Rimasi ferma a fissarlo con gli occhi sgranati, incapace di abbassare lo sguardo per vedere ciò che lui e mamma avevano scoperto.

«Oh, Emily» disse mia madre in un accesso di amara delusione.

Mi si accelerò il respiro. Tutti gli occhi erano puntati su di me, ma nessuno diceva nulla.

Come in trance, abbassai lo sguardo e vidi la scia di sale bruciato ai miei piedi. Si dirigeva come una miccia da me verso il cerchio, passava sopra ad alcune rune e terminava esattamente nel punto dove si trovava il sacco di iuta. Doveva essere bucato. Ero stata troppo distratta per accorgermene e avevo involontariamente distrutto il rituale.

«No» esclamai. Non poteva essere vero. Non potevo essere io la responsabile! «No, è... Dobbiamo farlo tornare indietro! Dobbiamo riportarlo in vita!» La disperazione si impossessò di me e gettai occhiate frenetiche intorno a me.

Nessuno reagiva, nessuno sembrava avere la minima speranza di rimediare a ciò che era accaduto.

«Che cosa dovremmo riportare in vita?» chiese zia Sophia, gelida. «Qui non è rimasto nulla. Nessun corpo, nessuna anima. Hai fatto un lavoro scrupoloso».

Allora era finita? Era irreversibile? Scossi la testa e barcollai indietro di qualche passo. Tutti quegli sguardi di rimprovero erano difficili da sopportare.

Ashton era morto? Definitivamente? E l'avevo ucciso io? Le lacrime mi riempirono gli occhi e offuscarono tutto ciò che mi circondava.

«Non avremmo dovuto portare con noi quell'imbranata» sentii dire Mandy, ma la sua voce mi raggiunse a malapena.

Caddi in ginocchio, seppellii il viso tra le mani e singhiozzai.

5

La Florida non sembra poi così male

Il silenzio durante il viaggio di ritorno era soffocante. Io fissavo fuori dal finestrino, senza osare ripensare a quello che era successo. Tuttavia, non riuscivo proprio a evitare che la scena si ripetesse in continuazione nella mia mente. Vedevo il corpo ricurvo di Ashton dissolversi tra le scintille, lo sentivo urlare... un urlo così straziante che il suono mi si era piantato nella testa e minacciava di divorarmi dall'interno.

Le lacrime mi scesero sulle guance e io le strofinai via senza dire una parola. Non volevo piangere di nuovo. Non davanti agli altri, che erano infuriati con me come non lo erano mai stati. E per una buona ragione.

Mi rimproveravo già abbastanza da sola. Inoltre, sentire quegli occhi addosso mi stava spingendo in un abisso profondo e oscuro.

Avevo già commesso tanti errori stupidi, ma ciò che era successo quella sera metteva in ombra tutti quanti i miei precedenti. Per questo non mi aspettavo che qualcuno di loro mi consolasse e mi assicurasse che una simile disavventura sarebbe potuta capitare a chiunque. Cose del genere non capitavano a chiunque. Capitavano solo a me.

«Adesso che si fa?» chiese Mandy, rompendo il silenzio che si era diffuso come una massa viscosa tra di noi, pesando sul mio petto e rendendomi un tormento respirare.

A malincuore, distolsi lo sguardo dal paesaggio che sfrecciava nel grigio notturno fuori dal finestrino dell'auto e mi voltai verso Mandy.

Nessuno le rispose, così lei si guardò intorno con aria interrogativa. «Riportarlo indietro non si può, okay, ci è andata male» disse, come se la sua morte fosse paragonabile a un pezzo di pane tostato atterrato sul lato della marmellata. «Ma non possiamo nemmeno dire ai Goodwin che abbiamo fatto fuori uno di loro. E se ci mandassero alle calcagna i Guardiani del Tribunale? Non voglio passare il resto della vita a scappare. E che ne sarà dell'accordo di pace?»

«Non se ne farà nulla» sibilò Sophia con rabbia. «Il ragazzo Goodwin non ha firmato, e anche se l'avesse fatto, ai suoi non importerebbe granché dal momento che noi lo abbiamo sulla coscienza».

«Come sarebbe a dire *noi*??» Mandy mi indicò col dito. «È stata lei. Lei sola. Io propongo di consegnare Emily ai Guardiani. O ai Goodwin. Che facciano di lei ciò che vogliono. Purché sia chiaro che è tutta colpa sua».

Era proprio da Mandy. Non credeva affatto nell'unità famigliare. E io non potevo nemmeno arrabbiarmi con lei. Aveva ragione: era colpa mia, e io dovevo assumermi le mie responsabilità. Solo che non sapevo come fare.

«Non importa chi di noi ha sbagliato» disse la mamma.

Sophia sbuffò sprezzante. «È ovvio che tu debba dire così. È pur sempre tua figlia».

«Questo non c'entra proprio niente» ribatté mamma in tono tagliente. «Eravamo noi a occuparci del giovane Goodwin.

Alla sua gente non basterà che consegniamo loro un capro espiatorio».

«In effetti non avremmo dovuto farla venire con noi» disse Cedric, con gli occhi fissi a terra. Alzò lo sguardo verso di me. «Mi dispiace, sorellina, ma le cose stanno così. Tu non sei una di noi. Ed è comprensibile che tu sia svogliata e poco concentrata, dal momento che rimani sempre in disparte a guardare. È frustrante quando non si riesce a tenere il passo. E questo porta inevitabilmente a commettere degli errori».

Mi fece male sentirglielo dire e avvertii il bisogno di controbattere. Io non ero frustrata, io non volevo affatto essere come loro! Frequentare i cimiteri e avere a che fare con la morte ogni giorno... Tuttavia, non lo contraddissi. Perché avrei dovuto? La morte di Ashton era la dimostrazione che aveva ragione. Abbassai lo sguardo e mi voltai verso il finestrino.

«Okay, va benissimo, ma ora il punto è ridurre al minimo i danni» disse Sophia. «Non esiste un incantesimo riconosciuto per annullare quello che è successo. Nessuno di noi vuole mettersi contro il Tribunale, però non possiamo nemmeno rischiare uno scontro aperto con i Goodwin».

«E se sostenessimo che non è mai arrivato a casa nostra?» chiese Mandy.

«Non ci crederanno» disse la mamma.

«Ma io non sono disposta a pagare per le cavolate di quella fallita!» si lamentò Mandy a voce alta.

«Attenta a come parli» la ammonì Sophia.

«Ricordati che siamo una famiglia» la rimproverò la mamma.

«Non ne sono troppo sicura» replicò Mandy, secca. «Bisognerebbe dimostrare che non è stata scambiata alla nascita.

Probabilmente i Goodwin ci hanno rifilato questa perdente per renderci la vita difficile».

«Potremmo far credere che sia stato Ashton a sbagliare» suggerì Cedric. «I Goodwin hanno la reputazione di lavorare in maniera approssimativa. A ciò si aggiunge il fatto che il ragazzo aveva solo quanto? Diciassette anni? Diciotto? Perfino io spesso mi sopravvalutavo a quell'età. Sarebbe plausibile supporre che si sia trasportato nell'aldilà da solo per eccesso di spavalderia».

«Sarebbe una possibilità. Ma non è detto che i Goodwin se la berranno» disse Sophia. Rifletté. «Ciononostante, questa situazione potrebbe ancora volgere a nostro vantaggio, se la gestiamo nel modo giusto. Guardiamo all'accaduto in maniera obiettiva: il giovane Goodwin è morto e con lui anche un accordo che ci avrebbe portato molti svantaggi. Propongo di redigere un nuovo accordo. Poi creeremo un golem a immagine del ragazzo, che firmi tutto e torni dai Goodwin al suo posto».

Un golem? Avevo letto di quelle creature. Si formava un corpo di argilla e lo si animava con la magia. Nelle illustrazioni che avevo visto, però, erano rappresentati tutti, nessuno escluso, come enormi bestioni in grado di schiacciare rocce a mani nude.

«Un golem non ingannerà i Goodwin a lungo» disse mia madre.

Immaginai un gigante nel genere con i vestiti di Ashton addosso. Anche un bambino avrebbe notato quella piccola, sottilissima differenza. Perciò, potevo supporre che il golem di cui parlava la mia famiglia non avesse nulla a che fare con le immagini che mi erano venute in mente.

«Ma quanto basta sì» disse Sophia. «Gli daremo il compito di mostrarsi alla famiglia solo per un breve tempo, e poi di inscenare un incidente. La colpa non ricadrebbe su di noi se il giovane Goodwin morisse in un incendio poco dopo il suo rientro, per esempio».

«Aveva un nome» dissi più a me stessa che agli altri.

«Come dici?» chiese Sophia.

Mi girai verso di lei. «Aveva un nome» ripetei con voce forte e gracchiante. Mi si era formato un nodo in gola. «Si chiamava Ashton. Tu lo chiami sempre e solo giovane Goodwin, come se non fosse mai stato un essere umano reale e senziente. Come se la sua morte fosse soltanto uno stupido errore che ora potete sfruttare a vostro vantaggio. Ma non potete farlo! Se non abbiamo modo di riportarlo in vita, non possiamo incolparlo di qualcosa che non ha fatto. E neanche inviare alla sua famiglia un fantoccio che poi si distrugga da solo. Non è giusto. Ho sbagliato e ne risponderò. Andrò dalla sua famiglia e mi assumerò le mie responsabilità. Ma non ho intenzione non mentire!»

«Tu non andrai dai Goodwin» disse la mamma. «Al contrario. Stai lontano da loro e lascia che ce ne occupiamo noi. Capito?»

«Senza contare quanti preziosissimi segreti di famiglia potrebbero tirarti fuori se finissi nelle loro grinfie» commentò Sophia.

«Ci manca solo questa» convenne Mandy, lanciandomi un'occhiata di rimprovero. Era stata lei a suggerire di darmi in pasto ai Goodwin.

La mamma mi mise una mano sul ginocchio. «Siamo tutti dispiaciuti per quello che è successo. Ma ormai non si può cambiare. L'importante è che tu ne tragga una lezione».

Mi accigliai. Era quello l'importante secondo lei? A chi interessava quello che avrei imparato io? Ashton era morto e nulla al mondo poteva alterare questo fatto. Non c'era niente di buono da imparare o da fare. Io l'avevo ucciso e avrei dovuto farmene una ragione.

Annuii in silenzio, perché non volevo riaccendere la discussione. Il mio sguardo scivolò di nuovo fuori dal finestrino e ciò che stava accadendo intorno a me scomparve, coperto dal ricordo che si ripeteva in loop nella mia mente. Avrei fatto qualsiasi cosa per annullare la sua morte.

Appena arrivata a casa, mi precipitai su per le scale fino in camera mia. Passai davanti a papà, che mi seguì stupito con gli occhi. Anche se riuscii a evitare il suo sguardo, non poté non notare che qualcosa era andato decisamente storto. Di sicuro, nel giro di un minuto la mamma gli avrebbe raccontato tutto quanto, e la verità avrebbe superato le sue peggiori paure.

Sbattei la porta di camera mia, mi ci buttai contro e scivolai a terra. Mi infilai le mani nei capelli e le usai per tenermi su la testa, che all'improvviso mi sembrava infinitamente pesante. Le orecchie mi fischiavano e mi sentivo intorpidita. Come se fossi in piedi accanto a me stessa e osservassi da fuori come i sensi di colpa poco a poco mi disintegravano, finché di me non fosse rimasto più nulla.

Dal basso mi giunsero le voci degli altri. Erano troppo lontane per capire che cosa dicevano, ma non potei fare a meno di sentire che i toni della discussione si stavano facendo accesi. Di sicuro la mia famiglia stava già pianificando il rituale per creare un golem realistico. A trovare un incantesimo per riportare in vita Ashton non ci pensavano nemmeno. Eppure eravamo necromanti. Doveva esistere un modo!

Mi alzai e mi allontanai dalla porta, perché non ce la facevo più a sentire le voci dal piano di sotto diventare sempre più forti ed entusiaste. Lo sguardo mi cadde sul piatto che era ancora là sulla scrivania e mi bloccai. Le fette di banana sul pane erano ora una poltiglia appiccicosa marrone e nera. Nel giro di poche ore erano andate a male, diventando immangiabili. Mi si strinse la gola. Con la morte di Ashton, la vita che aveva ridato alla banana era svanita e il frutto era tornato al suo stato precedente. Quella vista rendeva gli eventi così reali da risultare insopportabile. Riuscivo a malapena a respirare. La rabbia per il mio fallimento si mescolava alla disperazione e al dolore. Mi arruffai i capelli, scossi la testa e infine, con un gesto e un grido disperati, spazzai via tutto dalla scrivania: il quaderno, le penne, gli innumerevoli oggetti e il piatto di pane, banane e cacao, che andò a schiantarsi contro il muro e si frantumò. Mi venne il fiatone, gli occhi nuotavano nelle lacrime.

«Emily?» Era papà, che era entrato nella mia stanza. La preoccupazione nella sua voce non lasciava dubbi sul fatto che sapesse già tutto.

Girai su me stessa verso di lui, gli corsi incontro e caddi tra le sue braccia. Mi strinse forte e mi sembrò che solo la sua presa salda mi tenesse unita e mi impedisse di sciogliermi nelle lacrime che mi scorrevano incontrollate sulle guance.

«Va tutto bene» mi disse in tono rassicurante.

«Io non volevo» singhiozzai. «Non avrei mai... non capisco come...»

«Lo so» disse. «È stato un incidente». Mi allontanò leggermente, unì le labbra in un sorriso sottile e mi scostò i capelli dal viso umido di lacrime. «Non devi fartene una colpa».

«Ma è colpa mia!» replicai. «Avrei dovuto stare più attenta.

La mamma mi aveva avvertito di non danneggiare il cerchio rituale, eppure non me ne sono accorta. Perché non ho notato che c'era un buco nel sacco? Perché non l'ho visto?»

«Nessuno l'ha visto».

«Ma *io* avrei dovuto vederlo!» incalzai con voce strozzata. «Avrei dovuto notare che il sacco stava diventando più leggero, o almeno sentire il sale che scorreva. Invece no, e ora è morto, papà! È morto e questa volta nessuno potrà rimediare alla mia incapacità».

«Tu non sei incapace» obiettò, tirandomi di nuovo vicino a sé. «Hai tanti talenti e il fatto che la necromanzia non sia tra questi non è niente di grave».

«Secondo me la mamma la vede diversamente...»

«Allora ti sbagli. Lei ti vuole bene per come sei. Tu sei una ragazza meravigliosa, intelligente e amabile. E, come ti ho detto, la morte di quel ragazzo è stato un incidente. Nessuno può giudicarti per questo».

Desideravo tanto che le parole di papà riuscissero a confortarmi, che potessero in qualche modo rendere tutto più sopportabile e togliere un po' di dolore e di senso di colpa. Ma non era così, perché potevo rigirare la questione in qualsiasi modo volessi, ma avevo ucciso Ashton. Non c'era nulla che potessi fare per cambiare questo fatto.

«Ascolta, Emily» esordì papà e mi condusse verso il letto. Ci sedemmo e lui mi mise un braccio intorno alle spalle. «Gli altri stanno elaborando un piano per proteggere tutti noi. I Goodwin non possono scoprire che il loro figlio è morto mentre era sotto la nostra protezione. Confido che non debba spiegarti quanto sarebbe pericoloso.

Io e tua madre ne abbiamo discusso e riteniamo che sia

meglio che, per ora, tu rimanga... diciamo, fuori dalla vista. Solo finché non saremo sicuri che il piano di Sophia abbia funzionato».

Mi staccai un po' da lui. «Fuori dalla vista? Che cosa vorrebbe dire?»

«Ecco, abbiamo pensato che sarebbe meglio per te andare a stare per un po' da alcuni amici in Florida» dissi.

«In Florida?» Ero confusa e lo fissai incredula. Quella sarebbe la cosa migliore per me? Più che altro, per i segreti di famiglia che volevano custodire. Mi meravigliavo che zia Sophia non avesse suggerito di rinchiudermi in cantina finché non fossero stati sicuri che il golem avesse raggiunto il suo scopo... anche se non potevo escludere che quella fosse stata la prima soluzione che aveva proposto. Di certo, papà non me lo avrebbe detto così su due piedi.

Florida. Cercai di abituarmi all'idea. Dopotutto, era da un bel po' che desideravo lasciarmi alle spalle quella casa e tutto ciò che aveva a che fare con la necromanzia. Solo che non mi aspettavo che accadesse così all'improvviso. Sentivo la mancanza di Santana al solo pensiero di non vederla tutti i giorni. Come avrei potuto andarmene via così?

«Chi sarebbero questi amici? E la scuola?» chiesi.

Papà sorrise dolcemente. «Stenterai a crederci, ma esistono scuole anche in Florida».

«Non lo so... quelle persone non le conosco nemmeno».

«È meglio così» mi assicurò. «E non è che sarà per sempre».

«Cedric ha detto che non dovrei lasciare la sfera d'influenza dei Seymour. Quindi la Florida rientra nella nostra sfera d'influenza?»

«Tua zia ha suggerito di fare un incantesimo di oblio su di

te e di farti passare per la nipote di Josh e Dorothy. Con un nuovo nome e una nuova identità. Nessuno sarà in grado di ricollegarti alla famiglia Seymour. Perciò, là sarai al sicuro, non preoccuparti».

Sbuffai sprezzante. «E anche se i Goodwin riuscissero a rintracciarmi, tanto Sophia mi avrebbe cancellato dalla memoria tutto ciò che potrebbe arrecare danno alla nostra famiglia, dico bene?»

Non sapevo perché mi facesse arrabbiare. Insomma, alla fine c'era forse una soluzione migliore? Non era esattamente quello che avevo desiderato? Niente necromanzia, niente fantasmi. Alla sera, giochi da tavolo invece di tombe da scavare. Netflix, un cellulare. Una vita semplicemente normale. Papà mi stava offrendo proprio questo, eppure tutto il mio essere vi si opponeva.

«Tu pensaci su» mi disse. «Puoi prenderti questa sera e anche tutto sabato. E domenica, quando sarai pronta, io e te partiremo insieme».

«Servirà a qualcosa che ci pensi?» domandai. «Se non voglio farlo, potrò restare qui?»

«Nessuno vuole mandarti via contro la tua volontà, tanto meno io» disse. «Ma dobbiamo tenerti al sicuro finché non ci sarà più pericolo».

Fissai gli occhi a terra. «Quindi non ho scelta».

Papà non disse nulla, ma quella bastava già come risposta.

«Allora credo che inizierò subito a fare i bagagli».

«È solo una cosa temporanea» mi assicurò. «Josh e Dorothy sono brave persone. Ti troverai bene con loro».

Questa volta fui io a rimanere in silenzio. Papà aspettò un po', poi alzò una mano per scompigliarmi i capelli come faceva sempre. Io gli allontanai il braccio.

«Per favore, smettila» lo pregai.

«Okay» disse e si alzò. «Prenditi tutto il tempo che ti serve. Adesso andiamo a cena. Puoi venire giù se vuoi, ma nessuno te ne farà una colpa se preferisci restare in camera tua. Metto qualcosa in forno per te».

Andò verso la porta e si fermò per qualche istante. Quando capì che non avevo intenzione di dire altro, uscì da camera mia.

6

C'è chi si accontenta di un diario con il lucchetto a combinazione

La cena si svolse senza di me, cosa che di sicuro non meravigliò nessuno dei miei famigliari. Io non riuscivo proprio a guardarli in faccia. Non dopo tutto quello che era successo. Non dopo che avevano deciso congiuntamente di mandarmi via.

Se ci pensavo, mi faceva infuriare. Per quanto fossero mossi dalle migliori intenzioni verso di me, non era stato giusto prendere una decisione del genere senza coinvolgermi.

Dato che non avevo fame e non riuscivo a dormire, decisi di fare le valigie per distrarmi.

Feci in fretta a radunare i vestiti. Non volevo portare con me abiti sporchi, quindi svuotai l'armadio e infilai tutto nella valigia che avevo appoggiato sul letto. Poi la faccenda diventò più difficile. Rovistai nei cassetti, continuando a trovare cose di cui pensavo avrei sentito la mancanza... fino a quando non mi resi conto di quanto poco avrebbe potuto mancarmi qualcosa di cui non mi sarei più ricordata. Così, mi feci forza e decisi di non portarmi via l'orsacchiotto che papà aveva vinto per me al luna park. Lasciai intatta la bacheca con le fotografie e non scelsi nessuno dei tanti braccialetti dell'amicizia che Santana mi aveva regalato per il mio compleanno, un anno dopo l'altro.

Era incredibilmente orgogliosa perché aveva realizzato ciascun braccialetto a mano, senza usare la magia. I lavori manuali non erano mai stati il suo forte.

Mi faceva un male immenso il fatto che presto non avrei più saputo nulla di quella vita. C'erano così tanti piccoli ricordi che avrei perso, e solo allora mi resi conto di quanto fossero importanti per me.

Persa nei miei pensieri, guardai uno dei braccialetti. Gli altri li avevo messi da parte a malincuore, ma da quello non potevo separarmi. Il solo pensiero mi faceva sentire come se stessi tradendo la mia amicizia con Santana.

Rigirai il braccialetto in mano. Era composto da diversi laccetti di cuoio da cui pendevano piccoli ciondoli. Un gatto, un albero e un pentacolo per Santana, un teschio, un libro e una foglia autunnale per me. In mezzo c'era un otto in orizzontale. Il segno dell'infinito come simbolo della nostra eterna amicizia.

Chiusi la mano a pugno intorno al braccialetto e decisi che l'avrei portato con me nonostante tutto, anche se non ne avrei ricordato il significato. Non ero pronta a rinunciare a Santana. Perciò, indossai il braccialetto e richiusi la valigia.

Fuori era già buio pesto. Sicuramente gli altri erano già andati a letto, quindi potevo uscire da camera mia senza incontrare nessuno. Mi avvicinai alla porta e mi misi in ascolto. C'era un silenzio assoluto. La aprii con delicatezza e sgusciai fuori. Il mio piano era di andare in cucina, farmi uno spuntino, prendere uno scopettino e una paletta e fare piazza pulita del piatto rotto.

Mentre scendevo le scale, però, mi arrestai. Non mi era nemmeno venuto in mente di mettere in valigia dei libri.

A ben vedere, avevo già letto tutto ciò che la nostra biblioteca aveva da offrire quanto a letture entusiasmanti, ma avrei rinunciato alla mia memoria e con essa alle storie che ricordavo. Potevo mettere in valigia i miei libri preferiti e fare esattamente quello che era sempre stato il mio sogno: leggerli una seconda volta come se fosse la prima...

A quel pensiero, un piccolo sorriso fece capolino sulle mie labbra. Almeno avrei potuto trarne qualcosa di buono. Piena di nuova energia, mi voltai e mi incamminai.

Già dopo pochi passi, le vecchie assi del pavimento scricchiolarono sotto i miei piedi. Dentro di me trasalii, mi bloccai sul posto e trattenni il respiro. Aspettai un istante e alla fine espirai con sollievo nel constatare che ovunque continuava a regnare il silenzio... per quanto possibile in un edificio così vecchio.

Camminai in punta di piedi. Di notte, la villa era particolarmente lugubre e mi riempiva di un senso di nausea.

I rami di alberi nodosi graffiavano le finestre e proiettavano sul pavimento ombre che mi ricordavano inquietanti mani di mostro. Faceva freddo, anche d'estate, i miei passi riecheggiavano negli interminabili corridoi, e dalle pareti mi giungevano strani rumori. A volte un tonfo, come se qualcuno sbattesse contro i rivestimenti in legno dall'interno, altre un gorgoglio e un gocciolio che potevano anche essere un sussurro.

Mi ricordai che si trattava solo delle vecchie tubature dell'acqua e del riscaldamento. Nulla di soprannaturale.

Almeno, così era nella maggior parte dei casi; non per niente si diceva che ai necromanti la morte si attaccasse addosso. Le malelingue sostenevano addirittura che ne prendessero l'odore. Questo naturalmente non era vero, ma avevamo spesso a che fare con i fantasmi e, dopo un rituale non riuscito, capitava che le presenze residue di anime perdute ci seguissero fino a casa.

Perciò, non tutti i rumori, non tutte le tende che si aprivano o le ombre strane erano da attribuire ai tubi arrugginiti, al vento o a un vecchio albero. A volte, era davvero per via di un fantasma, e dunque, nella villa della mia famiglia, la sensazione di non essere soli era onnipresente.

Quella sera, tuttavia, raggiunsi la biblioteca senza ulteriori incidenti. Il pensiero di perdere il ricordo del maniero tenebroso di Springdale non mi preoccupava affatto. La biblioteca, invece, avrei voluto mettermela tutta in valigia.

Era semplicemente gigantesca. Davanti a me c'erano una mezza dozzina di tavoli, completi di antiche lampade con paralume e sedie imbottite. Dietro di essi, c'era un'accogliente zona salotto con due poltrone ad alette che invitavano a sedersi per leggere. Erano posizionate di fronte a un quadro a olio con una cornice dorata che ritraeva i miei nonni da giovani. Sul resto delle pareti erano distribuite innumerevoli librerie. Si estendevano su due piani e arrivavano fino alla cupola di vetro del soffitto, attraverso cui filtrava la luce argentea della luna. Se non fosse stato per la struttura metallica a forma di rampicante che teneva insieme le vetrate, ci si sarebbe potuti convincere di trovarsi all'aria aperta. Come i tralci di un rampicante con tanto di foglie e rami, i viticci di ferro serpeggiavano su per la cupola da tutti i lati fino al centro. Lì lasciavano libero un cerchio, in cui la luna piena compariva solo in un certo periodo dell'anno.

Mi misi sotto la cupola e mi guardai intorno. Non c'era una parete che non fosse coperta dai libri. Perfino le tante colonne su entrambi i lati della stanza, delle dimensioni di una sala da ballo, erano piene di scaffali. Tra le colonne, delle scale a chiocciola conducevano a una galleria. Il nonno aveva dipinto i gradini in modo da farli sembrare altri scaffali su cui aveva raffigurato le sue opere preferite. C'era di tutto, da *Il nome della rosa* a *1984* all'*Ulisse*. Ma aveva ritenuto che anche *Orgoglio e pregiudizio*, *Il Signore degli Anelli* e *Il colore della magia* non potessero mancare in una collezione come si deve.

Io li avevo letti tutti. Alcuni con entusiasmo, altri più per senso del dovere nei confronti di mio nonno. Dopotutto, aveva lasciato gli ultimi gradini della scala posteriore liberi solo per me e per i miei libri preferiti. Almeno, così sosteneva la nonna, perché io me lo ricordavo a malapena. Ma sapevo che mi aveva insegnato a leggere all'età di sei anni ed era fermamente convinto che da grande sarei diventata un vero topo di biblioteca... proprio come lo era stato lui. Era anche convinto che sarei diventata una necromante eccellente. Se non altro, su una cosa non si era sbagliato.

Mi rattristava non sapere se sarei mai riuscita a immortalarmi sulla sua scala. Anche se i ricordi mi fossero stati cancellati solo per un certo periodo, non c'era alcuna garanzia che sarei potuta tornare a casa. Dopotutto, avevo un Goodwin sulla coscienza, e nessuno sapeva se la famiglia di Ashton si sarebbe davvero lasciata trarre in inganno da un golem. Forse avrei dovuto vivere in Florida sotto falso nome per il resto della vita, come in un programma di protezione testimoni, anche se papà mi aveva promesso il contrario.

I miei occhi vagavano sui tanti libri dipinti. Dovevo assolutamente prendere qualcosa di Jane Austen. E di Terry Pratchett. Corsi da uno scaffale all'altro, scelsi i libri e li impilai su uno dei tavoli. Presto ne ebbi abbastanza da riempire la valigia. Fino a quel momento mi ero concentrata solo sui classici che il nonno aveva immortalato sulle scale. Non ero ancora arrivata ai miei preferiti.

Non mi restava che fare una piccola selezione. Con un pesante sospiro, stavo iniziando a prendere i libri in mano una seconda volta quando udii qualcosa alle mie spalle. Un tonfo sordo sulle assi di legno del pavimento, interrotto da rumori di sfregamento.

«L'ora dei fantasmi» disse una voce bassa e gracchiante, facendomi prendere un enorme spavento. Trasalii, ma in un attimo feci due più due e mi voltai.

«Che cosa ci fai qui, nonna?» chiesi.

La nonna avanzò nella biblioteca appoggiandosi con pesantezza al bastone da passeggio, il cui tonfo provocava un'eco inquietante sul vecchio pavimento di legno. Trascinando lenta i piedi, finalmente si fermò, raddrizzò un po' la postura e si guardò intorno: «Se dovevo cercare tuo nonno, venivo qui. A volte trascorreva molti giorni tra i suoi libri e probabilmente sarebbe morto di fame se non gli avessi portato qualcosa da mangiare».

Si avvicinò a me e osservò i libri che avevo scelto. Il suo sguardo sembrava distante e nei suoi occhi c'era un che di malinconico.

«Erano i suoi tesori» mormorò, accarezzando una copertina.

«Perché sei ancora sveglia?» domandai.

Scosse il capo. «Oh, alla mia età non c'è bisogno di dormire molto per far funzionare queste quattro ossa».

La sua mano cominciò a tremare e io mi affrettai ad accostarle una sedia. Vi si sedette pesantemente. «Dove eravamo rimaste?» domandò.

«Mi stavi raccontando che il nonno trascorreva molto tempo in biblioteca».

«Ah, sciocchezze! Parlavamo del sonno». Alzò il bastone e

con il pomello mi diede un colpo doloroso sulla fronte.

«Ahia!» mi lamentai, strofinandomi il punto.

«Ti hanno già bucherellato la memoria, per caso?»

«Tu lo sai?»

«Ma certo. In questa casa non succede nulla che io non sappia. E non sono nemmeno la capofamiglia. Non dimenticarlo! Anche se... dovrai dimenticarlo, se sei una ragazza obbediente. Tu sei una ragazza obbediente?»

«Ehm... no... io... sì...» Mi inginocchiai davanti a lei. «Non ho altra scelta. È stato un mio errore. L'ho ucciso io e forse è meglio che non me ne ricordi. Non so come conviverci».

La nonna mi accarezzò la guancia con la mano ruvida. «Oh, mio piccolo terremoto... come sei diventata grande». Mi guardò, persa nei suoi pensieri, e fu come se riconoscesse in me qualcosa che riportava in vita ricordi ormai sbiaditi. Poi il suo sguardo si fece serio. «Più grande, ma non più saggia». Mi diede un colpetto sulla fronte che già mi faceva male. «Non funziona così, sciocca».

«Che cosa non funziona così?» Per sicurezza, mi scostai un po' da lei. Se non fossi stata attenta, mi avrebbe procurato una commozione cerebrale, inducendo la perdita di memoria in maniera del tutto convenzionale.

«Quando l'incantesimo ti scombussolerà la testa, potrà portarti via i ricordi, ma non i sentimenti. La tua anima e tutto ciò che ti ha plasmato rimarranno invariati. Continuerai a dover convivere con il dolore e il senso di colpa. Solo che non ne ricorderai l'origine. È una vita triste, bambina. Tu dovresti fare qualcosa per opporti».

«Ma non ho scelta» dissi. Non mi piaceva affatto l'idea di dover sopportare il dolore dentro di me, senza riuscire a identificarlo. Ma che altro potevo fare? «E poi, devo pensare anche alla famiglia» continuai. «Tu sei la capofamiglia dei Seymour, lo sai meglio di me».

«Si ha sempre una scelta» disse lei. «Almeno, se non si segue ogni schifosissima regola».

«Che vuoi dire?» La guardai con aria interrogativa, ma lei sembrava di nuovo distratta e lasciò vagare lo sguardo per la biblioteca. Non ero sicura che si ricordasse le cose di cui avevamo appena parlato.

«Sono quelli sbagliati» disse, indicando severamente le pile di libri. «Tutti questi. I libri sbagliati, bambina. Come farai a trovare quello giusto così?»

«Stavo solo scegliendo quelli che volevo portare via» spiegai, non capendo dove volesse arrivare.

«Portare via? E dove credi di andare? Hai già abbastanza da fare! I morti non tornano in vita da soli».

Doveva aver perso la testa per davvero e aver completamente dimenticato che la mia famiglia voleva mandarmi via. Le rivolsi un sorriso dolce e le presi la mano. «Io non sono una necromante, nonna. Preferisco lasciare quell'arte a Cedric».

«Cerca prima i libri giusti» mi consigliò. «Individua i titoli dorati. E quando avrai trovato l'archivio, leggi a pagina ottantaquattro. Allora capirai».

«Titoli dorati?» Mi guardai intorno. C'erano una marea di libri con il titolo in oro.

«Hai per caso dell'altro pane e cacao?» mi chiese, di punto in bianco.

Ero abbastanza sicura che quello che aveva detto sui presunti libri giusti non avesse alcun senso. Probabilmente si trattava di vecchi ricordi confusi nella sua testa.

«No, ma te ne posso preparare uno, se vuoi. Solo che non so se ci è rimasto del pane. Andiamo in cucina, che ti preparo una camomilla? Tu adori la camomilla».

«Bleah!» Sputò. «Robaccia disgustosa. Un preparato orribile. Stai cercando di avvelenarmi?»

Mi accigliai. «Ehm, no, io pensavo...»

La nonna si alzò e tornò verso la porta, un passo strascicato dopo l'altro. «È meglio che lasci pensare agli altri, bambina. Camomilla... rivoltante».

La seguii con lo sguardo finché non scomparve dietro l'angolo, borbottando e imprecando, poi tirai un pesante sospiro e ridiressi la mia attenzione di nuovo sui libri. Dopotutto, dovevo ancora fare una selezione e non avevo idea di come ci sarei riuscita. Presi uno dei tesori del nonno. *Mary Poppins*. Forse quel libro avrei dovuto scartarlo. Tanto, in ogni caso, mi era piaciuta di più la versione della Disney. Le mie dita vagarono sui ghirigori del titolo e notai che le lettere non solo erano dorate, come la nonna aveva detto prima, ma rilucevano in maniera insolita quando le toccavi.

E se ci fosse stato del vero nelle sue parole? Se la vecchia biblioteca custodisse un segreto? Non mi avrebbe certo sorpreso. La villa dei Seymour era piena di segreti, e questo avrebbe potuto coinvolgere mio nonno. Se c'era anche solo la minima possibilità, ero decisa a scoprirlo prima di non rivedere mai più quel posto.

Mi guardai di nuovo intorno. Era impossibile controllare tutti i libri in questione. Il mio sguardo si soffermò sul punto in cui avevo trovato *Mary Poppins*. Alla cieca, mi avvicinai ed esaminai più da vicino lo scaffale. In realtà, era identico a tutti gli altri... tranne che per un piccolo particolare. Nello spazio lasciato da *Mary Poppins*, sulla parete posteriore dello scaffale c'era una piccola protuberanza. Un insignificante interruttore con una runa. Mi riempii di emozione. Quindi c'era davvero qualcosa che indicava i libri giusti. Ma cosa?

Curiosa com'ero, azionai l'interruttore, feci un passo indietro e attesi. Non accadde nulla. Ci riflettei ancora e mi venne un'idea. Invece di premere l'interruttore con il dito, ricacciai il libro al suo posto e subito dopo lo spinsi in modo da far scattare l'interruttore.

La scritta dorata per un attimo si illuminò, si udì uno scatto e dietro le pareti cominciò a sentirsi un crepitio come di ferraglia. Il cuore mi batteva più forte, mi aspettavo di vedere qualcosa di miracoloso, ma i rumori tacquero senza che nulla fosse cambiato. Niente cannoni spara-coriandoli, né palloncini che cadevano dal soffitto, e nemmeno striscioni di congratulazioni. Non che me li sarei aspettati sul serio.

Sarebbe stato anche troppo facile rivelare un segreto ben custodito spingendo un libro. C'erano per forza altri libri... e capii subito come individuarli tra la moltitudine di copertine a titoli dorati: dovevano essere i libri che il nonno aveva dipinto sulle scale. E solo quelli con le scritte in oro.

Mi affrettai a passare in rassegna i gradini. In effetti, i libri che il nonno aveva dipinto con le lettere dorate erano solo tredici. Tuttavia mi ci volle un po' di tempo per trovarli tutti nella grande biblioteca. Alcuni erano sul ballatoio, altri dovetti cercarli negli scaffali attorno alle colonne. A ogni titolo, la scritta riluceva per un attimo e il meccanismo dietro le pareti iniziava a sferragliare. Fu emozionante rintracciarli tutti e mi dimenticai completamente il motivo che mi aveva portato in biblioteca.

Per il tredicesimo e ultimo libro, mi arrampicai su una scala che arrivava fin quasi al soffitto. Lo spinsi, di nuovo si udì sferragliare, ma questa volta non si fermò. I rumori dietro le pareti si fecero più forti, il pavimento tremò e dovetti aggrapparmi alla scala per non cadere.

Scesi con cautela, continuando a fermarmi e verso la fine saltai giù. Solo allora capii perché il pavimento tremava. In realtà si muoveva proprio. Le assi del pavimento si stavano spostando. Alcune cambiavano posizione, altre ruotavano su se stesse o si piegavano l'una sull'altra. Per evitare che le dita mi finissero in mezzo alle assi, saltellavo da un piede all'altro. Era come camminare su un tronco alla deriva, perché il pavimento mi veniva continuamente tolto da sotto i piedi, nel vero senso della parola.

Mi precipitai verso uno dei tavoli, barcollando come un'ubriaca. Anche i tavoli si muovevano come se fossero in alto mare, ma se non altro si reggevano più saldamente sulle loro quattro gambe che io su due.

Dopo essere riuscita a portarmi in salvo, mi aggrappai al piano del tavolo e osservai lo spettacolo dall'alto. Quando su un'asse del pavimento che stava ruotando notai un libro, il cuore mi sobbalzò nel petto. Era nascosto sotto il pavimento ed era riemerso alla luce grazie alla rotazione. Saltai subito giù dal tavolo e incespicai verso il libro, che era già scomparso e riapparso un po' più avanti.

Mi sentivo come un gatto che inseguiva il pallino rosso di un puntatore laser. Ogni volta che mi avvicinavo, il libro scompariva di nuovo. Solo poco prima di raggiungere la zona con i posti per sedersi in fondo alla biblioteca mi resi conto che non si trattava di un libro solo. Erano decine, di uguale manifattura. E tutti si muovevano verso la stessa meta: la parete dove era appeso il quadro a olio dei miei nonni. Davanti a esso, come per magia, si stava assemblando una libreria con le assi del pavimento. Ma non era proprio così, perché in effetti si trattava di un incantesimo che azionava ingranaggi e pistoni dietro le pareti, faceva scattare meccanismi magici vincolati alle rune incantate e, pezzo dopo pezzo, innalzava una scaffalatura su cui, fluttuando, andarono a posizionarsi in ordine i libri che erano stati nascosti sotto il pavimento.

Incuriosita da quello che stava accadendo, rimasi a guardare. Ogni asse di legno sapeva esattamente dove andare, ogni libro trovava il posto che gli era stato assegnato. Erano volumi sottili, rilegati in pelle, sul cui dorso erano impressi soltanto dei numeri dorati. Mi chinai quando uno di essi sfrecciò vicino alla mia testa e si piazzò sul terzo scaffale, tra i numeri 61 e 63. Un altro libro mi sbatté sulla schiena, prese la rincorsa e mi venne di nuovo addosso invece di cambiare traiettoria per oltrepassarmi.

«Ahia» mi lamentai. Il libro mi spintonò ancora. «E va bene!» Feci un passo indietro e quello fluttuò verso il secondo scaffale.

In men che non si dica, il quadro era sparito dietro una libreria alta e stretta, piena di volumi numerati da 1 a 126.

Non esitai, presi dallo scaffale il primo libro e lo aprii.

3 aprile 1951

Pioggia. Tutto il giorno solo pioggia. Odio la pioggia.

Dunque erano diari. E la firma sul retro della copertina mi rivelò anche chi li aveva scritti. Si leggeva Aelfric Seymour. Il nome di mio nonno. Doveva avere circa undici anni quando aveva scritto la prima nota.

Guardai di nuovo la libreria. Non potevo credere allo sforzo che aveva fatto per nascondere le sue memorie. Questo spiegava senz'altro perché avesse trascorso così tanto tempo in biblioteca. Doveva aver impiegato anni a realizzare la magia e i meccanismi nelle pareti e nel pavimento.

Mi venne in mente che la nonna aveva parlato di pagina ottantaquattro. Così sfogliai fino a trovarla e lessi il primo paragrafo. Parlava di una lite con suo padre. Niente di importante, quindi. Sospirai e richiusi il libro. Centoventisei volumi. Ci sarebbe voluto un po'. Presi i primi dieci dallo scaffale e mi misi comoda su una delle accoglienti poltrone ad alette.

7

Non si scherza con i ghul

Non mi ero mai sentita così vicina a mio nonno come quella sera. Avevo dimenticato da tempo che ore fossero. Era ancora buio, gli occhi mi bruciavano già, ma a fare una pausa non ci pensavo proprio.

Ero appena arrivata al volume 23 e l'avevo aperto a pagina 84. Già rimpiangevo di non essere riuscita a leggere tutto il resto, ma una sola notte non sarebbe bastata. Cominciai a leggere.

2 ottobre 1969

Abbiamo seguito le orme del ghul fino a un'impresa di pompe funebri fuori mano. Io ho visto molte cose, ma quello spettacolo le ha superate tutte. La porta era aperta, intrisa di sangue e il cardine cigolava al vento. Non volevo darlo a vedere, ma me la stavo facendo sotto. Perché dev'essere compito nostro catturare un ghul diventato aggressivo? Quelli non rientrano affatto nelle mansioni dei necromanti. Sono bestie che si nutrono di cadaveri, non sono né morte né possiedono un'anima che si possa confinare nell'aldilà.
Ho spinto la porta per aprirla. Era buio pesto, dall'interno mi è giunto un rumore di mascelle che

masticavano, ed ero convinto al cento per cento che quella bestiaccia fosse già seduta su un cadavere a banchettare di gusto. Potevo immaginare che si trattasse di qualcosa di più di un semplice ghul?
Ero appena entrato quand'ecco che una di quelle creature mi salta addosso con le fauci spalancate e mi butta a terra. Rivoltante! Ho lottato con le mani e con i piedi. Dalla sua bocca mi colavano in faccia sangue, moccio e saliva. Avrei vomitato la cena se non fossi stato impegnato a portare a casa la pelle. Per farla breve, abbiamo abbattuto i ghul e per questo siamo stai ben pagati.

Chiusi il libro. Il nonno ne aveva passate tante, ma non sapevo ancora che cosa cercare. Presi il libro successivo e qualche volume dopo mi imbattei in una frase che mi fece sorridere. *Credo di essermi innamorato.* Era la fine di una nota che morivo dalla voglia di leggere dall'inizio, anche se non iniziava a pagina ottantaquattro.

18 febbraio 1971

Nevica. A ben vedere, la neve non è altro che pioggia congelata, però mi piace. Tutto scompare sotto una coltre bianca. Tutto brilla. La neve fa sembrare puliti e puri anche i luoghi più squallidi, e i quartieri più poveri di una città quasi non si distinguono da quelli più ricchi. Sotto una coltre di neve, è tutto uguale. Eppure, nulla è più unico di un fiocco di neve. Caro Diario, noterai che oggi sono in vena poetica, e per un buon motivo. Perché oggi ho incontrato l'incarnazione della poesia: una ragazza così bella che all'inizio ho pensato di avere a che fare con una sirena. I suoi capelli sembrano seta e ha uno sguardo così chiaro e vigile che può essere solo quello di una guerriera. Ci siamo incontrati a New York. Aveva i capelli coperti da una cuffietta fatta di fiocchi di neve scintillanti e non sembrava nemmeno avere freddo, mentre io, munito di cappotto, sciarpa e cappello, non smettevo di tremare.

Ero in viaggio per una commissione di mio padre. A recuperare gli ingredienti per uno dei suoi miserabili rituali. Proprio mentre stavo per entrare nel negozio, lei si è precipitata davanti a me e mi ha spinto da parte. «Togliti di mezzo» mi ha abbaiato. Sono rimasto così perplesso che sono riuscito solo a fissarla sconcertato. Lei mi ha fissato a sua volta e mi ha detto: «Che hai da guardare, allocco?!»
Lo so, lo so. Non sembra poesia. Ma è proprio quello che è. La sua voce, il suo carattere, tutto di lei è come una musica. Forte, intensa, emozionante. Caotica, eppure piena di armonia. Non è una ballata, non è un pezzo classico per pianoforte. Lei è jazz. E io lo adoro.
Vorrei aver avuto il coraggio di chiederle il suo nome. Ma sono un codardo. Io affronto fantasmi, vampiri e lupi mannari. Anche i maledetti ghul. Ma questa ragazza ha esercitato su di me un potere come nessuno mai aveva fatto. Credo di essermi innamorato.

Chiusi il libro di colpo, sospirai e lo strinsi al petto. Quella di cui scriveva doveva essere la nonna, perché sapevo che si erano incrociati per caso mentre facevano compere. All'epoca, lui aveva circa ventun anni, lei circa quattro in più. La data combaciava perfettamente.

Leggere nelle sue parole l'impressione che la nonna gli aveva fatto fin dal primo momento mi toccò nel profondo. Non vedevo l'ora di continuare a leggere e riaprii il libro, anche se ero sicura di non aver ancora trovato il punto giusto.

Venni a sapere che era tornato al negozio per chiedere di lei al commesso.

Niente da fare. Aveva approfittato di ogni occasione per andarci nella speranza di incontrarla di nuovo. Aveva chiesto di lei a tutta la gente del circondario e, quando alla fine era stato sul punto di arrendersi, lei gli era comparsa davanti all'improvviso... con le mani sui fianchi, accusandolo di averla spiata.

Mi costò un grande sforzo interrompere la lettura a un certo punto per passare al diario successivo. Volevo davvero sapere come l'aveva presentata ai miei bisnonni e come era stata la proposta di matrimonio della nonna. Perché sapevo che era stata lei a chiederlo a lui, e non il contrario.

Per l'epoca, era una cosa oltremodo insolita. Ma la notte mi stava scorrendo via tra le dita, così mi feci forza e continuai a cercare.

Poco dopo presi in mano un diario e trovai subito la pagina ottantaquattro, perché si era bagnata ed era ondulata.

Quando la aprii e vidi l'inchiostro sbavato e le macchie rotonde, capii subito che, mentre aveva scritto quella nota, il nonno aveva pianto.

Ero molto nervosa e tremavo anche un po' mentre lisciavo la pagina e cominciavo a leggere.

13 giugno 1974

Non so da dove cominciare. Non lo so. Siamo stati così stupidi.

E ora se n'è andata. Per sempre. Ho perso la mia Imogen, l'amore della mia vita, la mia pupilla. E mio padre sostiene che non posso riportarla indietro. Come osa mentirmi dritto in faccia? Io sono un necromante. Certo che posso riportarla indietro!

Ma devo partire dall'inizio. Ieri Imogen ha partecipato per la prima volta a uno dei rituali della mia famiglia ed è stata bravissima! Mia madre l'ha perfino elogiata. È stato tutto perfetto. Dopo il rituale abbiamo passato la notte intera insieme, a parlare, a ridere. Tutto era come doveva essere.

Poi è sorto il sole. Faceva caldo, il cielo era azzurro. Forse mi sono lasciato cullare troppo dalla bella giornata, perché ho pensato che fosse il momento perfetto per annunciare a mamma e papà il nostro fidanzamento. Siamo andati da loro, abbiamo comunicato la nostra intenzione di sposarci... e loro sono montati su tutte le furie.

Come hanno potuto negarmi il mio grande amore in questo modo? Ma è inutile incolpare loro. Sono stato io ad arrabbiarmi. Ho proposto io a Imogen di scappare.

Abbiamo fatto i bagagli, siamo saliti sull'auto di mio padre e via, siamo partiti. Non ero intenzionato a tornare, eppure ora sono mi qui, nella biblioteca dei Seymour, a scrivere queste righe. Il giorno che era iniziato così bene si è trasformato in un incubo.

Ha cominciato a piovere e all'improvviso abbiamo sbandato.

Non riuscivo più a vedere nulla e poi è arrivato lo schianto. Devo essere stato sbalzato fuori dall'auto perché mi sono risvegliato a lato della strada. All'inizio ho pensato che il sole stesse tornando a splendere perché faceva davvero caldo. Invece era il fuoco. L'auto era in fiamme e Imogen... Imogen era... Ho cercato di tirarla fuori e mi sono ustionato le mani. Ora sono fasciate e mi fanno male mentre scrivo. Però, devo sfogarmi. Devo scrivere quello che è successo perché altrimenti non posso crederci.

Imogen è morta.

Ma io non lo accetto. Papà può dire quello che vuole. Io la riporterò indietro. Non mi interessa che sia proibito. Che il Tribunale mi sguinzagli pure i Guardiani alle calcagna, io lo farò comunque. Che mi importa di queste regole che sono state stabilite secoli fa? Io la amo e sacrificherei tutto per lei. Stanotte compirò il Restutio, anche se dovessi morire nel tentativo.

Il Grimorio nero con i rituali proibiti non è stato difficile da trovare. Ho cercato il procedimento del rituale, e non è poi così complicato. Ricreerò il corpo di Imogen e la riporterò nel regno dei vivi. Domani tutto sarà come dev'essere. Domani ci sposeremo.

Come folgorata, fissai le righe imbrattate di lacrime scritte da mio nonno. Restutio? Il Grimorio nero? Non mi dicevano niente.

Conoscevo solo il Grimorio che conteneva tutti i rituali e gli incantesimi raccolti dai Seymour nel corso di molte generazioni. Non si era mai parlato di un secondo Grimorio.

Mi affrettai a consultare la nota successiva, anche se sapevo che il piano del nonno era riuscito. Dopotutto, la nonna era viva. Sfogliai le pagine, ma non trovai neanche una parola sul rituale o sulla reazione dei suoi genitori. Niente. Scriveva della nonna e di se stesso come se l'incidente d'auto non fosse mai accaduto.

Eppure ce l'aveva fatta. L'aveva riportata indietro, anche se il suo corpo era stato distrutto dal fuoco. Fu allora che ricordai che zia Sophia, mentre tornavamo a casa, mi aveva detto che non esisteva un incantesimo riconosciuto per riportare in vita Ashton. In quel momento ero troppo sconvolta per farci caso. Ora mi rendevo conto che lei, e probabilmente tutti gli altri membri della mia famiglia, erano a conoscenza di un rituale proibito.

Al pensiero, il cuore iniziò a battermi forte. Quindi c'era un modo per annullare ciò che avevo fatto. Ma come avrei potuto convincere la mia famiglia ad abbandonare il piano del golem e a compiere invece un rituale proibito? Ero troppo turbata per pensare con chiarezza, ma sapevo che c'era una persona che mi aiutava sempre a sistemare il caos che avevo in testa in quei momenti. Ed era Santana.

Uscii dalla biblioteca e, appena varcata la soglia, udii un rumore alle mie spalle. Senza il mio intervento, lo scaffale segreto si era smontato. I diari scomparvero sotto le assi del pavimento, i libri che erano stati spinti indietro scivolarono di nuovo in avanti. Poco dopo, non ci fu più traccia del segreto di mio nonno.

8

Qualcuno ha una torcia a portata di mano?

Capivo bene perché gli abitanti di Springdale avessero paura del boschetto di abeti vicino alla città. Un conto era attraversarlo di giorno, mentre gli uccelli cinguettavano e il sole dipingeva chiazze di luce qua e là sul suolo scuro della foresta. Un'altra cosa era quando ci si trovava là fuori a notte fonda e il silenzio era rotto solo dal fruscio del sottobosco o dai battiti d'ali e crepitii provenienti dalle fronde degli alberi.

Cercai di seguire il sentiero che avevo già percorso molte volte, ma quello che alla luce del giorno mi riusciva anche camminando nel sonno, al chiaro di luna non era così facile. Non avevo altra scelta che andare a tentoni usando mani e piedi. Continuavo a inciampare nelle radici e nelle buche del terreno. Una torcia sarebbe stata molto pratica, ma ovviamente ci pensai solo quando era già troppo tardi.

Un rumore alle mie spalle mi fece sobbalzare il cuore. Mi voltai, vidi alcuni rami muoversi nella boscaglia e riconobbi un animale dalla pelliccia grigia che sfrecciava nell'ombra. Un attimo dopo scomparve di nuovo.

Poteva essere un ratto grasso o un gatto, non l'avevo riconosciuto con precisione. Se non altro, non poteva essere niente di pericoloso, di questo ero abbastanza sicura.

Tirai un sospiro di sollievo e mi voltai di nuovo avanti, quando all'improvviso fui attaccata.

D'istinto alzai le braccia e incespicai all'indietro, ma gli aggressori mi attaccarono da più lati e mi graffiarono le mani e gli avambracci. Versi stridenti trafiggevano la notte.

Cedric di certo avrebbe avuto un incantesimo pronto per difendersi. Io, invece, non potevo fare altro che dimenarmi in preda al panico, ricordando il suo avvertimento di non abbandonare la protezione della nostra famiglia. E se i Goodwin avessero già saputo della morte di Ashton e mi avessero aizzato contro qualche bestia?

Mandai a segno un pugno. Sentii uno squittio, seguito da un tonfo. Solo allora capii con che cosa avevo a che fare. Non si trattava di creature mostruose che volevano rubarmi l'anima o succhiarmi il sangue, ma soltanto di alcuni pipistrelli che mi si era impigliati nei capelli e probabilmente avevano più paura di me di quanto io ne avessi di loro. Ne avevo catturato uno, gli altri scapparono poco dopo, svolazzandosene via.

Esitante, mi raddrizzai e li seguii con lo sguardo. Poi mi guardai le braccia graffiate.

Quelle bestioline avevano artigli da non sottovalutare e ovviamente non avevano paura di usarli. Anche la mia fronte era stata colpita.

Come se non avesse già ricevuto ammaccature a sufficienza, quella sera. Cercai con attenzione il punto che mi faceva male e sussultai quando toccai il graffio insanguinato.

Forse non era stata una grande idea andare a piedi da Santana nel cuore della notte.

Tuttavia, non era nemmeno la peggiore che avessi avuto ultimamente.

Non c'era molta strada da fare per arrivare alla piega, così continuai a camminare, raggiungendo infine l'albero biforcuto che segnava il passaggio.

Se si sapeva che cosa cercare, i varchi per il Mondo di Mezzo non erano poi così difficili da trovare. Bastava tenere gli occhi aperti per individuare un qualche tipo di riflesso.

A volte era una roccia dall'effetto simile a uno specchio, a volte un sentiero curvo, e in questo caso un abete. Sembrava la madre di tutti gli alberi di quel bosco. Non solo il tronco era insolitamente largo, bensì era anche molto più alto degli alberi nelle immediate vicinanze. Ma il segno più evidente che mi trovassi di fronte a una piega del tessuto spazio-temporale era il fatto che non si trattava di un solo abete, bensì due. Erano cresciuti insieme dalle radici fino circa all'altezza del mio bacino. Poi si erano divisi in due tronchi. Uno piegava a sinistra, l'altro a destra, e se si guardava con attenzione si notava che ogni ramo, ogni centimetro di corteccia e ogni pigna erano identici da entrambi i lati. Sembrava di trovarsi di fronte a un gigantesco specchio.

Per entrare nel Mondo di Mezzo non c'era nemmeno bisogno di un incantesimo.

Non era necessario avere un briciolo di magia, bastava essere abbastanza coraggiosi (e anche un po' folli) per fare ciò che era necessario.

Respirai a fondo per prepararmi alla nausea che stavo per soffrire. Poi mi arrampicai con audacia sulla parte di abete che i due tronchi avevano in comune.

Arrivata in cima, mi voltai a fatica, non volendo perdere l'appiglio, e finalmente rischiai il salto più spericolato. Con slancio, mi lasciai cadere all'indietro e a testa in giù tra i tronchi.

Non appena mi diedi la spinta, una luce abbagliante mi avvolse. Tutto sembrò vorticare, mi sentii male e quasi avrei dimenticato di toccare il terreno con i piedi, che apparentemente erano ancora rivolti verso il cielo.

Ma non era così. Il mio corpo girava un po' più velocemente del resto del mondo.

Vidi sfocature di colore, come se qualcuno avesse fatto ruotare il globo come una trottola, e una frazione di secondo dopo percepii a malapena i piedi entrare in contatto con il suolo, prima di riuscire a vederlo per bene.

Agitai le braccia a mulinello per non cadere, finché la luce accecante non si affievolì e ogni cosa trovò il suo posto. Se ora non mi fossi tenuta saldamente a terra, avrei potuto sfrecciare lungo il bordo della piega spaziale e sbucare in qualsiasi parte del mondo... come poche ore prima, quando avevamo usato la Lincoln a mo' di tavola da surf sul bordo di una piega, attraversando di volata la nazione.

Il pensiero di finire, nel peggiore dei casi, su un vulcano del Congo mi aveva infuso sufficiente autocontrollo per mantenere l'aderenza al suolo.

Mi trovavo in un campo aperto con gli abeti gemelli alle mie spalle. L'erba fitta si piegava al vento e mi sfiorava le gambe, il profumo delle erbe selvatiche mi ammaliava i sensi.

La parte del Mondo di Mezzo in cui viveva Santana non era particolarmente grande. In effetti, c'era solo una radura in mezzo alla foresta, al centro della quale si trovava una pittoresca casetta.

Dal tetto a capanna, alto, con due comignoli, alla torretta e alle piccole finestre rotonde, allo stile di costruzione tortuoso e ai muri storti, tutto mi ricordava *Hänsel e Gretel*. Tuttavia, ero sicura che la casa di Santana non fosse fatta di pan di zenzero. Anche se dovevo ammettere di non averla mai assaggiata.

Il pensiero del cibo mi aumentò la sensazione di vuoto allo stomaco. Mi afferrai la pancia e cominciai a camminare.

Un recinto sgangherato fatto di rami storti e parzialmente fioriti, coperti dai nasturzi, circondava la casa. Sul retro c'era un variopinto giardino di erbe aromatiche, che alla luce del giorno ronzava di mille api e bombi.

Alla luce azzurrognola della luna, solo qualche topo vi aveva fatto visita, per poi allontanarsi in fretta e furia non appena aprii il cancello ed entrai nel giardino.

Il profumo delle erbe, che aveva già avuto un effetto inebriante su di me dall'altro lato della radura, mi avvolse come una cortina di nebbia e risvegliò in me alcuni sintomi fantasma. Avevo l'impressione che le dita mi formicolassero e che le ginocchia mi stessero diventando molli.

La madre di Santana giurava e spergiurava che le erbe avrebbero fatto effetto solo dopo essere state trasformate in tinture, unguenti e pozioni. Tuttavia, mi sentivo sempre stranamente inebriata quando attraversavo il suo giardino.

Ci volle un attimo perché lo stordimento si attenuasse. A quel punto, avevo raggiunto la casa e mi chinai per sgattaiolare oltre la finestra del soggiorno. Anche se non c'era luce, volevo essere assolutamente sicura di passare inosservata.

Proprio dietro l'angolo c'era la finestra di Santana, a cui bussai piano. Dentro rimase tutto in silenzio.

«Santana!» sibilai e bussai di nuovo.

Finalmente la luce si accese. Non riuscivo a vedere niente attraverso le tende tirate, ma sentii ringhiare e brontolare, come se non avessi a che fare con la mia migliore amica, ma con un orso che si era appena svegliato dal letargo.

Dopo quella che parve un'eternità, Santana scostò le tende di scatto.

Indossava una camicia da notte bianca lunga fino al pavimento, aveva i capelli sciolti che sparavano da tutte le parti e sbatté più volte le palpebre assonnate mentre mi osservava dalla testa ai piedi.

«Emily?» chiese incredula. «Cosa ci fai qui nel cuore della notte? E perché sembra che ti abbia investito un camion?»

«È una lunga storia» dissi. «Mi fai entrare?»

Lei lanciò un'occhiata alla porta della stanza. «Va bene, ma fai piano. La mamma sta di nuovo preparando pozioni. Se ti becca, farà la pelle a tutt'e due».

«Allora non facciamoci beccare» replicai e mi arrampicai alla finestra. Ma purtroppo avevo sottovalutato le tende. Rimasi impigliata, ruotai le braccia a mulinello, saltellai su una gamba sola e infine atterrai sul pavimento duro con un forte rimbombo. Subito dopo, il bastone della tenda mi cadde di traverso sulle gambe e poi sferragliò ancora. Quel fracasso sarebbe bastato a svegliare tutta Springdale.

Santana mi aveva schivato e si era portata le mani sulla bocca. Brontolai, adirata. Una farsa del genere era un classico, per i miei standard. Mi sembrava che il destino non aspettasse altro che di mettermi in situazioni in cui mi accadesse l'esatto contrario di ciò che volevo io.

Come Santana aveva sospettato, nel corridoio fuori da camera sua si udivano già dei rumori.

«Santana, tutto bene?» la chiamò sua madre.

«Shhh» mi sibilò lei, voltandosi verso la porta. «Tutto a posto! Sono solo caduta dal letto».

Dallo spiraglio della porta filtrò una luce e dei passi si avvicinarono.

Santana si guardò intorno in fretta e furia, afferrò senza tante cerimonie la tenda e me la buttò in testa. Io ritirai subito dentro le braccia. Ma non sapevo se sarebbe servito a molto. Era piuttosto buio, ma sarebbe stato difficile non notare un rigonfiamento di dimensioni umane sotto una tenda caduta a terra.

Sbirciai da sotto la stoffa e vidi i piedi nudi di Santana dirigersi verso la porta, che aprì di uno spiraglio prima che sua madre potesse spalancarla.

«È tutto a posto, mamma» le assicurò.

«Davvero? Non hai avuto un incubo, vero? Gli incubi sono cattivi presagi. Soprattutto per le streghe. Preannunciano tempi brutti e vanno interpretati in modo da poter scongiurare il disastro prima che sia troppo tardi».

«Niente incubi, poco ma sicuro».

«Solo perché non ti ricordi...»

«Non stavo neanche dormendo» ribatté Santana.

«Cadi dal letto sveglia alle tre del mattino?»

«Ehm, io... stavo cercando il bicchiere dell'acqua e al buio non l'ho trovato. Devo essermi sporta troppo in avanti».

Seguì una breve pausa e il mio nervosismo aumentò.

«Bene, allora torna a letto» disse sua madre con mio grande sollievo.

Per poco non tirai un sospirone di sollievo. Santana chiuse la porta e io mi rintanai sotto la pesante stoffa.

«Fiùù, per un pelo!» Mi si avvicinò e mi tese la mano.

In quel momento, la porta si aprì di scatto e la mamma di Santana ci comparve davanti. Mirabell Audley era una donna alta, dai lineamenti spigolosi, con sottili capelli biondo grigio, da cui spuntavano ovunque ciocche, e occhi verde veleno. Se il suo abbigliamento non fosse stato composto da un'accozzaglia selvaggia di vestiti dai colori sgargianti, avrebbe avuto un aspetto molto più minaccioso.

Con una camicia a quadretti blu con le ruches e una gonna a pois rosa e gialli, si fermò sulla soglia della porta con le mani sui fianchi e ci rivolse uno sguardo severo. «Quanto pensate che sia ingenua? Via, in cucina. E alla svelta».

«Mamma, non è...» cominciò Santana, ma Mirabell la interruppe.

«Non voglio sentire una parola».

Con le spalle cadenti, obbedimmo alle istruzioni e, trascinando i piedi, uscimmo dalla stanza. La cucina si trovava dall'altro capo del corridoio, che si snodava in una linea storta attraverso la casa come una grotta tortuosa, e sembrava farsi sempre più stretto. Non c'era una sola parete dritta, dappertutto erano appese le foto di familiari defunti e streghe famose, che con i loro sguardi ammonitori mi seguivano letteralmente mentre li oltrepassavo.

Oltre un arco a tutto sesto entrammo in cucina, l'unica stanza della casa in cui non si aveva la sensazione di doversi abbassare. Si vedeva direttamente la travatura del tetto. Le travi si incrociavano sopra le nostre teste come se fossimo al di sotto di una gigantesca partita di Shangai. A sottolineare il fatto che mi trovavo davvero nella casa di una strega, su una delle travi era appollaiato un gufo. Svolazzò agitato al nostro ingresso e salì a un piccolo lucernario, attraverso il quale volò via nella notte.

Dalle travi e dalle pareti pendevano innumerevoli fasci d'erbe essiccate. Molte di più di quante zia Sophia potesse conservarne nella nostra cucina.

L'odore era inebriante come quello del giardino e su di me ebbe un effetto calmante. Andando in cucina, ero stata colta dalla paura che il mio piano fosse fallito. La mia famiglia avrebbe saputo da Mirabell che avevo trovato i diari del nonno e mi avrebbe proibito di riportare indietro Ashton. Il piano del golem garantiva molti più vantaggi e non prevedeva un incantesimo proibito tratto dal Grimorio nero. Ora invece mi sentivo solo stanca e fui contenta quando la mamma di Santana mi avvicinò una sedia su cui potessi sprofondare.

Poi andò ai fornelli, accese il gas e mise una teiera sul fuoco. «Sono impaziente di sapere cosa ti ha spinto a presentarti qui nel cuore della notte».

Guardai Santana, che si era seduta sulla sedia di fronte a me. Sembrava stanca e disorientata quanto me. Nessuna di noi due osò dire nulla.

Non passò molto tempo prima che una tazza di tè fumante comparisse davanti a me. Vi strinsi le mani intorno e un calore confortante si insinuò sotto la mia pelle. Il profumo di olii essenziali e di miele mi salì nel naso, infondendomi una sensazione di sicurezza.

«Bevi» mi sollecitò Mirabell e si sedette anche lei.

Rivolsi di nuovo un'occhiata a Santana, sperando di riuscire a capire dal suo sguardo se il tè fosse una pozione magica. Un siero della verità, magari, che mi costringesse a rivelare tutto ciò che avrei preferito tenere per me? Ma anche gli occhi di Santana fissavano scettici la sua tazza.

«È solo tè alla menta» promise Mirabell.

Che le credessi o meno, sentivo di non avere molta scelta.

Ne bevvi un sorso e mi sentii subito meglio. Il calore che prima sentivo solo sulle dita delle mani si insinuò sotto la mia pelle e bruciò sui graffi che avevo sulla fronte e sulle braccia. Cominciarono a emanare una luce lieve e a guarire visibilmente trasformandosi in linee rosse che, una dopo l'altra, scomparvero. Ero abbastanza sicura che il tè alla menta non avesse quell'effetto.

«Ci ho mescolato anche qualche erba medicinale» spiegò Mirabell. «Ora, ditemi. Che cos'è questo incontro segreto col favore delle tenebre?»

Posai di nuovo la tazza e mi persi nel vapore che esalava. Continuavo a non sapere se fossi sotto l'effetto di un incantesimo o no, ma con disinvoltura aprii la bocca e iniziai a raccontare.

Santana e sua madre ascoltarono incantate mentre raccontavo l'incidente al cimitero e alla fine confessavo che Ashton era morto per colpa mia.

Alle ultime parole mi si formò un nodo in gola. Guardai la mia tazza. Il tè contenuto si era ormai raffreddato e il suo effetto, che mi aveva sciolto la lingua, stava svanendo. Se non fosse stato per quello, probabilmente avrei continuato a cantare come un uccellino e avrei persino rivelato la storia del Grimorio nero.

Mirabell mi posò una mano sul braccio. «Ne hai passate tante, ma è stato un incidente. Capisco perché ci tenevi tanto a parlarne a Santana. Tuttavia, avresti dovuto aspettare fino a domani».

Scossi la testa. «La mia famiglia vuole mandarmi via domenica. Non so se mi avrebbero dato il permesso di salutarla, prima».

«Cosa?» chiese Santana. «Perché? Ma non è stata colpa tua! Anche se tu magari pensi di sì».

Mirabell si alzò e portò via le nostre tazze. «Suppongo che vogliano soltanto tenerti al sicuro. Dovresti avere fiducia che sanno quello che fanno. Se si venisse a sapere quello che è successo, nella migliore delle ipotesi, in men che non si dica i Guardiani del Tribunale vi si presenterebbero alla porta. Nel peggiore dei casi, i Goodwin vi dichiareranno guerra, e saremo tutti coinvolti. Immaginate se i Goodwin attaccassero apertamente i Seymour. Che cosa significherebbe per il Mondo di Mezzo? Dopotutto, la vostra casa si trova al di fuori dalle pieghe dello spazio. Una battaglia tra necromanti potrebbe essere vista dai comuni mortali, mettendo a repentaglio la copertura di tutti noi. Ma anche se vi attaccassero solo nel Mondo di Mezzo, questo ci getterebbe comunque nel caos. Dopotutto, il mondo all'interno delle pieghe è un luogo pacifico. Si formerebbero delle fazioni. Alcuni necromanti si schiererebbero dalla parte dei Goodwin, altri dalla vostra. E non prenderebbero posizione solo i necromanti. Mi dispiace, ma informerò la mia congrega di ciò che sta accadendo. Dobbiamo essere preparati al peggio».

«Ma...» cominciai.

«Non preoccuparti, né i Seymour né i Goodwin sapranno nulla dalla mia congrega. La segretezza è il nostro mestiere» mi assicurò. «Ora, andate a letto, voi due. Puoi restare qui stanotte, Emily. Vi va bene che domani sia sabato. Voi due avete bisogno di dormire e io ho molto lavoro da fare».

«Ma se mandano via Emily...» mormorò Santana.

«A dormire, ho detto!»

A nessuno conveniva mettersi contro Mirabell.

Quando si metteva in testa qualcosa, non si tirava indietro tanto in fretta, e io preferivo andare a letto di mia spontanea volontà, piuttosto che farmi cullare da un incantesimo del sonno e svegliarmi con il mal di testa la mattina dopo. Così, a malincuore, ci alzammo e uscimmo dalla cucina.

Quando fummo sicure che non potesse sentirci, mi diedi un'occhiata alle spalle. «Che cosa pensi che succederà quando i Guardiani del Tribunale si presenteranno alla mia porta?» domandai.

«Non lo so» confessò Santana. «Ma è stato un incidente. Non possono mica punirti, no?»

«A meno che i Goodwin non mi accusino di aver ucciso Ashton di proposito. Sembra più plausibile della verità. Un buco nel sacco del sale... è semplicemente ridicolo».

Non ero mai entrata in contatto con le leggi del Mondo di Mezzo. Tanto meno con il Tribunale e i suoi Guardiani. Non sapevo che cosa facessero agli assassini. Ma ero sicura che la punizione era peggiore di quella prevista per aver lanciato un incantesimo di resurrezione proibito.

Dopo aver chiuso la porta della stanza di Santana, mi rivolsi a lei. «Ho scoperto un modo per riportare in vita Ashton» sussurrai.

«E tu te ne esci con questo solo adesso?» si lamentò. «Già mi immaginavo di venirti a trovare ogni settimana in galera».

«Tua madre non deve saperlo» continuai a voce bassa. «È un rituale proibito. Non so ancora come farò a proporre alla mia famiglia di eseguirlo. Perché riportare indietro Ashton non si concilia con il loro piano di creare un golem per rimpiazzarlo».

«Un golem? Ma sono pazzi? Quelli sono burattini senz'anima, non ingannano nessuno».

«Non dovrà durare molto» dissi sconsolata. Il pensiero che avrebbero davvero portato a termine quel piano era quasi insopportabile. «Appena dopo il suo ritorno dai Goodwin, dovrà avere un incidente mortale, morire in un incendio o qualcosa del genere».

«Oh mio Dio, ma è orribile!»

Su questo aveva pienamente ragione. Era più che orribile far credere ai Goodwin che il loro figlio sarebbe morto davanti a loro. Ma per la mia famiglia andava bene.

«Non si deve arrivare a tanto» dissi. «Hai mai sentito parlare di un Grimorio nero?»

«Sì» confermò lei, senza neanche doverci riflettere. «Mia madre se l'è lasciato sfuggire qualche tempo fa. Quelle conoscenze, in realtà, non vengono trasmesse alla prole delle streghe. Comunque, la congrega di mia madre tiene un libro del genere. A volte il Tribunale proibisce un incantesimo. Allora viene scritto in un Grimorio nero e sigillato. Nel caso in cui un giorno serva di nuovo».

«Anche la mia famiglia ne ha uno» proseguii. «C'è un rituale con cui si può riportare indietro Ashton».

Santana mi allontanò dalla porta per assicurarsi che sua madre non ci sentisse. «Ma quell'incantesimo di sicuro sarà vietato per un motivo, no?»

«Non lo so, non conosco i dettagli» ammisi. «So solo che alla mia famiglia non potrebbe importare di meno di Ashton. A loro interessa solo non mettersi nei guai e, per quanto possibile, trarre vantaggio della situazione. Potrei dire a mia madre del rituale, ma sospetto che lo sappia già. Zia Sophia ha accennato a qualcosa del genere. Se vado da loro adesso, è sicuro che mi proibiranno di approfondire le ricerche. Probabilmente mi cancelleranno la memoria e mi spediranno in Florida».

«Tutto da sola, dunque?» chiese Santana.

«Intendi trovare il Grimorio nero ed eseguire il rituale? Tu ne sei in grado?» La guardai incredula.

«Io non lo farò di certo!» Alzò le mani con fare difensivo. «È un rituale proibito della tua famiglia, purtroppo devi affrontarlo da sola. Ma naturalmente ti sosterrò, se vorrai davvero eseguirlo».

«Ehm...» La fissai, perplessa. «E come dovrei fare?» Puntai il dito verso me stessa. «Comune mortale. Ricordi?»

Lei scosse la testa. «Se il rituale prevede un incantesimo booster, non è necessario aggiungere altra magia. Avrai bisogno solo delle rune e degli ingredienti adatti, che con le parole giuste si rafforzano da sé. Vedila come un incendio in una foresta».

Sbattei le palpebre. «Cosa?»

«Be', con le giuste condizioni, non serve un lanciafiamme» mi spiegò. «Cioè, se la foresta è secca e ci sono foglie per terra, anche una piccola scintilla sarà sufficiente. Come credi che certi imbecilli nel Mondo di Fuori a volte riescano a evocare un demone con un grimorio trovato per caso in soffitta, pur non padroneggiando neanche un briciolo di magia? Esistono incantesimi per i quali è necessario possedere un'incredibile quantità di potere, e altri che, per funzionare, richiedono soltanto una spintarella».

«E tu dici che io potrei essere uno di questi imbecilli?» chiesi, inarcando le sopracciglia.

«Se ti ci metti d'impegno...» Un sorriso malizioso fece capolino sulle sue labbra.

«Comunque, possiamo cercare il Grimorio nero e consultare il rituale» dissi. «Se l'incantesimo è troppo complicato, posso sempre rivolgermi alla mia famiglia. Se non altro, nonna è dalla mia parte».

Santana annuì appena. «Mi sembra un buon piano».

«Bene, allora» concordai. «Domattina presto inizieremo le ricerche».

9

L'ho già detto che i Seymour sono pazzi?

Avevo temuto che Mirabell mi avrebbe accompagnata a casa e che mi sarei dovuta sorbire una strigliata da parte di mia madre. Il fatto che avessi spifferato tutto quello che era accaduto al cimitero di certo non le sarebbe andato giù.

Mirabell, tuttavia, non pensò affatto di andare dai Seymour. In effetti, non si era mai avvicinata a casa nostra. Forse per via della nonna, che non vedeva di buon occhio la Gilda delle streghe, o anche della zia Sophia, che aveva voltato le spalle ai suoi simili per diventare una Seymour. Qualunque fosse il motivo, la mattina dopo io e Santana partimmo da sole alla volta di casa mia.

«Da dove iniziamo a cercare?» domandò Santana mentre salivamo i gradini verso la porta d'ingresso.

«Magari dalla sala rituali» pensai. «È meglio che prima ne parli con la nonna. Dopotutto, è stata lei a darmi l'idea. Ma non una parola con il resto della mia famiglia!»

«Ricevuto».

Aprii la porta e subito mi investì la voce infuriata di zia Sophia: «Ti dico che l'incantesimo sarebbe perfetto!»

«E io ti ripeto che non renderà il golem più reale» ribatté mamma.

Le due erano in sala da pranzo, impegnate a sparecchiare la tavola della colazione, e non si accorsero nemmeno di me e Santana.

«Allora torniamo alla proposta del changeling. Lasciamo perdere il golem».

La mamma sospirò: «I changeling possono imitare solo le persone vive. Lo sai bene. Il piano del golem è stato stabilito. Non cambierà più. È una cosa già abbastanza al limite che si debba arrivare a tanto per quel povero ragazzo... non andremo oltre».

«Oh, Odila, potremmo ottenere molto di più se ci prendessimo qualche libertà» insistette Sophia. «Se necessario, ricorriamo al Grimorio n...»

«Assolutamente no!» la interruppe la mamma.

«Ti comporti come se fossi la capofamiglia».

Io e Santana ci avvicinammo alle scale. Posai il piede sul primo gradino e trasalii quando scricchiolò sotto il mio peso. Un'occhiata alla sala da pranzo mi confermò che la mamma si era accorta del rumore. Alzò lo sguardo dai piatti che aveva impilato davanti a sé e, quando mi vide, una punta di amara delusione le si dipinse all'istante sul volto.

Mi aspettavo che mi chiamasse perché le dicessi dove fossi finita. Ma non fu così. Si voltò invece verso il tavolo e radunò i piatti rimasti. Ebbi l'impressione che, con me, avesse definitivamente rinunciato.

«Ci atterremo al piano» disse.

Sophia sbuffò con sprezzo. «Come ti pare».

«Andiamo» esortai Santana e mi affrettai a salire le scale.

In camera mia, Santana si scrollò. «Brrr, che occhiata gelida ti ha lanciato tua madre».

«È delusa» mormorai. «E ne ha tutte le ragioni».

Santana mi diede uno spintone leggero con la spalla. «Non complicarti la vita per niente. Adesso troveremo il Grimorio e sistemeremo tutto. Vedrai».

Avrei voluto un po' della fiducia di Santana. Già sarebbe stato abbastanza difficile trovare il libro. Non volevo spingermi oltre con il pensiero, perché conoscere un rituale che poteva salvare Ashton non lo avrebbe riportato indietro. Incantesimo booster o no.

«Allora, dove troviamo tua nonna adesso?» chiese Santana.

«Da questa parte». La condussi alla camera d'angolo della nonna, che si trovava in fondo al corridoio e si raggiungeva salendo qualche gradino. Davanti alla porta c'era una sedia a dondolo su cui la nonna amava sedersi per guardare i famigliari che andavano e venivano dalle stanze vicine. Quella mattina, però, la sedia era vuota.

Bussai alla porta. «Nonna?»

Con cautela, la scostai. Mi sentivo a disagio a entrare nel suo regno. Non solo perché le piaceva tendere agguati agli intrusi con il bastone da passeggio. Mi sembrava sempre di compiere un viaggio nel passato, in un luogo molto precedente al mio tempo, dove io non avevo il diritto di stare.

«Io ti aspetto qui» sussurrò Santana mentre io entravo.

Il letto a baldacchino con le balze, le tende di pizzo, i vecchi mobili con le finiture a ghirigori dorate e, ultimo ma non meno importante, il pesante odore di profumo: tutto dava l'impressione che nella stanza della nonna il tempo si fosse fermato molti decenni prima. Sul comò, un singolare orologio da taschino attirò la mia attenzione.

Non c'era la copertura, in modo da lasciare scoperti gli

ingranaggi. Mancavano i numeri, e aveva solo la lancetta dei secondi.

Evidentemente era rimasto intatto per anni accanto alle fotografie ingiallite della nonna e del nonno, perché era ricoperto di polvere, proprio come il mazzo di fiori secchi nel vaso lì accanto.

In uno dei portafoto vidi i miei nonni per le strade di una grande città, e pensai al resoconto sul diario del loro incontro a New York. Sulle labbra mi si disegnò un sorriso, e presi la fotografia in mano per guardarla meglio. Notai che non sembrava essere stata scattata negli anni Settanta. Le donne sullo sfondo indossavano abiti lunghi e cappelli, le strade non erano costeggiate da automobili, bensì da carrozze. Sembrava che quella fotografia non avesse cinquant'anni ma almeno cento.

«È stato tanto tempo fa» gracchiò la nonna alle mie spalle.

Per lo spavento feci quasi cadere il portafoto. «Cavolo, nonna, uno di questi giorni mi farai venire un altro infarto». Rimisi a posto la fotografia e mi voltai verso di lei.

«Speriamo proprio di no» disse lei. «E ora, vai fuori. Che cosa ci fai qui? Il mio indizio non ti è bastato?»

«Sì, io... ho trovato i diari. Perché non me ne hai parlato subito?»

«Che mai sarebbe la vita senza un po' di mistero, bambina mia? Sarebbe un'esistenza triste e noiosa. Ma a chi lo dico».

«Io...» Per caso aveva appena affermato, in maniera velata, che la mia vita era noiosa? Sembrava di sì. «Non capisco perché mi hai messo in questa situazione. Perché non dici a mamma o a Cedric di questo rituale? Potresti usarlo per annullare quello che è successo. Il golem non può essere la soluzione giusta».

«Pensi che non sappiano del Restutio? Conoscono il rituale e conoscono il prezzo che si paga per compierlo. Nessuno di questi mollaccioni pedanti prenderebbe mai in considerazione anche soltanto l'idea di arrivare agli estremi per fare ciò che dev'essere fatto. Tu, mia cara, sei diversa».

«Ma io non sono una necromante. Cedric potrebbe...»

«Non sai nemmeno che cosa significhi essere una necromante» lo interruppe lei. «Hai voltato le spalle al tuo destino solo perché a te non riesce tutto subito come a tuo fratello. Quindi non parlare di cose di cui non sai nulla».

Credevo di avere un'idea abbastanza precisa di ciò che l'eredità della mia famiglia comportasse, e avevo dimostrato un numero sufficiente di volte di non avere talento. Ma con lei era inutile discutere. Domani probabilmente non si sarebbe nemmeno ricordata della nostra conversazione.

«Se voglio mettere in atto questo rituale, mi aiuterai?»

«Non avrai bisogno del mio aiuto». Strinse le labbra in un sorriso sottile e mi accarezzò la guancia con una mano tremante e ruvida. «Una ragazza così dotata come te. La mia bambina».

Poteva benissimo essere che mi stesse confondendo con mia madre. Era già successo svariate volte.

Ricambiai il sorriso, risparmiando a entrambe la fatica di informarla che davanti a lei non c'era sua figlia da giovane, ma sua nipote.

«Alla mia età, non sarei comunque in grado di dare un gran contributo» proseguì. Il suo sguardo si fece serio e letteralmente mi trafisse. «Il Restutio richiede la giovinezza. E tu ne hai a sufficienza».

«Può darsi, però non sono una necromante».

La nonna mi afferrò la mano e la strinse forte. «Ma certo che lo sei, piccola. Non permettere a nessuno di persuaderti del contrario».

Anche se era evidente che mi avesse preso per mia madre, mi fu difficile non lasciarmi influenzare dalle sue parole. Se la nonna avesse saputo quante volte da bambina mi fossi sforzata, in lacrime, perché non riuscivo a lanciare gli incantesimi più semplici, non avrebbe detto una cosa del genere.

A quei tempi, mi ero intrufolata più di una volta in biblioteca di notte, in pigiama, per esercitarmi fino alle prime ore del mattino. Eppure, anche le cose che Cedric sapeva fare solo con il pensiero, a me non riuscivano. Prima ancora di imparare a parlare e a camminare, i fantasmi erano stati i suoi migliori amici. Una volta, a quattro anni, era scappato da mia madre ed era stato riportato a casa da uno zombie che aveva appositamente risvegliato nel cimitero di Springdale. A quattro anni. Uno zombie. Era tanto spaventoso quanto impressionante. Il mio più grande successo a quattro anni era stato trovare il tasto giusto sul telecomando. Dal momento in cui la mia famiglia aveva capito che io non ero una necromante, la mia vita era diventata molto più semplice.

«Dove lo trovo, il libro?» chiesi con voce velata, semplicemente ignorando il fatto che lei credesse di parlare con sua figlia. «Dove teniamo nascosto il Grimorio nero?»

«Come se non lo sapessi». La nonna mi strizzò l'occhio, poi prese in mano il portafoto che avevo guardato un attimo prima. Alla vista dell'amato marito in giovane età al suo fianco, un bagliore sfavillò nei suoi occhi altrimenti così offuscati. In quel momento tornò seria. «Queste vecchie fotografie non sono affidabili. Ciò che è nero sembra bianco e ciò che è bianco è nero. Come se tutto fosse capovolto».

«Puoi dirmi dove devo cercare il Grimorio nero?» chiesi ancora.

La nonna ripose la cornice. «Tua madre avrà anche fallito sotto alcuni aspetti per quanto riguarda la tua educazione e la tua istruzione, ma se non altro si è assicurata di inculcarti in testa tutte le informazioni necessarie per definirti una Seymour. Ti aiuto volentieri a rinfrescarti la memoria». A quanto pareva, era di nuovo cosciente di chi aveva di fronte. Alzò il bastone da passeggio e io d'istinto indietreggiai.

«Non ce n'è bisogno» mi difesi. «Lo scoprirò da sola».

«Te l'avrei consigliato anch'io» disse lei, abbassando di nuovo il bastone. «E ora, sciò, sciò, fuori da camera mia e portati via la tua amichetta strega. Non mi piace affatto che qualcuno origli».

Mi ricacciò fuori in corridoio.

«Dimmi soltanto...» implorai, prima che mi sbattesse la porta in faccia.

«Non voglio farti preoccupare» disse Santana a voce bassa, con il pollice rivolto verso la stanza della nonna. «Ma tua nonna è messa male».

«Ho sentito!» gracchiò la nonna da dietro la porta.

Entrambe trasalimmo.

Era davvero un po' pazza e il fatto che la sua memoria continuasse a giocarle brutti scherzi non migliorava la situazione. Tuttavia, ero sicura che stesse facendo tutto questo nella convinzione di aiutarmi.

«E adesso che cosa facciamo?» chiese Santana.

Riflettei. «Nonna ha detto che mia madre mi ha inculcato tutto il necessario, ma io non so nulla di nessun Grimorio segreto».

All'improvviso, un'illuminazione mi arrivò come un pugno.

«I colori sono capovolti!» esclamai e partii di corsa.

«Che vuoi dire?» mi gridò Santana seguendomi. Girai l'angolo e salii le scale che portavano al secondo piano.

«Sai che ho dovuto imparare un bel po' di roba per acquisire le conoscenze dei Seymour».

«Poesie e sciocchezze del genere, lo so. Ammettiamolo, nella tua famiglia sono tutti pazzi».

«Esatto!» confermai. «Cioè no, non è vero. Anche se... In ogni caso, della maggior parte di quelle poesie non so che farmene, ma mia mamma mi ha assicurato che, quando ne avessi avuto bisogno, le avrei comprese».

«E ora quel momento è arrivato?»

Mi fermai fuori dallo studio del nonno, mi voltai verso Santana e sorrisi a trentadue denti. «Proprio così!» annunciai e aprii la porta.

Santana lanciò un'occhiata scettica all'interno.

Dalla morte del nonno, poche cose erano cambiate. La moquette blu era sbiadita e consumata in corrispondenza dei passi che andavano dalle librerie a mezza altezza fino alla scrivania in mogano e a una poltrona ad alette posizionata di fronte al mostruoso camino. Dal soffitto pendeva un lampadario a otto bracci, la cui luce si rifletteva sulla tappezzeria a motivi dorati. Alle pareti erano appesi innumerevoli dipinti in cornici dagli ornamenti sfarzosi.

Probabilmente me lo stavo solo immaginando, ma anche dopo tutti questi anni avevo ancora la sensazione che lo studio avesse l'odore del nonno. Come se fino a pochi minuti prima fosse stato seduto in poltrona davanti al camino a leggere uno dei libri di magia che riempivano quasi tutti gli scaffali della stanza. Era quell'inconfondibile combinazione di cenere del camino, odore di tabacco e profumo di vecchi tomi a rendere tangibile il ricordo d'infanzia che avevo di lui.

«Sì, e ora?» chiese Santana dopo essersi guardata intorno senza successo.

Feci un respiro profondo:

«Nero è il profumo del proibito assaggio
la luce della notte oscura si beve,
entra nel fuoco, stai in piedi nel viaggio
dove nel pozzo più profondo cenere piove».

Santana mi guardò come se mi fossi trasformata davanti ai suoi occhi in una capra rosa parlante con un cappello da festa.

«Non ha alcun senso» disse, asciutta.

«Sì, ora ce l'ha» obiettai, piuttosto orgogliosa della mia scoperta. Fino a pochi minuti prima sarei stata d'accordo con lei, ma il commento della nonna sul fatto che la fotografia non avesse i colori giusti mi aveva aperto gli occhi. Entrai nello studio e mi diressi subito verso il camino.

Era difficile non notare quell'enorme colosso. Era in ghisa, largo quanto un cofano e talmente pieno di decorazioni che non sapevi da dove iniziare a guardarlo. Su ogni centimetro si rincorrevano motivi ornamentali, vignette e diavoletti del fuoco nascosti dietro fiori e foglie stilizzati. Sopra il camino c'era un dipinto che per me aveva sempre rappresentato un rebus. Mostrava un uomo seduto a tavola intento a mangiare un libro con coltello e forchetta. Accanto a lui, un bicchiere di vino era drappeggiato davanti alla finestra in modo tale da far sembrare che il sole non fosse sospeso nel cielo bensì affondasse nel vino.

«Ora hai capito?» chiesi, facendo un cenno verso il dipinto.

Le sopracciglia di Santana si aggrottarono. «No, non proprio».

«La nonna diceva che nella fotografia era tutto al rovescio. Mi ha fatto pensare a quella poesia. Perché il nero non è un odore e il cibo non si beve. Questo mi ha fatto capire che la poesia doveva parlare di questa immagine. Ora guarda che cosa sta mangiando l'uomo».

«Un libro?»

«Esatto! Pensa al primo verso: *Nero è il profumo del proibito assaggio*. Qui si parla del Grimorio nero. Perché gli incantesimi che contiene sono proibiti. E, come nella poesia, l'uomo beve la luce. Vedi? Il sole è nel bicchiere».

«Ma il resto che cosa dovrebbe significare?»

«È ancora più semplice» dissi. «Vieni!»

Andai dritta verso il focolare. Per entrare dovetti piegarmi, ma poi riuscii a stare comodamente in piedi. Santana mi seguì. Guardai davanti a me e irrigidii la postura.

Seguirono alcuni secondi di silenzio.

«E adesso?» chiese Santana.

«Non ne ho idea» confessai. Mi aspettavo che succedesse qualcosa. Dopotutto, la poesia diceva di entrare nel fuoco e di stare in piedi nel viaggio attraverso un pozzo. Ero sicura che si trattasse della canna fumaria.

«Forse serve che il fuoco sia acceso?» ipotizzò Santana, scherzando.

«Stai suggerendo di darci fuoco per un'intuizione?» Mi guardai intorno all'interno del camino, sperando di trovare un indizio. «Aspetta!»

Potevo sbagliarmi, ma sembrava che nei mattoni del camino fossero state incise delle lettere. Erano piccole, coperte di fuliggine e difficili da vedere al buio, ma una volta scoperte era difficile non notarle. Soprattutto perché quattro di esse erano consumate. Premetti la lettera N. La pietra cedette e affondò nel muro con uno scricchiolio.

«*Nero è il profumo...*» mormorai e premetti la lettera L. «*La luce... si beve...* » Poi E. «*Entra nel fuoco...*»

«Dove cenere piove» aggiunse Santana mentre premevo la D.

Non successe nulla. Le pietre si fermarono per un attimo nel muro, poi tornarono nella posizione iniziale.

Santana si voltò verso di me. «Che cosa significa esattamente pioggia di cenere?»

All'improvviso ci fu un violento scossone, il pavimento sotto di noi cedette, io agitai le braccia a mulinello e mi aggrappai alla parete per non cadere. L'intero focolare si mosse a passo d'uomo verso il basso come un ascensore malridotto. Il forte scossone fece sì che cenere e fuliggine si staccassero e ci cascassero in testa.

Santana non poté fare a meno di tossire. «Okay, pioggia di cenere, capito» gracchiò. «Te l'ho già detto che la tua famiglia è fuori di testa?»

«L'hai detto» risposi.

10

Meglio gli "scheletri nell'armadio" che i "cadaveri nella cripta"

Avevo sempre saputo che la casa dei miei genitori nascondeva molti segreti. Ma non avrei mai pensato di scoprirne due in così poco tempo. Avevo anche ipotizzato che esistessero porte segrete dietro le quali si nascondevano barattoli polverosi con gli accessori per i rituali. Il mio interesse nel trovare interiora di topo galleggianti in un liquido giallastro era limitato, per questo non avevo mai indagato ulteriormente. Non mi sarei mai aspettata di usare un camino come ascensore per raggiungere un seminterrato nascosto e andare alla ricerca di un libro proibito. Ma era esattamente quello che era successo, ed ero ancora più emozionata di quando avevo trovato i diari di mio nonno. La corsa non durò più di un minuto e si concluse con uno scossone che ci fece cadere ancora una volta la cenere addosso. Questa volta tossimmo entrambe.

«È buio pesto qui» si lamentò Santana.

«Forse avremmo dovuto portare una torcia». Dopo l'attacco dei pipistrelli, avrebbe dovuto far parte del mio equipaggiamento di base.

«Non serve». Udii uno schiocco e nella mano di Santana si accese una sfera di luce.

Il camino ci aveva condotte in uno stretto passaggio simile a una grotta.

Dal soffitto pendevano ragnatele, sulle pareti di pietra non intonacate non c'erano né un interruttore, né fiaccole o lanterne.

La luce rivelò almeno una dozzina di nicchie su entrambi i lati del passaggio e, poco più avanti, si scorgeva un bivio. Avevo sperato di arrivare direttamente nella stanza in cui la mia famiglia conservava il Grimorio, ma sembrava piuttosto che fossimo finite in un sistema di gallerie sotterranee che si estendeva chissà per quanto sotto la proprietà.

Ci incamminammo e il mio sguardo si soffermò sulla prima nicchia. Non era solo un incavo nel muro. Era incorniciata da elaborate colonne decorate che erano state scolpite nella pietra viva e fungevano da sostegno a una traversa altrettanto lavorata. Al centro della traversa si trovava una lapide di pietra con un'iscrizione che era stata pesantemente erosa nel corso di molti decenni, se non secoli, ed era ora a malapena leggibile. L'interno della nicchia, tuttavia, ci permise di dedurre ciò che avevamo di fronte. Infatti, là dentro c'era una bara. Era anch'essa di pietra, per metà incassata nel muro e chiusa da una pesante lastra di marmo.

«Cavolo, quella è una tomba» dichiarò Santana scioccata.

«Mi piacerebbe poter dire di essere sorpresa di abitare sopra un cimitero sotterraneo, ma sarebbe una bugia» ammisi.

Della lapide successiva, di nuovo, non riuscii a decifrare un granché, ma intuii il nome Seymour e una data.

«Santana, saluta i miei parenti. Suppongo che questi siano tutti i miei antenati».

«Allora saprò dove portarti quando tua madre scoprirà quello che stiamo facendo e ti staccherà la testa. Chissà se qui c'è già una bara vuota con il tuo nome scritto sopra?»

«Non dire così!» Non volevo nemmeno immaginare di finire in quel luogo. Tanto meno che avessero già riservato un posto per me.

Girammo un angolo e scoprimmo che non c'era solo un bivio. Davanti a noi si estendeva un altro lungo tunnel che si biforcava più volte e conduceva a una scala alla nostra sinistra.

«Grandioso» brontolai.

«Aspetta! Ho un'idea!» disse Santana. «Un libro del genere è fatto di parole, giusto?»

«Ehm, sì. Di solito sì». La guardai con aria interrogativa.

«Conosco un incantesimo adatto. In realtà, sarebbe pensato per leggere al buio, ma anche in questo caso dovrebbe essere efficace». Chiuse la luce magica tra le mani a coppa, la sollevò e le sussurrò. «*Lingu e lumina*».

La luce nelle sue mani avvampò, divenne irrequieta come se non vedesse l'ora di fare il suo lavoro, e quando Santana riaprì le mani, sfrecciò via.

Rimanemmo al buio.

«Presto, seguiamola!» disse Santana.

Corremmo dietro alla luce, ma non volò lontano. A pochi metri da noi, sbatté contro il muro, avvampando e abbagliandomi. Mi portai un braccio davanti agli occhi per proteggermi.

«Abbassati!» gridò Santana.

Io chinai la testa e la luce filò via sopra di noi, colpendo anche un muro alle nostre spalle. Rimbalzò su una lapide a muro, saltò su quella successiva e fece brillare di blu tutte le scritte ancora leggibili. Dovemmo abbassarci di nuovo mentre ritornava e saltava da una lapide all'altra come una pallina impazzita.

«Forse il piano non era del tutto pronto» ammise Santana.

«Ah, tu credi?» Alzai le sopracciglia.

«Se non altro ora qui sotto è tutto illuminato».

Magari si fosse trattato solo di quello, perché avevo la sensazione che il suo incantesimo avesse fatto molto di più che illuminare i nomi dei miei antenati e immergere la cripta, già inquietante, in un'orribile luce blu. Mi sembrava che, a un tratto, noi due non fossimo più sole. Avevo la sensazione di avvertire una strana presenza alle mie spalle e di udire voci dove non avrebbero dovuto essercene.

La luce ci sfrecciò di nuovo contro, noi ci abbassammo e la seguimmo con lo sguardo mentre correva per il corridoio in linea retta.

«Prima o poi dovrà trovare il libro» disse Santana.

«Diamoci una mossa, allora».

Oltrepassammo di corsa le bare, il sussurro si faceva più forte ogni volta che ci avvicinavamo a una di esse, e i battiti del mio cuore accelerarono. Non volevo nemmeno sapere che cosa avrebbero detto i miei antenati se avessero saputo che volevo riportare in vita proprio un Goodwin. Probabilmente sarebbero usciti dalle bare e mi avrebbero ficcato dritta in quella destinata a me.

Seguimmo la luce giù per una rampa di scale. Lì c'erano solo nicchie vuote, senza tavole di pietra. Il tetro corridoio proseguiva dritto per un po' e finiva in un vicolo cieco.

Mi guardai intorno, sperando di individuare qualcosa, ma senza successo.

«Qui non c'è un bel niente» ammisi infine ad alta voce a me stessa. Probabilmente quell'area era destinata alle generazioni a venire.

Santana sospirò: «Oh, grandioso, tutto inutile».

La luce volò fino alla fine del corridoio, sbatté contro il muro ed evaporò con un debole scoppio in un fascio luminoso che mi costrinse a schermarmi di nuovo gli occhi.

In un attimo ci fu il buio più completo, qualcuno mi afferrò il braccio e io senza volerlo trasalii... solo allora mi resi conto che era semplicemente Santana che si era aggrappata a me.

«Così mi fai venire un colpo» mi lamentai a voce bassa.

«Scusa» sussurrò lei.

«Puoi evocare un'altra luce come quella, così non dobbiamo salire le scale al buio pesto?»

«Non capisco perché la luce sia scoppiata. Avrebbe dovuto tornare da me».

Era davvero strano, e io mi chiesi se il corridoio non fosse poi così vuoto come sembrava. «Vieni».

Allungai la mano e mi inoltrai lentamente nel vicolo cieco, finché non urtai contro il muro con la punta delle dita.

«Ahia!» Un dolore acuto mi attraversò il braccio, ma si attenuò subito. Avevo preso la scossa. «Un sigillo magico» dichiarai.

«Ecco perché la luce si è dissolta».

Mi accovacciai e tracciai con l'indice un cerchio per terra. Anche se non ero una necromante, conoscevo pur sempre le basi della magia. Per sciogliere un sigillo di protezione dei Seymour serviva una combinazione di diverse rune che sapevo disegnare a occhi chiusi. Le tracciai nel cerchio e si illuminarono di rosso. Questo finalmente portò un po' di luce nel corridoio buio... anche se la cripta in rosso non mi piaceva molto di più di quando era immersa nel freddo blu della sfera di luce.

Quando poggiai il palmo della mano sul controincantesimo,

il sigillo si illuminò davanti a noi. Assomigliava a una superficie d'acqua verticale e scintillante che si dissolse gradualmente nell'aria. Il pavimento vibrò mentre la parete dietro di esso cominciò a muoversi. Nella luce tenue del mio controincantesimo, prima si scorsero una polvere fine e piccole pietre che si sgretolavano, poi il muro scese di schianto con un fragore così forte che io per lo spavento mi ritrassi e urtai Santana.

Dietro la parete apparve una piccola stanza quasi vuota. Tutt'intorno erano appese delle torce, che si accesero divampando una dopo l'altra e illuminarono con il loro bagliore tremolante un leggio in pietra su cui era poggiato un antico libro nero.

«Accidenti» mormorò Santana. «Certo che la tua famiglia ha proprio il senso della teatralità. Noi se non sbaglio teniamo il Grimorio nero della congrega di mia madre nella credenza della cucina, accanto alle insalatiere».

«Allora probabilmente non potete evocare un esercito di non morti con quello» ipotizzai.

«Ti piacerebbe sapere che cosa potremmo combinarci».

Entrai nella stanza e mi guardai intorno ancora una volta. Il libro era stato ben nascosto e protetto da incantesimi che solo un membro della famiglia Seymour avrebbe potuto spezzare, eppure non mi sentivo ancora di escludere che ci fossero altre sorprese ad attenderci. Ma le mie preoccupazioni erano infondate, poiché raggiunsi il libro senza che una botola mi si aprisse sotto i piedi o che dalle pareti schizzassero frecce avvelenate. Alzai una mano con esitazione, la posai sulla copertina disadorna in pelle, di un nero profondo, e avvertii un formicolio sulla punta delle dita: niente di doloroso, nessuna scossa di avvertimento, come quando avevo toccato il sigillo magico. Al contrario. Mi attraversò una sensazione di potere. Era come se riuscissi a percepire gli incantesimi potentissimi che da innumerevoli anni giacevano dormienti in quel libro, in attesa che qualcuno venisse a sprigionarli. Chiedevano letteralmente di essere pronunciati, lo bramavano, e questa brama veniva trasmessa a me.

A poco a poco, iniziavo a capire perché quegli incantesimi fossero proibiti.

Quando Santana si avvicinò a me, mi sottrasse alla magia del libro e di colpo presi consapevolezza di quanto il mio respiro fosse accelerato.

«Emily? Tutto bene?» chiese incerta.

«S-sì... credo di sì».

«Questa situazione mi dà veramente i brividi. È meglio che prendiamo il libro e ce ne andiamo».

Annuii e tornai al Grimorio. Potevo scordarmi di mettermelo in tasca. Dopotutto, era lungo quanto il mio avambraccio e quasi altrettanto spesso. Se avessi avuto sfortuna, la mia famiglia mi avrebbe colto in flagrante mentre lo portavo in camera mia. Ma dovevo correre il rischio. Lo afferrai con entrambe le mani, ma, per quanto tirassi, non si muoveva. Stupita, lasciai la presa.

«C'è qualcosa che non va?» chiese Santana.

«O questo coso è pesante da morire o è fissato con una vite». Lo afferrai di nuovo. Con tutte le mie forze strattonai il libro, stringendo i denti e ringhiando per lo sforzo e la frustrazione. Non successe nulla. Niente di niente.

«Forse bisogna spingere» suggerì Santana.

Ne dubitavo, ma tentai ugualmente la sorte. Quando constatai di nuovo che tutti i miei sforzi erano vani, mi volli accertare che si trattasse di un libro vero e non di uno finto, fatto di pietra dipinta. Cercai di aprirlo, ma ritrassi la mano.

«Ahi!» gemetti.

«Che cos'è successo?»

«Mi sono tagliata con la carta». Mi leccai il sangue dall'indice. Mentre lo facevo, la rilegatura cominciò a muoversi da sola. Sgranai gli occhi e Santana si allontanò, rabbrividendo.

«Questo è di sicuro un incantesimo di sangue» ipotizzò.

«Richiede il sangue di un Seymour». Mi avvicinai. A quanto pareva, il libro percepì quello che stavo cercando, perché reagì alla mia mano mentre la tenevo sulle pagine. Sbalordita, le guardai voltarsi da sole. Anche se andavano troppo veloci perché riuscissi a leggere qualcosa, i disegni e le rune mi dicevano che la maggior parte delle voci trattavano di roba piuttosto brutta. Scorsi teschi, ossa, disegni di interiora e cadaveri. Non era difficile intuire il motivo per cui quei rituali e incantesimi fossero tenuti sotto chiave. Pensai addirittura che anche solo custodirli fosse una scelta discutibile. Quanto dovevano mettersi male le cose perché un Seymour arrivasse a prendere in considerazione l'idea di mettere cuori umani in una ciotola sacrificale? Ma non ero nella posizione di giudicare. In fondo, non sapevo ancora quale sacrificio mi sarebbe stato richiesto per riportare in vita Ashton.

Quando le pagine del libro si fermarono, non osai nemmeno guardare più da vicino.

All'inizio lessi solo il titolo: *Restutio impertes.* Quindi il libro aveva interpretato correttamente i miei pensieri e si era aperto alla pagina giusta.

«Sembra piuttosto complesso» disse Santana.

«Ma è un incantesimo booster?»

«Sì, decisamente» affermò, senza guardare bene. Sembrava nervosa, il che, a dire il vero, valeva anche per me. Tuttavia, non potevo lasciare le cose come stavano.

«Devi leggerlo tutto, fino in fondo» la esortai.

Con riluttanza, Santana guardò la descrizione più da vicino. Era scritta su due pagine in un codice segreto che riuscivo a malapena a decifrare. Se non altro, non vidi disegni di sacrifici umani o cose del genere.

«Non riesco a leggerlo, ma le rune non lasciano dubbi» disse infine Santana. «Ce la puoi fare».

«Facile per te dirlo. Hai qui il telefono? Così faccio una foto».

Santana si frugò nelle tasche dei pantaloni. «Mi spiace, no, è rimasto a casa».

Almeno avrei potuto pensare di portarmi carta e penna, ma chi lo sapeva che il libro sarebbe stato impossibile da sollevare?

«Al diavolo!» dissi di getto, afferrando le pagine e strappandole via.

«Aspetta!» gridò Santana, ma ormai era troppo tardi.

Mi fermai, in attesa, ma non successe nulla.

«Fiù, poteva andare male» disse.

Un violento scossone che attraversò il pavimento, accompagnato da un minaccioso rimbombo nelle pareti, testimoniò che avremmo affrontato le conseguenze della mia azione. Il libro si richiuse con un forte botto e io indietreggiai.

Tutt'a un tratto il mio respiro si condensò di fronte a me, la temperatura della cripta precipitò e il freddo mi penetrò nelle ossa. Sulle pareti si formò il ghiaccio, aumentando rapidamente e minacciando di bloccare l'ingresso.

«Vieni!» Afferrai Santana per un braccio e ci precipitammo via mentre il ghiaccio si avvicinava sempre di più.

All'ultimo secondo, riuscimmo a uscire. Giusto in tempo per voltarci e vedere la stanza sigillata da un muro di ghiaccio.

«Cavolo, per poco non diventavamo ghiaccioli». Lo sguardo di Santana era rivolto alla parete di ghiaccio.

Nel gelo, le torce intorno a noi si spensero. Una dopo l'altra. Un rumore, come se avessimo risvegliato un mostro dietro le mura, mi attraversò fino al midollo e fece tremare il suolo.

«Andiamo!» la esortai. Corremmo lungo il corridoio. La terra continuava a sussultare sotto i nostri piedi, rendendo quasi impossibile correre in linea retta. In più, ci piovve addosso la polvere dal soffitto e il freddo ci inseguì fino alle scale.

Dall'alto, ci raggiungeva ancora la luce delle lapidi illuminate. Ma non solo. Le voci fino ad allora sussurrate erano diventate un forte brusio. Erano troppe per poterle distinguere, ma non potei fare a meno di sentire quanto fossero arrabbiate.

«I tuoi antenati sono belli furiosi» disse Santana.

Ci affrettammo a salire le scale, oltrepassammo la prima nicchia e ci ritraemmo perché la lastra di copertura della bara rimbombava come se dovesse essere spinta via da un momento all'altro.

Con le altre bare, la situazione non era diversa. Riuscivo già a vedere il camino quando ci fu un fragore nella nicchia accanto a noi, al che mi misi le mani sulle orecchie urlando. Una crepa attraversò la bara, ne fuoriuscì una foschia nebbiosa.

Questa volta fu Santana ad afferrarmi per un braccio e a trascinarmi con sé.

Ci precipitammo nel camino, perlustrai in fretta la parete, ma era troppo buio per distinguere i segni incisi.

Cercai di riconoscerli al tatto, cosa che si rivelò ancora più difficile. Si udì di nuovo il rumore di una bara in frantumi. La foschia nebbiosa strisciava sul pavimento dritta verso di noi, ed era ad appena due metri di distanza.

«Fai qualcosa!»

«E cosa?» Non potei fare a meno di pensare all'incantesimo che Ashton aveva usato per combattere il fantasma nel cimitero. Ora qualcosa di simile sarebbe stato di certo utile. «Ho bisogno di luce!»

Santana schioccò le dita e accese una nuova sfera luminosa. Finalmente riconobbi i simboli e premetti le pietre nel muro. Uno scossone mi fece vacillare le ginocchia, poi il camino iniziò a muoversi con una lentezza terrificante.

Fissai incantata il corridoio, sperando che stessimo salendo abbastanza in fretta da sfuggire alla nebbia e al gelo. Il brusio di tutte le voci era ancora minacciosamente forte, le pareti tremavano e mi giunse all'orecchio un altro rumore che prima non avevo sentito. Un tonfo. Come se uno dei morti stesse sbattendo contro la bara dall'interno. E con un ritmo particolare. Tre volte veloce, tre volte lento, tre volte veloce. SOS? I miei antenati stavano chiedendo aiuto? Se era così, non volevo sapere chi stessero chiamando. Chissà che cos'altro si nascondeva in quella cripta, assetato di vendetta per il mio crimine.

Santana tirò un sospiro di sollievo quando il camino fu completamente avvolto dalla canna fumaria. Ma poi mi guardò allarmata. «Non possono seguirci, vero?»

«Non credo».

Di solito i fantasmi erano vincolati a un luogo, e io ero sicura che per i miei antenati quel luogo fosse la tomba. Altrimenti, li avrei incontrati più di una volta al piano di sopra. Nonostante ciò, il mio sguardo rimase incantato sul pavimento fino a quando il camino raggiunse finalmente lo studio e scattò al suo posto con un ultimo clangore. Avvertii un immenso sollievo e decisi fermamente che non avrei mai più visitato quella cripta finché una mattina non mi fossi svegliata morta.

11

Stiamo preparando una tisana o riportando in vita un morto?

Dovevamo sbrigarci in cucina, perché l'ultima cosa di cui avevamo bisogno erano domande riguardo a tutto l'armamentario che stavamo raccogliendo per il rituale.

Mentre Santana metteva sottosopra la dispensa, io stavo in piedi al bancone a studiare il procedimento. Non conoscevo bene l'antica lingua segreta in cui le indicazioni erano scritte, per cui tradurle richiese un po' di tempo.

«Rosmarino» dissi, e spostai il dito più in giù di una riga. Se solo il testo del *Restutio impertes* avesse almeno incluso una chiara lista degli ingredienti! Invece, tutto era scritto in rima e disposto intorno al disegno del cerchio rituale. Le varie illustrazioni delle erbe necessarie e della loro lavorazione erano, tuttavia, indubbiamente utili.

«Preso!» esclamò Santana dalla dispensa.

Con la matita, tirai una riga sulla parola rosmarino. Forse era un po' antiestetico, ma se non altro si poteva cancellare. Nessuna gomma avrebbe potuto nascondere il fatto che avevo strappato le istruzioni dal libro.

«E poi?» incalzò Santana.

«Un attimo». L'illustrazione non lasciava adito a dubbi, ma

non avevo ancora compreso del tutto il testo.

«Salvia» dissi infine, scorrendo di nuovo giù di una riga. «Però fresca, non essiccata».

Santana sporse la testa dalla dispensa. «A meno che qui non ci sia un accesso segreto a una serra, la salvia fresca puoi scordartela».

«Aspetta, vado a prenderla io, tu intanto cerca un bulbo di zenzero».

«E sei sicura che abbiamo preso il procedimento giusto? No, perché questa sembra più una tisana».

Corsi al davanzale e strappai qualche foglia dalla pianta di salvia che cresceva lì in alcuni vasi insieme ad altre erbe da cucina.

«Che cosa combiniamo qui?» risuonò attraverso la cucina la voce di Mandy.

Mi voltai di scatto, il mio sguardo schizzò subito alle pagine del Grimorio nero che giacevano incustodite sul bancone. Mandy era in piedi sulla soglia della cucina con le braccia sui fianchi, e osservava scettica la stanza. Non aveva ancora notato le pagine.

«Ci facciamo una tisana» asserii.

«E chi mai ci crede... ti starai inventando qualche stupidaggine mentre tutti qui si stanno facendo in quattro per rimediare al tuo errore». Guardò gli ingredienti che avevamo già radunato. Per fortuna coprivano il procedimento alla vista. Se Mandy avesse guardato più da vicino, si sarebbe subito accorta che, se l'assenzio e il vischio erano ottimi per una tisana, la belladonna e l'aconito non tanto. Santana uscì dalla dispensa e scaricò con disinvoltura i barattoli con i rametti di rosmarino essiccati e le radici di zenzero in polvere davanti agli altri ingredienti. Poi sbarrò la strada a Mandy.

«Dimmi, Mandy, com'è essere una strega senza congrega?» Incrociò le braccia sul petto: «Ufficialmente, non puoi nemmeno definirti una strega. Stupido, vero?»

Corsi al bancone, ripiegai le istruzioni e le feci sparire nella tasca dei pantaloni.

«Non ho bisogno di una cosa tanto banale come una congrega. Io sono una Seymour. E poi, mia madre potrebbe ridurre in segatura ogni singola strega della tua patetica congrega, se volesse».

«Intendi la donna che è stata cacciata dalla sua congrega per aver sposato un necromante? Una strega senza congrega non è una strega e non lo sarà mai».

«*Io sono* una vera strega!» ringhiò Mandy con rabbia. Fece un passo verso Santana, ma poi notò che alle sue spalle c'ero io che infilavo gli ingredienti in un sacchetto di stoffa. «Che diavolo state preparando qui?»

«Non capiresti nemmeno se fossi davvero una strega» disse Santana, tagliente.

«Ah, sì? Tu non hai idea di quello che so! Una delle tue congreghe non mi potrebbe insegnare nulla che non abbia già imparato da mia madre e, a differenza di te, io non ho intenzione di diventare una vecchia zitella rinsecchita solo per potermi definire ufficialmente una strega. Perché quello stupido titolo non cambia il fatto che in vita tua non riuscirai a raccogliere tanta magia quanta ce n'è nel mio mignolo!»

«Vuoi fare a braccio di ferro?» chiese Santana. «Sono pronta ad affrontarti in qualsiasi momento».

«Prego, quando vuoi!» sbuffò Mandy, irrigidendosi.

Mi schiarii la gola. «Potete rimandare anche questo a più tardi? Avremmo una certa fretta».

Mandy sollevò sospettosa un sopracciglio. «Di fare cosa?»

«Non sono affari tuoi». Con un cenno della testa feci capire a Santana che dovevamo sparire subito. Passammo accanto a Mandy e ci avviammo verso la porta.

«Ehi, sto parlando con voi!» sibilò. «Che cos'avete intenzione di fare?»

«Roba da streghe. Tu non ne capisci niente» disse Santana.

«Aspetta!» ringhiò Mandy, venendo verso di noi.

Santana alzò le mani. «*Pede da tenus!*» esclamò

Mandy vacillò in movimento. «Ma cosa... che cosa hai fatto?» Tirò con forza i piedi, ma erano incollati al pavimento.

«Andiamo!» disse Santana, e ci precipitammo verso il salone d'ingresso, inseguite dalle urla rabbiose di Mandy.

«Darà l'allarme a tutta la casa!» dissi io.

«A quel punto saremo già lontane. Ora dove dobbiamo andare?»

Riflettei un attimo. «In garage, ci serve ancora il sale. Non le hai fatto niente, vero? Non è paralizzata o peggio, vero?»

«Ah, sciocchezze!» Santana scosse la testa. «Quell'incantesimo si dissolve da solo dopo pochi secondi».

Imboccammo l'ingresso laterale per entrare nel garage. La Ford Lincoln era parcheggiata in diagonale su due posti auto. In un angolo, accanto a uno scaffale di latte di vernice rotte e cassette piene di attrezzi, erano ammassati diversi sacchi di sale.

Dalla casa provenivano dei rumori. Si udirono dei passi. «Ti dico che quelle due stanno tramando qualcosa» sentii la voce di Mandy, attutita dalla porta. Imbrogliare Mandy era una cosa, e forse sarei ancora riuscita a convincere papà che gli ingredienti nella borsa servivano per preparare una tisana, ma tutti gli altri membri della mia famiglia avrebbero capito ben presto che io e

Santana avevamo in mente tutto un altro piano. Santana afferrò un sacchetto di sale mezzo pieno che si trovava un po' in disparte.

«Non quello!» Un brivido mi corse lungo la schiena anche solo guardando quel sacco. Riportare in vita Ashton proprio con il sale che era stato responsabile della sua morte mi sembrava sbagliato. «È bucato».

«Okay...» Santana prese un altro sacco, ma si arrestò quando qualcuno diede uno scossone alla porta.

Per fortuna avevo avuto la prontezza di chiudere a chiave la porta. Mi precipitai verso la Lincoln e aprii il bagagliaio. «Veloce, qui dentro».

«Sei seria?» chiese Santana.

«Tu hai un'idea migliore?»

Non potevamo certo volare al cimitero su una scopa. Anche se le streghe non conoscevano mezzi di trasporto migliori di un bastone sottile incastrato in mezzo alle gambe, avremmo faticato ad alzarci da terra in due con un sacco di sale da dieci chili.

Santana evidentemente un'idea migliore non ce l'aveva, perché trascinò il sacco fino al bagagliaio, io le diedi una mano e insieme lo sollevammo. Di nuovo si udì un rumore alla porta. «Emily, apri immediatamente!» gridò la mamma. Proprio mia madre era andata a prendere Mandy. Con lei, non avrebbe funzionato nemmeno la migliore delle scuse.

«Presto! incalzai, corsi alla portiera del passeggero e salii. Santana si sedette al posto di guida e si gettò occhiate frenetiche intorno. Abbassai di poco l'aletta parasole sopra di lei per farle cadere in grembo le chiavi.

«Volante, frecce, fari» elencò come per assicurarsi che fosse tutto al posto giusto. «Tu ti rendi conto che ho fatto solo un paio di lezioni di teoria, vero?»

«Ce la farai benissimo» le dissi, incoraggiandola.

«La leva del cambio!?!» chiese in preda al panico. «Quest'affare non ha il cambio automatico?»

«Quello è il freno a mano» dissi. Cominciavo a dubitare del mio piano. «Forse è meglio se...»

In quel momento la porta si spalancò e mia madre si precipitò in garage a passi veloci. «Emily Imogen Seymour!» ruggì in preda alla furia.

«Andiamo!» esortai Santana.

Lei si guardò indietro. «La porta del garage è ancora chiusa!»

«La lasciamo sempre socchiusa, parti. Svelta!»

«Arrivo!» Stava per inserire la chiave nell'accensione, ma era così agitata che continuava a sfuggirle di mano.

La mamma, nel frattempo, aveva raggiunto il cofano. «Scendete, subito!»

La seguiva Mandy, che sfoggiava un sorriso compiaciuto a trentadue denti. «Adesso sei nei guai!» sogghignò.

Non mi venne in mente niente di meglio da fare che chiudere la portiera a chiave. Peccato che l'auto ne avesse altre tre, attraverso le quali mia madre avrebbe potuto tirarmi fuori per le orecchie, se si fosse messa d'impegno.

«Allaccia la cintura» mi suggerì Santana.

«Scusa, mamma!» gridai e mi misi la cintura.

Poi Santana schiacciò l'acceleratore. L'auto sobbalzò in avanti, Santana frenò subito e Mandy si buttò di lato urlando. Mamma non si era mossa di un millimetro. Mi fissava con occhi stretti e probabilmente pensava che questo sarebbe bastato a farmi desistere. Non si sbagliava del tutto. Il suo sguardo era talmente intimidatorio che in qualsiasi altra situazione avrei gettato la spugna... ma non in questa.

«Quelle pazze hanno cercato di investirci!» urlò Mandy isstericamente.

«Retromarcia!» Girai la leva.

Santana premette di nuovo l'acceleratore, le gomme stridettero e noi andammo dritte contro la porta del garage, che si spalancò di botto e sbatté contro il muro della casa.

«L'avete voluto voi!» La mamma allargò le braccia e le sollevò, creando crepe che con fragore squarciarono il pavimento di cemento del garage e del vialetto, nella nostra direzione. Dove crescevano piante ed erbacce, tutto appassì a ritmo accelerato, gli alberi alla nostra destra persero il fogliame e lo specchietto dal mio lato cominciò ad arrugginire mentre l'incantesimo distruttivo della mamma ci raggiungeva.

«Curva!» gridai.

«Ci sto provando! È una limousine lunga mille metri, maledizione!» Santana girò il volante al massimo e premette il pedale dell'acceleratore fino in fondo. Io ero schiacciata sul sedile mentre sfrecciavamo lungo il vialetto, disegnavamo il raggio di sterzata e i ciuffi d'erba volavano in archi alti intorno all'auto.

All'altezza del vialetto che porta alla strada, Santana frenò perché doveva sterzare nella direzione opposta, e io lanciai una rapida occhiata indietro. La mamma era uscita dal garage. Il suo incantesimo si era lasciato dietro una bella devastazione, ma vidi che sull'albero stavano già spuntando nuove gemme. Se fossimo state anche solo un po' più lenti, non saremmo state sedute in una Ford Lincoln diretta verso Mirrorstreet, bensì fuori dal garage su un mucchio arrugginito di ferraglia.

Non avevo mai visto la mamma così infuriata. Che cosa mai avrebbe detto se avesse saputo del mio piano?

Santana fece un respiro profondo. «Okay, hai detto

Mirrorstreet. Sai all'incirca per quanti secondi avete viaggiato attraverso la piega? È importante saperlo per uscire il più vicino possibile allo stesso punto. E l'angolo di entrata, lo sai?»

«Ehm, credo di sì...»

«Finiremo davvero nei guai, te ne rendi conto, vero? Quanto vantaggio pensi che riusciremo a ottenere? Ci basterà per il rituale?»

«Non lo so. Papà ha un vecchio pick-up sul retro. Potrebbero seguirci con quello, se capiscono dove stiamo andando».

«Non sarà un problema per tua zia Sophia, suppongo. Forse prima ho preso in giro Mandy, ma tutti sanno che sua madre è furba come una volpe. Prima che la cacciassero dalla congrega, era in lizza per la posizione di strega capo. Avrebbe potuto entrare a far parte del Tribunale. Un incantesimo di ricerca le costerà un'ora al massimo, non di più».

Un'ora. Sarebbe bastata per riportare indietro Ashton? Dispiegai i fogli e cominciai a studiare attentamente il procedimento. La parte più complicata di un rituale come quello di solito era disegnare le rune e i simboli. Ci sarebbe voluto un po' di tempo. Gli ingredienti andavano bruciati in ordine. Anche questo richiedeva tempo. Per fortuna, non c'erano indicazioni che specificavano quando il tutto dovesse essere portato a termine. Spesso quei rituali erano legati al ciclo lunare o alla posizione di determinate stelle. Nel nostro caso, il fattore decisivo era il luogo. Il defunto doveva essere rievocato là dov'era morto. Mi arrestai su una nota a margine sopra un teschio a cui era appoggiato un orologio da taschino con il vetro incrinato. Dovetti rileggere le righe più volte per essere sicura di non aver capito male.

«Tutto bene?» domandò Santana. «Sei diventata bianca come un lenzuolo. Non abbiamo dimenticato nessun ingrediente, vero?»

«No» mormorai. «È tutto a posto».

Che ci fosse un prezzo da pagare, già lo sapevo. La nonna me l'aveva accennato. Ora ne conoscevo anche l'esatto ammontare. Per restituire ad Ashton la sua vita, dovevo sacrificare metà di quella che mi restava. Quel pensiero mi si strinse come una catena intorno alla gola. Quanti anni avrei vissuto, di norma? Ottanta, forse? Non ero mai stata brava con i calcoli, ma non occorreva un genio per capire che, dopo aver lanciato l'incantesimo, avrei avuto un'aspettativa di vita di cinquant'anni al massimo.

Rilessi le righe ancora una volta. Non mi ero sbagliata. Diceva chiaramente: *Se vincoli un morto a te e alla vita, anche se i suoi giorni sono ormai da tempo contati, è richiesto in sacrificio il tempo che, dal giorno dei suo ritorno, ti rimane sulla terra.*

E una cosa del genere era scritta in una nota a margine... Certo che chi aveva redatto il rituale aveva davvero un senso dell'umorismo tutto suo.

«Tutto bene...» ripetei ancora una volta. In realtà non sembrava affatto così. Eppure restavo della convinzione che stessi facendo la cosa giusta. Ashton meritava di vivere e, per rimediare a ciò che avevo fatto, dovevo pagarne il prezzo. Non importava quanto fosse alto.

Il cartello di Mirrorstreet apparve davanti a noi.

«Pronta?» chiese Santana.

Ripercorsi a mente il viaggio verso il cimitero, ripetendomi nella testa tutto ciò che era stato detto e ogni mia mossa. «Gira bruscamente a destra, verso la piega, poi dritto per tre secondi».
«Sicura?»
Annuii, ma poi scossi la testa. «Non proprio» confessai, mi aggrappai al sedile e strillai mentre l'auto si ribaltava.

Restutio in
Belladonna
Assenzio
Eresca
Rosmarino
Belladonna
Vischio

ertes
Aconito
Zenzero
mortaio

12

Evidentemente la morte ti ha dato alla testa

Nel parcheggio davanti al cimitero, restammo un momento sedute in macchina e fissammo in silenzio il cancello d'ingresso di ghisa.

Il mio cuore batteva ancora a ritmo frenetico. Prima di riuscire a dire o a fare alcunché, dovetti digerire la guida potenzialmente letale di Santana.

«Mi aspettavo che sarebbe stato più difficile» disse lei dopo un po'.

«Più difficile?!?» esclamai, sbalordita.

«A esser sincera, pensavo che saremmo riemerse in un posto completamente diverso e che il piano sarebbe fallito» mi spiegò. «Già mi immaginavo di chiamare mia mamma da un telefono pubblico di Hong Kong per chiederle di venirci a prendere. Perché dicono che viaggiare attraverso le pieghe è super complicato? È stato un giochetto, no?»

Io la fissavo con gli occhi sgranati. A me non era mancato molto perché avessi bisogno di un cambio di vestiti, e Santana sosteneva che era stato un giochetto? Sorrideva perfino, soddisfatta, e, nonostante tutto, mi contagiò subito. Non riuscii a non sorridere, poi cominciai a ridere e mi salirono le lacrime agli occhi. Non sapevo nemmeno perché. Alla fine, tutt'e due ridevamo forte, a crepapelle. Probabilmente l'emozione ci aveva dato alla testa.

Dopo che ci fummo calmate di nuovo, mi asciugai le lacrime dagli angoli degli occhi.

Santana guardò il cimitero. «Ho come la sensazione che non abbiamo considerato una cosa».

Seguii il suo sguardo e capii subito che cosa intendeva.

Il rituale non era vincolato a un'ora precisa, quindi si poteva eseguire anche a mezzogiorno. O almeno, in teoria. In pratica, il cimitero a quell'ora era molto frequentato. Sotto gli occhi di così tanti comuni mortali, non potevamo certo riportare in vita un morto.

«Zia Sophia protegge sempre i nostri rituali» dissi.

«Se è così... io lo so fare a occhi chiusi... ahah».

Non riuscivo a credere che fossimo arrivate fin lì per poi fallire a causa dell'orario. Ma non volevo arrendermi per nessuna ragione. «Il cimitero è veramente enorme» ipotizzai. «Magari non ci noterà nessuno».

«Allora trasciniamo pure molto discretamente questo pesantissimo sacco di sale per tutto il cimitero» disse Santana con una sfumatura ironica e aprì la portiera del guidatore.

Scendemmo dalla macchina e aspettammo che un'anziana signora con un annaffiatoio ci passasse davanti. Ci guardò con scetticismo, noi le rivolgemmo un sorriso amichevole e Santana la salutò con un cenno esagerato finché la vecchietta non si allontanò. Poi, aprii il bagagliaio e mi caricai in spalla il sacco di sale.

Cariche come muli, ci incamminammo.

Per fortuna non incontrammo molte persone lungo la strada. Se nessuno fosse venuto a visitare una delle tombe nelle immediate vicinanze del cerchio rituale, forse avremmo avuto la fortuna di riuscire a riportare indietro Ashton senza farci vedere.

«Quello che cos'è?» chiese Santana, poco prima di raggiungere la tomba.

L'angusto sentiero che avevamo imboccato passava davanti ad alcune tombe di famiglia e a una cripta, per poi terminare davanti a un nastro giallo a cui era appeso un cartello.

Misi giù il sacco di sale e mi strofinai la spalla dolorante mentre leggevo ad alta voce: «Temporaneamente chiuso per atti di vandalismo».

«È opera vostra?» domandò Santana.

«Temo di sì». Dopo il fallimento del rituale, mi ero sentita talmente fuori di me che, anche se la mia famiglia si fosse lasciata dietro per sbaglio un elefante rosa, non me ne sarei accorta.

Santana sollevò un sopracciglio. «Pensavo che voi Seymour foste scrupolosissimi a eliminare le tracce. Se ne fosse arrivata voce ai Guardiani del Tribunale, ora dovreste tutti rispondere a loro. Avete avuto una bella fortuna».

«Se si fosse saputo, tutti sarebbero venuti a conoscenza che Ashton era morto, e avremmo avuto un grosso problema con i Goodwin».

«Quindi doppia fortuna».

«Tripla, perché ora grazie al cartello non saremo disturbate».

«È vero!» Santana sorrise soddisfatta, mi cacciò in mano il sacchetto con l'armamentario rituale e fece per afferrare il sacco di sale. Sollevai il nastro per farla passare e mi guardai intorno in tutte le direzioni, per sicurezza. Non ci osservava nessuno.

Mentre ci avvicinavamo alla scena del crimine, mi colse un

forte senso di nausea. Si vedevano ancora i punti in cui la terra era stata bruciata, la tomba non era stata riempita del tutto e in diversi punti erano stati affissi dei piccoli cartelli gialli numerati. A quanto pareva, stavano a indicare impronte e altre tracce.

Mi fermai e lasciai scivolare la borsa a terra. Vedere ancora una volta quel luogo mi fece rivivere tutte le sensazioni che, quella sera, mi avevano fatto crollare in ginocchio.

Con la mente, vidi Ashton dissolversi in scintille. Lo udii urlare e provai una stretta al petto che mi mozzò il respiro.

«Mettiamoci subito al lavoro» suggerì Santana.

«Sì...» concordai distrattamente e mi scrollai per ritrovare la lucidità.

Andai al punto dove Ashton era morto. Il segno della bruciatura era ancora ben visibile. Un brivido mi attraversò il corpo e rimasi come paralizzata. Non riuscivo a fare altro che fissare quella macchia nera.

«Tutto okay?» chiese Santana.

«Tra un attimo». Mi accovacciai su un ginocchio e dispiegai per terra le pagine del libro. Le fermai con un paio di pietre per non farle volare via.

«Ci serve il mortaio» dissi. «Per prima cosa dobbiamo pestare due rametti di rosmarino con la belladonna».

«Ci penso io» suggerì Santana. «Tu disegna il cerchio rituale».

Quello, non per niente, di solito era compito di Cedric. Io non ero in grado di tracciare un cerchio rotondo nemmeno sulla carta con una matita, figuriamoci uno di quattro metri di diametro con il sale. Ma volevo fare del mio meglio. Innanzitutto, cancellai tutte le tracce del vecchio incantesimo, per essere sicura che non avesse alcun effetto sul rituale per riportare Ashton in vita. Poi, tracciai meticolosamente le linee di sale, disegnai le rune e cosparsi il sale a creare sottili linee di congiunzione. Di tanto in tanto dovetti interrompermi per dare ulteriori istruzioni a Santana. In quelle occasioni, diedi un'occhiata anch'io al procedimento e controllai il lavoro fatto fino a quel momento. Non dovevo commettere il minimo errore.

«Ferma!» gridò Santana all'improvviso.

Stavo per tracciare l'ultima linea e per farlo mi ero messa a carponi procedendo all'indietro.

«Dietro di te» disse Santana. «Hai quasi fatto cadere il sacco del sale».

Guardai alle mie spalle. Con il piede già toccavo il sacchetto. Ancora un centimetro e tutto il mio lavoro sarebbe andato distrutto.

«Grazie, c'è mancato poco» gemetti, sollevata.

Mi rialzai, ripulii a pacche la terra dalle ginocchia e portai il sacco a una distanza di sicurezza. Non osavo immaginare se avessi fatto di nuovo qualche stupido errore. Conoscendomi, alla fine sarei riuscita a riportare indietro solo le gambe di Ashton, che sarebbero incespicate in giro per il cimitero in preda al panico, alla ricerca della parte superiore del corpo.

«Io ho finito» annunciò infine Santana. «Sembra proprio una schifezza, questa sbobba».

«Scommetto che puzzerà anche, se gli diamo subito fuoco».

Santana si avvicinò a me e mi mostrò la massa gorgogliante rosso sangue che aveva mescolato nel mortaio. Poi si voltò verso il cerchio rituale pronto per l'uso.

«È venuto benissimo» disse con approvazione.

«Sì, devo dire che mi è riuscito». Il cerchio era addirittura rotondo, e non ovale, come avevo temuto. Le rune erano tutte perfette e le linee si intersecavano esattamente nei punti giusti.

«Allora adesso non ti resta che...» Santana mi porse il mortaio.

«Facile dirlo, per te» dissi. «Ora viene la parte difficile. E se non sono abbastanza forte?»

«È un incantesimo booster, ricordi? Ce la farai» mi rassicurò. Mi porse di nuovo il mortaio e questa volta lo presi.

Avevo il cuore in gola. Mai in vita mia la mia famiglia mi avrebbe permesso di condurre un rituale così elaborato. Incantesimo booster o meno. Ero riuscita a far saltare un rituale semplicemente stando in disparte a guardare. Che cosa sarebbe potuto andare storto se l'avessi eseguito proprio io, da sola?

«Che ne diresti di portare le istruzioni ai Goodwin?» suggerii, con gli occhi fissi sul mortaio.

«Sei seria?» chiese Santana.

«Non proprio» confessai. Mi stavo solo arrampicando sugli specchi. Dal momento che la colpa della morte di Ashton era mia, era giusto che mi assumessi anche le conseguenze dell'incantesimo per riportarlo in vita. E questo significava che era mia responsabilità eseguire il rituale. Lasciarlo fare a qualcun altro, e risparmiarmi l'alto prezzo che richiedeva, sembrava un'opzione allettante, ma era fuori questione.

«Puoi farcela» mi assicurò Santana. «Ora spegni la testa e vai».

Indicò il rituale approntato.

Per un attimo lottai con i miei piedi, che erano come incollati al suolo, poi mi feci forza e mossi il primo passo. Lentamente, mi diressi al centro del cerchio rituale dove, accanto alla terra bruciata che Ashton aveva lasciato, fissate sotto le pietre, c'era il procedimento per l'incantesimo.

Finché non mi fossi impappinata mentre leggevo, come mi capitava spesso quando ero nervosa, niente sarebbe potuto andare storto. Cercai di convincermi per calmarmi, ma non ci riuscii del tutto.

Mi scrollai di dosso tutti i pensieri superflui, mi concentrai sul mio compito e lessi le prime parole del Potere: «*Dicama ani mortu vitadem!*» Un formicolio mi attraversò tutto il corpo e, senza volerlo, feci un passo indietro quando i segni di sale intorno a me cominciarono a brillare. La luce, di un blu scintillante, si sprigionò verso l'alto e rapidamente si estese alle rune e alle linee più esterne. Percepii energie invisibili che mi attiravano. Strattonavano il mio spirito, la mia essenza vitale, qualcosa di nascosto che era radicato in me nel profondo, e io lasciai che accadesse.

Feci un respiro profondo, mi liberai da ogni dubbio e fu come se mi fondessi nel cerchio rituale. A un tratto, percepii tutta la vita e la morte intorno a me, ogni verme nella terra, ogni minuscolo germoglio che lottava per rompere la superficie del suolo. Ero un tutt'uno con la mortalità, la sentivo scorrere tra le mie dita, ed ero cosciente fino all'ultima fibra del mio essere che, in quel secondo, io e io soltanto avevo il potere di togliere e di dare la vita.

Quella sensazione mi era stranamente familiare. Non sapevo dove l'avessi già conosciuta, sapevo soltanto che non era la prima volta che la provavo, e che mi aveva spaventato tanto allora quanto in quel momento. Avevo paura di prendere una decisione sulla vita e sulla morte... paura di controllare ciò che non dovrebbe essere controllato.

Ma non potevo lasciare che quella paura vincesse. Se volevo salvare Ashton, dovevo essere più forte.

Incantesimo booster, pregai tra me e me. Non dovevo avere paura perché io stavo solo dando l'impulso. Non era diverso dal premere il tasto giusto di un telecomando. Io avrei solo attivato le rune, che poi avrebbero fatto il resto.

Ancora una volta feci un respiro profondo e lasciai fluire i miei pensieri nel cerchio rituale. Con determinazione, afferrai la sostanza rossa e me la strofinai in abbondanza sui palmi delle mani. «*Creteo de terra et ignisem corpus!*» lessi dal procedimento.

Una scossa attraversò la terra sotto i miei piedi. Mi inginocchiai, allargai le dita e colpii con una mano il punto esatto in cui Ashton era stato bruciato. Immediatamente, un calore irrefrenabile mi salì lungo il braccio.

Urlai per lo spavento e ritrassi la mano appena in tempo per evitare di perderla nella colonna di fuoco che si sprigionò dal suolo scagliandosi verso il cielo. Un'onda d'urto mi scaraventò all'indietro e la mia mano, sporca di terra e di pasta rossa, atterrò sul manuale, che prese anch'esso fuoco.

«No! Maledizione!» Cercai di spegnere il fuoco, ma non feci altro che peggiorare la situazione. Il panico mi assalì. Mi mancava così poco per riportare indietro Ashton, e ora le parole del Potere stavano andando in cenere davanti ai miei occhi!

Cercai freneticamente le ultime righe. «*Ligae spiritus este mi!*» mi precipitai a leggere, ma dovetti interrompermi quando le fiamme minacciarono di bruciarmi le mani, e lasciai cadere il foglio incandescente.

Davanti a me, la colonna di fuoco vorticava in cerchio, le fiamme si propagavano sulle linee di sale ardenti divorandole fino all'anello esterno. Il cuore mi sobbalzò nel petto quando intravidi una figura confusa dentro la colonna di fuoco.

Un essere umano. Ashton.

Stava proprio di fronte a me, a un braccio di distanza. Prima guardò me, poi le sue mani. La sua coscienza si era già manifestata. Se non fossi riuscita a portare a termine l'incantesimo, Ashton sarebbe bruciato di nuovo non appena la magia si fosse attenuata, e sarebbe rimasto solo il fuoco che tutto divorava.

In fretta e furia cercai di distinguere le ultime parole sul pezzo di carta carbonizzato. «*Nam... reli... ka pars ma... factim!*»

Un'altra onda d'urto mi investì, scagliandomi contro la lapide alle mie spalle e facendo sprigionare il fuoco in tutte le direzioni. Alzai le braccia per proteggermi il viso e urlai di dolore mentre il calore mi ustionava la pelle.

Non lontano, udii anche Santana urlare.

Mi guardai intorno per capire dove fosse. Il fuoco aveva distrutto completamente il cerchio rituale. Dal centro si spargevano solo scie di fumo denso che si erano allargate sul suolo come una stella esplosa. Santana era stata scaraventata via proprio come me. Si rimise in piedi a fatica, si voltò verso di me e, spaventata, sgranò gli occhi.

Seguii il suo sguardo e, al centro del cerchio, vidi due piedi sporchi di cenere. Esitante, alzai ancora lo sguardo finché non mi resi conto che non erano solo i piedi a essere nudi davanti a me.

Mi precipitai a coprirmi gli occhi. «Oh Dio!» strillai. Mi sarei aspettata qualsiasi cosa, anche un paio di gambe senza busto che correvano in giro in preda al panico, ma non che lui fosse... *completamente nudo!*

Sbirciai con cautela attraverso le dita, censurando tutto ciò che era vietato ai minori. Avrei voluto chiudere gli occhi e scappare via, ma dovevo convincermi che l'incantesimo aveva funzionato e che davanti a me non c'era il diavolo in persona, ma proprio Ashton. E in effetti era veramente lui. Aveva il respiro affannato e si gettava occhiate confuse intorno. Anche il suo viso era coperto di cenere. Forse era più pallido di come me lo ricordassi, ma forse non era insolito che un ragazzo riportato in vita avesse perso un po' di colore. I capelli neri opachi gli ricadevano sul viso ed erano in netto contrasto con il bagliore dei suoi occhi, che scintillavano come due gemme di giada dietro le ciocche.

Il mio sguardo, senza volerlo, si avventurò più in basso. Cavolo, aveva il torso di un modello di biancheria intima! Ero proprio contenta di averlo riportato indietro tutto intero, e, segretamente, non mi dispiacque che i suoi vestiti fossero andati perduti nell'aldilà. Non che volessi vedere altro di lui oltre a quegli addominali scolpiti alla perfezione. Al solo pensiero, avvampai sulle guance.

«Cosa... che cos'avete...» balbettò con voce strozzata e crollò in ginocchio davanti a me.

Avrei voluto spiegargli tutto subito, ma così non potevo farlo. Il procedimento del Restutio impertes avrebbe potuto tranquillamente specificare che i vestiti non sarebbero stati inclusi nell'incantesimo. Come potevo concentrarmi su qualsiasi cosa con quel ragazzo di una bellezza mozzafiato, nudo, sporco di cenere e con il fiatone in ginocchio davanti a me?

Socchiusi gli occhi, mi sfilai la felpa e la lanciai ad Ashton. «Copriti con questa, okay?»

Ashton non rispose, perciò per prima cosa aprii con esitazione un occhio e lo strizzai per vedere se il maglione copriva tutto ciò che non volevo, o se non altro non dovevo, vedere. Constatai con sollievo di aver azzeccato il punto giusto quando avevo lanciato la felpa alla cieca.

Ashton si fissava le mani sporche di cenere. Il suo corpo tremava e ogni respiro sembrava un'impresa. «Che cosa mi avete fatto?» esclamò con voce incerta e alzò lo sguardo su di me. Nei suoi occhi brillava inconfondibile l'accusa.

«Io...» Non avevo pensato oltre a quel momento. Sotto sotto, non avevo nemmeno considerato l'ipotesi che sarei davvero riuscita a riportarlo indietro. Come avrei dovuto spiegargli che era morto?

Mi guardai intorno, incerta. Il rituale non aveva lasciato altro che desolazione. Il mortaio era in frantumi, le pagine con il procedimento bruciate e il sale sparso ai quattro venti. Eppure ce l'avevo fatta per davvero. Con il sostegno di Santana, ci ero realmente riuscita. Ashton era di nuovo in vita.

Santana si avvicinò con esitazione e anche lei si guardò intorno. Sembrava sorpresa del risultato quanto me.

«Ti ho riportato indietro» spiegai infine. «Eri morto, ma ora tutto è tornato a posto. Sei vivo».

«Voi... voi mi avete ucciso» disse. Quella consapevolezza lo investì come un pugno. «Mi avete ucciso per davvero. Perché? Per farmi questo?» Si fissò di nuovo le mani, come se non fossero le sue, e arricciò le dita.

«C-cosa?» balbettai. «No, è stato un incidente!»

Ashton scosse frastornato la testa. «Tutti mi avevano messo in guardia dai Seymour, ma io non ho voluto ascoltarli. Sono stato così ingenuo da pensare che voleste davvero arrivare alla pace».

Lanciai un'occhiata fugace a Santana, sperando che mi desse

un suggerimento su come spiegargli quello che era successo. Ma si limitò ad alzare le spalle.

«È stata tutta colpa mia» confessai. «Il rituale è andato male e tu sei morto. È stato un incidente. Davvero».

Il suo sguardo si posò di nuovo su di me. Il misto di confusione e accusa che vi aveva albergato fino a quel momento aveva lasciato il posto a una palese rabbia. «Che cosa mi hai fatto diventare?» esclamò, pretendendo una spiegazione. «Sono un non-morto? Uno zombie? Che cosa sono?»

«No, io...» Non si sentiva come prima? Non era contento di essere di tornato in vita? Probabilmente era solo lo spavento che avvertiva ancora nelle ossa. Di sicuro aveva bisogno di un po' di tempo per elaborarlo.

«Non sei un fantasma, un non-morto né uno zombie» gli assicurai con voce il più possibile calma. «Sono sicura che il tuo cuore stia battendo». Allungai la mano per tastargli il polso, perché credevo che così sarei riuscita a convincerlo, ma Ashton me la allontanò con un violento schiaffo.

«Non mi toccare!» ringhiò.

«Ahia, che cavolo. Mi ha fatto male!» Mi sfregai le dita doloranti. «Ti ho appena salvato la vita! Non voglio farti del male».

«Veramente *tu* mi hai appena ucciso!» Si alzò in piedi e io evitai di guardarlo finché non si fu allacciato la mia felpa intorno alla vita. Poi mi tirai anch'io in piedi.

«È stato un incidente» insistetti.

«Non l'ha fatto apposta, davvero» concordò Santana.

Ashton si allontanò da noi. Era tutto traballante, e io gli avrei dato volentieri sostegno o l'avrei invitarlo a sedersi e a riposare per un altro po', se avesse smesso di comportarsi come se fossimo due bestie selvagge che minacciavano di farlo a pezzi.

«State lontane da me!» chiese con voce tremante. «Non venitemi vicino. Non voglio avere niente a che fare con voi due e con tutto questo, capito? Lasciatemi in pace. Voi Seymour siete malati! Qual è il vostro piano? La tua famiglia è in agguato qui da qualche parte, ad aspettare che tu mi convinca di questa storia assurda dell'incidente? Io non credo a una sola parola di quello che dice una Seymour!»

Mi feriva dover stare a sentire quelle cose. Tutto ciò che era successo non era stato intenzionale, e avevo fatto di tutto per rimediare al mio errore. Avevo addirittura sacrificato metà della mia vita! Ma non mi dava nemmeno la possibilità di spiegarglielo. Mi si formò un nodo in gola e mi sforzai di trattenere le lacrime. Avevo sempre avuto la lacrima facile e ovviamente era nei momenti più inopportuni che si annunciava una crisi di pianto.

Deglutii con forza. «Hai idea di quanto mi sia costato riportarti indietro?» lo accusai con voce strozzata.

«Adesso non metterti a piangere» mi avvertì con una mano alzata. «Non me la bevo più di quanto non mi beva qualsiasi altra cosa».

«È la verità!» gridai. Non aveva idea di quanto mi facesse male sentirmi trattare così, quando avevo rischiato davvero tutto.

Ashton sbuffò sprezzante. «Voi Seymour non sapete distinguere la verità dalla menzogna».

«Ah, sì? E voi Goodwin siete un branco di idioti incompetenti!» sbottai prima ancora di terminare il pensiero.

«Bene, almeno abbiamo fatto chiarezza» disse. Il suo sguardo si fece spento e pesante, come se non avesse più la forza di essere arrabbiato con me. Come se avesse sfogato tutta la sua rabbia e non fosse rimasto altro che il vuoto. Se solo mi avesse ascoltato, avrei potuto spiegargli tutto. Ma fece un altro passo indietro e si voltò per andarsene.

«Fermati, adesso!» gridai.

Ashton si bloccò a metà del movimento, aprì di scatto gli occhi e si guardò i piedi.

«Allora è così» disse con voce monocorde. «Lo sapevo...»

Non capivo quale intuizione avesse appena avuto, ma se non altro non tentava più di evitarmi.

«Lascia almeno che ti spieghi» lo implorai.

«Non credo di avere molta scelta» ringhiò.

Mi accigliai. «E con questo che cosa vorresti dire?»

«Non fare la finta tonta!» sbottò.

«Finta tonta? Come fai a essere una tale carogna dopo che ti ho riportato in vita?»

Ashton aguzzò lo sguardo. La rabbia negli occhi ormai era tornata. «Questo era il tuo piano fin dall'inizio, non è così? E voi Seymour credete che non me ne renda conto? Pensi che mi lascerò ingannare da te solo perché sei carina, fai l'innocente e sei stata gentile con me? O sei stupida oppure sei subdola come tutta la tua famiglia».

«Prova a darmi ancora della stupida!» sibilai.

Ashton strinse gli occhi. «Tu sei stupida» disse piano.

«Come puoi...» Feci per assalirlo, ma Santana si mise in mezzo tra me e lui. In mano teneva il sacco di sale vuoto.

«Basta così, attaccabrighe che non siete altro» ci rimproverò. «Avete dimenticato dove siamo?»

«Alla fine ha ragione» brontolai. «Devo essere stata veramente una stupida a rischiare così tanto per riportare in vita uno come lui. Non c'è nessuna cospirazione, capito? La mia famiglia non sa nemmeno dove mi trovo. Se fosse stato per loro, ora saresti ancora morto».

Santana lanciò il sacco ad Ashton. «Ecco, infilati questo. Dalla testa».

Evidentemente, Ashton non aveva alcuna intenzione di assecondare la sua richiesta. Non era una giornata calda. Io stavo congelando solo con la maglietta e lui stava davanti a noi con soltanto la mia felpa con il cappuccio legata intorno alla vita. Eppure faceva il testardo. Non importava quello che gli dicevo. Si era già fatto la sua opinione e non se ne discostava.

«Fallo subito!» lo esortai.

Con riluttanza, si rigirò il sacco tra le mani. Santana vi aveva già fatto dei buchi per la testa e le braccia. «Agli ordini» sibilò, e se lo infilò.

Quando ebbe finito, Santana alzò le mani e le puntò contro Ashton.

«E adesso che intenzioni avete?» domandò, teso.

«*Vertes in vestes fabirika!*» disse Santana.

Sia il sacco che la mia felpa si dissolsero all'istante diventando fili che cominciarono a intrecciarsi tra loro e a formare nuove forme. Non passò molto tempo prima che Ashton fosse in piedi davanti a noi con indosso dei semplici pantaloni e una maglietta.

«Meglio» osservò Santana con soddisfazione.

«Ma quella era la mia felpa preferita...» mi lamentai.

Ashton guardò Santana. «Una strega, dunque».

Lei annuì decisa. «Direi di sì, piacere di conoscerti, anche se per come ti aveva descritto Emily ti facevo più simpatico».

Ashton stava per ribattere qualcosa e io mi preparai allo

scambio di accuse e insinuazioni che sarebbe seguito, ma non si arrivò a tanto.

«Ehi, voi!» gridò qualcuno.

Mi guardai intorno, spaventata. Non lontano da noi, si stava avvicinando un uomo in uniforme. Il frastuono di tutto il rituale e la colonna di fuoco (non c'era da stupirsi) erano stati notati dagli avventori del cimitero, ed evidentemente qualcuno aveva allertato la polizia.

«Maledizione, se ci arrestano, i Guardiani lo verranno a sapere!» disse Santana.

«Andiamocene, svelti!» esclamai.

Cominciammo a correre. Solo Ashton rimase fermo lì, in piedi.

«Vuoi mettere radici qui o cosa? Vieni!»

Finalmente si mosse.

13

Era chiaro che ci sarebbe stato un inghippo

Per il momento ci rifugiammo dietro una cripta. Il poliziotto ci aveva inseguito per tutto il cimitero, ma ora aveva perso le nostre tracce.

Sbirciai cautamente dietro l'angolo e lo vidi scrutare i dintorni.

«Anche questo faceva parte del vostro piano?» domandò Ashton, con un tono così sprezzante che non potei fare a meno di alzare gli occhi al cielo.

«Non c'è nessun piano» sibilai, ritraendo la testa e appoggiandomi alla parete di fondo della cripta.

Avevo sacrificato metà della mia vita per Ashton, la pelle mi faceva male in tutti i punti in cui il fuoco del rituale mi era arrivato troppo vicino, avevo rubato alla mia famiglia, lanciato un incantesimo proibito e ora mi stavo nascondendo dalla polizia. E tutto questo per cosa? Per essere insultata. Non riuscivo a crederci.

Anche Santana lanciò uno sguardo diffidente al poliziotto. «Spero che non mi abbia visto fare quella magia. Se si viene a sapere, mi chiuderanno in prigione a vita».

«Non credo» cercai di rassicurarla.

«Se i Guardiani sono sulle vostre tracce, quella magia è

l'ultima delle preoccupazioni» minacciò Ashton. «Che cosa pensi che succeda a chi esegue rituali proibiti?»

Lo guardai senza capire. «Mi sa che ti sei scordato che è così che ti abbiamo salvato la vita! Che ne dici di un po' di gratitudine?»

Sbuffò, sarcastico. Un ghigno sprezzante gli attraversò le labbra. «Se non mi aveste ammazzato, non ci sarebbe stato bisogno di riportarmi indietro».

«Idiota» ringhiai.

Quindi questo era il vero lui? Come avevo fatto a sbagliarmi così tanto su di lui? Era stato cortese e disponibile, mi aveva fatto ridere, mi aveva guardato come se tra noi potesse nascere qualcosa, e ora si scopriva che aveva solamente voluto fare il leccapiedi. Dovevo essergli sembrata una preda facilmente manipolabile, a cui sarebbe bastata qualche parola gentile per lasciarsi manovrare.

Ashton fece un sospiro infastidito e mi spinse rudemente da parte per controllare lui stesso dove fosse andato il poliziotto.

«Ehi!» mi lamentai.

«Non gridare così» mi rimproverò.

«Io grido quando mi pare e piace!» ribattei.

Mi scoccò un'occhiata sdegnosa. I suoi occhi scintillarono minacciosi, ma la cosa peggiore era che, quando non si sforzava di essere gentile, era ancora più bello. «Muori dalla voglia di farti beccare o cosa?»

Grugnii, furiosa, incrociai le braccia sul petto e mi gettai di nuovo con la schiena contro il muro. Mi sembrava di aver riportato in vita l'Ashton sbagliato. Tutto ciò che di lui mi aveva fatto battere il cuore non era stato che una facciata.

Come quella notte nella tomba, quando il fantasma mi aveva

preso di mira e Ashton aveva voluto aiutarmi, strinse una mano a pugno, se la portò alla fronte e pronunciò a voce bassa un incantesimo. Quando riaprì gli occhi, si accovacciò su un ginocchio e sbatté la mano per terra. Di colpo, sotto i miei piedi avvertii una scossa appena percettibile. Poco dopo, si udirono schianti e crepitii provenienti da un filare di alberi non lontano da noi. Ashton aveva fatto marcire alcuni rami, facendoli cadere a terra.

«Vi ho preso!» esclamò il poliziotto e si mise a correre verso gli alberi.

Ashton si alzò in piedi. «Venite?» incalzò. «O volete mettere radici qui?»

Sgranai di nuovo gli occhi. Doveva ritenersi molto spiritoso. Lo spinsi da parte con la stessa rudezza che aveva usato prima con me e lo superai di corsa. Lui e Santana mi seguirono. Sgattaiolammo da una siepe all'altra, nascondendoci dietro grandi lapidi e tronchi d'albero, e raggiungemmo l'uscita senza essere visti.

Stavo per correre subito alla limousine, ma Ashton mi afferrò per un braccio. Mi spaventai e per poco non urlai. Con uno scatto, mi tirò così vicino a sé che riuscii a sentire il calore del suo corpo. L'odore della cenere fredda e del suo sudore dolciastro mi salì alle narici. Le mie ginocchia si fecero deboli e mi sentii indifesa contro di lui che mi teneva ferma contro il muro del cimitero. Come poteva avere su di me un effetto così paralizzante, dopo tutto quello che mi aveva buttato addosso? Perché la mia voce veniva meno e il mio corpo si rifiutava di funzionare?

Non potei fare altro che guardare Ashton con aria interrogativa. Aveva un volto di pietra, negli occhi non c'era più quel calore che fino a quel momento avevo creduto essere parte di lui.

C'erano solo rabbia e, dietro, il vuoto. Con un cenno del mento indicò il parcheggio, dove si era appena fermata un'altra auto della polizia.

Ecco perché mi aveva fermato.

Finalmente riuscii a riprendere il controllo delle mie azioni. «Non c'è bisogno di essere tanto maneschi». Lo spinsi via.

«E adesso?» chiese Santana.

«Forse possiamo distrarli» ragionai.

Proprio in quel momento si udirono dei passi. Mi voltai e vidi apparire dietro un filare di alberi le scarpe del poliziotto, ancora alle nostre calcagna. Ancora un po' e saremmo stati in piena vista.

«Accidenti» imprecai.

Eravamo circondati. Mi guardai intorno, ma non trovai alcuna via di fuga. Potevamo solo correre e sperare di raggiungere la limousine più velocemente di quanto gli uomini potessero fare con noi. Non ero entusiasta all'idea di un inseguimento con tanto di sirene della polizia, posti di blocco ed elicotteri, come nei servizi dei telegiornali, ma non mi venivano in mente alternative.

All'improvviso Ashton mi premette una mano sulle labbra. «Shh» fece.

Poco dopo, i poliziotti del parcheggio accanto a noi varcarono il cancello del cimitero. Santana si premette con forza contro il muro, ma non saremmo stati al sicuro per molto. Agli uomini sarebbe bastato uno sguardo di lato per individuarci. E anche se non l'avessero fatto loro, c'era sempre il collega che avrebbe dovuto oltrepassare gli alberi da un momento all'altro.

Trattenni il respiro per non provocare rumori che ci avrebbero fatto scoprire, ma, scivolando sulla ghiaia grossolana, feci rotolare qualche sasso. Non era stato un rumore fortissimo, ma fu sufficiente. Gli uomini si voltarono verso di noi, e io ebbi un tuffo al cuore.

Eccoci qui. Ci avevano beccato. Nella mia mente pianificavo già come arredare la mia cella.

«Di qua!» gridò il poliziotto dagli alberi. Era uscito dal filare e aveva alzato una mano per richiamare l'attenzione dei colleghi. Uno di loro ricambiò il gesto, l'altro ci guardò scettico ancora per un attimo, poi ci ignorò. Ashton mi tolse la mano dalla bocca.

Confusa, guardai gli uomini. Anche se non pensavano che fossimo noi i ragazzi che stavano cercando (e questo nonostante Ashton sembrasse appena uscito da un camino), avrebbero dovuto almeno domandarci che cosa stessimo facendo lì acquattati contro il muro. Invece ci avevano completamente ignorati, nonostante almeno uno di loro ci avesse visto con certezza.

«Li ho persi alla cripta grande» spiegò. «Devono essere corsi verso est. Propongo di dividerci».

«Procediamo così» concordò uno degli altri due.

«Ma che diavolo...?» sussurrò Santana.

Osservammo i poliziotti prendere strade diverse e dileguarsi.

«Andiamo» dissi, girai l'angolo attraverso il cancello e vacillai. Davanti a me c'era mia madre. Con le braccia incrociate sul petto, mi trafisse con uno sguardo così scuro che anche un lupo mannaro sarebbe scappato via guaendo. Se era venuta mia madre, di sicuro c'era anche zia Sophia. Probabilmente dovevamo a lei la cecità selettiva dei poliziotti.

A poco a poco, tutto acquistò un senso.

«Ti sei cacciata in un sacco di guai, Emily» disse mia madre.

Come previsto, non era sola. Ad accompagnarla c'erano Zia Sophia, Cedric e Mandy.

Quest'ultima in particolare sembrava più compiaciuta che mai. Sembrava che non vedesse l'ora di sentire la punizione che mamma mi avrebbe inflitto per aver rubato la macchina. E quella era solo la minore delle mie malefatte delle ultime ore.

«Posso spiegare tutto!» giurai.

«Lo spero vivamen...» La mamma si interruppe quando i suoi occhi caddero su Ashton.

Alla fine, Sophia disse ad alta voce ciò che era scritto sul volto di mia madre: «Non può essere vero!»

Ashton strinse lo sguardo e potei intuire che si sentiva confermato nei suoi sospetti. Aveva pensato che la mia famiglia fosse nascosta in agguato da qualche parte, e ora era davvero saltata fuori.

Fece un passo indietro da mia madre e Sophia, ma Cedric lo agguantò per un braccio. «Stai buono qui».

Ashton si ribellò con forza, ma non riuscì a liberarsi. Era, se non altro in quelle condizioni di debolezza, fisicamente inferiore a mio fratello.

«Che cosa hai fatto, Emily?» domandò mia madre costernata. «Come hai fatto? Non è un non-morto, vero? Non avrai evocato uno zombie?».

«No, certo che no!» mi difesi. «Perché insinuate tutti che sia stata io?»

Cedric afferrò per la gola Ashton, che si dibatté di nuovo, come se temesse che mio fratello stesse per strangolarlo a sangue freddo.

«Lasciami!» sibilò a denti stretti.

«C'è polso» affermò Cedric con tale sorpresa che gli sfuggì di mano.

Ashton incespicò all'indietro, si afferrò il collo e fece alcuni respiri profondi.

«Non fare così, ti ho a malapena toccato» disse Cedric.

«Emily?» disse la mamma. «Sei stata tu? Hai... praticato la necromanzia?»

«Sì... be'...» Guardai Santana. «Non proprio. Era solo un incantesimo booster, altrimenti non avrebbe funzionato».

«Incantesimo che?» domandò Cedric.

«Incantesimo booster?» ripetei, confusa. Doveva sapere per forza che cos'era. Dopotutto, lui era Cedric Seymour, conosceva semplicemente tutto!

«Mi dispiace» esitò a dire Santana con aria colpevole. «È stata una bugia a fin di bene. Non esistono gli incantesimi booster».

«Cosa?» esclamai con voce stridula. Le orecchie cominciarono a ronzarmi e mille pensieri mi rimbalzarono nel cervello come in un flipper. «Ma come...?»

«L'hai eseguito tu» disse lei, stringendosi nelle spalle. «Ho pensato: o tu sei una necromante, dopotutto, e hai solo bisogno di una spintarella per riuscire finalmente a sbloccarti, oppure non funzionerà. E ha funzionato».

Udii le sue parole, ma non riuscii a comprenderle. Una necromante? Io? Non era possibile. Non ero io, non era una parte di me, non lo era mai stata. Eppure... incredula, mi fissai le mani. Durante il rituale l'avevo percepito, avevo sentito il potere sulla vita e sulla morte. Avevo avvertito qualcosa scorrermi nelle vene, ma non volevo ammettere ciò che era stato.

«Okay, benissimo» brontolò Mandy, la quale non appariva

entusiasta delle ultime rivelazioni. «Ma come ha fatto a riportarlo indietro, così, senza un corpo?»

«C'è solo una spiegazione...» mormorò Sophia assorta. Fissò Ashton come se fosse un fantasma.

«Il Restutio impertes?» chiese incredula la mamma. «Emily, dimmi che non è vero!»

«I-io non avevo scelta» balbettai con imbarazzo. Ero ancora troppo impegnata a cercare di far entrare nella mia testa la sconcertante consapevolezza delle mie capacità.

Mia madre sembrava già quasi disperata. «No, questo... non puoi fare un tale sacrificio! Perché non sei venuta da me?»

Non c'era bisogno di spiegazioni. Le risposi comunque. «Perché me l'avresti proibito».

«Ma certo che te l'avrei proibito! Hai idea di quali sarebbero le conseguenze se qualcuno scoprisse che hai eseguito un rituale del Grimorio nero?»

«E se qualcuno scoprisse che volevate creare un golem?» replicai.

«Tss» sibilò zia Sophia. «Noi siamo in zona grigia, ragazzina. Tu stai sguazzando nel nero più profondo».

«Che cosa ne faremo ora di questa criminale?» domandò Mandy, incrociando le braccia sul petto e guardandomi con un ghigno arrogante. Immaginai che non vedesse l'ora di darmi la mia meritata punizione.

«Dovremmo darle una medaglia» suggerì Cedric, e tutti lo fissarono come se avesse perso il raziocinio. «A parte che dobbiamo dare il benvenuto a una nuova necromante tra le nostre fila, ma poi ha lanciato il Restutio impertes, gente! Noi non avremmo saputo fare di meglio».

La mamma scosse la testa. «In vita mia, mai avrei pensato

che questo potere fosse assopito dentro di te, Emily. Dove l'hai tenuto nascosto per tutto questo tempo?» Anche se era ancora infuriata con me, non avevo mai visto tanto orgoglio nel suo sguardo. Un sorriso le si posò sulle labbra. «Hai compiuto un incantesimo che a molti altri prima di te è fallito. Ma, tesoro, avresti potuto morire nel tentativo, te ne rendi conto?»

No, non me ne rendevo conto. Avevo creduto ciecamente alla storia dell'incantesimo booster e dunque avevo gettato al vento ogni freno. Per quanto Santana sembrasse preoccupata, probabilmente nemmeno lei si aspettava che il rituale potesse essere così pericoloso per me.

Guardai Ashton, che era crollato in ginocchio, si teneva ancora la gola e faceva respiri pesanti.

«Pensavo che valesse la pena di rischiare...» dissi pensierosa. Ormai non ne ero più tanto sicura. Anche se non aveva molta importanza se fosse chi aveva finto di essere o soltanto un brutto arrogante. La colpa della sua morte era mia e non mi sembrava sbagliato aver rimediato a quell'errore. Non si era meritato di morire in quel modo. Nessuno se lo sarebbe meritato.

«Sei troppo giovane per soppesare le conseguenze di un incantesimo simile» mi rimproverò Sophia. «Ma non per sapere che è proibito per un valido motivo. Come hai fatto a mettere le mani sul Grimorio nero?»

«Ora non ha più importanza». Mia madre si avvicinò a me e mi afferrò le braccia. «Tu sai che cosa ha fatto quell'incantesimo?»

Annuii.

All'improvviso la terra tremò, facendomi inciampare. Grosse crepe squarciarono il terreno, la polvere si sollevò e mi offuscò la vista. Tossii e cercai di capire che cosa fosse successo.

«Sta scappando!» gridò Mandy.

Ashton si doveva essersi inginocchiato e aver finto di avere il fiato corto per lanciare un incantesimo senza farsi notare e poi tagliare la corda.

«Digli di fermarsi subito!» mi ordinò la mamma.

Confusa, la guardai.

«Adesso!» mi esortò.

Non sapevo a che cosa sarebbe potuto servire, ma mi ero già messa nei guai a sufficienza, perciò non mi opposi. «Fermati subito!» gridai ad Ashton.

Aveva già attraversato metà del parcheggio e si arrestò così bruscamente che scivolò sulla ghiaia, cadde e scivolò per terra per un pezzo.

Nello stesso momento avvertii un dolore acuto al gomito. Stupita, me lo afferrai. «Ahi!» gemetti. «Ma che diavolo...?» Mi strinsi forte il braccio.

Cedric fu il primo a raggiungere Ashton e mia madre mi fece cenno di seguirla mentre anche lei correva verso il parcheggio.

«Tutto okay?» chiese Santana, alzando lo sguardo verso di me. «Per la bugia a fin di bene...»

Volevo ribattere qualcosa, ma quando vidi Ashton, che era stato appena tirato in piedi da Cedric, le parole mi si bloccarono in gola. Proprio come me, si stava premendo il braccio contro il corpo. La caduta gli aveva procurato una brutta escoriazione. Il sangue gli colava tra le dita.

«Mi dispiace, ragazzo» si scusò Cedric. «Ma non possiamo lasciarti andare finché c'è il rischio che tu consegni mia sorella al Tribunale».

Stavo ancora fissando il braccio di Ashton. Mi aveva obbedito. Così. E non certo di sua spontanea volontà. In qualche modo, eravamo legati. Percepivo il suo dolore come se fosse il mio. Se non altro, si era manifestato solo per poco. Ormai il mio braccio stava di nuovo bene.

Mi ricordai che nella descrizione della Restutio si diceva in vari punti che si sarebbe vincolata un'anima alla propria. Mai in vita mia avrei pensato che andasse preso alla lettera. Ma evidentemente quel rituale non serviva solo a rianimare un morto, ma anche a imporgli la propria volontà. Ashton era alla mia mercé, e il suo sguardo ostinato non lasciava dubbi sul fatto che mi odiasse per questo. Un grumo di senso di colpa si addensò dentro di me.

La mamma osservò l'escoriazione di Ashton. «È una brutta ferita» commentò. «Riesci a muovere il braccio?»

Ashton non rispose. Non la degnò di uno sguardo, nemmeno mentre lei gli stendeva e piegava il gomito, gli ruotava con cura il braccio e gli tastava le dita. Se gli provocava dolore, non lo dava a vedere. Anch'io non mi accorsi di nulla. Forse il nostro legame non era così forte da farmi sentire tutto quello che sentiva lui. Probabilmente si limitava ai dolori forti e improvvisi.

«Ti passerà» lo rassicurò mia madre. «Conosco una buona pomata che lo farà tornare come nuovo».

«Hai il mio rispetto» disse zia Sophia, che si era avvicinata a me. Aveva un sorriso compiaciuto sulle labbra. «Non pensavo che ti saresti spinta a questi livelli per dimostrare di essere una Seymour. Il tuo compito era solo quello di distrarre il giovane Goodwin. E invece, tu lo obblighi a sottostare al nostro controllo. Tuo fratello ha ragione: non avremmo potuto fare di meglio».

Guardai allarmata Ashton, il quale sembrava poco sorpreso dal fatto che il mio compito fosse stato quello di distrarlo. Dopotutto, aveva già ipotizzato che fossi subdola quanto il resto della mia famiglia, e la dichiarazione di Sophia ne era stata la conferma. Se era possibile per lui odiarmi ancora di più di quanto già non stesse facendo, in quel momento ci riuscì.

«Ma era...» cominciai, sulla difensiva.

«Immagino che la cosa della Florida sia fuori questione, allora, giusto?» mi interruppe Mandy. «Mi sarebbe tornata utile una seconda stanza».

«Comunque camera mia non sarebbe andata a te» ringhiai. «E per quanto riguarda...» indicai Ashton, ma non feci in tempo a continuare. Un'auto entrò nel parcheggio e attirò su di sé l'attenzione di tutti.

Lanciai un'occhiata fugace ad Ashton. Aveva scritto in faccia quello che stava per fare, e io agii senza neanche rifletterci: «Adesso non griderai aiuto» lo avvertii.

Non appena pronunciai quelle parole, la scintilla di speranza che per un istante si era accesa nei suoi occhi si spense. Rimase un vuoto profondo, e ora sapevo di averlo provocato io. Io e quel maledetto Restutio che era stato troppo perfetto per essere vero.

«Brava, Emily» mi lodò Sophia.

«Accidenti, è stato proprio...» gemetti di frustrazione finché non mi resi conto che nessuno mi stava ascoltando. Mamma stava già spingendo Ashton verso la limousine, Mandy la seguì e Sophia lanciò a Cedric le chiavi del pick-up di papà. «Io mi occuperò di ripulire le tracce. Tu accompagna a casa la piccola strega».

«Sarà fatto». Fece cenno a Santana di seguirlo.

«Pronto? Ragazzi?» Agitai le braccia e mi sentii invisibile come prima, davanti ai poliziotti. Credevano davvero che ci tenessi così tanto a essere una Seymour da aver previsto gli effetti collaterali del Restutio impertes? Guardai Santana e rimasi inorridita nel vedere che anche lei sembrava dubitare di me.

«Non lo sapevo» affermavo.

Santana sembrava inquieta.

«Vieni?» incalzò Cedric.

Lei gli lanciò una rapida occhiata.

«Davvero, non ne avevo idea!» giurai.

«Ti credo» disse, mentre si allontanava. Non sembrava così convinta come avrei sperato. «Ma secondo me Ashton la vedrà diversamente».

Zia Sophia mi posò una mano sulla spalla. «Non pensare di cavartela senza una punizione. Finché tua madre non l'avrà stabilita, per cominciare mi darai una mano a mettere ordine nel cimitero».

«Come faremo a tornare a casa se gli altri guidano tutte e due le macchine?» chiesi.

Ora mi mise cinse con un braccio. «Oh, Emily, hai così tanto da imparare ora che sei una di noi».

Non sapevo se desideravo esserlo. In passato sì, avrei dato qualsiasi cosa per avere i poteri di Cedric, ma ormai ero del tutto a mio agio nella mia pelle di comune mortale.

«Hai mai sentito parlare di ombromanzia?» mi chiese Sophia mentre tornavamo al cimitero.

Scossi la testa, e lei mi mostrò la sua mano, sulla quale c'era un cerchio nero grande come una moneta. «Ti appropri di una piccola parte di un'ombra. Questa si sforza di tornare al suo luogo d'origine, cosa che naturalmente tu sai impedire. Quando arriva il momento, ti fondi con l'ombra e la lasci andare. In questo modo, si ritorna nel luogo prescelto. L'incantesimo non è necessariamente gradito, ma è molto pratico. Comunque te lo insegno, se vuoi. Ma non una parola a tua madre. Sarà il nostro segreto. In cambio, tu mi dirai tutto quello che sai sul Restutio Impertes. Io non sono in grado di compiere quel rituale, ma sono troppo curiosa. Come ci si sente ad avere la vita di quel ragazzo vincolata alla tua?»

Lanciai uno sguardo alle mie spalle. La limousine stava uscendo dal parcheggio, e riuscivo a intravedere la sagoma di Ashton dietro il finestrino oscurato.

Che cosa avevo fatto?

14

Mal comune, doppio mal di testa

Era già l'alba quando arrivammo a casa. Viaggiare con l'aiuto dell'ombromanzia era brutto solo la metà rispetto ad attraversare una piega dello spazio. Infatti, si faceva buio soltanto per un momento e l'attimo dopo si tornava alla luce in un altro luogo. Nel mio caso, ci ritrovammo davanti ai gradini che portavano alla porta di casa nostra.

Avevo passato tutto il pomeriggio in ginocchio, a cercare di coprire anche la più piccola traccia del Restutio impertes nel cimitero. Mi brontolava lo stomaco, ero esausta e tesa, eppure avrei preferito trascorrere la notte tra le tombe piuttosto che tornare alla villa della mia famiglia.

Mentre pulivamo, Zia Sophia aveva espresso più volte quanto ammirasse il mio coraggio. Voleva sapere nei minimi dettagli come fossi entrata in possesso del Grimorio nero e quali segreti nascondesse il Restutio. Avevo evitato le sue domande come meglio potevo, per non essere costretta a raccontarle che avevo danneggiato il libro e che l'incantesimo aveva preso fuoco per errore. Immaginavo, però, che l'interrogatorio sarebbe cominciato solo ora che ero tornata a casa.

«Stasera ci sarà un banchetto» mi promise Sophia e salì i gradini della porta principale.

Entrai nel salone d'ingresso dopo di lei. Un senso di nausea mi attanagliò, e mi aspettavo che la mamma fosse già lì, pronta a spedirmi in camera mia, dove mi avrebbe rinchiuso fino ai trent'anni. Ma mi sbagliavo. Fu invece papà a scendere di corsa le scale proprio mentre mi chiudevo la porta alle spalle.

«Eccovi, finalmente!» Attraversò l'atrio, mi tirò a sé e mi strinse così forte che mi mancò il respiro. «Hai idea di quanto fossimo preoccupati dopo che te ne sei andata? E, per di più, con la limousine, senza patente! Tu e Santana potevate andare a finire in un fosso a bordo strada».

«Non ci è successo niente» cercai di rassicurarlo. Mi liberai dal suo abbraccio. Mi prese il viso con entrambe le mani e mi strizzò le guance così forte da costringermi a fare una smorfia da pesce. «Ma sarebbe potuto succedere qualcosa, Emily! E tutto per via della Florida. Noi volevamo solo il meglio per te».

«Non c'entra la Florida, papà!» bofonchiai.

Finalmente mi lasciò andare e io mi risistemai i lineamenti del viso muovendo la mascella avanti e indietro.

«Ehi, sorellina!» mi chiamò Cedric dalle scale prima di fermarsi accanto a me e a papà mentre andavamo in sala da pranzo. «Al momento sto scrivendo un incantesimo per individuare le presenze residue degli spiriti. Ti piacerebbe darmi una mano? Non c'è nulla di proibito, te lo garantisco». Mi fece l'occhiolino. «Non hai mai scritto un incantesimo prima d'ora, vero?»

«N-no, io...» Finora, quando aveva in mente qualcosa del genere, nemmeno mi lasciava avvicinare.

«Allora è deciso» disse soddisfatto, continuò per la sua strada e alzò il pugno in aria. «È l'alba dell'era dei fratelli Seymour. Sarà grandioso!»

La sua gioia per me, per aver scoperto le mie doti, era quasi contagiosa. Mi spuntò perfino un sorrisetto sulle labbra. Tuttavia, anch'io non sapevo bene che cosa pensare di tutta quella faccenda.

Guardai Cedric e vidi che Mandy e mia madre stavano preparando la tavola in sala da pranzo.

Mamma mi guardò e mi rivolse un sorriso gentile. Non ricordavo l'ultima volta che mi aveva guardato in quel modo. Con soddisfazione e, se non mi ingannavo, orgoglio. Quasi mi voltai per vedere se dietro di me ci fosse qualcuno a cui quel sorriso era davvero destinato.

«Ah, ecco l'eroina del giorno» osservò Mandy in tono ironico e alzò gli occhi al cielo.

Zia Sophia si chinò verso di me. «È diverso sentirsi coinvolte, vero? Ti ci dovrai abituare, in fondo ora sappiamo di che pasta sei fatta».

Quindi era bastato che diventassi una criminale per non essere più trattata come la pecora nera della famiglia? Non è che ne fossi tanto felice.

«Dov'è Ashton?» chiesi, rivolgendomi a papà.

«Nella stanza degli ospiti» mi disse, indicando il piano di sopra.

Guardai in alto. Le scale di colpo mi sembrarono infinite. Ogni gradino appariva come un ostacolo insormontabile.

Avrei voluto evitare Ashton, ma capivo la sua rabbia nei miei confronti e non volevo che continuasse a credere quello che la mia famiglia pensava di me: che avessi eseguito il Restutio per soggiogarlo alla volontà dei Seymour.

«Torno subito» mormorai, e andai di sopra. Un attimo dopo bussai alla porta della stanza degli ospiti. «Ashton?»

Non rispose. Probabilmente mi stava ignorando, il che era comprensibile, ma non mi sarei fatta scoraggiare così facilmente. Ci saremmo sentiti entrambi meglio, una volta che gli avessi spiegato tutto. Forte della mia determinazione, spinsi la porta e sbattei contro qualcosa di duro. Contemporaneamente, un dolore acuto mi attraversò la testa.

«Ahi» gemetti.

Ashton incespicò all'indietro. «Diamine, ma che fai?» ringhiò, afferrandosi la fronte. «Non puoi aspettare che ti aprano?»

Mi sfregai la fronte. Per fortuna il mio testone si era indurito grazie al bastone della nonna. «Potevo immaginare che saresti stato proprio dietro la porta?»

«Dopo aver bussato? Sì, direi di sì».

Ashton era fresco di doccia e se ne stava in piedi davanti a me con la camicia aperta. Nell'aria aleggiava il dolce profumo del sapone alla vaniglia che tenevamo nel bagno della camera degli ospiti. I suoi capelli, bagnati, si attaccavano alla pelle e non potei fare a meno di seguire con gli occhi una goccia d'acqua scendergli dal collo giù fino al petto.

Solo quando Ashton si abbottonò la camicia riuscii a distogliere lo sguardo.

«Ti piace quello che vedi?» mi chiese.

Mi cadde la mascella. «Ecco... no! Io...»

«Ma dai, secondo te non ho notato il modo in cui mi guardi sempre? Se fossi una torta al cioccolato, avrei temuto per la mia vita fin dal mio arrivo».

Non riuscivo a credere a quello che sentivo. Ma che imbarazzo! Okay, va bene, avevo una cotta per lui fin dal nostro primo incontro. Ma era davvero così palese? Doveva proprio sbattermelo in faccia? Avevo vissuto tante altre situazioni umilianti, ma questa le superava tutte. Avrei preferito sprofondare sottoterra.

Sembrava che ad Ashton la cosa piacesse. Sorrise in modo quasi arrogante e si avvicinò. Io inevitabilmente indietreggiai fino a sbattere la schiena contro il muro. Cercai di spostarmi di lato, ma Ashton si puntellò con un braccio sulla parete proprio accanto alla mia testa, bloccandomi la via di fuga. In un attimo fu così vicino a me che riuscivo letteralmente a sentire il sapore della vaniglia.

«Ora è la tua occasione» mormorò. C'era qualcosa di minaccioso nel suo tono di voce, come se volesse tentarmi a fare qualcosa di proibito. Inoltre, nei suoi occhi c'era un vuoto cupo e freddo che mi toglieva il respiro. «In fondo, siamo soli e io devo fare tutto quello che mi ordini. Allora?»

«Io... non voglio niente da te!» dichiarai. Le mie guance avvamparono.

Ashton si avvicinò ancora di più. Il suo respiro mi si posò caldo sul collo e un brivido piacevole mi attraversò il corpo.

«Non sembra» mi alitò all'orecchio.

Combattendo per mantenere l'autocontrollo, spinsi via Ashton e incespicai verso il centro della stanza.

«Tu... tu sei...» balbettai.

«Irresistibile?» chiese, malizioso. Il ghigno perfido sulle labbra brillava ormai anche nei suoi occhi. Evidentemente si divertiva a stuzzicarmi.

«Sei una carogna!» gli gridai. «Con te non vorrei fare nulla nemmeno se fossi l'ultima persona sulla faccia della Terra!»

«Quindi sei piombata in camera mia, senza che ti invitassi, mentre mi stavo vestendo perché...?»

«Non sapevo che tu...» mi uscì con una voce insolitamente

stridula, prima di interrompermi e sospirare. Tutto questo non aveva senso! Ero venuta a spiegargli quello che era davvero successo. Ma evidentemente era ingenuo pensare che avrebbe avuto bisogno solo di un po' di tempo per scendere e finalmente ascoltarmi. Se avessi continuato a rispondere alle sue stupide frecciatine, avremmo girato in tondo e basta.

«Scusami, ho sbagliato» ammisi alzando le mani.

«Ti riferisci alla porta che mi hai sbattuto sulla testa o alla mia prematura scomparsa?» Lo scintillio nei suoi occhi svanì di colpo, come se qualcuno avesse spento la luce. «O parli del fatto che, per colpa del rituale, le nostre maledette vite sono incatenate l'una all'altra?» Non aveva più il tono divertito di pochi secondi prima. Anche il sorriso presuntuoso gli era sparito dalle labbra. Il suo sguardo era tornato cupo.

Sembrava che avesse solo due modalità per interagire con me: o mi prendeva in giro o mi rimproverava. Forse era inutile cercare di spiegargli tutto. Lui la verità non la voleva sapere.

Abbassai lo sguardo e strinsi le mani a pugno. «Firmerai l'accordo» dissi con fermezza. «Lo firmerai e tornerai dalla tua gente. Non voglio vederti mai più, hai capito? Terrai per te che sei morto e che sei stato riportato in vita. Farai finta che nulla di tutto questo sia mai accaduto. Sei venuto qui, hai negoziato i termini dell'accordo, i Seymour ti hanno trattato con cortesia e poi te ne sei andato. Non è successo altro, capito?»

«Capito» disse Ashton con voce monocorde.

Annuii e non lo guardai nemmeno mentre uscivo dalla sua stanza. Probabilmente avrei dovuto farlo, almeno così non ci saremmo urtati le spalle, cosa che non era mia intenzione fare, ma a lui doveva essere sembrato di sì.

Lo superai, uscii in corridoio e mi tirai dietro la porta senza voltarmi. Non fece in tempo a chiudersi che udii un urlo rabbioso, seguito da un colpo sordo che mi fece trasalire. Un dolore pulsante alle nocche della mano mi fece ipotizzare che avesse dato un pugno al muro per la rabbia.

Osservai l'improvviso rossore sulle nocche che gradualmente impallidiva.

Agli angoli degli occhi mi si formarono delle lacrime, ma le feci sparire sbattendo le palpebre e irrigidii la postura.

«Ora non metterti a di nuovo a frignare» dissi con voce strozzata, ingoiando il groppo che mi si era formato in gola.

Con un po' di fortuna, il legame tra noi si sarebbe indebolito quando lui non fosse stato più vicino a me. In fin dei conti, probabilmente sarebbe stato più che altro Ashton a soffrirne. Dopotutto, tendevo ad atterrare sul didietro con una frequenza spaventosa.

Mandarlo via era di certo la soluzione migliore. Sia per me che per lui.

Feci un respiro profondo. C'era solo una persona avrebbe potuto dirmi di più sul Restutio impertes. Mia nonna non si era limitata a richiamare l'attenzione su di sé, ma lei stessa era stata riportata in vita con quell'incantesimo e avrebbe potuto mettermi in guardia. Perché mi aveva tenuto nascosti i dettagli più importanti? Forse perché non se ne ricordava più? Era possibile?

Non volevo aspettare la cena, così mi diressi verso la sua stanza. Già da lontano vidi che era seduta sulla sedia a dondolo e si era appisolata. La raggiunsi e mi accovacciai davanti a lei.

«Nonna?» sussurrai.

Lei si tirò su di scatto, si guardò intorno e, quando si accorse di me, tornò compiaciuta e tranquilla. «Eccoti di nuovo qui, Odila».

«Sì... cioè, no. Sono io, Emily».

Fece un sorriso fugace. «Lo so, è solo che confondo i nomi».

Lasciai perdere. «È andato tutto bene con il rituale. Più o meno. Ashton forse non la vede così».

«Ashton?» domandò.

«Il figlio dei Goodwin» spiegai, perplessa. «Quello che ho riportato in vita, sai?»

La nonna strinse lo sguardo. «È venuto a farci visita un Goodwin?»

«Ma sì, lo sai. Sei stata tu a dirmi come trovare il Restutio impertes per riportarlo in vita».

«Oh, quello è un incantesimo pericoloso. Molto elaborato, e severamente proibito!» Alzò il dito in segno di ammonimento. «Ti conviene tenere per te che l'hai lanciato, o sarai nei guai con i Guardiani».

«Non lo dirò a nessuno, ma perché non mi hai detto niente degli effetti collaterali?»

«Avrei dovuto?»

«Oh, nonna... Sì, avresti dovuto».

«Come ci si sente?» chiese.

Mi accigliai. «In che senso?»

«Ora che sei una vera necromante, cara. Come ci si sente?»

I miei occhi si allargarono. «Tu lo sapevi fin dall'inizio, vero? Sapevi che io avevo il dono!»

«Certo che lo sapevo» rispose, tutta soddisfatta.

«Allora non mi hai scambiato per la mamma?»

Non fece caso alla domanda. «Ora dimmi, come ti sei sentita?»

«Io... bene, credo» ammisi. Durante il rituale, dopo essermi liberata della paura e con essa anche delle mie inibizioni, avevo provato davvero una bella sensazione a detenere così tanto potere. Ma quella breve parabola era ormai scesa da un pezzo.

«Hai visto?» sorrise soddisfatta. «Sapevo che c'era una Seymour in te».

«Ma gli effetti collaterali?» chiesi. «Anche il nonno ti ha riportato in vita con la Restutio impertes, vero? Eri costretta a fare tutto quello che ti chiedeva?»

Mi accarezzò la guancia. «Non mi avrebbe mai dato ordini, piccola mia. Era troppo buono per farlo. Ci amavamo e dal giorno in cui mi ha riportato in vita non abbiamo più condiviso soltanto i nostri cuori. Abbiamo condiviso le nostre anime. Io provavo il suo dolore, lui percepiva il mio, e quando fosse giunta la sua ora, l'avrei seguito senza rimpianti».

«Come scusa?» gemetti, sbalordita. «Stai dicendo che se Ashton muore prima di me, devo morire anch'io, e viceversa?»

La nonna si limitò a sorridere con consapevolezza.

Poteva essere quanto di più romantico, se ci si amava, ma io non volevo condividere l'anima con Ashton, non volevo sentire il suo dolore e di sicuro non volevo essere obbligata a morire con lui. Mi bastava aver sacrificato qualche decennio per permettergli di continuare a vivere.

«È possibile spezzare questo legame, almeno?» volevo sapere.

«Se le circostanze fossero diverse... Ma perché dovresti farlo? Lui è un Goodwin, tu sei una Seymour. Il tuo legame con lui va a vantaggio di tutti noi».

A quanto pareva, la questione si riduceva a questo. Dovevo pensare a ciò che era meglio per la mia famiglia. O, perlomeno, questo era ciò che tutti si aspettavano da me.

Finora, se non altro, avevo avuto la scusa di essere priva di talenti magici. Ora, grazie alla nonna, potevo scordarmelo.

Inoltre, dubitavo che mi avrebbe detto come tagliare il vincolo con Ashton anche se lo avesse saputo. Avrei dovuto scoprirlo da sola.

15

Non ci si porta un Incubo nel letto

Non ebbi occasione di rivedere Ashton. Il giorno dopo, quando uscii dalla mia stanza a una certa ora della mattina, lui era già partito. Mamma e papà avevano deciso di comune accordo di mettermi in punizione per un mese. Non mi diedero il permesso nemmeno di parlare con Santana al telefono. Non avrei saputo come le fosse andata fino a lunedì, a scuola. Non mi sarei sorpresa di ritrovarmela in classe senza testa perché sua mamma, senza tanti complimenti, gliel'aveva strappata. Rubare un'auto, compiere atti di vandalismo in un cimitero, prendere per il naso la polizia, per non parlare del fatto di aver riportato in vita un morto: non erano esattamente trasgressioni perdonabili, e io ero ben conscia che la mia punizione era stata più che clemente. L'orgoglio della mia famiglia per il fatto che finalmente mi fossi rivelata una vera Seymour aveva prevalso.

Ora stavo buttando via in cucina il piatto rotto che avevo scaraventato contro il muro venerdì sera. Durante la notte, l'odore di banana troppo matura era stato così penetrante che avevo raccolto i pezzi rotti appena alzata. Era un miracolo che nel frattempo una colonia di formiche non si fosse impossessata della mia stanza.

Mi mangiai una ciotola di corn flakes in piedi, poi andai alla ricerca di Cedric. Forse da lui avrei potuto scoprire qualcosa di più sul Restutio impertes. Dalla nonna non riuscivo a ottenere più informazioni, mamma mi avrebbe letto in faccia il mio piano di rompere il legame con Ashton, e zia Sophia, in quanto strega, non si occupava granché di necromanzia.

Durante la settimana, Cedric era spesso via per diversi giorni alla volta, a svolgere incarichi che non richiedevano la presenza di tutta la famiglia, ma la domenica preferiva trascorrerla nella sala rituali. Fu il primo posto in cui lo cercai dopo la colazione, ed ebbi fortuna. Il sigillo sulla porta era aperto, così salii la scala a chiocciola.

Erano anni che non entravo in quella sala. La stanza della torre era una specie di seconda casa per Cedric, e rimasi scioccata vedendo quel disordine, perché lui di solito era così pulito e meticoloso. E mi rimproverava per il disordine in camera mia?

La luce del giorno scendeva da un piccolo lucernario e dipingeva nell'aria strisce di pulviscolo scintillante. C'era odore di inchiostro e carta, e pile di vecchi libri ovunque, come se Cedric avesse cercato di ricreare un paesaggio di montagna. Mancavano solo alpinisti in miniatura che scalavano il monte Everbook, un po' di neve finta e l'illusione sarebbe stata perfetta.

Al centro della stanza si trovava un leggio su cui era appoggiato il Grimorio di famiglia. Non la versione proibita della cripta, bensì quella ufficiale, in cui erano racchiusi incantesimi non molto meno pericolosi, ma non altrettanto discutibili dal punto di vista morale.

Cedric era in piedi davanti a una scrivania ingombra, stava raccogliendo degli appunti e leggeva a turno da tre libri aperti. Non si era accorto che ero entrata nella stanza, così per il momento lo lasciai in pace e mi avvicinai al Grimorio. Forse avrei trovato le risposte che cercavo.

Il libro era grande quasi quanto la sua versione oscura e almeno altrettanto vecchio. La pagina a cui era aperto mostrava un incantesimo che permetteva di parlare con i morti la cui anima era già passata nell'aldilà. Allungai la mano per prenderlo, ma la ritrassi per la sorpresa quando le pagine si girarono da sole e il Grimorio si richiuse con uno schiocco che, se fossi stata più vicina, probabilmente mi sarebbe costato un dito.

Possibile che i miei antenati ce l'avessero ancora con me? Non avevo avuto occasione di raccontare a nessuno di come avevo strappato le pagine del Grimorio nero e dato loro fuoco durante il rituale. E avrei anche preferito tenermelo per me. Un mese di arresti domiciliari era ben lungi dall'essere una punizione sufficiente per aver perso un incantesimo esistito per secoli.

«Ops, Emily!» osservò Cedric. «Da quanto sei qui?»

«Non tanto».

«Dammi un attimo, arrivo subito da te». Tornò a concentrarsi sui suoi appunti. Lo assorbivano talmente tanto che non si era accorto del comportamento mordace del Grimorio.

Continuai a guardarmi intorno. «Quello là dietro è un letto?» domandai con gli occhi fissi su un materasso che giaceva in un angolo della stanza, ben nascosto dietro altre pile di libri.

«A volte si fa molto tardi» mi rispose. «Vieni, ti faccio vedere che cos'ho fatto finora».

Mi ricordai che mi aveva proposto di scrivere un incantesimo insieme a lui. Immaginai che fosse questo a tenerlo così occupato la domenica mattina.

«In realtà, a me interessa il Restutio impertes» dissi.

«Ah, sì?» Mise da parte gli appunti e si fece tutto orecchi. «Sai una cosa? Lasciamo perdere la scrittura dell'incantesimo. Per quello abbiamo tempo. Il Grimorio nero mi ha sempre affascinato. Certo, non avrei mai osato eseguire uno dei suoi incantesimi... Ma mi piacerebbe andare a fondo dei segreti del Restutio. Chi l'ha scritto? Su quali poteri si basa? E come sei riuscita a eseguirlo tu, tra tutti? Scusami, sorellina».

«Figurati...» In realtà, avrei voluto assillarlo io di domande. Era evidente che non sapesse nulla del rituale. Quindi non avrebbe nemmeno saputo dirmi come liberarmi del legame con Ashton.

«Che ne dici di cercare l'incantesimo insieme?» suggerì Cedric.

«Intendi nel Grimorio nero?» Non solo non sentivo alcun bisogno di tornare nella cripta e affrontare di nuovo i miei antenati, ma Cedric e io non potevamo cercare un incantesimo che ormai da tempo era andato in fumo.

«Sì, e dove se no?» disse, ridendo.

«A dire il vero» cominciai, ma non me la sentii di confessare la mia colpa e all'ultimo momento decisi di non farlo. «Sono ancora distrutta dopo ieri. Volevo dirti solo questo. Ti va bene se rimandiamo?»

«Certo» rispose lui. «A patto che il giretto dal Grimorio nero non aspetti troppo. Me lo prometti?»

«Certo».

«Ti prendo in parola» mi incastrò.

«Okay, ti lascio continuare con... qualsiasi cosa sia su cui ti stai lambiccando il cervello». Indicai i suoi appunti e i libri, poi lo lasciai di nuovo solo.

Era andata benissimo. Invece di trovare risposte, adesso

avrei dovuto ammettere di aver accidentalmente distrutto il Restutio non appena Cedric avesse insistito perché mantenessi la promessa. O forse avrei avuto fortuna, e i miei antenati mi avrebbero spedito nell'aldilà non appena fossi entrata nella cripta. Allora mi sarebbe stato risparmiato di vedere la faccia di Cedric quando avrebbe scoperto che dal Grimorio nero mancavano due pagine.

La giornata volò via in un lampo. Avevo trascorso la maggior parte del tempo rintanata in biblioteca, a ricercare per conto mio informazioni su come annullare le maledizioni, ma senza successo.

Durante la notte non riuscii a chiudere occhio. Il pensiero di essere vincolata ad Ashton per il resto della vita non mi dava pace. Doveva odiarmi davvero, a giudicare dal modo in cui mi aveva guardato l'ultima volta che ci eravamo incontrati, e io non volevo essere legata a qualcuno che mi odiava. Soprattutto, non a qualcuno che si era preso gioco della mia cotta nei suoi confronti.

Inquieta, mi rigirai nel letto, mi tirai le coperte sulla testa e mi buttai da un lato. Erano successe troppe cose. Già il fatto che Santana mi avesse ingannato con quella bugia sull'incantesimo booster era pesante da digerire. D'altra parte, grazie a quella bugia sapevo di essere una necromante. Perlomeno era innegabile, anche se non percepivo alcuna differenza. Strinsi forte gli occhi e mi misi in ascolto. Da qualche parte dentro di me dovevano annidarsi quei poteri che per anni erano così abilmente rimasti nascosti. E, in effetti, ripensando alle sensazioni che avevo provato durante il rituale, avvertivo dentro di me qualcosa di molto simile. Qualcosa di impetuoso, ribollente, che mi faceva battere più forte il cuore, come se un'onda enorme si stesse muovendo verso di me, minacciando di spazzarmi via in un sol colpo. Aprii gli occhi, fissai il soffitto e feci diversi respiri profondi. Forse era meglio lasciar perdere quegli esperimenti. Alla fine, per sbaglio, avevo riportato in vita i morti nella cripta e ora mi ero messa contro i miei antenati, che si aggiravano nei corridoi per vendicarsi del Grimorio danneggiato.

Mi seppellii sotto il cuscino e cercai di schiarirmi le idee. A un certo punto evidentemente mi addormentai, perché mi svegliai a notte fonda.

Era buio pesto. Avevo la sensazione di essere legata e di non riuscire a respirare bene, cosa che mi spiegai immaginando di essermi di nuovo impigliata nel piumone. Ma, quando, senza che io mi muovessi, il letto scricchiolò, qualcosa di pesante mi si appoggiò sul petto, e due occhi rossi e rilucenti apparvero davanti a me, fui dissuasa. I miei battiti iniziarono a correre all'istante.

Un sogno!, mi balenò subito in mente. Doveva trattarsi di un brutto sogno, perché la creatura che era accovacciata sopra di me, che mi stringeva forte nelle lenzuola e mi soffiava in faccia il suo fiato schifoso, era un maledetto Incubo: formato dai cattivi pensieri, manifestato dalla paura e tenuto in vita solo da essa. Li avevo visti in tantissime illustrazioni. Erano creature senza peli, simili a esseri umani, con lunghe zanne, corna da diavolo e pelle squamosa. Quasi incorporee, come se fossero fatte solo di ombre; prendevano corpo soltanto quando riuscivano a incutere abbastanza paura alle loro vittime.

E un terrore puro si stava impossessando anche di me. Mi assalì il panico, il respiro accelerò e io mi sentii come paralizzata, mentre l'incubo si chinava ancora di più su di me e mi annusava come un cane davanti a un osso. Sentiva l'odore della mia paura, che non riuscivo assolutamente a scacciare. Feci per gridare aiuto, ma dalle mie labbra non uscì alcun suono. Rammentai che gli incubi rubavano la voce alle loro vittime prima di togliere loro anche la vita.

Da tempo ormai avevo capito che non stavo davvero sognando. Quel mostro era davvero accovacciato su di me e non c'era nessuno che potesse aiutarmi. Nessuno tranne me stessa. Cercai di divincolarmi, ma l'Incubo mi teneva stretta e più mi dimenavo, più i suoi artigli mi si stringevano intorno alle braccia.

Ormai i miei occhi si erano abituati al buio e riuscivo a vedere distintamente la sagoma dell'Incubo sul mio petto, che apriva la bocca e srotolava la lunga e viscida lingua. Ancora una volta cercai di liberarmi, opposi resistenza con tutte le mie forze e alla fine mi gettai di lato. L'Incubo cadde dal letto, sibilando come un felino predatore arrabbiato, e si scagliò contro di me.

Reagii senza pensare: afferrai il copriletto e glielo gettai in testa. Poi gli diedi un calcio che lo fece incespicare lontano da me e mi fece ruzzolare sul pavimento. Il petto mi bruciava per l'urlo senza voce che avevo cacciato, il respiro era accelerato. L'Incubo arrancò alla cieca nella mia stanza, senza riuscire a togliersi la coperta dalla testa. Mi sentivo un po' più al sicuro con il letto tra me e lui. Il fatto che il mostro apparisse anche abbastanza ridicolo, mentre barcollava in giro impotente, alleviò ancora di più la paura che provavo, e questo indebolì l'Incubo. Le sue gambe apparivano già leggermente trasparenti.

Stavo per alzarmi e precipitarmi verso la porta, quando il mio sguardo. cadde su una linea di polvere sepolcrale che correva sul pavimento e scompariva sotto il mio letto. Mi fu subito chiaro che cosa fosse. Ma non volevo crederci davvero. Mi avvicinai in fretta a carponi e così eliminai ogni dubbio: qualcuno aveva tracciato un cerchio di evocazione sotto il mio letto. L'Incubo non era apparso in camera mia per caso. Era stato chiamato! Anche con le prove davanti agli occhi, mi sembrava comunque irreale.

Il sibilo e il ringhio rabbioso della bestia mi spronarono ad agire. Allungai il braccio, cancellai il simbolo e potei vedere da sotto il letto l'Incubo che urlava forte, perdendo consistenza, trasformandosi in un'ombra in fuga mentre il copriletto si afflosciava sul pavimento.

Rimasi distesa sul ventre ancora per un attimo e non mi mossi. Avevo il battito ancora accelerato, ero del tutto sveglia nonostante il buio profondo della notte, e cercavo di schiarirmi la mente.

Quella carogna mi avrebbe ammazzato! E non in un modo piacevole, sempre che esista un modo piacevole di morire.

Qualcuno aveva cercato di uccidermi. Ma chi? Ashton? Impossibile. Si sarebbe ucciso anche lui per via del legame che ci univa. Per non parlare del fatto che lo ritenevo in grado di fare molte cose, ma non quella.

Mi alzai e incespicando mi rimisi in piedi. Tutto questo non aveva senso! Io non avevo nemici. Chi mai avrebbe voluto attentare alla mia vita? Non mi veniva in mente nessuno. Ma la polvere sepolcrale non si raccoglieva per caso sotto un letto formando un cerchio di evocazione.

Il fatto di essere stata vittima di tentato omicidio mi

spaventava quasi più dell'Incubo. Corsi alla porta, la aprii e mi precipitai in camera dei miei genitori.

«Mamma? Papà?» chiamai con voce gracchiante. Bussai e aprii la porta senza attendere la risposta.

«Emily?» chiese mamma assonnata.

Papà si tirò a sedere e accese la luce. «Sei pallida come il gesso! Che cosa c'è che non va?»

«Qualcuno...» Avevo la voce ancora rauca. Mi schiarii la gola e indicai il corridoio. «Qualcuno ha cercato di uccidermi!»

La mamma spalancò gli occhi di scatto, saltò giù dal letto e corse subito da me. Mi prese per le spalle e mi scostò i capelli dalla fronte. «Ma sei sconvolta. Raccontami esattamente che cos'è successo».

Anche papà si era alzato ed era venuto da me. Spostai lo sguardo da lui alla mamma, lottando contro il caos che avevo in testa. «È stato un Incubo. Era... qualcuno lo ha evocato».

«Cosa?» chiese mamma sgomenta.

«Sotto il mio letto c'era un cerchio di evocazione».

La mamma mi lasciò lì in piedi e corse in camera mia.

Papà mi mise un braccio intorno alle spalle. «Stai ancora tremando» notò.

Seguimmo la mamma, passando davanti alla stanza di Mandy, che sporse la testa in corridoio. Con la mascherina rosa per dormire tirata sulla fronte, ci guardò sbattendo le palpebre. «Che cos'è tutto questo chiasso?» brontolò.

La mamma accese la luce di camera mia e si guardò intorno. Poi si accovacciò e diede un'occhiata sotto il mio letto. «Mi dispiace, Emily, ma qui non c'è nessun cerchio rituale».

«Certo che no, l'ho cancellato».

Alzò gli occhi per guardarmi. «Sono sicura che stavi solo

facendo un brutto sogno. Gli ultimi giorni sono stati molto turbolenti e non abbiamo avuto modo di parlare in tranquillità. Parlare dei poteri che hai scoperto di avere e del perché fossero sepolti tanto in profondità dentro di te. C'era un motivo se li tenevi nascosti a te stessa e a tutti noi. È probabile che avesse a che fare con certe paure che ora stai gradualmente superando. La paura di fallire, forse?»

«Che cosa stai insinuando?» domandai.

Mia madre si alzò e tornò vicino a me. «Non hai liberato solo i tuoi poteri, ma hai anche scoperto le tue paure. Finché non le avrai superate del tutto, si manifesteranno attraverso questi sogni inquietanti».

Davvero pensava che non fossi in grado di distinguere un brutto sogno da un vero Incubo? Non ero più una bambina piccola che correva da mamma e papà quando non riusciva a dormire.

«Non è vero» insistetti, indicando il letto. «La polvere sepolcrale si vede ancora!»

Ormai sulla porta non c'era più soltanto papà. Anche zia Sophia e Mandy stavano guardando nella mia stanza.

«Qui vedo solo sporcizia» rispose la mamma.

Mandy si lasciò sfuggire una risata vuota. «Se non riesci a dormire, dovresti usare il tempo per dare una ripulita. Ma senza fare più rumore. C'è gente che ha bisogno del sonno di bellezza».

«È vero, a te serve in maniera particolare» le dissi sogghignando, ma mi ricomposi subito e mi rivolsi a mia madre. «Io il cerchio di evocazione l'ho visto, devi credermi!»

«Voglio crederti, mia cara» mi assicurò. «Ma chi può aver attentato alla tua vita? E chi avrebbe avuto la possibilità di disegnare un cerchio di evocazione sotto il tuo letto? Pensi che qualcuno di noi vorrebbe ucciderti? Qualcuno della tua famiglia? Nessun altro ne avrebbe avuto occasione».

Guardai zia Sophia, che stava in piedi accanto a papà con le braccia conserte e un cipiglio in fronte. Era spaventoso, ma la ritenevo capace di qualsiasi cosa. Perfino di commettere un omicidio, se andava a suo vantaggio. Neanche Mandy era proprio una mia fan. Ma di certo dietro a tutto questo non c'era lei. Perché avrebbe dovuto? Non aveva senso. A meno che...

«Ashton...» mormorai.

Mamma mi afferrò le braccia. «Emily, ti stai lasciando prendere la mano. Il giovane Goodwin non è stupido. Sa bene che, per via del vincolo che vi unisce, finirebbe per togliersi a sua volta la vita».

«Questo è chiaro. Ma se qualcuno volesse ucciderlo? E se la sua morte nel cimitero non fosse stata affatto un incidente?» A poco a poco, il groviglio dei miei pensieri si stava sciogliendo.

«Tsss» sibilò Sophia, girando i tacchi. «Non ho intenzione di ascoltare altre sciocchezze del genere».

Papà le lanciò un'occhiata fugace. «Dovrebbe comunque essere stato uno di noi» disse. «Tu credi che qualcuno in questa casa ti farebbe del male? E che cosa ci guadagneremmo se un Goodwin morisse sotto le nostre cure? Emily, non credi che magari sia stato solo un brutto sogno?»

«No, io... non lo so» dissi pensierosa.

«È stato un sogno» insistette la mamma, accarezzandomi la guancia. «Soltanto un brutto sogno, niente di più».

Non era stato un sogno. Allo stesso tempo, io desideravo sbagliarmi, perché non volevo credere che qualcuno della mia famiglia volesse uccidermi più di quanto non lo volessero credere mamma e papà.

«Domani, dopo la scuola, daremo una ripulita a camera tua» propose la mamma. «Butteremo via le cose inutili e riordineremo tutto a regola d'arte.

Vedrai, quando qui sarà tutto pulito e in ordine, dormirai anche meglio».

«Okay...» mormorai.

Mamma annuì e fece per uscire dalla mia stanza con papà, ma sulla porta si imbatterono in Cedric.

«Tutto a posto?» domandò.

«Solo un brutto sogno» disse mamma.

«Cerca di dormire, tesoro» mi pregò papà.

Come se ora riuscissi a chiudere occhio. Chi poteva dire che il colpevole non avrebbe colpito di nuovo? Chiunque fosse stato... Dopotutto, solo la mia famiglia sapeva del mio legame speciale con Ashton... e la mamma di Santana. Ma Mirabell non sarebbe stata in grado di fare una cosa del genere. O forse sì? Magari qualcuno della sua congrega?

Ero del tutto sconvolta e non sapevo più a che cosa credere e, soprattutto, di chi fidarmi.

Cedric guardò i nostri genitori, poi si girò verso di me. «Un Incubo, quindi?»

«Io... no, è... oh, non lo so». Mi sfregai nervosamente le mani.

Cedric entrò nella mia stanza e allargò le braccia. «Che ne dici di un abbraccio-di-andrà-tutto-bene da parte del tuo fratello grande?» mi propose.

Mi sfuggì una risata. «Credo di aver superato quell'età».

Lui aggrottò le sopracciglia, mi lanciò un'occhiata d'invito e mi fece un cenno con le dita. Sospirai, ma mi arresi al mio destino e mi avvicinai di un passo in modo che potesse stringermi a sé.

«Va già molto meglio, vero?»

Mi guardai bene dall'ammetterlo apertamente, però sì, il suo abbraccio mi faceva sentire bene. Cedric, dopotutto, mi aveva sempre protetta. Probabilmente mi avrebbe fatto sentire al sicuro anche tra venti o trent'anni.

«Devo anche restare a farti compagnia per un po', così puoi riaddormentarti?» mi chiese, dandomi una pacca sulla testa. Era evidente che mi stesse prendendo in giro.

«Ahah». Lo spinsi via.

«Allora dovrai accontentarti del pavimento. Il letto lo prendo io» disse sorridendo.

«Ora vattene!» lo incitai e lo spintonai fuori dalla stanza. Fece resistenza senza troppa convinzione.

«Non avrai fatto pipì a letto per lo spavento, vero?» continuò a stuzzicarmi.

Gli diedi uno spintone tale da farlo finire incespicando in corridoio e sbattei la porta. Subito la riaprì di scatto e infilò la testa nella stanza.

«Un altro bacio della buonanotte sulla fronte?» chiese, ritraendosi in fretta e furia prima che potessi dargli una testata.

Almeno una cosa l'aveva ottenuta: la mia paura era del tutto svanita.

La mattina dopo, avevo occhiaie così profonde che sarei potuta benissimo passare per un procione. Accarezzai l'idea di portarmi a scuola un cuscino, perché mi sarei addormentata in classe, garantito.

Dopo una doccia fredda, raccolsi le cose per la scuola e corsi al piano di sotto. In sala da pranzo c'era già tutta la famiglia riunita e tutti stavano facendo colazione come se non fosse successo nulla.

«Buongiorno» mi salutò mamma, che si era appena alzata. Mi diede un bacio al volo sulla fronte, corse alla credenza e riempì il cestino del pane vuoto di panini freschi. «Papà stamattina è andato in panetteria, siediti pure».

«Sei riuscita a dormire ancora un po'?» chiese papà.

«O un altro Incubo ti ha messo le mani addosso?» sogghignò Mandy.

«Ci sono delle creme per quelle» disse zia Sophia, muovendo disinvolta l'indice in cerchio davanti al viso. «Puoi prenderne un vasetto da me».

La mamma posò il cestino del pane sul tavolo e io presi un panino al latte.

«È un'offerta gentile» dissi rivolta a Sophia. «Ma io e le occhiaie conduciamo una coesistenza pacifica. E poi sono in ritardo. Grazie per i panini, papà».

Gli misi una mano sulla spalla e lui la accarezzò amorevolmente.

«Non c'è di che» disse.

Papà non era certo il colpevole. Sarebbe sempre stato al mio fianco. Ne ero sicura. Senza contare che, essendo un comune mortale, non sarebbe stato in grado di evocare un incubo senza farsi aiutare. Ma che dire della mamma? E di Cedric? Non pensavo certo che fossero stati loro, ma ero altrettanto incapace di credere che fosse stato tutto un sogno.

«Dopo la scuola torni subito a casa» disse mia madre, ricordandomi la punizione. «Ci sono alcune cose su cui dobbiamo istruirti, in modo che tu possa usare i tuoi poteri appena risvegliati. Non hai la minima idea di tutto quello che ti sei persa finora».

Grandioso, probabilmente da ora in poi mi sarebbe toccato imparare altra roba sulla magia, studiare incantesimi ed esercitarmi fino alla nausea a compiere rituali.

«Promesso» dissi e mi avviai verso la porta di casa. A metà strada mi fermai e guardai in basso. Rimasi lì in piedi nell'atrio, scalza, e sospirai. Con la mia sbadataggine, avrei dimenticato anche la testa, se non mi fosse cresciuta addosso. Girai sui tacchi, mi infilai in bocca il panino al latte e corsi in garage. Proprio accanto alla porta, c'era un vero e proprio mucchio di scarpe mie. Mia madre non era per niente contenta quando portavo la sporcizia del cimitero dentro casa, quindi spesso mi toglievo le scarpe in garage. Ne afferrai un paio da ginnastica, tolsi a pacche lo sporco dalle suole e le infilai. Appena mi rialzai, lo sguardo mi cadde sul sacco di sale rotto che se ne stava ancora là in disparte, in un angolo, come se fosse stato bandito per i suoi crimini.

E se fosse stata tutta una montatura fin dall'inizio e Ashton dovesse morire proprio quella notte? Allora il colpevole non avrebbe lasciato nulla al caso. La mia incapacità di portare a termine qualcosa senza fare errori era prevedibile, però di solito non portava a mietere vittime. Il colpevole doveva aver architettato l'incidente.

Corsi al sacco di sale, lo girai di lato per vedere il buco... e stentai a credere ai miei occhi. Non c'era un buco nel vero senso della parola, perché il tessuto non era stato strappato, ma senza dubbio tagliato. Avevo letto un numero sufficiente di gialli per riconoscere la differenza tra il logoramento di un materiale e un taglio netto.

Quindi avevo ragione. Non era stato un incidente. Qualcuno mi aveva incastrato, mi aveva usato per inscenare la morte di Ashton e dare la colpa a me!

La mia mente andava a mille. Non riuscivo a spiegarmi perché qualcuno avrebbe fatto una cosa del genere. Qualcuno della mia famiglia! Ma chi? I miei occhi tornarono alla porta. Non lo sapevo. Solo una cosa mi era chiara: non dovevo mostrare loro quanto avevo scoperto. Non se qualcuno di loro era davvero il responsabile.

16

A chi è venuto in mente il nome *Dead Horse Beach*?

Ero partita troppo presto per andare direttamente a scuola e incontrare Santana lungo la strada. Così decisi di andarla a prendere a casa. Neanche venti minuti dopo, ero davanti alla porta di casa sua con una sensazione di fiacchezza allo stomaco, ed esitai. Quello che era successo per riportare in vita Ashton era colpa mia e sarebbe stato giusto spiegarlo a Mirabell e scusarsi con lei. Ma quella donna mi faceva un po' paura. Anzi un po' di più. Non sembrava molto minacciosa con quegli abiti colorati e i modi caotici, ma questo non la rendeva una strega meno pericolosa: forse, proprio perché sembrava piuttosto innocua, era ancora più pericolosa di zia Sophia. Feci un respiro profondo, irrigidii la postura e raccolsi tutto il mio coraggio. Ero sopravvissuta all'attacco di un Incubo, sarei sopravvissuta anche alla sfuriata di Mirabell, così alzai la mano. Ma prima che potessi bussare, la porta si aprì di scatto e io feci un passo indietro. Mirabell era in piedi davanti a me con i capelli arruffati, un grembiule rosa e un vestito a fiori giallo neon.

«Non voglio sentire una parola!» mi sbraitò contro proprio mentre stavo per aprire bocca.

«Per favore, voglio solo...» implorai.

«No, grazie!» mi interruppe lei. «Hai già detto e fatto

abbastanza. Spero che la tua famiglia non te l'abbia fatta passare liscia. Non voglio nemmeno sapere che cosa ti sia passato per la testa. Puoi anche risparmiarti le scuse. Niente giustifica il pericolo in cui hai messo mia figlia».

«Capisco» dissi piano, con gli occhi bassi. Probabilmente ci sarebbe voluto un po' prima che riuscisse a perdonarmi.

«Non credo che tu capisca» rispose in tono tagliente. «In te c›è più dei Seymour di quanto sospettassi. E questo mi dice che l'unico modo per proteggere mia figlia è tenerla lontana da te. Non voglio vederti mai più qui, hai capito?»

Costernata, alzai la testa di scatto. «Ma...»

Lo sguardo di Mirabell era spietato. Non l'avevo mai vista così arrabbiata. «Ci siamo intese?» ripeté.

Guardai oltre le sue spalle perché era apparsa Santana. Sembrava scossa quanto me e alzò titubante una mano per salutarmi.

Mirabell notò il mio sguardo e si voltò. Sospirò: «Cinque minuti per salutarvi. Non un secondo di più!» Con quelle parole, se ne andò via a passo di marcia. Santana la seguì con lo guardo, poi corse da me.

«Che cosa ci fai qui?» domandò a voce bassa.

«Sono venuta a prenderti per andare a scuola. Accidenti, tua madre è infuriata. Sei tanto nei guai?»

«Sì» rispose lei. «Divieto di usare la magia per un mese, niente scuola per una settimana. Sta addirittura considerando di mandarmi in una scuola del Mondo di Mezzo. Non ho neanche il permesso di uscire dalla piega. Mia mamma dice che ho bisogno di una pausa. Anche da te...»

«Ma non lo intende sul serio, no? Cioè, che non potremo vederci mai più».

Santana alzò le spalle. «Per il momento, sì. Ma di sicuro si calmerà. Lo spero».

Alle sue spalle, vidi Mirabell che ci osservava con occhi di falco. Probabilmente stava contando i secondi che mancavano allo scadere dei cinque minuti.

«Senti, non abbiamo tempo» cominciai.

Santana mi guardò con aria interrogativa e io cominciai senza ulteriori indugi. Le raccontai dell'Incubo, del sacco di sale tagliato e dei miei sospetti, compreso quello che il responsabile dell'omicidio di Ashton potesse essere un membro della mia famiglia.

«E sei assolutamente sicura che l'Incubo non fosse soltanto un brutto sogno?» domandò. «Perché... be', hai tante cose da elaborare. Finalmente sai di essere una necromante, dopotutto, e hai questo Goodwin vincolato a te, e se devo essere sincera, non sembrava esattamente il sogno di ogni suocera».

«Ne sono sicura». Perché me lo chiedevano tutti? «Sicura come lo sono di essere qui davanti a te».

«Accidenti, ma non può essere vero! Devi parlarne con qualcuno. La cosa migliore sarebbe...» Si voltò, ma io la trattenni per un braccio. «Che c'è?»

«Non so se possiamo fidarci di tua madre».

Santana rise. «Non dirai sul serio, vero? È arrabbiatissima con te, questo sì, ma un Incubo? Sarebbe un po' esagerato, non credi?»

«Sospettare di tua madre è assurdo tanto quanto immaginare che sia stato Cedric. O Mandy. O zia Sophia». Solo al pensiero, sembrava che l'Incubo fosse tornato ad accovacciarsi sul mio petto.

«C'è solo una persona che può sapere chi vuole Ashton

morto. Ed è Ashton». Ci pensai un attimo. «A parte l'assassino. Ovviamente anche lui lo sa».

«Sarà stato per forza un estraneo» mi rassicurò Santana. «Chissà chi si è fatto nemico Ashton».

Sollevai un sopracciglio. «Vuoi dire come noi Seymour, che siamo gli acerrimi nemici dei Goodwin?»

«Comunque, non mi riferisco a mia madre» ribatté lei.

«Forse una strega della sua congrega. Comunque, devo parlare con Ashton. Devo almeno avvisarlo che qualcuno sta cercando di ucciderlo. Sono sicura che l'assassino non si fermerà solo perché dopo la terza volta che l'omicidio non riesce la cosa diventa noiosa».

«Ce l'hai il numero di Ashton o qualcosa del genere?»

«Certo, lo seguo su Instagram e sono la sua fan numero uno su TikTok» dissi. Non avendo un cellulare, non mi era nemmeno venuto in mente di chiedergli il numero.

«I cinque minuti sono finiti!» gridò Mirabell.

Santana lanciò un'occhiata frettolosa dentro casa e si voltò verso di me. «Okay, so da mia mamma che i Goodwin vivono a Salem» spiegò a voce bassa. «Lì c'è una piega. Quindi possiamo andarci direttamente da qui. Preparo giusto un po' di cose».

Scossi la testa. «Non questa volta. Sei già abbastanza nei guai!»

«Non puoi andare dai Goodwin da sola».

«Certo che posso. Ashton deve fare quello che gli dico, quindi non può succedere niente neanche a me. E, in tutta onestà, in questo momento non mi sento più sicura nemmeno a casa mia».

«Hai davvero intenzione di andare fino in fondo?» chiese lei, in tono scioccato. «Perché... be', stiamo parlando dei Goodwin!

I vostri mortali nemici. E poi, non sei per niente preparata a ciò che ti aspetta nel Mondo di Mezzo. D'altronde, da comune mortale, non sei stata messa al corrente di tutto. E ora vuoi davvero andare a Salem da sola? Nella città attraversata dalla più antica piega dello spazio? Lì vivono decine di streghe e quant'altro. È tutto un altro mondo!»

«Grazie, mi stai proprio incoraggiando» mi lamentai. Non ero affatto sicura di voler andare fino in fondo, ma quale altra scelta avevo? Anche farsi ammazzare non suonava troppo allettante.

«Dico solo le cose per come stanno».

«Andrà senz'altro tutto bene» rassicurai Santana, e in parte anche me stessa. «Alla fine, è possibile che i Goodwin, proprio come la mia famiglia, non vivano nel Mondo di Mezzo. La loro villa si trova al di fuori della piega. Li troverò prima di quanto pensi».

«Santana?» esortò Mirabell.

«Un attimo, mamma!» Alzò la mano per chiedermi di aspettare un momento. «Vado a prendere una cosa. Torno subito». Con quelle parole si precipitò in camera sua, lasciandomi sola sulla soglia a sopportare gli sguardi di Mirabell, che letteralmente mi trafiggevano. Incrociò le braccia sul petto e socchiuse gli occhi. Calò un silenzio gelido e mi chiesi se le streghe potessero lanciare maledizioni senza pronunciarle ad alta voce. In ogni caso, la mamma di Santana dava l'impressione di volermi far venire la peste, e io già sentivo i primi sintomi... sempre che la gola secca e l'impulso irrefrenabile di andarmene da lì rientrassero tra i sintomi di quella malattia.

Fui sollevata quando Santana finalmente riapparve.

«Questo ti sarà d'aiuto». Si avvicinò al mio polso, sul quale portavo il nostro braccialetto dell'amicizia, e vi attaccò un altro ciondolo: una triscele, un simbolo formato da tre spirali. «Il ciondolo contiene un incantesimo di protezione che impedirà a chiunque di rintracciarti».

«È geniale, grazie!» Presi Santana tra le braccia e la strinsi forte.

«Abbi cura di te, okay?» mi implorò.

«Promesso!»

Viaggiare direttamente fino a Salem attraverso la piega era troppo rischioso per me. Non avevo la minima esperienza e sarei potuta finire chissà dove. Per fortuna, esistevano ancora modalità per spostarsi collaudate da tempo.

La mia idea di ciò che sarebbe successo dopo era piuttosto semplice: sarei salita su un autobus per Salem, sarei arrivata alla porta di casa di Ashton, gli avrei rinfacciato che non era morto a causa della mia stupidità e che quindi poteva risparmiarsi la fatica di rimproverarmi ulteriormente. Ah, sì, e che qualcuno stava cercando di ucciderci. Tuttavia, non c'erano autobus da Springdale a Salem. Anche raggiungere la città vicina si rivelò un'impresa impossibile, e ben presto mi pentii di non aver optato per la piega, nonostante i rischi. Prima aspettai per ore alla stazione degli autobus, poi capii che l'orario ingiallito su cui avevo fatto affidamento valeva quanto i soldi dei giochi in scatola in una gioielleria. Dopo essere infine riuscita a prendere un autobus, dovetti fare tre cambi e fui più volte sul punto di perdermi, prima di arrivare finalmente nella città più grande delle vicinanze. Chiedere la strada per la biglietteria e accaparrarmi un biglietto per Salem fu un'altra avventura.

Alcune ore dopo aver deciso di andare da Ashton, ero seduta in un posto vicino al corridoio su un autobus per Salem e, non appena le porte si chiusero, mi addormentai profondamente. Mi svegliai solo quando qualcuno mi tirò la manica.

Sonnolenta, sbattei le palpebre.

«Piccina?» si rivolse a me la signora che sedeva al posto vicino al finestrino. «Ti alzeresti, per favore? Devo scendere».

Mi guardai intorno confusa, diedi un'occhiata fuori e vidi su un cartello il nome di una città: Salem. Mi alzai immediatamente in piedi, sbattendo il ginocchio contro il ripiano abbassato, repressi un urlo e finii incespicando nel corridoio, dove andai a sbattere contro un uomo.

«Guarda dove vai!» sbottò.

«Scusi» risposi, e mi precipitai davanti, dove c'era l'autista, per scendere. Così facendo, andai contro la persona successiva.

«Si scende in fondo» si lamentò la donna, spingendomi nella direzione giusta. Riuscii a malapena a prendere lo zaino della scuola, che ovviamente avevo dimenticato nella cappelliera.

Ero felice di scendere finalmente da quell'autobus angusto e di far entrare un po' d'aria fresca nei polmoni. Il viaggio era durato tutta la notte, era una mattina uggiosa e mi trovavo in un'affollata stazione degli autobus nel bel mezzo di una città sconosciuta. La gente mi passava davanti, gli autobus giravano nell'area di manovra o partivano davanti al mio naso e io non avevo idea di dove andare.

«Chiedo scusa?» dissi a qualcuno, ma fui ignorata. «Scusi?» mi rivolsi al passante più vicino, il quale fece finta di non avermi sentito mentre fissava il cellulare. «Mi può dire dove abitano i Goodwin?»

L'uomo alzò lo sguardo, ma si limitò a guardarmi con scetticismo. Non ottenni risposta. Sospirai e provai con una donna che portava un tailleur elegante. «Mi scusi, conosce la famiglia Goodwin? Dovrebbe abitare in una villa, forse un po' fuori città».

La donna fece una smorfia. «Non so nulla di nessuna villa, né conosco tutti gli abitanti di Salem per nome. Non siamo in un paesino».

«Grazie lo stesso» dissi mogia, e diedi un'altra occhiata in giro. Proprio accanto alla stazione degli autobus c'era una strada a quattro corsie dietro la quale si scorgevano grandi complessi edilizi. Salem me l'ero immaginata diversa. Con casettine tranquille, tanti alberi e abitanti cordiali che tagliavano l'erba davanti a casa, mi salutavano con cenni amichevoli e sapevano subito a chi mi riferissi quando facevo il nome dei Goodwin. Dopotutto, a Springdale tutti conoscevano i Seymour. Il motivo era soprattutto lo stile di abbigliamento non proprio discreto dei miei famigliari, ma anche il fatto che eravamo di gran lunga la famiglia più antica e ricca della zona. E se anche i Goodwin si guadagnavano da vivere con la necromanzia ed erano sempre stati nostri nemici mortali, davo per scontato che provenissero da una stirpe altrettanto antica e che disponessero di una notevole fortuna.

Come sarei riuscita a trovare Ashton in una città così grande dove nessuno sapeva chi fossero i Goodwin era un mistero per me. Mi misi la borsa a tracolla, tirai fuori dalla tasca qualche moneta e una gomma da masticare, e guardai con rassegnazione il mio bottino. Con i pochi spiccioli che avevo, non potevo nemmeno tornare a casa. Non mi restava quindi che continuare a chiedere in giro e, se necessario, andare casa per casa fino a quando avrei trovato i Goodwin. Presi da un distributore automatico una barretta di cioccolato dai colori vivaci, che di sicuro era tutto fuorché sana, e una lattina di Pepsi. Poi decisi di seguire la strada e leggere i cognomi sulle cassette della posta. Per una volta in vita mia, avrei potuto avere fortuna e fare centro per caso.

Non passò molto tempo prima che le case unifamiliari prendessero il posto dei grandi complessi edilizi. Questo aumentò la probabilità di trovare la casa giusta a una su un milione. Dentro di me alzai gli occhi al cielo.

La strada non era più troppo larga, qua e là c'erano degli alberi e alla mia sinistra apparve una spiaggia. Rimasi per un po' a guardare le dolci onde che si perdevano in una spuma leggera e a poco a poco scomparivano. Non si poteva dire che fosse una spiaggia particolarmente bella (era sassosa e cosparsa di alghe viscide), ma lo sciabordio costante e il sapore del sale sulle labbra mi rilassavano. Erano anni che non andavo al mare. Il viaggio era valso la pena anche solo per questo.

La mia attenzione fu attirata da un denso ammasso di alghe che andò a infrangersi contro alcuni scogli. All'inizio non capii che cosa avesse di strano: di scogli e alghe ce n'erano in abbondanza. Ma poi la montagna d'alghe cominciò a muoversi. Storsi il naso. Che fosse un mostro di palude? La montagna viscida si raddrizzò, spuntarono braccia e gambe, le alghe scivolarono sulle spalle strette a rivelare una donna giovane, estremamente bella. Non certo un mostro, insomma.

«Ehi!» la chiamai.

Si guardò intorno spaventata e mi vide che la salutavo sul ciglio della strada. I suoi occhi erano insolitamente grandi, lo sguardo quasi timido e la sua pelle riluceva di un verde argenteo. Ormai le alghe non erano più riconoscibili come tali. Ciò che non era scivolato in mare si era rivelata una chioma di capelli verdemarrone. Anche il luccichio della pelle si trasformò in perle d'acqua scintillanti. Doveva essere un'ondina, che assumeva un aspetto più umano quanto più a lungo era esposta all'aria.

Dopo lo spavento iniziale, riassunse un piglio rilassato. Si tirò indietro i capelli, prese un asciugamano che si trovava su uno scoglio più in alto e se lo avvolse intorno al corpo.

Scavalcai la bassa recinzione che mi separava dalla spiaggia e le corsi incontro. «Scusa!» la chiamai.

«Sì, ho fatto il bagno e no, non fa troppo freddo per me» disse, brusca, alzando gli occhi al cielo. «Passami quei vestiti là».

Le feci il favore e lei mi gettò l'asciugamano, restando davanti a me completamente svestita. «Tienilo su» mi intimò, infilandosi già i vestiti.

«Sei un'ondina, vero?» chiesi.

Lei rise. «Un'ondina? Credi nelle sirene, per caso?» Mi strappò via l'asciugamano e corse a piedi nudi verso la strada.

«Sai dove abitano i Goodwin?» chiesi, speranzosa. «O dove si trova la piega di Salem?»

Rise di nuovo. Stavolta in maniera molto più amichevole. «Potevi dirmelo subito! Sei una strega?»

«No, sono una com... ehm... una necromante» mi corressi, raggiungendola. Era la prima volta che mi definivo così. Io, una necromante. Mi sembrava ancora irreale e, a essere sincera, sbagliato. Chi poteva dire che non avessi già da tempo sprecato tutti i poteri che potevo ottenere con la Restutio?

«Quindi sei davvero un'ondina?»

Mi piazzò il palmo della mano davanti al naso. «Adesso non

farmi la predica perché sono andata a nuotare in una spiaggia pubblica. Non mi ha visto nessuno».

«Io ti ho visto» mi lasciai scappare. Solo allora mi resi conto che forse non era una grande idea far arrabbiare l'unica persona che poteva aiutarmi.

«Non conta» disse lei, scuotendo la testa. «Tu non sei una comune mortale. Nessuno di loro s'immaginerebbe che io sia un'ondina. Potrei uscire dall'acqua proprio davanti a loro, e liquiderebbero ciò che vedono considerandolo un'illusione ottica. Tranne i bambini più piccoli, forse, che non sono ancora così disillusi. Ma tanto nessuno crede a una parola di quello che dicono. Quindi vai dai Goodwin?»

«Esatto!» Ero senza dubbio molto emozionata. Non solo perché stavo per rivedere Ashton, che non avevo lasciato in modo troppo amichevole, ma anche perché stavo parlando con un'ondina. Non avevo capito che quelle creature erano proprio come gli umani, parlavano e conversavano come noi. Io avevo sempre creduto, e me ne vergognai, che fossero meno intelligenti, un po' come gli Incubi o a i Guhl.

«Seguimi, allora!» mi esortò, camminando svelta sui sassi aguzzi della spiaggia, leggera come se non pesasse più di una piuma. Seguimmo la strada per un pezzo e attraversammo un piccolo boschetto.

«So che sarebbe meglio che nuotassi dove non mi può vedere nessuno, è solo che adoro il mare della baia. Ci sono delle correnti fantastiche».

«Nessuno lo saprà da me» promisi.

Uscimmo dal bosco e comparve davanti a noi un'altra piccola baia.

«È laggiù» disse, indicando una panchina con vista sul mare.

Un cartello diceva *Dead Horse Beach*, il che mi insospettì. Chi, di grazia, aveva dato a una baia un nome così bizzarro? Forse qualcuno che si era voluto inventare qualcosa di particolarmente bizzarro per attirare l'attenzione sulla piega dello spazio che si trovava lì.

La panchina in sé non diceva molto. Solo quando ci avvicinammo vidi che l'asse più alta dello schienale aveva una crepa proprio al centro. Un gatto bianco e nero si era acciambellato sulla seduta in modo che le macchie nere fossero a sinistra della crepa e quelle bianche a destra.

«Questo gatto sta sempre così?» chiesi dubbiosa.

«Sempre, quando serve» rispose l'ondina.

Il gatto si svegliò e mi guardò. Anche il suo muso era diviso in due. Non potevo credere che fosse un gatto vero. Probabilmente era un'illusione.

«Vado avanti io». La giovane ondina si appoggiò alla panca, mi sorrise e poi si buttò indietro sullo schienale con uno slancio tale che dovetti indietreggiare per evitare che mi colpisse con le gambe.

All'inizio parve che sarebbe atterrata di testa sul gatto, ma un attimo dopo fu inghiottita dalla piega. L'ondina non c'era più e il gatto non si era mosso nemmeno di un millimetro.

Mi guardai intorno. C'erano alcuni bambini che giocavano sulla spiaggia, tuttavia non prestavano attenzione alla panchina. A parte loro, non si vedeva nessun altro nei dintorni, così mi appoggiai anch'io alla panchina con la schiena e mi diedi uno slancio all'indietro.

A testa in giù, i miei piedi avvertirono il suolo duro e, accecata dalla luce abbagliante, incespicai avanti di un passo, dritta nel Mondo di Mezzo.

Subito fui investita da un'atmosfera completamente diversa. La temperatura era più alta di diversi gradi, il cielo non era più triste e grigio, ma di un azzurro intenso, spezzato da poche soffici nuvole d'ovatta.

La panchina era ancora davanti a me, ma senza il gatto, e la baia non era più così piccola. Si estendeva fino all'orizzonte, dove alte scogliere si stagliavano contro il cielo. Dall'altro lato della strada, dove poche auto erano state parcheggiate davanti a un prato tagliato, vidi almeno una ventina di case stravaganti. Erano piccole e contorte, con facciate in legno dipinte a colori vivaci, torrette sbilenche, finestre rotonde e giardini dalla vegetazione selvaggia. Ovunque c'erano piante rampicanti, immensi cespugli e fiori di tutti i colori dell'arcobaleno. Nell'aria si udiva il ronzio degli insetti e il cinguettio di stormi di uccelli.

Alcune delle tranquille casette erano strette l'una all'altra come se un gigante le avesse radunate insieme, altre erano circondate da grandi appezzamenti di terreno. Tra di esse si snodavano strette stradine lastricate. Di asfalto, automobili o tralicci non v'era traccia, come se avessi viaggiato indietro nel tempo di qualche centinaio di anni. Anche se non immaginavo che in quell'epoca fosse tutto così colorato e accogliente.

«A proposito, io mi chiamo Mahina» si presentò l'ondina. Non mi ero nemmeno accorta di essere atterrata proprio accanto a lei, tanto ero affascinata da quel luogo.

«E-Emily» balbettai, mentre continuavo far correre lo sguardo sulle case e i vicoletti. «Qui vivono tante persone?»

«Persone, ondine, necromanti... o voi necromanti vi considerate persone?» Scosse la testa prima che potessi rispondere. «Non importa. Nel bosco ci sono i ghul e i lupi mannari. Anche qualche fata. E le streghe, naturalmente.

Dopotutto, sono state loro a creare il Mondo di Mezzo e a nasconderlo nelle pieghe dello spazio».

Vidi un'anziana signora uscire da una delle case. Indossava un abito di lino lungo fino a terra, un grembiule e aveva i capelli grigi legati sotto un foulard. Questo rafforzò la mia sensazione di essere finita nel Medioevo. Teneva in mano un cesto di pane appena sfornato, il cui profumo mi raggiunse dall'altra parte della strada. «Qui è tutto come...»

«Come una volta?» chiese Mahina. «Questa è la prima e più antica piega dello spazio mai creata dalle streghe. Nacque quando iniziò la prima caccia alle streghe e divenne un rifugio per quelli come noi. Per questo ha un particolare significato storico. Anche se qui il tempo scorre alla stessa velocità rispetto a fuori, molte cose non sono cambiate e non è stato ampliato nulla. Ci sono infatti solo pochi vicoli e una manciata di sentieri che attraversano la foresta. Là si trova anche la sede della più antica scuola di magia del Mondo di Mezzo, se sei in vena di un giro turistico. Quell'edificio merita decisamente una visita!»

Tutti i luoghi in cui avevo viaggiato nel Mondo di Mezzo finora non erano più grandi della radura in cui viveva Santana. Sapevo che esistevano pieghe dello spazio più grandi, ma vederle con i miei occhi era tutta un'altra cosa.

«I Goodwin vivono laggiù» disse Mahina e indicò la spiaggia, dove si vedevano alcune altre case stravaganti vicino al mare... non l'enorme villa che mi aspettavo.

«Ora devo andare» mi salutò e quando mi voltai di nuovo verso di lei, si era già avviata verso uno dei vicoletti.

«Mi puoi dire anche quale...» le gridai, ma mi fermai perché era già troppo lontana per sentirmi.

Be', avrei di certo trovato la casa di Ashton, perché tutti in questo posto conoscevano i Goodwin. In fondo, erano una famiglia di necromanti famosa, o famigerata, quanto quella dei Seymour. Anche se loro evidentemente conducevano una vita molto più modesta.

17

Non si trattano così i libri!

Non ebbi nemmeno l'imbarazzo di dover chiedere la strada per la casa dei Goodwin, perché non appena mi avvicinai alle abitazioni sul mare, scorsi Ashton sulla spiaggia. Era seduto su uno scoglio, profondamente immerso in un libro.

Ma non poteva essere un topo di biblioteca, almeno? O farsi sorprendere nascosto dietro una pattumiera con una rivista sconcia? Come potevo continuare a ritenerlo un idiota se non si comportava da idiota? Invece no, quel ragazzo di una bellezza illegale non aveva niente di meglio da fare che starsene seduto sulla spiaggia, lambito dalle onde, a leggere. Il vento gli scompigliava i capelli neri, il suo sguardo era tutto rapito dalle parole, gli occhi volavano sulle righe a ritmo serrato, e intanto si mordeva anche il labbro inferiore, perso nei suoi pensieri. Avrebbero potuto fotografarlo e farne la copertina di un romanzo strappalacrime.

Gli andai incontro attraversando la spiaggia, ma Ashton mi notò solo quando mi fermai davanti a lui e mi schiarii la gola. Alzò lo sguardo e un attimo dopo la sua espressione si trasformò. Riuscii quasi a percepire la rabbia che gli ribolliva dentro.

«Oh, no!» sbottò, saltò giù di colpo dallo scoglio e fece un passo minacciosamente lungo verso di me. Arrotolò il libro tascabile come se fosse un giornale e se lo infilò nella tasca dei pantaloni. Mi cascò la mascella. Allora era un idiota, dopotutto! Come si faceva a trattare un libro così?

«Assolutamente no!» ringhiò rabbioso, afferrandomi per un gomito e trascinandomi di nuovo verso la strada. «Sparisci. All'istante!»

Feci per divincolarmi, ma Ashton non me lo permise. «Ehi, mi fai male!» mi lamentai.

«Non credi di aver già fatto abbastanza?» mi investì. «Adesso devi anche presentarti qui a Salem? Pensavo di essermi liberato di te dopo aver firmato il vostro stupido accordo». Raggiungemmo la strada, e lui continuò a trascinarmi.

«Lasciami!» gli intimai.

Ashton si fermò e staccò la mano da me. La rabbia nel suo sguardo da un secondo all'altro sembrò soffocata. Non credevo che gli fosse passata, era stata soltanto repressa da altre emozioni molto più forti. Emozioni che non riuscivo a interpretare perché Ashton le nascondeva dietro la freddezza che gli congelava i lineamenti.

Indicò la panchina. «Vattene» ribadì.

Disprezzo. Ecco che cosa traspariva dal suo sguardo. Mi disprezzava con ogni fibra del suo essere. E questo mi faceva un male immenso. Ma lui non sapeva ancora che cosa fosse successo. Di conseguenza, non avevo alcuna intenzione di andarmene.

«No che non sparisco, questo è poco ma sicuro» dissi. «Hai idea di quello che ho dovuto sopportare per riuscire ad arrivare fin qui?»

Sbuffò sprezzante. «Non mi interessa! Anche se hai dovuto

evocare elefanti volanti». Mi venne vicino, così vicino che il suo respiro mi sfiorava la pelle, mentre continuava a parlare a voce bassa, ma ancora più minacciosa. «Resta fuori dalla mia vita».

Era difficile sostenere il suo sguardo. Mai prima di allora una persona mi aveva mostrato un tale disgusto, un odio così puro che io proprio non mi meritavo. Che cosa pensava di me? Che fossi una stalker? Che fossi venuta a Salem solo per dargli fastidio? Oltretutto, mi venivano in mente cose migliori da fare piuttosto che frequentare proprio il ragazzo che, piuttosto, mi avrebbe mandato all'inferno.

«È la cosa che farei più volentieri!» sibilai.

«Allora siamo d'accordo». Girò i tacchi e s'incamminò di nuovo verso la spiaggia.

Lo seguii, perplessa. «No, non lo siamo!» Come poteva essere così cocciuto? Lo raggiunsi e dovetti quasi correre per stargli dietro. «Qualcuno ha cercato di uccidermi».

Ashton non fece una piega, ma la rabbia si accese di nuovo nei suoi occhi. «E tu hai pensato bene di ingaggiare me per vendicarti, visto che devo fare quello che mi ordini».

«No, io...» Già dopo quel breve tratto ero quasi senza fiato e piano piano stavo rimanendo indietro.

«Ora fermati subito, dannazione!»

Ashton si arrestò all'improvviso come se fosse finito dritto contro un coltello che gli si era conficcato nel petto. Il suo corpo si contrasse e io mi aspettavo che si voltasse verso di me e mi urlasse di nuovo contro. Ma non lo fece. Respirò invece profondamente, forse proprio per evitare di ripetere quello scoppio d'ira. «Non l'ho detto a nessuno» mi spiegò con una calma decisa. «Nessuno sa che sono vincolato a una Seymour, e questo non deve cambiare. Il fatto che tu ti presenti qui a strillare come se fossimo completamente soli non mi facilita le cose».

«Non strillo» ribattei. «È solo che tu non mi vuoi ascoltare».

Ancora una volta fece un respiro profondo. «Racconta, allora» disse, senza guardarmi negli occhi. Teneva i suoi fissi con ostinazione a terra, le mani strette a pugno, e aspettava impaziente. La sua postura dava l'idea che lo stessi torturando con la mia sola presenza. Trovava così insopportabile anche solo starmi vicino? Comunque fosse, aveva un'aria incredibilmente afflitta.

«Non riesci nemmeno a sopportare di guardarmi?» chiesi piano.

Ma lui non diede retta alla domanda. «Perché sei venuta qui?» si limitò a chiedere.

E va bene, se non riusciva a parlarmi normalmente, io non potevo farci niente. Alla fine, l'unica cosa che contava era che mi ascoltasse. Non era obbligato a guardarmi negli occhi, non dovevo nemmeno per forza piacergli.

«Nessuno, che io sappia, trarrebbe alcun vantaggio uccidendomi» cominciai. «Se non dal fatto che tu moriresti con me».

A quel punto Ashton si voltò a guardarmi. Parte della rabbia nei suoi occhi aveva lasciato il posto all'incredulità. «Che cosa significa?»

«Significa che non è stato un incidente, al cimitero. La tua morte non è stata colpa mia. Qualcuno ha tagliato il sacco di sale per far sì che il rituale andasse storto. Tu dovevi morire. Poi, quando ti ho riportato in vita, anch'io sono diventata un bersaglio perché le nostre vite sono connesse. Non ho idea di chi ti sia fatto nemico, ma di certo non si fermerà finché non sarai morto per sempre. E sinceramente... non ho nessuna voglia di morire con te».

Ashton si limitò a guardarmi in silenzio. Il suo viso non perse colore, né sembrò che si fosse di colpo reso conto di avermi trattato come spazzatura senza motivo. Al contrario, non fece altro che trapassarmi con lo sguardo.

«Dovrò indagare» mormorò.

Alzai le sopracciglia, incredula. Indagare? Pronto? Gli avevo appena comunicato che qualcuno lo voleva morto e la sua reazione era questa? Comunque, non sembrava preoccupato. Forse accadeva di frequente che la gente volesse ucciderlo. Se trattava anche gli altri come trattava me, non mi sarei meravigliata.

Senza dire un'altra parola, si voltò di nuovo e mi lasciò lì.

Rimasi indietro sbalordita come se mi avessero appena dato un colpo in testa. Avevo sperato di ricevere se non altro un briciolo di scuse, ora che finalmente la verità era giunta alla sua conoscenza. Un piccolo "mi dispiace per averti trattato come spazzatura" non avrebbe fatto male a nessuno.

«E io che dovrei fare?» gli gridai, raggiungendolo di nuovo.

Mi lanciò un'occhiata fugace. «Te ne torni a casa».

Non riuscivo a crederci. «Non mi hai ascoltato? Qualcuno ha cercato di uccidermi!»

«In realtà, qualcuno ha cercato di uccidere *me*» mi corresse. «Tu eri solo un tramite. Ma tanto sei una Seymour, la tua famiglia può proteggerti».

«Evidentemente no, altrimenti non ci sarebbe stato un tentato omicidio. E poi, loro non mi credono». Mi vergognavo a dirglielo, ma era meglio che dover ammettere di sospettare dei miei stessi famigliari.

«Ah, sì?» disse lui, distrattamente.

«È stato un Incubo!» dissi io. «Sotto il mio letto c'era un cerchio di evocazione che ho dovuto cancellare. E ora tutti pensano che sia stato solo un brutto sogno».

Ashton si fermò davanti a una delle case sulla spiaggia. Era una graziosa villetta di legno. Dipinta di rosso, con le persiane bianche e una terrazza su palafitte che dava verso il mare. Il tetto di paglia e il comignolo larghissimo, che poteva quasi essere una piccola torre, facevano sembrare la casa ancora più pittoresca, il che confermò definitivamente che i Goodwin avevano uno stile di vita molto diverso rispetto a noi Seymour.

Ashton posò una mano sulla ringhiera delle scale della terrazza. «Quindi non mi libererò di te tanto facilmente, eh?»

«No» mi limitai a rispondere.

Anche se il mio piano era stato solo quello di comunicargli un messaggio e ripartire, ero troppo curiosa di fare la conoscenza dei Goodwin ora che mi trovavo davanti a casa loro. Per non parlare del fatto che ero al verde e non ero in grado di tornare a Springdale attraverso la piega dello spazio.

«Bene, allora». Sospirò. «Diremo ai miei genitori che sei venuta a trovarmi. Ma non una parola sul fatto che mi hai lanciato quella maledizione, okay? Finché non chiarisco le cose, puoi restare qui, dove sei al sicuro».

Non sapevo di che cosa essere più sorpresa. Del fatto che mi avesse creduto senza ulteriori obiezioni e mi avesse offerto la protezione della sua famiglia, invece di avventarsi come un avvoltoio sul fatto che la mia non aveva intenzione di aiutarmi; o parlasse di una maledizione, nonostante gli avessi salvato la vita. Optai per quest'ultimo fatto.

«Non è una maledizione» dissi.

Ashton mi guardò con un'espressione di pietra. «Forse per te. Siamo d'accordo ora?»

«Non una parola alla tua famiglia. Sono solo venuta a trovarti».

Annuì per suggellare il nostro patto, poi si voltò verso casa.

«Aspetta! Perché sono venuta a trovarti?» Occorreva una buona scusa per una visita non annunciata di un Seymour a un Goodwin.

«Be', perché ti sei innamorata di me» disse, come se fosse una cosa ovvia.

Avvampai in viso. «Io non sono innamorata di te!» sbottai mentre già saliva le scale. Gli andai dietro incespicando.

Non appena arrivai in cima, la porta della terrazza si aprì e un bambino di non più di sei o sette anni si precipitò fuori. Lo seguiva una nuvola di polvere bianca. Tentando di fare una curva a gomito, travolse una delle sedie della terrazza. Scivolò sul pavimento, si rimise in piedi e corse giù per le scale. Dritto tra me e Ashton.

«Fate largo!» urlò, saltando più gradini in una volta sola.

«Ti romperai l'osso del collo uno di questi giorni!» gli gridò dietro Ashton. Ma ormai il bambino era troppo lontano per sentirlo.

Lo seguii per un attimo con lo sguardo, mi voltai di nuovo e sussultai vedendolo di nuovo davanti a noi. Non era possibile che avesse fatto il giro della casa, l'avesse attraversata e fosse tornato alla terrazza così in fretta.

«Posso?» chiese, spingendosi di nuovo tra noi.

Lo schivai, persi l'appoggio e probabilmente sarei volata dritta oltre la balaustra e ruzzolata giù nella sabbia se Ashton non mi avesse afferrato per un braccio.

«L'ho già detto a tuo fratello» disse Ashton al piccoletto, scuotendo infastidito la testa.

Gemelli, dunque. Finora non avevo mai pensato ad Ashton come a un fratello maggiore. Non so quanto quel ruolo gli si addicesse. Per come l'avevo conosciuto fino a quel momento, non era una compagnia particolarmente piacevole.

«Grazie» dissi, guardando la sua mano che ancora mi stringeva.

Ashton si limitò a sbuffare con sprezzo. «Ti succede spesso, eh?»

«Ehm, ogni tanto» ammisi con imbarazzo. In grazia e leggiadria non avrei preso dieci, ma lui avrebbe potuto prendere esempio dal mio voto di buona condotta.

Il suo sguardo cadde sul mio braccialetto. «Un incantesimo di protezione?»

«Così non possono rintracciarmi».

Lo accettò senza commenti, mi lasciò andare e sollevò la sedia ribaltata.

Mi strofinai il braccio. «Ti rendi conto che mi ha fatto male?»

«Se avesse fatto male sul serio, lo saprei» disse, ricordandomi il legame tra le nostre anime.

«Chi abbiamo qui?» Una donna di mezza età si era affacciata alla porta della terrazza. Era tutta coperta di farina. Aveva i capelli ingrigiti tirati in uno chignon, portava un vestito a fiori sotto un grembiule e spesse calze di lana in un paio di zoccoli consumati. Il suo sguardo era amichevole e aperto, e il sorriso sembrava sincero. Mi ricordava molto Ashton, prima che morisse e che diventasse così scontroso.

«Stai di nuovo facendo il pane, mamma?» Le si avvicinò e le diede un bacio sulla guancia.

«Magari! I tuoi fratelli hanno giocato ai necromanti con la farina. Dio solo sa perché ho appeso il lavoro al chiodo per quei due monelli. Un giorno mi spediranno di nuovo nella tomba, e allora non basteranno dieci necromanti a tirarmi fuori. E adesso non tenermi più sulle spine. Chi ci hai portato?»

Ashton mi lanciò un'occhiata fugace. Per quanto tempo si era esercitato per far entrare così tanto disprezzo in uno sguardo così veloce?

«Questa è Emily... Seymour» mi presentò.

Gli occhi della donna si allargarono. «Oh».

«Piacere» dissi, impacciata.

«Il piacere è tutto mio». Si avvicinò a me e mi afferrò le mani. «Una Seymour in carne e ossa da noi a Salem. Non avrei mai pensato di vedere questo giorno! E così bella, per di più. Ashton, non mi avevi detto che i Seymour avevano una figlia così graziosa». Mi mise una mano sulla schiena e mi invitò a entrare con una leggera spinta. «Sarò sincera con te: noi Goodwin non abbiamo mai preso sul serio l'idea che le nostre famiglie siano acerrime nemiche. Senza voler pestare i piedi a nessuno, devo dire che la tua famiglia è nota tanto per i suoi gesti teatrali quanto per la necromanzia. Per questo ho pensato che fosse un'assurdità stipulare un accordo di pace solo per qualche controversia. Che cosa siamo? Due nazioni nemiche? Ma ora è chiaro che non è stata una cattiva idea. Altrimenti non avrei potuto accogliere come nostra ospite una creatura così bella come te. A proposito, io mi chiamo Issylt. Sono il capo della nostra venerabile famiglia. Cioè, di quello che ne rimane». Mi fece l'occhiolino.

Dentro, la casa di Ashton era esattamente come me l'ero immaginata da fuori. Entrammo in una piccola, pittoresca cucina. In ogni angolo erano accatastate pentole, padelle e teglie da forno. Dal soffitto pendevano erbe essiccate; sul muro, in diversi punti, c'erano disegni a pastello; la carta da parati era ingiallita e in parte scrostata, e le assi di legno consumate erano piene di graffi.

Seduto a un tavolo, su una panca d'angolo, un uomo leggeva un giornale. *Space & Time Chronicals* era il nome che ornava a caratteri svolazzanti la copertina. Ricordavo di aver visto una vecchia copia di quel giornale nello studio del nonno.

«Sembra che tu abbia fatto un viaggio estenuante» commentò Issylt. «Hai ancora un po' di nausea per via della piega? Da bambino Ashton vomitava sempre quando ne attraversava una».

«Mamma!» gemette Ashton, ma lei non si scompose.

«Sembrava un dolcissimo gargoyle, allora. Solo che, purtroppo, non era acqua quella che sputava».

«Okay, ora basta, mamma. Davvero» ringhiò Ashton.

Issylt lo ignorò e mi tirò vicino. «Il nostro caro Ash è un po' un brontolone, ma non farti impressionare. Ha un cuore buono».

Gli lanciai una rapida occhiata. Non riusciva a nascondere quanto fosse a disagio per i discorsi di sua madre. Si era fermato sulla soglia, aveva incrociato le braccia sul petto ed evitava il mio sguardo. Brontolone gli si addiceva molto, e lo preferivo di gran lunga al ragazzo che mi riservava solo rabbia e condiscendenza.

«Tu non credi, Flint?» chiese Issylt.

L'uomo al tavolo da pranzo passò alla pagina successiva del *Chronicals*. «Su questo sono d'accordo con te, tesoro» convenne. «Ti ricordi la storia del cavalluccio marino?»

«Oh no, non quella storia!» supplicò Ashton. Mi spinse attraverso l'angusta cucina verso le scale.

«Oh, Ash, non fare così! È una storia davvero incantevole» giurò Issylt.

«Mi piacerebbe sentirla» dissi.

Ashton sospirò e si strofinò le tempie. «Ero un bambino, okay? Non più grande di Melcom e Merlin». Indicò la porta della terrazza da cui erano fuggiti i suoi fratellini.

«E...?» dissi, guardando la signora Goodwin con un ampio sorriso.

«Ha trovato un cavalluccio marino sulla spiaggia, l'ha preso, l'ha messo nella mia bacinella buona con qualche litro d'acqua di mare, e poi è andato in città a comprare del mangime. Quando è tornato, si trascinava dietro un enorme sacco di mangime per cavalli».

Sorrisi. Era davvero una storia tenera, anche se non riuscivo a immaginare come un dolce bambino che salvava i cavallucci marini potesse trasformarsi in una persona così ostinata e testarda.

«Hai finito, ora, o hai qualche altro mio ricordo d'infanzia imbarazzante da riesumare?»

«Qualcuno me ne verrebbe in mente,» scherzò la mamma «ma lasciamo che la tua giovane amica dica la sua. Che cosa porta una Seymour nella nostra umile dimora?»

«Ehm, io...» balbettai, goffa.

«Si tratta di un caso di cui avevamo parlato, vero Emily?» Ashton mi guardò prontamente.

«Infatti, proprio così» concordai.

Un caso? Lavoravamo con la polizia? Non avevo idea di

che cosa si trattasse, ma sua madre sembrò soddisfatta della spiegazione.

«Ho la documentazione delle indagini di sopra». Fece un gesto verso le scale. «Vieni?»

Annuii, ma mi voltai di nuovo verso i suoi genitori mentre Ashton già saliva di corsa. «È stato un piacere conoscervi. Davvero» li rassicurai e poi mi diressi anch'io verso le scale.

«Piacere nostro!» mi gridò la signora Goodwin. «E... Flint, come vogliamo fare per le ragazze in visita? Porta aperta?»

«Quindi non ricevi visite da molte ragazze?» conclusi mentre raggiungevo Ashton.

Lui, però, non badò nemmeno alla presa in giro, ma mi afferrò per un braccio e mi allontanò dalla balaustra.

«Mamma, lascia stare!» gridò di sotto. Poi mi spinse in una stanza, sbatté la porta e una volta entrato vi si gettò contro, sospirando.

«I tuoi genitori sono molto simpatici» dissi con un sorriso.

Ashton taceva. Aveva abbassato la testa, tanto che i capelli neri come la pece gli pendevano davanti agli occhi. In qualche modo sembrava... triste. Non più imbarazzato come un secondo prima, non arrabbiato, ma semplicemente ferito. Era come se il calore della sua famiglia avesse sciolto la gelida freddezza che mi aveva mostrato finora. E, dietro quella freddezza, era emerso un dolore così tagliente da far quasi del male fisico.

Deglutii con forza. In qualsiasi altra situazione, mi sarei avvicinata a lui con gentilezza e gli avrei chiesto se andasse tutto bene. Ma ormai lo conoscevo a sufficienza per sapere che l'avrebbe solo fatto arrabbiare di nuovo. Qualunque cosa stesse succedendo dentro di lui, di certo non me ne avrebbe parlato.

Indecisa sul da farsi, mi guardai intorno. Eravamo in

una stanza piccola, arredata in modo semplice, con il tetto spiovente. Accanto a un letto sgangherato c'era un comodino su cui erano impilati alcuni libri. Per lo più si trattava di racconti polizieschi, libri sulla magia e sui rituali. Sulla parete opposta c'era una scrivania con uno scaffale traboccante di libri sgualciti, ingialliti e in parte a brandelli.

«Che cosa ti hanno fatto quei poveri libri perché li maltratti così?» domandai, anche per distrarlo un po'.

Ashton sembrava aver superato il breve momento di abbattimento. La tristezza affondò nel freddo vuoto del suo sguardo, si allontanò dalla porta, tirò fuori il libro dalla tasca dei pantaloni e lo gettò con noncuranza sul comodino.

«Sono soltanto libri» disse.

«*Soltanto* libri?»

«È il contenuto che importa, no?»

«Be'...» Di base aveva ragione, ma l'importanza del contenuto non si dimostrava trattando con cura l'esterno? Continuai a guardarmi intorno e il mio sguardo si posò su una mappa del mondo incorniciata. A prima vista mi sembrò che fosse stata strappata e ricomposta. Solo a un esame più attento mi resi conto che non si trattava di strappi, ma di linee sbiadite che attraversavano tutti gli Stati e i confini. Dove le linee si incontravano, si allargavano in zone in cui erano segnati strade, edifici e luoghi che non si potevano trovare sulle mappe normali. Ovunque c'erano numeri, date e termini a me estranei. «Sono pieghe dello spazio?» domandai.

«Sì, sì... ma è una mappa abbastanza imprecisa» disse, titubante. Non era tagliato per i convenevoli. «Siediti» mi intimò, burbero, indicando il suo letto.

Feci quanto richiesto, posai lo zaino accanto a me e

sprofondai letteralmente nell'odore di Ashton, che intrideva ancora le lenzuola come se si fosse appena alzato. Accidenti, com'era possibile che avesse un profumo così terribilmente buono?

Ashton si appoggiò alla scrivania e mi osservò. In silenzio, mi guardava senza far capire che cosa stesse pensando o provando. Probabilmente si stava chiedendo come gli fosse venuta quella stupida idea di portare la pazza stalker in camera sua.

Mi schiarii la gola. «Dunque, ora che cosa facciamo?»

Lo sguardo di Ashton si fece ancora più sprezzante, sempre che fosse possibile. «Non facciamo proprio niente. Non voglio farmi ammazzare perché ti sei fatta beccare. Quindi tu rimarrai qui, dove sarai al sicuro, e mi occuperò di tutto io». Si voltò verso la scrivania, aprì il cassetto e tirò fuori un paio di fascicoli simili a quelli di Cedric che avevo visto nella nostra sala rituali.

«Oh, grazie tante» risposi, irritata.

«Scusa, senza offesa» borbottò lui, assorto nelle carte che stava sfogliando.

Potevo solo supporre che quelle scuse fossero il massimo a cui fosse riuscito a costringersi. E probabilmente me le aveva concesse soltanto perché aveva la mente altrove e non faceva caso al fatto che il suo comportamento nei miei confronti era particolarmente scortese e accondiscendente.

«Ah! Ecco!» Prese un pennarello rosso e sottolineò qualcosa. Poi corse al guardaroba.

Mi alzai ed esaminai i fascicoli. Su diverse pagine c'erano appunti collegati con tante linee: nomi, date, latitudini e longitudini, e schizzi di persone e oggetti. Se era stato Ashton a disegnarli, era proprio bravo. Nemmeno Cedric era così bravo con la matita. Una parola era sottolineata in rosso: *rivelazione*.

Accanto c'era *fraterni* e poi un punto interrogativo. Tutto questo non mi diceva niente.

«Ecco cosa?» chiesi.

«Una pista, un indizio. Forse la risposta» spiegò Ashton, brusco. «Lo scoprirò. Ai miei genitori diremo...»

Aveva aperto l'armadio, spinto le grucce da una parte e dall'altra e infine aveva tirato fuori un impermeabile. «Diremo loro che sei stanca e vuoi riposare mentre io sbrigo una faccenda».

Prese una sciarpa dalla rastrelliera sopra l'appendiabiti, se la annodò e si infilò l'impermeabile con un unico movimento fluido. Così vestito e con quello scintillio avventuroso negli occhi, Ashton mi ricordava un po' una versione giovane di Sherlock Holmes.

«Tu resta qui» disse. «Leggi un libro. Se ti viene fame, la mamma ti evocherà sicuramente uno spuntino delizioso. Ma non una parola su tu sai cosa».

«Quindi dovrei aspettare che tu scopra chi sta cercando di ucciderci?»

«Esatto». Aveva già la mano sulla maniglia della porta.

«Ehm, no?!» obiettai. Era possibile che dietro a tutto questo ci fosse qualcuno della mia famiglia, forse anche uno dei suoi. Non potevo starmene con le mani in mano. La prossima volta che avrebbero tentato di ucciderci, avrei potuto non avere tanta fortuna quanta ne avevo avuta con l'Incubo.

«Verrò con te» decisi.

«No, non lo farai».

«Sì, invece! Non ho intenzione di restare qui a sperare che tu venga a capo della questione. E poi, sono brava a risolvere gli enigmi. Ti aiuterò a scoprire chi sta tentando di uccidere te, e anche me. In due è garantito che arriveremo più in fretta alle risposte».

Ashton sbuffò. «Senti, non ho tempo di fare il baby-sitter. Trascinarti con me mi rallenterebbe e basta».

Diceva sul serio? Avevo appena due anni meno di lui e non avevo bisogno di nessuno stupido baby-sitter! «Non sono così incompetente. Sono stata io a farti tornare in vita!»

«Perché non gridi più forte?» ringhiò.

«Tu mi porterai con te!» insistetti.

Lui brontolò e chiuse gli occhi per un attimo, probabilmente per far sbollire la rabbia che gli era implosa alle mie parole. «Come vuoi».

Con uno scatto, spalancò la porta e mi fece cenno di uscire in corridoio. «Dopo di te».

Ci sarebbe stato da divertirsi.

18

New York, New York

«Andate a New York?» chiese la signora Goodwin quando entrammo in cucina. Come le fosse venuto in mente, non ne avevo idea. Nessuno di noi due aveva ancora detto una parola. Anzi, ero quasi certa che Ashton avesse intenzione di rifilarmi il trattamento del silenzio per il resto della giornata.

Il padre di Ashton era ancora seduto a tavola, intento a sfogliare il *Chronicals*. I gemelli erano tornati e si muovevano sul pavimento a quattro zampe, spazzando la farina sotto la supervisione della mamma.

«Ci servono giusto un paio di cose» disse Ashton e la salutò con un bacio sulla guancia. Era difficile per me conciliare il fatto che con lei fosse così affettuoso e l'immagine che mi ero fatta di lui fino a quel momento.

«Va bene, ma riguardati. E vai a trovare Lyvin, già che ci sei».

«Ho intenzione di farlo» le assicurò.

«Posso venire con voi?» chiese uno dei bambini. Non avrei saputo dire se Melcom o Merlin. Erano come due gocce d'acqua.

«Sei ancora troppo piccolo» disse Ashton, arruffandogli amorevolmente i capelli. Un sorriso triste si affacciò sulle sue labbra, ma scomparve subito.

«Ma lei può venire!» si lamentò il piccolo, indicandomi.

Ashton mi lanciò un'occhiata velenosa. «Lei ha pur sempre qualche anno più di te, Merlin».

«Non è giusto!» Il bambino sbuffò e incrociò le braccia sul petto.

«Finché non avrai sistemato tutto qui, non andrai da nessuna parte» gli ricordò sua mamma.

Il signor Goodwin abbassò il giornale. «Ora ho capito chi è che mi ricordi» disse, rivolto a me. «Issylt, hai presente quel piccolo, adorabile jazz bar di Brooklyn? C'era una cantante. Minuta, con la pelle come il cioccolato e una voce come quella di una sirena. Semplicemente incantevole. Si esibiva ogni martedì e giovedì. Com'è che si chiamava? Ad ogni modo, Ashton, tua madre e io... sarà stato circa vent'anni fa. O saranno stati quindici? No, diciotto, più o meno... Ad ogni modo...»

«Papà» lo interruppe Ashton. «Raccontacelo un'altra volta, per favore».

«Volevo solo far notare che la tua amica assomiglia a quella ragazza di talento. Penso che sia per la corporatura. È altrettanto minuta. Sai anche cantare, Emily?»

«Io... no...» Non ne ero proprio capace, e poi la mia pelle non assomigliava al cioccolato, ma più che altro al pane imburrato. Inoltre, non ero minuta, ero piatta e un po' spigolosa.

La signora Goodwin rise. «Solo perché assomiglia a una cantante non significa che sappia cantare, Flint».

«Poteva essere» disse lui con un'alzata di spalle, e scomparve di nuovo dietro il *Chronicals*.

Ashton sospirò e indicò il corridoio verso la porta. «Da questa parte» disse, accompagnandomi fuori dall'ingresso principale.

«Quando papà inizia a parlare, non si ferma più» mormorò senza guardarmi.

Una brezza fresca soffiava dal mare, lui si alzò il bavero dell'impermeabile e si diresse a passi lunghi verso la piega dello spazio, senza degnarmi di uno sguardo. Era difficile non notare che si vergognava della sua famiglia.

Lo seguii. «Per citare un idiota con cui ho avuto a che fare di recente, non devi vergognarti dalla tua famiglia. Io trovo tutti divertenti».

Un sorriso involontario gli attraversò le labbra. Gli donava. Molto meglio di quell'espressione cupa che tornò subito dopo.

«Allora, come ci arriviamo a New York?» chiesi, dandomi un'ultima occhiata intorno. La città natale di Ashton era davvero speciale. Sembrava di trovarsi in un borgo medievale. Solo che qui, ne ero certa, nessuno finiva sul rogo per sospetta stregoneria.

«Attraverso la piega, naturalmente. O avevi intenzione di andarci a piedi?»

Ormai avevamo raggiunto la panchina, che fissai con titubanza. Naturalmente Ashton viaggiava usando le pieghe dello spazio. Solo che avrei voluto che la sua risposta fosse stata diversa.

«No, io... non ho mai viaggiato senza automobile sul bordo di una piega».

«Sull'orizzonte degli eventi» mi corresse.

Avevo il vago ricordo di aver già sentito da Cedric quell'espressione per indicare il bordo di una piega dello spazio. «Sì, è quello che intendevo».

«Sei mai stata a New York?» domandò.

«Non ancora» confessai. «Mia mamma mi ci voleva portare una volta, quando avevo dodici anni. Ma non se n'è fatto niente». Probabilmente non sarebbe stata una buona idea dirgli che non mi ero mai occupata molto di magia, necromanzia e del Mondo di Mezzo... non proprio le premesse ideali per accompagnare Ashton nella parte newyorkese del Mondo di Mezzo. Ma rimasi comunque dell'idea che fosse meglio accompagnarlo piuttosto che aspettare e sperare che risolvesse tutto da solo.

Ashton strinse lo sguardo. «Allora, sei stato in qualcun'altra delle parti più grandi del Mondo di Mezzo?»

«Oltre a questa?» chiesi.

Si lasciò sfuggire una risata beffarda. «Salem è minuscola».

Mi sentii trasportata indietro al pigiama party di Jessica Miller di due anni prima, quando, giocando a obbligo o verità, era venuto fuori che non avevo ancora baciato un ragazzo. La differenza tra allora e adesso era che non potevo prendere una piega dello spazio, pomiciarci dietro la palestra per recuperare quello che mi ero persa, e poi pentirmene per il resto dell'anno scolastico.

Infastidito, Ashton alzò gli occhi al cielo. «Dammi la mano» mi esortò.

Esitante, allungai la mano e appena lo feci, mi tirò verso di sé e mi strinse con entrambe le braccia. «Tieniti forte» mi disse, vicino all'orecchio. Il suo respiro mi solleticò i peli della nuca e un brivido mi attraversò il corpo.

Non ebbi il tempo di protestare per il fatto che mi tenesse stretta, perché si stava già buttando all'indietro nella piega dello spazio. La luce abbagliante mi colpì, ma per la prima volta non sentii salirmi la nausea.

Avevo davanti agli occhi l'immagine della mappa nella stanza di Ashton. Le pieghe disegnate, che si estendevano attraversando Stati e continenti, collegando le diverse parti del mondo. Chissà se Ashton le conosceva tutte. Se poteva viaggiare ovunque volesse in un sol balzo. In Cina, in Europa, dall'altra parte del mondo...

Cedric lo faceva. Io lo sapevo. Si spostava tanto, era spesso in giro a sbrigare incarichi per lavoro. Non gli avevo mai chiesto che cosa facesse di preciso, perché da tempo avevo rinunciato a far parte di quel mondo. Per una comune mortale, semplicemente non era un'attività prevista. Per una necromante, invece, sì. Ora mi stavo buttando a capofitto in una di quelle avventure che finora non avevo mai voluto conoscere. Ed era una sensazione dannatamente fantastica.

Atterrai in piedi e inciampai, ma Ashton mi tenne stretta per non farmi cadere.

«Tutto bene?» mi chiese, quasi con empatia. Forse dopotutto stava cominciando a scongelarsi e, sotto la superficie di antipatia e rimproveri, stava emergendo un ragazzo abbastanza accettabile.

«Non devi vomitare adesso, vero?» aggiunse, distruggendo di nuovo l'immagine di lui che, con fatica, stavo cercando di costruire.

«Come scusa?» Alzai di scatto la testa per guardarlo in faccia, ma mi bloccai quando vidi dove eravamo atterrati.

New York.

Non una New York qualsiasi, non ovunque o in qualsiasi momento. Eravamo nella parte newyorkese del Mondo di Mezzo, la stessa che compariva nelle fotografie di mia nonna. E non intendevo lo stesso posto, cinquant'anni dopo. Avevo infatti l'impressione che fossimo saltati in una delle fotografie atterrando proprio nel passato.

C'era una grande andirivieni, decine di persone ci passavano davanti: uomini in giacca e cravatta, con cappelli e bastoni da passeggio, donne in abiti fluenti. Per strada non c'erano automobili, bensì carrozze nere, chiuse, come quelle che si vedevano nei film ambientati a cavallo tra l'Ottocento e il Novecento. Era senza dubbio un luogo uscito da un'altra epoca. Avevamo viaggiato indietro di almeno cento, forse addirittura centocinquant'anni. Ma come accidenti era possibile?

«Vieni o no?» chiese Ashton. Era visibilmente infastidito dal mio cincischiare.

Avrei voluto rifilargli una risposta adeguata, ma ero troppo rapita da tutto ciò che vedevo. Il fatto che, per visitare quel luogo, avesse indossato l'impermeabile e la sciarpa non mi sorprendeva più. Si adattava alla perfezione al quadro che si apriva davanti ai miei occhi. Ci facemmo strada tra la folla, io continuai a guardarmi intorno affascinata. Non c'erano insegne al neon, luci lampeggianti, cartelloni pubblicitari o colonne per affissioni. L'illuminazione era costituita da lampioni neri elegantemente arcuati e, al centro del marciapiede, tante bancarelle erano disposte una accanto all'altra. Lì gli ambulanti offrivano tutto ciò che si poteva immaginare, dalle pozioni magiche agli hot dog. Il mio sguardo corse sulle facciate delle case, che davano l'impressione che quanti più edifici possibili fossero stati schiacciati in uno spazio tremendamente ristretto. Alcune case sembravano compresse, altre accatastate l'una sull'altra; a volte addirittura edifici grandi sopra altri molto più piccoli. Su molte facciate c'erano estensioni simili a balconi, trasformati in pittoresche casette. Era un guazzabuglio di innumerevoli case in uno spazio ridotto, eppure a predominare era l'atmosfera suggestiva della New York di inizio secolo. Lo si doveva principalmente alle mille decorazioni in stucco sulle porte, sulle finestre e sui timpani dei tetti, nonché alle tante colonne e alle statue in pietra sulle facciate.

Quando una di queste figure alate voltò la testa verso di me, mi spaventai a morte. Incespicai all'indietro, finendo addosso a un uomo che mi sibilò contro, sfoderando zanne lunghe quanto un dito. La pelle pallida e argentea non lasciò dubbi sul fatto che si trattasse di un vero vampiro.

«Guarda dove metti i piedi, mocciosa!» disse minaccioso.

«Mi dispiace!» mi scusai alzando le mani.

Ashton mi afferrò per un braccio e mi strattonò. «Siamo qui da appena due minuti e già cerchi rogne con un vampiro!» sbottò, senza degnarmi di uno sguardo.

«Devi proprio trascinarmi sempre?» ringhiai con irritazione, liberandomi dalla sua presa. «Finiranno tutti per pensare che mi tieni in ostaggio».

«Invece è il contrario» ribatté lui.

«Ahah». Alzai gli occhi al cielo così forte che non mi sarei meravigliata se mi fossero rimasti incastrati sotto la fronte. «Ti credi tanto spiritoso...» mormorai, mentre venivo distratta da un gruppo di ragazze che ci passavano accanto.

Ognuna di loro era di una bellezza mozzafiato, con una pelle come l'alabastro e capelli fluenti. I loro occhi parevano gemme incastonate e avevano un'andatura così molleggiata che non ero sicura che non stessero in realtà fluttuando Portavano abiti ampi, lunghi fino a terra, in delicati colori pastello. Un pizzo finemente intrecciato avvolgeva le mani delicate, nelle quali tenevano borse della spesa, cestini e ombrelli fatti dello stesso pizzo. Parlavano tra di loro, ridacchiavano e scherzavano. Le loro voci erano come un canto inebriante, tanto che non riuscii a concentrarmi su ciò che dicevano. Avrebbero potuto parlare di titoli finanziari, cacca di cane o dei pro e dei contro dei tosaerba a batteria, e io le avrei comunque ascoltate piena di fascino e ammirazione.

«Non si fissano le sirene» mi rimproverò Ashton. «Se non stai attenta, ti succederà la stessa cosa che è successa a questi scemi». Indicò un paio di persone che barcollavano dietro alle sirene come in trance. Quando le donne entrarono in un negozio e gli inseguitori rimasero indietro, ebbero un attimo di confusione, e poi si dispersero velocemente in tutte le direzioni.

In quel posto c'erano molti negozi. Oltre alle bancarelle per strada, vidi numerose vetrine piene di libri e utensili magici, ma anche di oggetti di uso quotidiano come vestiti e articoli per la casa. Niente di tutto ciò sembrava appartenere al XXI secolo.

Abbassai lo sguardo su di me. Con i miei jeans e la felpa con la scritta «Keep calm and eat pizza» mi sentivo del tutto fuori posto. Ashton avrebbe anche potuto avvertirmi. Ma, se fosse stato per lui, io non sarei nemmeno venuta.

Con un pesante sospiro, mi voltai verso la strada e mi resi conto che Ashton non si vedeva da nessuna parte. L'avevo perso, e proprio in un posto come questo. Forse non avrei dovuto lamentarmi del fatto che tendeva a trascinarmi tutto il tempo di qua e di là. Evidentemente, per non perdermi avevo bisogno di qualcuno che mi tenesse per mano come una bambina.

Ma quanto poteva essere andato lontano Ashton? Mi feci strada tra la folla, alzandomi di continuo sulle punte dei piedi per cercare di individuarlo, e ben presto non seppi più da dove fossi venuta né dove stessi andando.

«Cavolo» sibilai.

Una cosa del genere poteva succedere solo a me! Prima avevo fatto un gran baccano su quanto avesse bisogno del mio aiuto, e poi mi ero smarrita irrimediabilmente dopo neanche dieci minuti dall'arrivo a New York.

Feci un giro su me stessa e iniziai piano piano ad andare nel panico. Quando qualcuno mi afferrò per un braccio e mi tirò verso di sé, il cuore mi sobbalzò nel petto e per poco non urlai a squarciagola, finché non capii che era Ashton, e non un assassino omicida che puntava dritto a me.

«Tutto bene?» mi chiese. Aveva il fiato corto e mi squadrava da capo a piedi. Mi aspettavo che desse di matto e mi rimproverasse a morte, ma fece il contrario. Forse mi stava cercando e sembrava seriamente preoccupato.

Almeno questo fu il mio primo pensiero, poi mi ricordai di quello che aveva detto in camera sua. Non voleva crepare solo perché mi ero fatta beccare.

«So badare a me stessa» dissi, liberandomi dalla sua presa. «Non passerai a miglior vita solo perché mi fermo a guardare qualche vetrina».

«Non era per...» Si interruppe e scosse rassegnato la testa. «Ah, che importa. Resta vicino a me, okay? Non siamo venuti qui a fare shopping. In questa piega il tempo scorre più lentamente rispetto al Mondo di Fuori, e non abbiamo con noi un compensatore. Perciò, basta cincischiare. Quella che qui a te sembra un'ora, in realtà sono tre». Indicò un alto pilastro al centro di una biforcazione della strada. Su diversi quadranti vecchio stile c'erano lancette che si muovevano a velocità diverse. Da quella distanza facevo fatica a leggere i nomi dei luoghi incisi sotto. Riconobbi solo New York, Los Angeles e Bangkok.

«Quindi il tempo è davvero diverso qui?» chiesi.

«Guarda». Ashton continuò a camminare e io lo seguii a ruota. Non volevo perdermi un'altra volta.

«Ma com'è possibile?»

Mi lanciò un'occhiata sprezzante. «Me lo stai chiedendo sul serio?»

«Lascia stare» dissi.

Sospirò. «Quando si crea una piega, lo spazio si allunga e con esso il tempo. Immagina che il mondo sia costituito da una superficie di gomma. Questa gomma è il tessuto spaziotemporale. Quando crei con forza una piega in un punto della superficie, la gomma inevitabilmente si allunga. Capito? Più grande è la piega, maggiore sarà l'allungamento e più lento sarà lo scorrere del tempo. Non ho idea di come funzioni da voi Seymour, ma in qualsiasi parte del Mondo di Mezzo queste cose si imparano alle elementari».

«Okay, ha senso» risposi, perché ero sicura che non mi sarebbe piaciuto chiedergli di spiegarmelo di nuovo per riuscire a crederci davvero.

Sapevo che le pieghe in cui si trovava il Mondo di Mezzo derivavano da una curvatura spaziotemporale, ma non mi ero mai preoccupata di capire il significato effettivo di quella spiegazione. Nella mia famiglia, nessuno aveva ritenuto necessario illuminarmi a riguardo. A che pro? Raccontare a una comune mortale le cose davvero interessanti avrebbe solo complicato tutto. Fino a poco tempo prima, ufficialmente non facevo parte del mondo magico, e probabilmente nessuno aveva voluto incuriosirmi più di tanto.

«Ma dove stiamo andando?» domandai.

«Alla libreria antiquaria. Devo fare delle ricerche».

«Sulla rivelazione?» chiesi ancora.

«Devi sempre gridare in questo modo?» mi investì. «Secondo me quel gruppo di maghi là in fondo non ti ha ancora sentito».

«Non ho gridato» protestai.

«Allora è la tua voce. È alquanto penetrante e stridula». Continuò a farsi largo nella strada affollata, e io riuscivo a malapena a stargli dietro.

«E la tua voce è...» gli gridai.

«Digliene quattro, ragazza!» mi incitò una donna accanto a me.

Raggiunsi Ashton. «La tua voce...»

«Shh!» mi interruppe, mi posò un dito sulle labbra e si gettò occhiate frenetiche intorno.

Il mio cuore accelerò all'istante. Ci stavano seguendo? Forse avevo parlato a voce troppo alta? Chiunque intorno a noi avrebbe potuto essere un assassino, e all'improvviso ebbi la sensazione di essere trafitta da mille sguardi. Quell'uomo alto in giacca e cravatta, che sembrava un cadavere vivente, ci aveva preso di mira? O la venditrice al banco della verdura che mi guardava con occhio critico? O quel ragazzino che ci osservava, nascosto dietro la crinolina di una signora? All'improvviso, sembrava che tutta New York cospirasse contro di noi.

«No, tutto a posto» disse Ashton, togliendo il dito dalla mia bocca. Nei suoi occhi c'era un luccichio malizioso. «Avevo un ronzio insopportabile nelle orecchie, ma forse erano i tuoi strilli».

Lo fissai incredula. «Sarebbe una battuta?»

Fece un sorrisetto ironico e si voltò per proseguire. «Andiamo, la libreria antiquaria è da questa parte».

19

Per favore, qualcuno mi seppellirebbe in questa libreria antiquaria? Grazie!

La libreria antiquaria si trovava in una tranquilla via laterale. Sopra la porta era appeso un campanellino che emise un dolce tintinnio quando entrammo. L'interno era cupo e polveroso. Solo un filo di luce filtrava dalla vetrina quasi del tutto ingombra. I libri non erano disposti con ordine, bensì tutti accatastati da ogni verso. All'inizio, da fuori, mi era parsa come una carta da parati con tanti libri. Ogni centimetro libero era occupato dal maggior numero possibile di tomi.

Nell'aria aleggiava l'odore a me familiare d'inchiostro e carta, che mi ricordava mio nonno. Dal soffitto pendeva una lampadina nuda, fuligginosa e dall'aria assai antica. Inondava tutto di una luce fioca. Dietro le mille montagne di libri che dal pavimento arrivavano fino al soffitto, alto tre metri buoni, non si intravedeva nemmeno uno degli scaffali. Erano semplicemente scomparsi in mezzo alle montagne di libri. Ma ero sicura che degli scaffali dovessero esserci per forza, perché senza una struttura portante quelle pile si sarebbero rovesciate al primo tocco; o comunque, appena qualcuno avesse usato una delle scale appoggiate qua e là.

E poiché tutto era così vicino, il crollo di una torre avrebbe provocato una valanga che avrebbe seppellito me e Ashton. Potevo immaginare morti peggiori rispetto a finire schiacciati da mille tomi, ma in ogni caso non è che mi entusiasmasse più di tanto.

«Arrivo subito!» gorgheggiò una voce femminile da qualche parte al di là dei libri.

Alla nostra sinistra c'erano dei vecchi mattoni rilegati in pelle, ammucchiati in una pila non molto alta. Solo a un esame più attento mi resi conto che erano addossati tutt'attorno a un bancone. Alcuni vi erano addirittura appoggiati sopra, tanto che il legno scuro del piano si intravedeva solo in alcuni punti. L'indizio decisivo a conferma che si trattasse effettivamente di un bancone era l'antiquato registratore di cassa in mezzo ai libroni.

«È meglio se non tocchi niente» mi consigliò Ashton.

Io feci una smorfia e alzai le mani e le spalle con fare interrogativo. Per chi mi prendeva, per una completa imbranata? D'altronde, non era poi così lontano dal vero. Anche se, in realtà, era lui che amava sfogare la sua vena sadica su libri innocenti. Da me non avevano nulla da temere.

Una giovane donna emerse da dietro uno degli scaffali. Aveva i capelli color castano scuro raccolti in un morbido chignon e portava occhiali dalla montatura di corno che sembravano di tre taglie troppo grandi. Tuttavia, si adattavano alla perfezione al suo viso stretto, al naso all'insù e a tutte quelle lentiggini. Dietro le lenti, gli occhi verdi apparivano grandissimi e lucenti. Il vestito che indossava ricordava quello di una domestica del XIX secolo. Era blu scuro, di tessuto semplice, senza ornamenti, ma troppo corto di una ventina di centimetri, tanto che, sotto, gli stivali alti di pelle facevano capolino. Da una cintura alla vita penzolava un ciondolo dorato. Era una specie di orologio da taschino composto da tanti ingranaggi. Avevo visto orologi simili addosso ad altre persone a New York, e, non ultimo, sul comò della nonna. Mi chiesi se fosse uno di quei compensatori di cui aveva parlato Ashton. In ogni caso, quell'orologio aveva un che di magico. Mi sembrò di sentirlo ticchettare sempre più forte quanto più lo guardavo e notai che ogni tre secondi la lancetta si fermava. Alcuni ingranaggi iniziarono a muoversi, la lancetta tremò come se stesse combattendo contro una forza invisibile, alla fine perse la battaglia e scattò indietro di un secondo. Poi riprese a ticchettare normalmente.

«Non ci credo! Ash? Tu qui?» La donna era al settimo cielo e si precipitò verso Ashton. Nel farlo, urtò contro una scala.

«Mannaggia...» Cercò di afferrarla, ma non ci riuscì. La scala cadde dritta verso di noi, io mi abbassai e mi misi le braccia sopra la testa per ripararmi, ma Ashton la fermò con facilità.

Mentre io mi rialzavo, lui rimise a posto la scala... e per poco non la fece ribaltare di nuovo, perché la giovane donna gli si gettò al collo con un tale impeto che lui ebbe difficoltà a mantenere l'equilibrio.

«Ho avuto una visione terribile, Ash!» Lo allontanò da sé e lo guardò come per controllare che fosse davvero tutto intero davanti a lei. Gli tastò senza ritegno la faccia, gli diede un pizzicotto sulla guancia e gli tirò i capelli.

Ashton sembrava infastidito e frustrato come prima, con i suoi genitori. «Basta!» brontolò con un'espressione impietrita.

Ma lei non si lasciò scoraggiare. «Eri in un cimitero e prendevi fuoco!»

Mi venne caldo e freddo allo stesso tempo. Che quella donna fosse una chiaroveggente?

«Ma stai bene, vero?» mi chiese. «Sembri un po› pallido. Stai mangiando abbastanza?»

«Ti comporti come la mamma» si lamentò.

Lei si piantò i pugni sui fianchi. «Preoccuparsi è lecito! Soprattutto per te. Non fai altro che buttarti da un disastro all'altro».

Ashton non si soffermò su quella frase. Puntò invece il mento verso di me. «Lyvin, questa è Emily. Una mia... conoscente. Emily, questa è Lyvin. Mia sorella».

Sua sorella, dunque. Guardandola bene, la somiglianza di famiglia era difficile da negare. Lyvin e Ashton avevano quasi lo stesso colore degli occhi e lineamenti simili.

«Piacere di conoscerti» dissi, tendendo la mano a Lyvin. «Emily Seymour».

Lyvin apparve sorpresa. «Seymour?» Mi prese la mano. «La sorella minore di Cedric?»

«Lo conosci?»

Lei scoppiò a ridere. «Non si fa mai vedere da queste parti, per via della faida familiare e tutto il resto. Ma certo, tutti conoscono Cedric Seymour! È praticamente una leggenda vivente».

«Non esageriamo» brontolò Ashton.

Lyvin sorrise e lo stuzzicò con un colpetto sulla spalla. «Non badare al mio fratellino. Ash è soltanto geloso».

«Geloso?» chiesi ancora.

«Sono tutte sciocchezze» ribatté lui. «Lyvin vuole solo prendermi in giro».

«Se lo dici tu...» sogghignò la sorella. «Ora, dimmi. Che cosa ti porta nel mio umile paradiso dei libri?»

«Una ricerca» rispose lui, laconico. «Io ed Emily siamo

impegnati in una questione. Abbiamo bisogno di informazioni su una rivelazione. Possibilmente legata a sorelle, fratelli o a una persona fraterna. Qualcosa del genere. Forse una maledizione o una profezia. Non lo so esattamente».

Lyvin sollevò un sopracciglio. «Rivelazione? Non avete altro? Potrebbe significare tutto e niente»

«Me ne rendo conto, ma chi se non tu potrebbe capire di che cosa si tratta? Sono sicuro che da qualche parte in questo caos si riuscirà a trovare qualcosa».

«Caos?» Lyvin appariva costernata. «Nella mia libreria antiquaria vige un ordine rigoroso. Ogni libro, ogni pergamena, ogni singolo appunto che è giunto fin qui è stato analizzato, categorizzato e organizzato meticolosamente da me. Venite!» Girò i tacchi e avanzò a grandi passi.

La seguimmo tra le montagne di libri. Alcune erano minacciosamente alte e inclinate, come se potessero crollare da un momento all'altro. Alcuni libri erano appoggiati in verticale, altri erano stati riposti con il taglio rivolto in avanti. Con tutta la buona volontà, non riuscivo a immaginare che là dentro si seguisse un qualche sistema comprensibile. Se almeno i titoli fossero stati ordinati in ordine alfabetico o per argomento. Ma non era nemmeno quello il caso. Vidi libri di cucina accanto a classici, manuali di erboristeria sotto una pila di libri per bambini, inquietanti antologie di necromanzia di fianco a poesie floreali.

Era senz'altro impressionante, ma che ci fosse un ordine logico? Se mi fosse stato affidato il compito di trovare un libro in particolare, probabilmente sarebbe diventato il lavoro di una vita... anche se non mi sarebbe dispiaciuto passare il resto della mia esistenza in questa libreria antiquaria. Qui c'erano senz'altro tesori incredibili da scoprire. Lyvin aveva proprio un lavoro da sogno. Chissà se stava cercando degli assistenti. Mi sarei offerta volontaria all'istante.

Dietro una specie di arco di libri si trovava un tavolo su cui erano state dispiegate diverse pergamene, con alcune tazze da tè usate come fermacarte. Lyvin raccolse in fretta le tazze, ne fece cadere una dal tavolo e cercò di afferrarla con il piede, cosa che chiaramente non le riuscì. Calciò invece la tazza lontano e Ashton dovette tuffarsi per afferrarla appena prima che finisse a terra.

Lyvin tirò un sospiro di sollievo. «Che fortuna. Quella è la mia terza tazza da tè preferita».

«E le lavi mai?» chiese.

«Certo che no. Una buona tazza ha bisogno di una patina decente per esaltare il gusto del tè appena fatto».

«In altre parole, sei troppo pigra per lavarle» insinuò.

«Giammai!» obiettò Lyvin, strappandogli la terza tazza preferita e posandola sul carrello del tè insieme alle altre. «Che cosa posso offrirvi? Tè verde, tisane? Pasticcini?»

«No, grazie, noi...» cominciò Ashton, ma fu interrotto dal brontolio sorprendentemente forte del mio stomaco. Lui e Lyvin mi guardarono come se avessi appena tirato fuori un orso bruno dalla tasca del giubbotto.

«Serviti pure» mi esortò, indicando un invitante piatto di dolci. Mi venne l'acquolina in bocca. «E tu, siediti. Ti porto tutto quello che ho».

Ashton sprofondò sulla sedia, mentre Lyvin già si stava dirigendo con passo risoluto verso uno degli scaffali.

«Rivelazione, rivelare, incantesimi di occultamento» mormorò, salendo su una scala che traballò minacciosamente.

Tirò fuori un libro da una pila che quasi rischiò di far crollare.

«Tua sorella mi piace» dissi. «È un po' caotica, ma credo che padroneggi bene il caos».

«Per forza, altrimenti sarebbe irrimediabilmente persa, alla deriva».

Lyvin saltò giù dalla scala, estrasse un paio di pergamene da una fessura tra i libri, poi si precipitò allo scaffale nascosto successivo. «Rivelazione, Apocalisse, visioni del futuro» mormorò, posando quanto aveva già raccolto e strisciò fino al sedere dentro una montagna di libri.

Mi voltai verso il piatto di pasticcini, mi infilai subito in bocca due biscotti alla vaniglia ripieni di marmellata e mi innamorai subito del cronut che apparve sotto.

«Me ne lasci qualcuno o hai intenzione di divorare tutti i biscotti e pure il vassoio?» chiese Ashton.

«Può effere» bofonchiai a bocca piena.

Raccolsi su un piattino alcuni biscotti meno invitanti e mi voltai verso Ashton.

Seduto così a tavola, con un sorriso lieve, appena percettibile, sulle labbra (non più gelido e sprezzante come un attimo prima), era quasi tornato l'Ashton che avevo incontrato in cucina qualche giorno prima. Non ero sicura di quale fosse il vero lui. L'idiota meschino o il ragazzo amichevole che vedevo seduto lì.

Gli misi il piatto davanti al naso.

«Grazie» disse con voce bassa, rauca. Il suo sguardo assorto vagò sui biscottini e il sorriso che aveva sulle labbra si spense, come se fosse finito lì per caso.

Sembrava di nuovo triste come in quel breve momento in camera sua. Di sicuro non si era accorto che lo avevo notato e un nodo di compassione mi si stringeva alla bocca dello stomaco. Non sapevo nemmeno che cosa lo facesse sembrare così perso e ferito. Ma di certo sarei stata l'ultima persona al mondo con cui avrebbe condiviso i suoi pensieri.

Eppure ero sopraffatta dall'impulso di tirarlo su di morale. Anche vederlo così era quasi insopportabile. Sembrava un cucciolo afflitto, il che non mi rendeva facile avercela con lui. E dire che ne avevo tutte le ragioni.

Presi il cronut e lo posai sui noiosi biscotti d'avena che avevo selezionato per lui. E, in effetti, il sorriso lieve tornò sulle sue labbra. Un peso enorme mi si tolse dal cuore. Nello stesso momento, mi arrabbiai con me stessa. Per tutto questo tempo mi aveva trattata come una zecca fastidiosa, e poi, non gli angoli della bocca gli si erano abbassati, eccomi a sacrificare il mio cronut per lui. A ben vedere, non se l'era affatto meritato.

Lyvin tornò e quasi mi venne addosso. Stava portando così tanti libri, fogli volanti e pergamene che non riusciva a vedere niente.

Ashton allontanò il piatto di biscottini appena in tempo, prima che rischiassero di finire sepolti sotto il bottino di Lyvin.

«Questo è il primo carico» sbuffò. «Ci sono incantesimi, rituali, antiche leggende. Tutto ciò che si ricollega anche solo lontanamente a una rivelazione. Sarebbe più facile se si potesse restringere il campo. Non hai proprio nient'altro da darmi? Il nome di un fratello o qualcosa del genere?»

Ashton mi lanciò un'occhiata fugace. «No, niente».

Era palese che ci fosse qualcosa che io non dovevo sapere. Ma perché? In fondo eravamo sulla stessa barca. Non doveva avere segreti con me. D'altra parte, però, anch'io gli stavo nascondendo i sospetti che nutrivo nei confronti della mia famiglia.

«Ma non sgualcire il dorso dei libri e non fare le orecchie alle pagine» lo ammonì Lyvin con un indice alzato. «So bene come tratti i tuoi libri».

«Farò attenzione» promise lui, prese la prima copia dalla pila e la aprì.

«Allora io prendo questa metà» dissi, cercando di tirare verso di me alcuni dei libri. Ashton mi fermò sbattendo con il palmo sulla pila. Lo spavento mi fece trasalire.

«Non serve» disse, gelido. «Non sai che cosa cercare».

«Allora che cosa sono venuta a fare?» Dopotutto, anche la mia vita era in gioco, e io l'avevo accompagnato perché in due avremmo risolto il mistero più in fretta. Non per passargli i biscottini.

«Me lo chiedo anch'io» disse lui, già immerso nel libro su cui aveva deciso di concentrarsi.

«Mi sono persa qualcosa?» domandò Lyvin. «Quand'è che, di grazia, il mio fratellino si è trasformato in una carogna?»

Ashton alzò meravigliato lo sguardo e io incrociai le braccia sul petto: «Non lo so, ma con me si comporta sempre così». Era bello avere qualcuno dalla mia parte, per una volta.

«Fa solo faccio più in fretta, okay?» si difese. Anche Lyvin si mise a braccia conserte e scoccò ad Ashton un'occhiata di rimprovero. Era palese che si sentisse messo alle strette. «Non volevo... E poi, lei...» Bofonchiando un'imprecazione inarticolata, si arruffò i capelli: «Lasciate stare!» Tornò a concentrarsi sul libro, facendo molta attenzione a ignorarci.

Lyvin si girò verso di me. «Sai che c'è? Se non vuole essere aiutato, che si arrangi da solo. Io e te possiamo trovarci anche qualcos'altro da fare. Che ne diresti di un giretto turistico?»

Che proposta fantastica! Con Ashton ero sfrecciata per

le vie senza riuscire a vedere quasi nulla. Ma era una buona idea andarcene in giro da sole, finché non avessimo scoperto chi aveva preso di mira Ashton e di conseguenza anche me? Incerta, lo guardai.

Se avesse avuto qualcosa in contrario, questa sarebbe stata l'occasione per obiettare. Ma lasciò vagare lo sguardo sulla pagina del libro e girò la pagina.

«Volentieri» dissi, accettando il suggerimento di Lyvin.

«Allora è deciso» rispose, prendendomi a braccetto. «Da che cosa vorresti iniziare? Dal Vicolo delle Fate o dal centro commerciale? Ashton, fai un urlo se hai bisogno di aiuto».

«Me la caverò» disse lui. «Basta che voi due teniate un profilo basso».

«Non ne abbiamo intenzione». Lyvin mi fece l'occhiolino, e io sorrisi.

20

Non si mordono i vampiri

Dopo essere uscite dalla libreria antiquaria, gettai ancora una volta un'occhiata incerta verso la porta d'ingresso. Non mi sembrava giusto separarmi da Ashton. D'altra parte, non mi sembrava giusto nemmeno stare con lui, perché, tra tutti, mi ero legata al più grande idiota che avessi mai incontrato.

«Non preoccuparti per lui» mi consigliò Lyvin. «È sempre stato un po' brusco e diretto, ma non porta rancore. Il caso di cui si sta occupando dev'essere davvero complicato. Probabilmente è per questo che ha dimenticato le buone maniere. Devi sapere che Ashton per natura ha sempre voluto portare tutti i problemi del mondo sulle sue spalle. E quando poi non riesce a risolverli, monta su tutte le furie».

«Secondo te di che genere di caso si tratta?» chiesi.

Se quello che Ashton intendeva per caso era paragonabile agli incarichi che svolgevamo noi Seymour, non vedevo come potesse metterlo così in pericolo.

«Be', un caso» disse Lyvin. «Probabilmente un caso di omicidio».

Imboccammo di nuovo la strada da io e Ashton cui eravamo venuti, svoltando nell'ampia via con tanti negozi e passeggiando tra le bancarelle.

«Sinceramente non ho idea di che cosa faccia Ashton» confessai. «Risolve omicidi, dunque?»

Lyvin sembrava confusa. «Non ne hai idea? Ma tu sei la sorella minore di Cedric Seymour. *Quel* Cedric».

«La necromanzia non è mai stata il mio forte» ammisi. «Un po' ne capisco, ma non consiste soprattutto nel parlare con i morti? Insomma, per chiedere loro dove hanno messo le chiavi della macchina prima di morire e cose del genere? Cedric risolve anche omicidi?»

«Certo che sì!»

«Non me ne ha mai parlato. Quando serve che io dia una mano, di solito è per scacciare i fantasmi».

Lyvin rise. «Chi l'avrebbe mai detto! Una Seymour in carne e ossa che non sa nulla degli affari di famiglia. Ti spiego io: nel Mondo di Mezzo, un necromante è una specie di detective, e tuo fratello è uno dei migliori. Ad Ashton piace negarlo, ma Cedric è il suo grande modello. E questo nonostante il fatto che noi siamo Goodwin e Cedric un Seymour».

Quindi è questo che faceva Cedric quando spariva per giorni interi? Risolveva omicidi? Non avrei mai immaginato i necromanti nei panni di detective, ma aveva molto senso. Dopotutto, potevamo parlare con i morti. Chi meglio di noi poteva scoprire la verità sul loro trapasso?

«Quindi è così» dissi. «In effetti, non sembra così male».

«E come mai tu non lo sai?» chiese Lyvin. «Voglio dire, tu e Ash state lavorando a questa cosa insieme, vero?»

«A dire il vero...» Non sapevo come spiegarlo a Lyvin senza rivelare di aver riportato Ashton in vita.

«Top secret?» chiese lei.

«Qualcosa del genere».

«Il fatto che dobbiate lavorare insieme ha qualcosa a che fare con l'accordo tra le nostre famiglie? Comunque, questo spiegherebbe perché è così incazzato. Ashton di solito lavora da solo e lo fa molto bene. Quando usciva con papà, litigavano sempre. Ashton è e sarà sempre un solitario».

«Così pare...»

Passammo davanti a un banco pieno di bambole stravaganti. Sopra, su un cartello, c'era scritto *Cursed Dolls & Doll Curses*. Vidi bambole voodoo, marionette e pupazzi inquietanti che avrebbero rivaleggiato con Chucky, la bambola assassina. Preferii non dare un'occhiata più da vicino. Bambole che si muovevano e parlavano... mi venivano i brividi solo a pensarci.

Nella bancarella accanto si vendevano piante che si contorcevano e si stiravano nei vasi come se qualcuno avesse infilato dei polipi a testa in giù nel terriccio. In particolare, mi aveva colpita una bancarella che vendeva dolciumi di ogni sorta. Alla vista delle caramelle e dei cioccolatini colorati, mi venne l'acquolina in bocca. Ma, poiché non ero sicura che da *Bitter and Sweet* (questo era il nome della bancarella) si vendessero normalissimi dolci, preferii lasciar perdere.

«Da questa parte si raggiunge il Vicolo delle Fate» disse Lyvin, indicando un passaggio tra gli edifici. Attraversammo la strada e, mentre davo un'occhiata tra la folla, una fata mi passò accanto. Incuriosita, la seguii con lo sguardo.

Me le ero immaginate più piccole, le fate. Grandi quanto il mio pollice. E... insomma... nude. O al massimo vestite di foglie, come la fedele compare di Peter Pan. Questa era grande quanto il mio avambraccio. Indossava un vestito che poteva essere stato tessuto solo con polvere dorata luccicante e aveva scintillanti ali di libellula.

Imboccammo il Vicolo delle Fate, dove edifici grandi come case delle bambole svettavano su tre livelli da entrambi i lati. Ammirai i graziosi giardini in miniatura, le scale a chiocciola che si snodavano tra gli edifici e i tanti piccoli dettagli, dalle decorazioni sulle persiane ai numeri civici a ghirigori, fino alle cassette delle lettere dipinte a colori vivaci. C'erano sia appartamenti che negozi all'altezza degli occhi, progettati per dare ai clienti delle mie dimensioni una buona visuale sulla merce. Per lo più si trattava di graziose fiale contenenti varie tinture magiche e di gioielli d'ogni genere. I banconi si potevano raggiungere senza fatica allungando un braccio e si riusciva anche a infilare la testa nei negozi. Erano arredati con una tale amorevole cura, con carta da parati floreale dipinta a mano, minuscoli mobili e un'infinità di decorazioni scintillanti, che probabilmente avrei potuto passare ore ad ammirare ogni piccolo dettaglio.

Ovunque c'erano fate che svolazzavano, se ne stavano sedute sul balcone, bevevano il tè, chiacchieravano o servivano i clienti nei propri negozi. Non si poteva fare a meno di notare che amavano tutto ciò che era scintillante, colorato e luminoso. Sia i maschi che le femmine indossavano abiti sfavillanti, o come minimo gioielli e fermagli per capelli d'argento o d'oro con splendide pietre preziose incastonate.

Stavo per prendere una fiala, ma Lyvin mi fermò. «So che è allettante, ma le pozioni delle fate sono come i loro gioielli. Tutto sembra bello e luccica, ma a conti fatti non ha alcun valore».

Proseguimmo a camminare e arrivammo in una strada tortuosa dove non c'erano bancarelle sui marciapiedi.

Solo incantevoli negozietti che vendevano tessuti, capi d'abbigliamento e cappelli.

Il mio sguardo si posò su una vetrina in cui erano esposti degli abiti. L'insegna in legno sopra il negozio recitava *Sartoria da Mary*. Uno degli abiti mi affascinò particolarmente. Era in diverse tonalità di rosso, dal taglio semplice ed elegante. La stoffa scorreva sui fianchi del manichino, le spalle erano scoperte, le maniche decorate con volant. Era meraviglioso e, con i guanti di seta, il cappello abbinato e l'ombrello di pizzo, sembrava il perfetto abito da picnic di una nobildonna del XIX secolo.

Di norma, non mi ero mai occupata granché di moda. A me bastavano comodità e funzionalità. Ma quel vestito? Wow, era semplicemente mozzafiato! Avrei voluto precipitarmi nel negozio per provarlo. Tuttavia, nelle tasche dei miei pantaloni si spalancava il vuoto più assoluto. A meno che la lanugine a New York fosse una valuta ricercata, avrei dovuto accontentarmi di guardare l'abito attraverso la vetrina.

«Lo vuoi provare?» mi domandò Lyvin.

«Non ho un soldo con me».

«Nessuno deve saperlo» disse lei, trascinandomi nel negozio con un sorriso contagioso.

Dopo tutto quello che era andato storto negli ultimi giorni, non vedevo l'ora di lasciare tutte quelle cose fuori dalla porta del negozio di sartoria ed essere semplicemente una ragazza che si provava bei vestiti insieme a una nuova amica.

L'interno del negozio profumava di fiori, e non c'era da meravigliarsi, perché in ogni angolo vuoto, tra rotoli di tessuto accatastati, nastri colorati e pizzi, c'erano cesti pieni di fiori recisi. Sul bancone, accanto a un vecchio e massiccio registratore di cassa, si trovava un campanello da tavolo, che Lyvin schiacciò. Mi guardai intorno e ammirai i numerosi abiti indossati dai manichini esposti in tutto il negozio. Sui cartellini dei prezzi riuscii a leggere, oltre a cifre terribili, anche nomi di luoghi. Su molti c'era scritto New York, ma su alcuni anche Londra, Berlino, Stoccolma, Dublino e, su un kimono, Tokyo.

«Un momento!» gridò una donna dal retrobottega. Poco dopo spuntò una signora alta, anziana, con una camicetta a ruches e una gonna nera. Teneva tra le braccia alcuni rotoli di stoffa, che scaricò sul bancone.

«Che cosa posso fare per voi, signore?» domandò, aggiustandosi gli occhiali dalla montatura sottile.

«La mia amica vorrebbe provare quel vestito lì» disse Lyvin, indicando la vetrina del negozio.

La donna mi guardò al di sopra delle lenti e ciò che vide non sembrò soddisfarla. «Quel vestito non fa per te. Sentitevi libere di dare un'occhiata in giro, magari troverete qualcosa di più adatto. Anche se... ma non credo». Girò i tacchi e scomparve nel retrobottega.

«Questo sì che si chiama cortesia verso il cliente» commentò Lyvin.

Mi guardai la scritta sulla maglietta. «Forse non va matta per la pizza» ipotizzai.

«Pace». Lyvin scrollò le spalle. «Possiamo comunque dare un'occhiata in giro».

E così facemmo.

Credevo che non potesse esistere un vestito più bello di quello in vetrina. Ma l'intero negozio era pieno di tessuti, abiti e accessori coordinati meravigliosi. Lyvin e io non ci stancavamo mai. Correvamo da un abito all'altro, rovistavamo tra i vestiti appesi alle relle e ci mostravamo a vicenda sciarpe di seta, cappelli e guanti di pizzo.

«Questo lo devi provare!» disse Lyvin, e mi mise in testa un cappello con una tesa enorme. Era così ingombrante che riuscivo a malapena a sbirciare da sotto.

«Chi indosserebbe di spontanea volontà un cappello del genere?» chiesi ridendo e me lo tolsi. Avrei potuto immaginare zia Sophia che lo portava. In generale, cominciavo a capire perché la mia famiglia avesse uno stile di abbigliamento così singolare. A New York probabilmente non avrebbero dato per niente nell'occhio.

Mi divertivo un mondo a curiosare, ma non riuscivo a togliermi dalla testa il vestito in vetrina. I miei occhi continuavano a vagare in quella direzione, e a Lyvin non sfuggì. Stava guardando la porta sul retrobottega, che era socchiusa quanto bastava perché la negoziante potesse sentirci, ma non vederci.

«Sai che c'è? Rischiamo» decise.

«Non possiamo farlo» sussurrai, ma Lyvin si stava già dirigendo verso la vetrina.

«Certo che possiamo! Che mai farà, se ci sorprende? Al massimo può buttarci fuori dal negozio».

Aveva ragione, ma il cuore batteva continuava a battermi forte in gola mentre insieme prendevamo il vestito dal manichino.

«Ora via, in camerino!» disse Lyvin, spingendo qualche altro manichino per nascondere alla vista la signora svestita in vetrina.

Sparii nel camerino, tirai la tenda e mi tolsi la felpa. Mi infilai la sottoveste di lino naturale direttamente sopra la maglietta e sistemai la gonna. Entrare nell'abito, tuttavia, non fu così facile.

Non trovai nessuna cerniera per slacciarlo, provai a infilarmelo dalla testa e rimasi bloccata in mezzo.

«Lyvin, sono incastrata!» sussurrai.

La sentii aprire la tenda e ridacchiare.

«Sembri un involtino!»

Tirò il vestito qua e là, io mi contorsi nella stoffa e alla fine mi scivolò oltre le spalle.

Quando riuscii a vedere di nuovo qualcosa, sgranai gli occhi per lo spavento, perché in piedi davanti a me non c'era solo Lyvin, ma anche, alle sue spalle, la negoziante. Teneva le braccia conserte e mi guardava con occhi stretti.

Lyvin si accorse del mio spavento e si voltò di scatto. «Ci dispiace!» si precipitò a dire.

«Lo spero bene. Avete dimenticato di aprire i gancetti. Non c'è da stupirsi che la tua amica sia rimasta incastrata. Fammi dare un'occhiata». Aggiustò l'abito e mi fece girare verso lo specchio. «Non veste alla perfezione. Come ho detto, non è l'abito giusto per te. Troppo poco seno, fianchi troppo stretti».

Strinse l'allacciatura sulla schiena finché il vestito non si adattò alla mia vita. Alla negoziante poteva anche sembrare che non calzasse bene, ma per me non era affatto così. Aderì al mio corpo e mi fece subito sembrare più adulta. Quasi non mi riconoscevo più.

«Molto elegante» mi disse la negoziante sopra la spalla. Mi sciolse i capelli, li fece girare abilmente tra le dita e li fermò con una forcina che aveva preso dalla sua acconciatura. «Così è ancora meglio».

«Stai benissimo» commentò Lyvin.

Dovevo ammettere che anche a me piaceva quello che vedevo. Avrei creduto che il vestito, indossato da me, avrebbe perso la sua eleganza. Ma non era così. Aveva ancora un aspetto distinto e aggraziato, e in qualche modo questo sembrava trasmettersi a me. Tuttavia, iniziò a pervadermi una sensazione di disagio. Mi sembrava di non riuscire a respirare bene.

«Forse ora è un po' stretto» dissi, mettendomi una mano sul petto.

«È giusto così» disse la commessa. «Anzi, si potrebbe anche tirare un po' di più». Con uno strattone, mi strinse ulteriormente il corpetto intorno alle costole.

Mi mancò il respiro, feci per prendere una boccata d'aria, ma non ci riuscii. Per quanto bello fosse quel vestito, in quel momento avrei voluto strapparmelo dal corpo.

«C'è qualcosa che non va» disse Lyvin preoccupata. «Emily, sei allergica a qualcosa? Il collo ti sta diventando tutto rosso».

Mi guardai allo specchio e in effetti intorno alla gola era spuntata una sfumatura rossa. Iniziai a vedere tutto nero e dovetti tenermi con una mano al muro per evitare di sbattere la testa contro lo specchio.

Subito mi balenò il pensiero che il vestito potesse essere avvelenato. Ma come poteva l'assassino, che aveva preso di mira me e Ashton, sapere che sarei andata in quel negozio e avrei indossato proprio quel vestito? Poi mi resi conto del reale significato del rossore. Non era uno sfogo, non era una reazione allergica. Erano impronte di mani. Come se un aggressore invisibile mi stesse soffocando.

«Ashton!» esclamai quasi senza voce. Era in pericolo, qualcuno lo stava attaccando e io lo percepivo. «Dobbiamo andare da lui, subito!»

«Cosa?» chiese Lyvin, confusa.

«Presto!» Afferrai l'orlo della gonna, superai la commessa,

ansimando, e corsi verso la porta del negozio. Lyvin mi seguì.

«Fermatevi immediatamente!» ci gridò la commessa.

«Riporterò il vestito!» promisi e spalancai la porta.

«È un'emergenza» si scusò Lyvin.

«Non osate...» urlò isterica la donna, ma io stavo già attraversando di corsa la strada.

Quando arrivammo davanti alla libreria antiquaria, avevo il respiro affannoso. Anche Lyvin era completamente senza fiato. Stava per dire qualcosa quando dall'interno si sentì un forte boato e un tonfo, come se fosse caduto uno scaffale.

«Ma che...» Varcò incespicando la porta.

Mi affrettai a seguirla e mi bloccai quando vidi la devastazione. L'intero negozio era stato messo a soqquadro. I libri volavano ovunque, gli scaffali pendevano sugli stretti corridoi e il loro contenuto era sparso sul pavimento, rendendo quasi impossibile il passaggio.

Lyvin si mise le mani sulla bocca.

Ci fu un altro forte schianto, seguito da un guaito soffocato e da quello che parve un sibilo.

«Da questa parte» disse Lyvin, scavalcando uno scaffale rovesciato.

Mi faceva male il cuore ad arrampicarmi sui libri, alcuni dei quali giacevano davanti a me aperti, con le pagine non protette e i dorsi piegati. Mi scivolavano sotto i piedi e udii più volte la carta strapparsi.

Il tavolo su cui Ashton stava lavorando era stato ribaltato. Anche il carrello da tè. Individuai subito due intrusi. Uomini alti, dagli abiti scuri, con la pelle pallida e argentea e gli occhi rossastri e sfavillanti. Vampiri! Uno di loro aveva afferrato Ashton per il colletto e lo aveva scaraventato contro il muro dall'altra parte della stanza. Il dolore mi attraversò la schiena mentre lui cadeva a terra.

Ashton si accasciò sul pavimento. Aveva il respiro pesante e faticava a rimettersi in piedi. Riuscivo a vedergli sul collo i segni dello strangolamento, che probabilmente su di me erano già svaniti da tempo.

Lyvin afferrò un rotolo di cartone e si avventò alla cieca contro uno dei vampiri. «Razza di farabutti, mi avete distrutto il negozio!» ruggì, sferrando un attacco selvaggio. Il vampiro alzò il braccio per difendersi, ma probabilmente solo per istinto, perché il rotolo di cartone non poteva davvero nuocergli. Se ne rese subito conto e lo strappò via a Lyvin, che inciampò in avanti e cadde distesa per terra.

«Dannazione» gracchiò Ashton. Si strofinò la gola maltrattata, si spinse via dalla parete e caricò il vampiro che stava prendendo di mira sua sorella. Gli diede un gancio sul mento che lo mise senz'altro più alla prova del rotolo di cartone, ma che lo fece a malapena vacillare.

Ashton scosse la mano dolorante. Anche le ossa delle mie dita pulsavano.

Mentre Ashton affrontava il vampiro, feci per correre in aiuto di Lyvin, ma poi vidi che il secondo vampiro gli si stava avvicinando alle sue spalle.

Presa dal panico, mi guardai intorno, l'arma migliore che trovai fu una sedia e corsi per raggiungerla. Nel frattempo, il vampiro aveva placcato Ashton da dietro e l'aveva fatto cadere. Lo sovrastava minaccioso e mostrava i denti. L'altro afferrò

Lyvin per un braccio, la tirò in piedi e la tirò a sé. Lei urlò e si dimenò, ma il vampiro le afferrò la parte superiore del corpo con le braccia e strinse tanto forte da farle mancare il respiro.

Afferrai la sedia, mi precipitai sul vampiro che era chino su Ashton e lo colpii in testa con tutta la forza che avevo. La sedia si ruppe, poi il vampiro si accasciò e crollò su un fianco.

Ashton si rimise in piedi, mentre Lyvin si dimenava ancora impotente nella stretta dell'altro vampiro.

«Lascia subito mia sorella!» disse con voce minacciosamente bassa.

«Altrimenti?» lo schernì il vampiro. Mostrò i denti, si chinò e si avvicinò pericolosamente alla gola di Lyvin.

«Maledetto! Di' quello che vuoi e te lo darò!» ruggì Ashton in preda alla rabbia.

Ma il vampiro non riuscì a stabilire le sue condizioni, perché Lyvin buttò la testa all'indietro, gliela sbatté sulla sua fronte e gli fece perdere l'equilibrio. La sua presa su Lyvin si allentò, lei si liberò e fece per correre verso Ashton, ma il vampiro la afferrò per un braccio.

Io agguantai la gamba rotta di una sedia e mi avventai sul vampiro.

«Lasciala subito!» gridai.

Il vampiro mi fermò allungando in un lampo la mano e afferrandomi per la manica. Lo colpii con la gamba della sedia, ma non mi sembrò che la cosa lo avesse impressionato, così feci l'unica cosa che mi venne in mente: gli presi il braccio con entrambe le mani e, con convinzione, gli diedi un morso.

Il vampiro urlò e lasciò andare Lyvin. Un attimo dopo Ashton gli fu addosso e gli conficcò un ginocchio nello stomaco. Gemendo, il vampiro si accasciò a terra mentre io mi pulivo dalle labbra il sangue dal sapore amaro.

«Be', come ci si sente a essere morsi?» esclamai con spavalderia.

L'adrenalina mi pulsava nelle vene, provocandomi uno sballo inaspettato. Avrei dovuto essere spaventata a morte, invece mi sentivo viva come non mai e avrei affrontato volentieri un'altra dozzina di vampiri. Peccato che mi mancassero le sedie. E i vampiri.

Il vampiro non ebbe modo di rispondere, perché Lyvin raccolse dal pavimento un libro particolarmente spesso e glielo calò sul cranio, facendolo cadere in avanti svenuto.

«Ecco» disse lei, sbattendosi via la polvere immaginaria dalle mani. «Questa è fatta».

Tornò il silenzio. Fissavamo quella devastazione e facevamo respiri pesanti. Infine, gli occhi di Ashton si spostarono su di me. Mi guardò di sfuggita.

«Quel... vestito ti sta bene» disse, schiarendosi la gola e allontanandosi da me.

«Eh?» fu tutto ciò che riuscii a enunciare.

Avevamo appena sconfitto due vampiri, la libreria antiquaria di Lyvin sembrava un campo di battaglia, e lui pensava che fosse il momento giusto per tirare fuori il suo lato da gentiluomo con me e farmi un complimento? Proprio non riuscivo a capirlo. Sembrava perfino un po' insicuro. Lui, Ashton Goodwin, l'incarnazione della fiducia in se stessi...

Poi mi caddero le bende dagli occhi. Puntai il dito verso di lui, scioccata. «Oh mio Dio, quello era un ringraziamento!»

«Cosa?» chiese lui, altrettanto scioccato. «Che cosa te lo fa pensare?»

«Era il tuo modo scombinato di ringraziarmi!» Non potei

fare a meno di ridere. «Non riesci a pronunciarla, quella parola? Non è alla tua altezza? Devo aiutarti a rinfrescarti la memoria? Allora ripeti dopo di me...» Presi fiato, ma ben presto mi resi conto di aver esagerato. Ashton ormai non appariva più insicuro. Al contrario, la rabbia era tornata a scintillare nei suoi occhi. Freddo e tagliente, il suo sguardo si posò su di me.

«Anzi, lascia perdere» mormorai. «E... non c'è di che».

«Hai veramente appena morso un vampiro?» chiese Lyvin.

«Sì, ma non lo farò mai più». Avevo ancora quel sapore amaro sulla lingua.

Lyvin si rivolse ad Ashton. «Okay, ora fuori dai denti: chi sono questi tizi e perché ce l'hanno con te?» Fece una pausa, poi indicò me. «E come faceva Emily a sapere che eri in pericolo?»

Io e Ashton ci scambiammo una rapida occhiata. Così, su due piedi, non mi veniva in mente una spiegazione o una scusa, e lui sembrava passarsela allo stesso modo.

«Ha a che fare con l'omicidio irrisolto di un'ondina» disse Ashton. Si avvicinò al tavolo ribaltato e lo rimise in piedi. Poi prese uno dei libri. «La famiglia mi ha incaricato di scoprire le circostanze della morte. Ma lo spirito dell'ondina ha saputo dirmi solo due parole: rivelazione e fraterni. Prima che potessi fare ulteriori ricerche, i parenti dell'ondina mi hanno tolto l'indagine e l'hanno affidata ai Seymour. Pensavo che avrei potuto scoprire qualcosa se avessi accettato la proposta di un accordo tra le nostre famiglie. Ma non se ne è fatto niente».

«Non ti avrebbero detto nulla?» gli fece eco Lyvin.

«Prima che potessi chiederlo, sono stato...» Esitò.

«Ucciso» aggiunsi a bocca asciutta, dando voce a ciò che Ashton non riusciva a pronunciare. Mi si era formato un nodo in gola.

Gli occhi di Lyvin si spalancarono di scatto. «Come, scusa?»

Lo sguardo di Ashton era fisso, come incantato, sul tavolo. Sembrava vuoto, come se lui avesse bandito tutte le emozioni che minacciavano di esplodergli dentro, nel profondo. «Ho continuato a lavorare sul caso perché non era la prima volta che accadeva un'aggressione del genere» spiegò con voce roca. Il fatto che la sua morte fosse venuta a galla, ovviamente, gli pesava molto. Così preferiva concentrarsi sulla spiegazione del caso. «Avviene sempre con una rapidità incredibile, senza alcun testimone, senza che vengano rubati oggetti di valore. Al contrario, spariscono cose per lo più inutili, il che non ha senso. Da un anno a questa parte, episodi come questo sono sempre più frequenti nel Mondo di Mezzo, ma dev'essere stata questa parola a portarmi alla conclusione: rivelazione. Credevo che i Seymour potessero aiutarmi. Avevo sempre pensato che la faida tra le nostre famiglie fosse una reliquia del passato. Pensavo che avremmo potuto risolvere la questione con l'accordo e l'indagine congiunta sul caso. Mi sbagliavo. Ora credo che i Seymour non siano stati ingaggiati per indagare sull'omicidio per caso. In qualche modo, sono coinvolti e mi hanno attirato da loro appositamente per farmi fuori. A quanto pare, io so già troppo». Sbuffò sprezzante. «Anche se in realtà non ho la minima idea di niente. Ma è bastato per giustificare l'omicidio».

Sentii un brivido quando glielo sentii dire. Fin dall'inizio, non avevo voluto ammettere che, in effetti, solo qualcuno della mia famiglia sarebbe potuto essere responsabile. Non avevo detto ad Ashton dei miei sospetti, e ora era venuto fuori che era stata anche la sua ipotesi fin dal principio.

«Ma tu sei vivo» disse Lyvin. Le sue parole suonarono quasi come una supplica.

«Perché Emily mi ha riportato indietro». Mi indicò con un gesto brusco. «Con qualche effetto collaterale. Però sì, sono vivo».

«Quindi è per questo che hai percepito che era in pericolo?»

Annuii. «Restutio impertes ti dice qualcosa?»

Lyvin sgranò gli occhi. Spostò stupefatta lo sguardo da me ad Ashton e poi fece un passo indietro. Non c'era dubbio che conoscesse quell'incantesimo. Solo che non mi aspettavo che restasse così scioccata.

«Ma questo significa...» farfugliò. «È un rituale del Grimorio nero dei Seymour. I Goodwin hanno combattuto a lungo perché fosse proibito! E tu... lei ti ha...? Credi davvero di poterti fidare di lei?»

«No» disse lui, freddo.

«C-come sarebbe a dire?» domandai. «Io ti ho riportato in vita. E il Restutio era l'unico modo».

«Ma chi ci dice che non fosse il vostro piano fin dall'inizio?» disse Lyvin, accusandomi di ciò di cui mi aveva già accusato Ashton. «Ora che Ashton deve fare quello che vuoi tu, puoi costringerlo a tacere».

«Ma io non ho fatto questo, vero?» mi difesi.

Ashton non disse nulla. Anzi, evitò il mio sguardo.

In compenso, Lyvin ora mi guardava in modo molto diverso. Nel breve tempo che avevamo trascorso insieme, mi ero affezionata a lei. Ero arrivato a considerarla un'amica e una confidente,e ora mi guardava come se fossi il nemico... proprio come Ashton dopo che l'avevo riportato in vita.

«Inoltre, qualcuno ha cercato di uccidere anche me» continuai. «Se sia stato qualcuno della mia famiglia, non lo sappiamo con certezza. Potrebbe essere stato chiunque sapesse qualcosa della visita di Ashton a casa nostra. Anche qualcuno della vostra famiglia».

«Nessuno dei Goodwin si spingerebbe a tanto» affermò Lyvin.

«Ma dei Seymour sì, giusto?»

Uno dei vampiri emise un gemito sommesso, risparmiando a entrambi di dover rispondere.

«Ho trovato questo» disse Ashton, indicando la pagina aperta del libro. C'era la descrizione di un antico ordine di cavalieri. *Confraternita della Rivelazione*, recitava il titolo. Il testo sottostante si sviluppava intorno a un simbolo: un ragno con una croce sulla schiena e le zampe distese a formare un cerchio.

«Questa Confraternita era un sottogruppo dei ranghi dei Crociati. Si occupava di occulto e continuò a esistere molto tempo dopo la caduta dei Crociati. Ma queste sono tutte le informazioni che ci sono su di loro».

«E come fai a sapere che l'ondina si riferiva a questa Confraternita?» chiese Lyvin con voce sconvolta. A quanto pareva, era ben lontana dall'aver metabolizzato la morte di Ashton e le circostanze del suo ritorno in vita.

Ashton si avvicinò a uno dei vampiri, si accovacciò e gli girò il palmo della mano verso l'alto. Su di esso era tatuato un ragno che ricordava molto da vicino l'immagine del libro. «Se questi imbecilli avessero lasciato perdere, probabilmente non mi sarei mai avvicinato alla verità».

«Chiamerò i Guardiani del Tribunale» decise Lyvin. «Se raccontiamo loro tutto quello che sappiamo...»

«Abbiamo troppe poche prove» concordò Ashton.

«Qui ci sono due vampiri svenuti, la mia libreria antiquaria è devastata, e di sicuro qualcuno avrà sentito tutto questo fracasso. Con ogni probabilità, i Guardiani staranno comunque già venendo qui. Se non li chiamo, farò soltanto sorgere sospetti su di me».

«Chiamali, allora, ma credimi, dalle prove indiziarie non crederanno a una parola di quello che diremo. Inoltre...» Guardò verso di me e Lyvin seguì il suo sguardo.

«Il Restutio, ho capito» disse.

Aggrottai le sopracciglia con aria interrogativa.

«Se scopriranno che hai eseguito il Restutio impertes, è probabile che ti rinchiudano per il resto della vita» chiarì. «Per non parlare del fatto che potrebbero chiederti di annullare il rituale, il che comporterebbe la morte di Ashton. Tu dovresti stare alla larga dai Guardiani. Tutt'e due».

«Allora è meglio che ce ne andiamo da qui finché siamo in tempo» suggerì Ashton.

«A casa?» chiese Lyvin.

Ashton scosse la testa. «Troppo ovvio».

«Da Alessia?»

Annuì. «Lì saremo al sicuro, per ora. Emily, tu vieni?»

«E il vestito?» Abbassai lo sguardo su di me.

«Credo che un vestito rubato sia l'ultima delle tue preoccupazioni in questo momento» disse Lyvin. «Dirò ai Guardiani che si è trattato di una rapina. Speriamo che se la bevano. E voi fatevi sentire, d'accordo? Voglio sapere che state bene».

«Lo faremo» promise Ashton. «Non dirlo a mamma e papà, okay? Non voglio che sappiano che io... »

Lyvin annuì gravemente.

Stavamo per scavalcare lo scaffale caduto per raggiungere l'ingresso quando udimmo delle voci concitate fuori dal negozio. In strada si era radunata un'intera folla di curiosi.

«Passate dall'uscita sul retro» suggerì Lyvin.

Ci guidò attraverso altre file di scaffali, lungo un corridoio, fino a una porta anonima che si apriva su uno stretto vicolo laterale.

Lyvin accarezzò il braccio di Ashton. «Fai attenzione, Ash, me lo prometti?»

«Lo farò, e stai attenta anche tu» rispose lui. «Chi può dire che ora non ce l'abbiano pure con te?»

«Starò attenta» promise e mi guardò. «Stai attenta anche tu, Emily»

Le rivolsi un sorriso incerto. «Lo farò».

21

Non si indossa la toga a Carnevale

Non lontano dall'ingresso della libreria antiquaria, raggiungemmo la strada aperta. Facemmo attenzione a non farci notare dai curiosi che si erano radunati davanti alla libreria e ci affrettammo dentro al flusso di folla nella direzione opposta.

«Lyvin starà bene?» chiesi, preoccupata.

«Sicuramente» disse Ashton.

«Fate largo!» chiamò una voce imperiosa.

Ashton mi afferrò per un braccio e mi trascinò a bordo strada.

Da lì riuscii a scorgere tre uomini e due donne in un'uniforme con due file di bottoni d'argento, colletto alto e cappello. Alla cintura portavano qualcosa che poteva essere una spada corta in un fodero ornato o un bastone insolitamente elegante. In ogni caso, ero sicura che fossero Guardiani del tribunale.

L'uomo che camminava davanti a noi era giovane, forse sui venticinque anni. Il suo viso era spigoloso, lo sguardo tagliente. Il modo in cui si muoveva, il modo in cui registrava tutto, in cui sembrava cogliere e soppesare ogni dettaglio dell'ambiente intorno a sé non mi lasciavano dubbi sul fatto che prendesse il suo lavoro molto sul serio.

Si accorse persino che io lo stavo osservando, nonostante fosse circondato da decine di passanti.

Mi voltai in fretta, girammo un angolo e lanciai di nuovo un'occhiata fugace alle mie spalle. In effetti, l'uomo si era fermato e mi stava cercando con lo sguardo.

«Qualcosa non va, Cardeles?» gli chiese uno degli altri Guardiani.

«Non è niente» rispose e si voltò per tornare verso la libreria antiquaria.

Mi si sollevò un peso dal cuore. Ero stata semplicemente troppo curiosa. Non avrei mai immaginato che Cardeles avesse gli occhi di un falco. Sperai di non essergli sembrata troppo sospettosa.

«Dove stiamo andando?» chiesi.

«Torniamo alla piega, usciamo da New York» spiegò Ashton. «Qui non siamo più al sicuro. Se mai lo siamo stati. Non appena la Confraternita verrà a sapere che i suoi assassini hanno fallito, ci manderà alle calcagna qualcun altro». Guardò il mio braccialetto. «Questo coso funziona?»

«Credo di sì» dissi. «È un regalo di Santana».

«La strega, capisco». Sembrava pensieroso. «La tua famiglia collabora con la congrega di Santana?»

«È un interrogatorio?» chiesi io. «Pensi che anche Santana sia coinvolta?»

Ashton non rispose. Accelerò e io rimasi indietro. Ancora una volta dovetti quasi mettermi a correre per tenere il passo. Da un lato, potevo capire che non si fidasse ancora di me; dall'altro, purtroppo per me, era l'unico di cui mi potessi fidare senza esitazioni. Desideravo solo che il sentimento fosse reciproco.

Passammo davanti alle bancarelle e già da lontano si vedeva

il punto di ingresso della piega di New York. Non ci avevo fatto caso quando eravamo entrati in città, ma mentre ci avvicinavamo, vidi i lampi di luce emanati dalla ringhiera di una scala che ogni secondo illuminavano il circondario. Mentre le persone a destra scendevano i gradini per entrare in un pub, a sinistra si lasciavano cadere all'indietro sulla ringhiera e sparivano nella piega dello spazio. Allo stesso modo, riapparivano in quello stesso posto. C'era un gran viavai, si era formata una coda e noi ci mettemmo in fila.

«C'è sempre tutta questa ressa qui?» chiesi.

«Siamo a New York» rispose Ashton.

Lo interpretai come un sì.

Si procedeva veloci e immaginavo che avremmo lasciato New York in pochi minuti. Dietro di noi, era già arrivata un'altra dozzina buona di persone, mentre davanti a noi c'erano erano solo in cinque ad aspettare il loro turno.

Mentre alle mie spalle si scatenava il trambusto, mi voltai. Qualcuno saltava la fila e io mi misi in punta di piedi per scorgere qualcosa. Le mie viscere si strinsero quando riconobbi i Guardiani del Tribunale.

«Fate largo!» intimò Cardeles, facendosi strada tra la folla.

«Accidenti!» ringhiò Ashton.

Dovevamo tagliare la corda alla svelta! In fretta e furia, ci spingemmo tra la folla fino alla ringhiera e Ashton mi tirò a sé. Senza esitare, si gettò all'indietro nella piega dello spazio.

Vidi Cardeles tuffarsi e allungare il braccio verso di me. Mancò il mio piede di pochi centimetri.

Un attimo dopo, tutto intorno a me divenne bianco. L'ambiente circostante tornò a manifestarsi, udii rumori, percepivi il vento e cercai la terraferma con i piedi. Tuttavia, riuscii a toccarlo solo con la punta delle dita.

La luce abbagliante si affievolì.

Dritto di fronte a me c'era Ashton che mi guardava sorpreso. Compresi perché fosse così sorpreso quando persi l'equilibrio. Agitai le braccia a mulinello, ma questo non mi impedì di precipitare e sprofondare nell'acqua gelida....

Il peso del vestito mi trascinò giù, io mi dimenai in preda al panico, con le mani toccai il fondo e mi resi conto che l'acqua non era così profonda come avevo temuto. Mi raddrizzai, riaffiorai dalla superficie e boccheggiai.

Una cosa del genere poteva succedere solo a me! Finire nell'acqua profonda fino alla vita mentre attraversavo una piega dello spazio era meno pericoloso che cadere in un vulcano o ritrovarsi in mezzo a un'autostrada trafficata, ma non era comunque uno spasso.

Mi tirai via dagli occhi i capelli fradici. La mia bella acconciatura raccolta era rovinata e il vestito si era inzuppato fino all'ultima fibra.

«Tutto bene laggiù?» chiese Ashton.

«Sono stata meglio» brontolai.

Alzai lo sguardo verso di lui. Era in piedi su un ponte di pietra che evidentemente gli architetti avevano ritenuto superfluo completare di parapetto. Tanto a che serviva? Se attraversavi la piega e atterravi qualche centimetro troppo in là, non cadevi in acque molto profonde...

Mi tirai su le maniche e le strizzai mentre mi guardavo intorno. Non lontano da me c'erano diverse barche legate a pali di legno. A destra e a sinistra, sul canale c'erano degli edifici. Le facciate erano dipinte a colori vivaci, gli archi a tutto sesto, le persiane e le fioriere davano loro un aspetto mediterraneo.

«Dove siamo?» chiesi.

Ashton era sceso dal ponte, aveva percorso lo stretto marciapiede fino raggiungermi e si era accovacciato. Mi tese la mano.

«Venezia» disse.

Presi la sua mano e strinsi lo sguardo. «Non l'hai fatto apposta, vero?»

Sulle sue labbra spuntò un sorriso innocente. Non credevo che mi avrebbe buttato in acqua di proposito, ma non c'erano dubbi sul fatto che la situazione lo divertisse.

«Andiamo» mi esortò e mi tirò per la mano.

Il peso del vestito bagnato non rese facile ad Ashton farmi uscire dal canale. Cercando di aiutarlo, puntai i piedi sulla ripida parete e Ashton si aggrappò anche con l'altra mano, ma perse l'equilibrio. Io finii di nuovo in acqua con un tonfo... e Ashton atterrò accanto a me.

Si immerse per un attimo, riemerse un istante dopo e sbuffò infastidito. «Cos'è, ti sei vendicata adesso?» chiese imbronciato.

Io sbuffai. Con il trench gocciolante e le ciocche bagnate appiccicate sopra gli occhi, Ashton sembrava un barboncino fradicio. Mi guardava come se gli avessi versato in testa un secchio d'acqua sporca. A quella vista, per me fu impossibile restare seria.

«Non è divertente» si lamentò.

«Se solo sapessi quant'è divertente!» Io ridevo e ridevo, tenendomi lo stomaco e ansimando fino a quando Ashton non mi buttò in faccia uno schizzo d'acqua.

Lo fissai con occhi sgranati. L'aveva fatto per davvero? Lui, Ashton Goodwin, che non sapeva riconoscere il divertimento nemmeno quando gli saltava in faccia...

«Che cosa ti prende?» chiesi incredula, asciugandomi il viso.

Lui sorrise ironico. «Sembravi un po' isterica».

«Aspetta un po'!» Gli gettai a mia volta addosso un bello schizzo d'acqua e non gli diedi nemmeno il tempo di vendicarsi. Continuai a infradiciarlo senza sosta, urlando e ridendo mentre lui faceva lo stesso con me.

Era da tanto tempo che non mi sentivo così esuberante. Il cuore mi palpitava di gioia, la pancia mi faceva male dal ridere e a malapena riuscivo a respirare.

Anche Ashton si era trasformato. Era la prima volta che lo sentivo ridere forte e senza freni. Mi afferrò le mani e mi spinse contro il muro del canale. Non riuscii a staccarmi da lui e alzai gli occhi per guardarlo.

I nostri sguardi si incontrarono, su di noi calò uno strano silenzio. Gli occhi di Ashton tornarono a brillare di verde giada, come gemme tra le ciocche bagnate. L'acqua gli imperlava la pelle, gli gocciolava dalla punta del naso sulla mia gamba e mi procurava un brivido piacevole. Le nostre risate gradualmente si spensero.

Forse erano solo pochi secondi che eravamo così vicini, ma sembravano un'eternità. Mi teneva ancora per i polsi, i nostri respiri erano affannati.

Ashton evitò il mio sguardo. «Hai le labbra tutte blu» disse con un tono che sembrava volutamente indifferente.

Mi lasciò andare e si voltò verso il bordo del canale: «I Guardiani potrebbero arrivare qui da un momento all'altro. Dovremmo spostarci dalla strada e toglierci questi vestiti bagnati».

«Tu credi che scopriranno dove siamo andati?» Avevo freddo. Rabbrividii e mi avvolsi le braccia intorno al corpo.

«Hanno i loro metodi» disse. «Vieni qui che ti aiuto a salire».

Mi offrì la sua coscia come gradino, in modo che potessi raggiungere il bordo dell'argine del canale. Gemendo, mi issai sullo stretto marciapiede e strisciai in avanti sulla pancia come un tricheco. Ashton cercò di spingermi per i piedi e all'improvviso sentii la sua mano sul mio sedere. Aprii gli occhi sconvolta, sentii le guance avvampare e stavo per lamentarmi a gran voce quando Ashton emise un grugnito afflitto: «Ma quanto pesi?»

«Fai sul serio?» mi lamentai.

Alla fine mi misi in ginocchio, mi girai e mi diressi a quattro zampe verso di lui. Nello stesso momento Ashton si issò sull'argine del canale. Mi tirai indietro appena in tempo per evitare di essere colpita dalla sua fronte e ci ritrovammo faccia a faccia.

«Sarebbe stato più facile tirare fuori dal canale un ippopotamo» disse.

Con uno sbuffo indignato, lo spinsi di nuovo in acqua. Sguazzò nel canale freddo, si immerse per un attimo e si tirò su, ansimando.

«Okay, forse stavolta me lo sono meritato» ammise, scostandosi i capelli dal viso. Un sorriso fugace gli attraversò le labbra. Un sorriso caloroso, conciliante e sincero.

Incrociai le braccia sul petto: «Puoi dirlo forte».

Si tirò di nuovo fuori dall'acqua. «Direi che abbiamo perso abbastanza tempo ormai. Vieni?»

Annuii, lo seguii in una stretta viuzza e lungo la strada mi strizzai quanta più acqua possibile dal vestito. Potevo ancora restituirlo in quelle condizioni? Forse andava solo asciugato e stirato. L'odore di pesce non sarebbe venuto via così facilmente, però.

«La piega di Venezia è più grande o più piccola di quella di New York?» domandai.

«Più grande».

«Quindi qui il tempo scorre...?»

«Ancora più lentamente» confermò ciò che già avevo intuito. Più grande era la piega, più lo spazio si incurvava e più il tempo rallentava, richiamai alla memoria. In effetti era abbastanza logico e non c'era da stupirsi che la differenza di tempo nelle pieghe dello spazio di Springdale e Salem non si notasse. Erano semplicemente troppo piccole.

Svoltammo nella stretta viuzza successiva e passammo davanti a case alte con le persiane chiuse. Quando pensavo a Venezia, mi immaginavo gondole, turisti e rumore: l'esatto contrario di quello che ci circondava.

Sopra di noi erano tesi alcuni fili per stendere. Ashton salì su un davanzale, prese due panni bianchi da un filo e me ne lanciò uno. «Mettiti questo» mi esortò.

Alzai il panno davanti a me e lo fissai incredula. Ma era un lenzuolo! Come avrei dovuto indossarlo? «Ci travestiamo da fantasmi?» Abbassai di nuovo il telo di stoffa, dietro al quale apparve Ashton fasciato alla perfezione in una toga. Gli mancava solo la corona d'alloro, poi sarebbe potuto passare per Giulio Cesare.

Feci per avvolgermi anch'io nel lenzuolo, me lo gettai oltre una spalla, feci un giro su me stessa e inciampai calpestando per sbaglio un angolo che strisciava per terra.

Dopo diversi tentativi, durante i quali Ashton stette a guardarmi divertito senza offrirsi di aiutarmi, riuscii ad avvolgermi e a dare quasi l'impressione che il risultato fosse voluto. Mi lisciai la stoffa addosso, sorrisi soddisfatta e alzai lo sguardo verso Ashton.

«Dovrà bastare» disse, e si voltò verso la strada.

Mi guardai indietro un'ultima volta. «A nessuno mancheranno le lenzuola?»

«Probabilmente sì, ma credimi, gli abitanti di Venezia preferiscono perdere un paio di toghe piuttosto che vedere rovinata l'immagine della città. Qui i turisti non sono i benvenuti ».

«Ma Venezia non vive di turismo?»

«Nel Mondo di Fuori sì, ma qui no».

Non ci eravamo ancora lasciati alle spalle le strette viuzze laterali quando mi giunsero all'orecchio una musica e un brusio di voci. Già da lontano vidi del movimento e ben presto ci trovammo immersi in una grande folla. Doveva trattarsi di una festa, perché gli abitanti della parte veneziana del Mondo di Mezzo sfilavano per la strada cantando e ballando. Il cielo era tutto pieno di pezzettini di carta variopinti. Altrettanto variopinti erano gli abiti delle persone, decorati in maniera sorprendente con piume, fiori e perle.

Molti indossavano anche magnifici cappelli e maschere bianche o trucco, per cui assomigliavano a bambole di porcellana. Ovunque si vedevano ventagli e boa di struzzo. Pochissimi indossavano una toga come me e Ashton. Probabilmente avrei dato meno nell'occhio con il mio vestito, anche se non era neanche lontanamente variopinto e pomposo come quello dei veneziani. E forse avrebbero notato subito la differenza tra un abito della New York del XIX secolo e la moda veneziana, che si stimava fosse più vecchia di duecento anni.

Indietreggiai quando una lingua di fuoco si alzò in aria davanti a me. Un'artista stava dando prova della sua abilità, ingoiando una scintilla e sputando una fiamma in aria. Poco più in là, vidi un giocoliere in equilibrio su una corda tesa sopra le teste dei partecipanti.

Non sapevo da dove iniziare a osservare. Era tutto così magnifico e sovraccarico, rumoroso, colorato e semplicemente affascinante. Un giovane in abito fluente mi afferrò le mani, mi fece girare in cerchio e scomparve di nuovo tra la folla prima ancora che mi fossi fermata del tutto. Mi passò accanto una fila di persone impegnate in una sorta di danza polacca. Una donna che portava una maschera con rifiniture dorate, enormi piume in testa e un vestito a balze mi tese la mano per invitarmi a unirmi alla polacca. La afferrai e mi feci trascinare, ridendo e alzando le gambe a tempo di musica. Danzare e volteggiare mi liberò da tutti i pesi che sentivo sulle spalle. Mi staccai dalla danza polacca che andò avanti, incespicai per qualche passo in avanti e atterrai ridendo tra le braccia di Ash.

La sua espressione era così cupa che si sarebbe detto che eravamo a un funerale. Ma non gli avrei permesso di abbattermi così facilmente. In quel momento ero troppo esuberante. Era troppo bello potersi scrollare tutto di dosso per qualche minuto. Avrebbe fatto bene anche a lui.

«Dai!» lo esortai, tendendogli la mano. «Vieni!»

Sbuffò sprezzante, ma poi cedette. Come un abile ballerino mi fece girare in cerchio fino a che le nostre braccia non furono tese. Poi, con uno scatto, mi tirò di nuovo verso di sé, io volteggiai contro il suo braccio e lui si chinò su di me finché le sue labbra non furono molto vicine al mio orecchio.

«Potremo continuare a ballare quando nessuno ci darà più

la caccia» mi ricordò con un tono così minaccioso che le mie ginocchia si fecero deboli. A quanto pareva, quella festa non lo divertiva neanche un po'. «A parte questo, stai gocciolando».

In tutta quella frenesia, avevo completamente dimenticato di essere ancora bagnata fino alle ossa. Non avevo nemmeno più freddo. A Venezia faceva molto più caldo che a New York. Tuttavia, dovevamo toglierci i vestiti bagnati. Nella nostra situazione, non potevo proprio permettermi di buscarmi un raffreddore.

«E va bene» cedetti. «Rimettiamoci in marcia».

«Grazie» ringhiò.

Quindi la sapeva, quella parola. Dopo l'incursione dei vampiri, avrei quasi giurato che gli fosse completamente sconosciuta.

Lasciandoci alle spalle i festeggiamenti, uscimmo dall'ampia strada e seguimmo un canale fino ad arrivare a una casa dipinta di rosso e con l'intonaco sgretolato. La maggior parte delle persiane color verde sbiadito erano chiuse, agli innumerevoli balconi bianchi erano appese diverse fioriere e accanto alla porta d'ingresso era stato fissato un semplice cartello di legno. *Al Fiore* c'era scritto a lettere sinuose.

Ashton cercò di spingere la porta per aprirla, ma nonostante i suoi sforzi non si mosse. Non si spostò nemmeno quando vi gettò contro la spalla. Sbuffò e fece un passo indietro. «Dai, Alessia, fammi entrare!» gridò.

Non accadde nulla, così sbatté il pugno contro la porta. «Adesso non fare così!»

«Forse non c'è nessuno in casa?» ipotizzai.

«Oh sì, c'è» ringhiò. «Mi sta solo ignorando. Alessia, che cavolo!»

«*Semo ocupà*» mi chiamò una voce gorgheggiante dall'interno.

«Non è possibile che tu sia ancora arrabbiata!» Ashton si strofinò il ponte del naso. «Ora fammi entrare!»

«Che ne dici di "per favore"?» suggerii.

Sospirò. «Per favore».

Ed ecco che la serratura scattò, la maniglia fu spinta verso il basso e la porta si aprì scricchiolando. Seguii Ashton all'interno ed entrammo in uno stretto corridoio. Era buio, polveroso e puzzava di fumo di sigaretta. Da dietro una porta socchiusa si udivano delle voci basse che mi diedero un senso di nausea. Il fatto che non si vedeva nessuno che ci aveva appena aperto la porta non migliorava la situazione.

Alla fine del corridoio vidi un bancone da reception. Sulla parete alle spalle del bancone era appeso un pannello per le chiavi, il che mi fece pensare che si trattasse di un albergo... un hotel piuttosto dubbio e fatiscente, ma un albergo.

Al bancone c'era una donna. Nella semioscurità, riuscivo a malapena a distinguere qualcosa di più di una sagoma. Con le braccia incrociate sul petto, si avvicinò a noi. Nei suoi occhi brillava la rabbia, e non in senso figurato. In realtà sfavillarono di un rosso fuoco prima di assumere il colore del legno di ciliegio lucido.

La donna era molto carina, aveva circa l'età di Ashton e indossava un abito variopinto, a fiori, con molti volant e ricami dorati. I capelli scuri e ricci le ricadevano sulle spalle, e le labbra erano truccate di un rosso acceso. A passi lunghi si avvicinò ad Ashton, prese un ampio slancio e gli tirò uno schiaffo così sonoro che il dolore bruciante attraversò anche la mia guancia.

«Ahi!» gemetti.

«Come osi presentarti qui?» scattò lei con un pesante accento, trapassandolo con lo sguardo. «E per di più in costume! Stai gocciolando su tutto il mio pavimento!»

«Il viaggio è stato un po'... turbolento» spiegò Ashton.

Lei si allontanò da lui, tornò con le braccia conserte e, offesa, mise il broncio. «In realtà, dovrei cacciarti subito» disse. «Hai insultato me, la mia famiglia e i miei ospiti».

Evidentemente, l'ultima volta che era venuto in quel locale, Ashton doveva davvero aver pestato i piedi a qualcuno che non si era messo in salvo in tempo. Non ne fui sorpresa. Fare amicizia non era proprio uno dei suoi talenti.

«Non era mia intenzione...» si costrinse a pronunciare delle scuse poco convinte.

«Non lo è mai, vero?» Lei sembrava ancora più offesa di quanto già non lo fosse, ma poi lo squadrò con malizia e fece un cenno nella mia direzione. «E chi sarebbe questo bocconcino? Devo essere gelosa?»

«Non è nessuno» rispose lui.

«Piacere di conoscerti, "Nessuno"» mi presentai, incavolata nera.

«Alessia» rispose la ragazza con un sopracciglio alzato. «Fammi sapere se vuoi sbarazzarti di lui. Una parola, e lo faccio andare in fumo».

«Non credo che sarebbe una buona cosa» ammisi.

«Ma se lo meriterebbe» disse lei.

Ashton non accennò a entrare nel merito. «Ci siamo messi un po' nei guai e abbiamo bisogno di un rifugio sicuro. Solo per una notte».

«Quindi è a questo che servo? A nasconderti quando ti fai nuovi nemici?» Si avviò di nuovo lentamente verso il bancone.

La seguimmo, passando davanti alla porta socchiusa dietro la quale si udiva vociare. Diedi una rapida occhiata dentro. Doveva essere la sala da pranzo dell'albergo, perché vidi diversi tavoli, un bar e clienti a non finire seduti a chiacchierare. Ma non tutti rientravano nell'immagine che mi ero fatta di Venezia fino a quel momento. Alcuni, con i loro completi giacca e cravatta, davano l'impressione di essere dei mafiosi, altri ricordavano più dei cowboy, e una donna era vestita dalla testa ai piedi di muschio e foglie. In un angolo sedeva un uomo gigantesco che doveva chinarsi per non sbattere la testa contro il soffitto.

Notai qualcuno spingere una valigetta sotto il tavolo verso la persona che aveva di fronte. Poi un altro cliente mi bloccò la visuale, mi lanciò un'occhiataccia e chiuse la porta.

Dove mi aveva condotto Ashton? Questo non era un albergo qualunque!

«Adesso non fare così» mi supplicò Ashton.

Dopo che Alessia fu passata dietro il bancone, si chinò in avanti, si puntellò il mento sulle mani e tirò un pesante sospiro. «Chi può negarti un desiderio? Ma non ti perdonerò tanto facilmente. Una camera, hai detto? Per voi due insieme?»

«Sì, può bastare» confermò.

Lei mi squadrò. «Quindi è così che stanno le cose».

Anche Ashton mi lanciò un'occhiata di sfuggita. «Non proprio».

«Sei in debito con me» disse, prendendo una chiave dal pannello e porgendola ad Ashton, che la prese.

«Se qualcuno chiede...»

«Io non ti ho visto in giro» aggiunse con un occhiolino. «Nemmeno la tua amichetta».

Ashton annuì, si avvicinò a me e indicò la scala di fronte alla porta della sala da pranzo. «Andiamo?»

«Dopo di te» dissi e lo seguii su per le scale in un corridoio con le porte delle camere numerate.

Mi guardai di nuovo indietro. «Alessia non è molto bendisposta nei tuoi confronti, o sbaglio?»

«È pur sempre un drago» brontolò cupo.

Ignorai il suo tono. «Forse è stata un po' impetuosa, ma...»

«È davvero un drago» mi interruppe, fermandosi davanti a una delle porte. «I draghi sono molto vendicativi».

«Sul serio?» chiesi.

«Sì, lo sono» confermò, infastidito. Evidentemente non era dell'umore ideale per fare conversazione.

In realtà la mia domanda riguardava se Alessia fosse o meno un drago a tutti gli effetti. Significava che poteva sputare fuoco? Che anche lo sputafuoco del festival fosse un drago? Forse Alessia era perfino in grado tramutarsi in un mostro alato. Avevo mille domande, ma visto il pessimo stato d'animo di Ashton, volevo iniziare con qualcosa di innocuo.

«Perché una camera sola?» domandai mentre apriva la porta.

Girò la chiave, un sigillo protettivo si illuminò sul telaio della porta e io indietreggiai per lo spavento. L'incantesimo tornò ad affievolirsi.

«Questo non è un albergo normale, vero?» Quale albergo normale era gestito da un drago?

Ashton sospirò. «Puoi scegliere una domanda e basta?»

Era evidente che eravamo arrivati di nuovo al punto in cui lui non mi sopportava ed esprimeva con ogni fibra del suo essere quanto la mia presenza gli desse sui nervi. Potevo anche togliermi dalla testa di interrogarlo sui draghi.

«Perché una camera sola?» ripetei.

«Se ti aggrediscono nella camera accanto, non posso garantire che le tue urla mi sveglino» mi spiegò.

Non avevo nemmeno bisogno di sapere che cosa avesse fatto l'ultima volta che era stato in quell'albergo per mettersi Alessia contro in quel modo. Nel suo caso, già il fatto di comportarsi come faceva lui era sufficiente per crearsi dei nemici a vita.

«Non preoccuparti. Se morirò, lo farò in silenzio. Non voglio svegliarti dal tuo sonno di bellezza».

Entrai nella camera e mi guardai intorno. L'arredamento era molto carino: carta da parati a fiori, mobili in legno ornati di ghirigori, un paravento accanto all'armadio dietro il quale potevo togliermi i vestiti bagnati senza essere osservata, e un letto decisamente troppo piccolo per due persone. Lo fissai per qualche istante, ma non divenne più grande.

Accanto a me, Ashton si era già sfilato la toga bagnata. Si tolse la sciarpa e l'impermeabile e iniziò a sbottonarsi la camicia.

«C-che cosa stai facendo?» chiesi scioccata.

«Mi spoglio?!» Si comportava come se avessi fatto una domanda particolarmente stupida. «Non penso che ti crei problemi. In fondo, hai già visto tutto».

«Quella volta mi è bastata» dissi e sparii dietro la parete divisoria. «E poi, non ho nemmeno guardato!»

Mi liberai dalla stoffa bianca, mi sfilai il vestito e la biancheria intima e lasciai che tutto cadesse con un lieve tonfo bagnato sul pavimento. Poiché anche la maglietta e la biancheria intima erano intrise d'acqua, mi chiesi che cosa avrei dovuto mettermi dopo essermi tolta tutto. In quel momento, Ashton gettò un asciugamano da bagno oltre il bordo del paravento.

«Grazie» mormorai.

Misi i vestiti bagnati sopra il divisorio, mi asciugai meglio che potei e mi avvolsi il telo da bagno intorno al corpo.

A poco a poco divenne evidente quanto fossi esausta. Non avevo mangiato quasi nulla, avevo bevuto troppo poco, avevo lo stomaco nauseato dal viaggio intorno al mondo e il mio corpo era coperto di lividi e graffi. Non sapevo nemmeno quando e dove me li fossi fatti. Cadendo in acqua? Lottando contro i vampiri? Riuscii a spiegarmi soltanto la scheggia nella mano. La dovevo alla sedia che avevo distrutto. La fissai qualche istante.

Erano successe talmente tante cose. Non avevo avuto il tempo di elaborare tutto e non sapevo bene se volessi prendermelo. Fermarmi a pensare a tutto quanto serviva solo a farmi prendere un'acuta consapevolezza della situazione.

Non potevo fidarmi di nessuno. A parte Ashton, che invece non aveva fiducia in me né nelle mie intenzioni. Avrei preferito andare da Santana, ma senza Ashton ero spacciata. Avevo semplicemente fatto troppa poca pratica per viaggiare tra le pieghe dello spazio. E poi, c'era da capire se potessi fidarmi della madre di Santana...

Ashton tolse i miei vestiti dallo schermo. «Li porto da Alessia» dichiarò. «Se ne occuperà lei. Tra poche ore saranno di nuovo puliti e asciutti ».

«Va bene» mormorai piano.

«C'è un bagno in fondo al corridoio» proseguì. «Vado a farmi una doccia e torno subito».

«Va bene». Sprofondai a terra, esausta, e mi appoggiai al muro.

Per un po' ci fu silenzio. Le lacrime mi si raccolsero negli occhi e singhiozzai sommessamente. Volevo essere forte, ma in quel momento tutto sembrava crollarmi addosso. Forse perché nel canale avevo avuto di nuovo la sensazione di essere vicina ad Ashton, di potermi guadagnare la sua fiducia o addirittura la sua amicizia. Perché dopo era tornato a essere così freddo e distante?

Ma era anche possibile che fossi solo stanca e per questo avessi reagito così.

«È davvero tutto a posto?» chiese Ashton.

Trasalii, perché pensavo che se ne fosse andato da un pezzo. Mi asciugai in fretta le lacrime e sperai che non avesse udito i miei singhiozzi. Ma chi volevo prendere in giro? Non ero abbastanza forte per tutto questo. Almeno, non ero forte quanto lui, ma era anche vero che lui era abituato a simili avventure.

«No» confessai con voce strozzata.

«Io...» cominciò. «Io vado a farmi una doccia».

Feci un cenno con la testa, che ovviamente non poté vedere. «Okay».

Ancora silenzio. Ashton non si mosse. Solo dopo un minuto o due lo udii camminare verso la porta, aprirla e richiudersela dietro.

Colsi l'occasione per precipitarmi verso il letto e infilarmici dentro. Era una bella sensazione accoccolarsi bene, raccogliere le gambe e tirarsi su la coperta fino alla punta del naso. La stanchezza mi spinse con forza contro il morbido cuscino e i miei occhi si chiusero.

22

L'ossigeno è del tutto sopravvalutato

Quando aprii gli occhi, era diventato buio. Avevo nel naso uno sgradevole odore di pesce e mi sentivo i capelli appiccicaticci. Probabilmente non era stata una buona idea andare a letto prima di essermi fatta una doccia. Puzzavo come una sirena, e non in senso buono.

Mi resi subito conto di che cosa mi avesse svegliato. Nella camera si sentivano dei rumori. Un tramestio di tessuti, respiri affannosi e quelli che sembravano tonfi sordi.

Mi alzai di scatto a sedere, gettandomi frenetiche occhiate intorno e aspettandomi il peggio: vampiri, un Incubo o Ashton che pomiciava selvaggiamente con Alessia.

Dopo che i miei occhi si furono adattati al buio, compresi che quel chiasso in effetti proveniva da Ashton. Ma non nel modo in cui avevo temuto. Era sdraiato a dormire sul nudo pavimento, con una maglietta e dei boxer, accanto a un cuscino e a una coperta di lana che, scalciando, si era tirato giù fino ai piedi. Era evidente che stesse sognando, perché continuava a colpire il pavimento con la mano e a girare la testa da una parte e dall'altra.

Trovai i miei vestiti ai piedi del letto, mi infilai la biancheria intima e mi avvicinai a lui in punta di piedi.

Mi misi in ginocchio accanto ad Ashton e con esitazione gli porsi una mano. Era madido di sudore e sembrava in preda a un terribile tormento.

«No...» mormorò dolcemente. «Lascia... ti prego, io... non mi toccare!»

Forse mi sbagliavo. Forse non sopportava tutto così facilmente come sembrava. In ogni caso, mi dispiaceva terribilmente per lui.

«Ashton?» Mi avvicinai con cautela e gli toccai le spalle. «Ashton, stai sognando».

Si alzò di scatto, prima che potessi reagire mi afferrò e mi spinse bruscamente via. Sbattei sul letto e un dolore acuto mi attraversò dalla spalla alla punta delle dita.

«Ahi!» gemetti e mi afferrai il braccio. «Sei impazzito?»

Ashton era seduto sul pavimento teso come un predatore, e mi fissava. «Cosa... Ma anche tu perché mi svegli così nel cuore della notte?» mi accusò.

«Stavi avendo un brutto sogno. Potevo immaginare che se ti avessi parlato mi avresti scaraventato dall'altra parte della stanza?»

Si rilassò un po'. «Proprio tu più di tutti non dovresti avvicinarti a me di soppiatto ».

«Proprio io? Ma che cosa pensi che abbia in mente? Secondo te ti salverei la vita e attraverserei il mondo con te per poi soffocarti con un cuscino non appena ti addormenti?»

Scrollò le spalle. «Che ne so io che piani avete voi Seymour».

«Ci risiamo...» Sospirai. «Ma io morirei con te! Non riesco a credere che dopo tutto questo tu ancora non ti fidi di me. È a te che devo tutto questo pasticcio. Quella confraternita ce l'ha con te, non con me!

E se non ti avessi riportato in vita, ora sarei al sicuro».

Sbuffò sprezzante, ma non sostenne il mio sguardo a lungo. «Potrebbe essere» disse con una smorfia. «Ma potrebbe anche essere che sia stato puramente intenzionale. Non era il tuo compito quello di tenermi un po' impegnato? Chi me lo dice che non è ancora così? Tu mi distrai mentre la tua famiglia porta avanti i suoi piani in segreto e al momento opportuno ti istruisce su quali ordini darmi».

«Non ho mai sentito una stupidaggine tanto grossa!» Mi alzai e mi strofinai la spalla dolorante. Avrei dovuto lasciarlo dormire e basta! Ogni volta che cercavo di aiutarlo, non facevo che mettermi ancora di più nei guai.

Anche Ashton si alzò. «Ah sì? A me sembra plausibile. Sapevo fin dall'inizio che i Seymour erano coinvolti in questa storia, e tu sei una Seymour».

«Se ne sei davvero convinto, perché mi hai portato con te?»

Strinse lo sguardo. «Perché me l'hai ordinato tu, ricordi?»

«Avresti comunque potuto dire...»

«No che non avrei potuto!» mi urlò contro con una tale rabbia che indietreggiai per lo spavento. «Accidenti, ma ti rendi conto di quello che hai fatto?»

«Ovviamente no!» gridai altrettanto forte. «Non ne ho la minima idea. Io non sono una necromante! Almeno, non lo ero mai stata fino ad ora... Non stavi ascoltando quando ci siamo imbattuti nella mia famiglia all'entrata del cimitero?»

«No, non stavo ascoltando» ribadì lui. «Ero impegnato a cercare di capire come sfuggire ai miei rapitori».

Rapitori? Si dava davvero da fare per rigirare tutto a suo vantaggio.

«Non so che cosa stia architettando la mia famiglia» spiegai.

«Non sono mai stata nel Mondo di Mezzo, non ho mai voluto venire qui, e di certo non volevo diventare una criminale che deve fuggire dai Guardiani del Tribunale e fronteggiare attentati. Se il mio cognome per te è sufficiente a dimostrare che sono coinvolta in una cospirazione segreta contro di te, allora... allora... non so che altro fare».

La rabbia gli divampò negli occhi. «O stai cercando di fare la finta tonta o sei proprio tonta per davvero».

«Adesso non fiatare più, capito? Non sarò una cervellona, ma almeno non sono così stupida da mettermi contro una società segreta assassina! Io non ho nemici mortali, tu sì!»

«Emily...» disse in un grugnito soffocato.

«Lascia perdere!» lo bloccai.

Non ne potevo più di quei continui battibecchi, dei suoi atteggiamenti di superiorità e delle eterne accuse.

In preda alla rabbia e alla frustrazione, corsi fuori dalla camera, sbattendomi la porta alle spalle per poi gettarmici contro di schiena. Chiusi gli occhi e feci un respiro profondo per ritrovare la calma. Ma il petto mi si stringeva. Avremmo continuato così per sempre? Mi trascinava con sé perché era costretto a farlo, mi trattava come un rifiuto e ogni volta che tra noi cominciava a nascere qualcosa di simile a un'amicizia, mi allontanava ancora di più.

Udii Ashton che muoveva la maniglia e mi aspettavo che spalancasse la porta e mi rimproverasse ulteriormente. Ma, sebbene la serratura non fosse bloccata, la porta rimase chiusa e gli scossoni cessarono.

Di colpo mi resi conto di ciò che avevo fatto. Aprii la porta con uno strattone e proprio dietro trovai Ashton rannicchiato a terra, impotente. Annaspava disperato, aveva gli occhi iniettati di sangue e tutto il corpo contratto.

Mi buttai in ginocchio. «Respira! Ashton, torna a respirare!»

Tutta la tensione svanì di colpo. Fece un respiro profondo e rantolante, cadde in avanti e atterrò con la fronte sulla mia spalla.

Ero come impietrita e non sapevo se fosse stato talmente sul punto di soffocare da aver dimenticato tutta la rabbia nei miei confronti, o se semplicemente non avesse la forza di mantenere le distanze.

Al momento non mi importava. Ero solo felice che stesse bene. Gli misi una mano sulla nuca, lo strinsi forte e lo sentii tremare. Le sue lacrime mi gocciolavano sulla clavicola e mi scorrevano sulla pelle.

«M-mi dispiace...» Mi morsi il labbro per non singhiozzare. E se fossi andata in bagno o fuori dall'albergo e non fossi riuscita a tornare in tempo per evitare il peggio? Come mi era saltato in mente di dirgli di non fiatare più?

Solo ora mi rendevo conto di che cosa significasse dovermi obbedire. Quanto doveva essere orribile per lui?

Dopo alcuni respiri profondi, si era più o meno ripreso e si tirò su a sedere.

Con una mano tremante si accarezzò gli occhi e tolse il velo di lacrime dalle ciglia. «Magari cancella quella frase dal tuo vocabolario» suggerì con voce strozzata.

«L'ho già fatto» gli assicurai. «Sei sicuro di stare bene?»

Sulle sue labbra si affaccio un sorriso stanco, lo sguardo rimase abbassato. «No» rispose.

Si alzò e tornò in camera. «Per prima cosa dovremmo spostarci dal corridoio» suggerì, massaggiandosi le tempie.

«Se chiudi la porta, si attiva l'incantesimo di protezione che ci protegge dal Mondo di Fuori».

Diedi un'occhiata alle altre camere.

Se su quel piano c'erano altri ospiti oltre a noi, probabilmente non si erano accorti dell'incidente. In ogni caso, nessuno uscì a controllare.

Entrai, mi chiusi la porta alle spalle e mi feci coraggio. Anche se non volevo continuare la discussione, sapevo che era giunto il momento di parlarne con Ashton.

«Hai detto che non mi rendo conto di quello che ho fatto» cominciai. «Me lo spiegherai?»

Ashton si limitò a sbuffare con sprezzo, senza nemmeno voltarsi a guardarmi.

«Magari senza accuse e insulti?» suggerii. «Perché non voglio litigare. Sono già consapevole di aver combinato un guaio e che per te fidarti di me è difficile. Ma non puoi far finta di credermi per un po' e parlarmi normalmente?»

Ashton strinse le mani a pugno. Non sapevo se si sarebbe arrabbiato di nuovo, se mi avrebbe dato della stupida o se non avrebbe più voluto parlarmi e basta. Ma almeno ci avevo provato.

«È...» esordì, ma si interruppe di nuovo. Era difficile non notare quanto fosse arduo per lui esprimere apertamente e sinceramente quello che provava.

Inspirò a fondo dal naso ed espirò dalla bocca, come se prima di tutto avesse bisogno di prendere coraggio, proprio come me. «Ogni cosa è come una battaglia» spiegò infine. La voce gli tremava leggermente. Mi dava ancora le spalle e probabilmente non aveva intenzione di voltarsi a guardarmi. «Ogni respiro, ogni movimento. Perfino... provare emozioni. Come se il mio corpo, la mia mente, il mio cuore non mi appartenessero più. Come se tutto ciò che sono e che mi rende me stesso fosse nelle mani di qualcun altro. Combatto costantemente contro un potere invisibile che vuole controllare ogni mio passo, ogni mia parola e ogni mio pensiero. Che tu lo voglia o no, mi hai trasformato in un burattino. E solo perché non passi il tempo a tirare i fili, non significa che io non li senta. Io...» Alzò le mani e le guardò come se non fossero le sue. Proprio come dopo il rituale nel cimitero.

Era così che si era sentito dopo essere tornato in vita? Come una bambola priva di libero arbitrio? Era così che si sentiva sempre?

Mi si strinse la gola e uno spietato misto di senso di colpa e compassione quasi mi divorò da dentro. Mi faceva male immaginare quanto stesse soffrendo... quanto soffrisse per causa mia.

Ora, almeno, tutto aveva un senso. Perché il suo stato d'animo si alternava di continuo tra il rifiuto e lo sconforto, e perché non mi era grato per averlo riportato in vita. Perché invece per lui era più facile odiare e diffidare di me.

Ma che cosa avevo fatto?

Deglutii a fatica, cercai le parole, ma non sapevo che cosa dire o fare. Io volevo solo aiutarlo...

Le lacrime mi si raccolsero agli angoli degli occhi. Le asciugai, ma continuavano ad arrivarne sempre di più. L'ultima volta che mi ero sentita così colpevole e impotente era stato dopo la sua morte.

Singhiozzai e mi seppellii il viso tra le mani. Dannazione, perché avevo la lacrima così facile? Dopotutto, era lui a dover soffrire. Aveva tutte le ragioni per piangere, eppure ero io che non riuscivo a trattenere i singhiozzi.

«Perché piangi adesso?» mi chiese. Dal tono sembrava disorientato.

«Io...» Tirando su con il naso, cercai di ricompormi. «Mi dispiace tanto... io...»

Sospirò, si avvicinò a me e mi abbracciò. Ora tutto mi crollò definitivamente addosso e non ci fu modo di fermare le lacrime.

«Se hai bisogno di un fazzoletto, avvertimi» mi pregò. «La mia camicia è appena lavata».

Singhiozzai e risi allo stesso tempo, seppellii il viso nel suo petto e mi ripromisi di calmarmi. «Non ti ordinerò mai più di fare qualcosa» giurai. Forse così sarebbe stato tutto più facile per lui.

«Quindi niente più "non fiatare"?» chiese. «Niente "vieni!" quando hai voglia di ballare?»

Sgranai gli occhi. Alla festa non ci avevo minimamente pensato, in preda al traboccante entusiasmo. Non voleva affatto ballare e aveva danzato con me volteggiando solo perché era stato costretto a farlo.

«Hai proprio ragione, sono solo una stupida» ammisi.

«Non lo sei» obiettò lui. «L'ho detto solo per... be', per ferirti perché...»

«Perché anch'io ti ho ferito». Mi staccai da lui.

Le sue mani erano ancora posate sulle mie braccia e mi guardò a lungo. «Perché mi piaci» disse esitante, quasi incerto.

«Io ti...?»

«Cioè...» Si guardò intorno come se da qualche parte in giro per la camera ci fosse una spiegazione adeguata. «Quello che intendo dire... è che sei molto simpatica».

Ero confusa. «A-ah...» Con la voce roca, proseguì. «Quando è venuto fuori che facevi la carina con me solo perché avevi il compito di distrarmi, mi sono arrabbiato. Con te, con la tua famiglia, ma soprattutto con me stesso, per essermi fidato dei Seymour nonostante i sospetti che avevo. Me la sono presa con te, e questo non è stato giusto. Tu non sei una stupida. È tutto quello che stavo cercando di dire».

«G-grazie?» balbettai.

Quello che stava succedendo ora non aveva del tutto senso per me. Aveva davvero detto che gli piacevo? Non l'avevo mai visto così impacciato. Anche se... quando nella libreria antiquaria aveva detto che il mio vestito mi stava bene, si era comportato in maniera abbastanza simile. Che poche parole più o meno gentili potessero turbare così tanto una persona come lui faceva, in un certo senso... tenerezza.

«Comunque...» continuò, ricomponendosi, e si schiarì la voce. «A questo punto sono sicuro al novantanove per cento che non sei in combutta con la tua famiglia e quella Confraternita».

«E che cosa ti ha fatto cambiare idea?»

«Non avrebbero certo inviato una piagnucolona ad affrontarmi» affermò senza mezzi termini, come se quello non fosse un insulto.

Io boccheggiai. Ashton non fece nemmeno un ghigno, che avrebbe indicato che stava solo cercando di fare lo spiritoso. Al contrario, rimase perfettamente serio.

Lyvin mi aveva già avvertito che aveva modi bruschi e diretti, ma questo era il non plus ultra. Quando si trattava di parlare, quell'Ashton solitamente così solido e sicuro di sé, era piuttosto maldestro. E quando entravano in gioco le emozioni, la sua incrollabile autostima si sgretolava. Dovevo riconsiderare la prima impressione che avevo avuto di lui.

Ashton Goodwin era tutt'altro che perfetto. Era bello, aveva un carisma quasi intimidatorio, ma azioni semplici, come ringraziare, dire "mi piaci" o pensare prima di dare della piagnucolona a una persona, rappresentavano per lui un compito quasi insormontabile. Anche se, ovviamente, aveva ragione. Io ero una piagnucolona.

«Sai una cosa? È positivo» dissi.

«Ah, sì?»

Annuii. «Perché a questo punto sono sicura che sei al novantanove per cento un ragazzo proprio carino e solo all'uno per cento un idiota».

«Almeno due per cento» obiettò.

Sulle sue labbra spuntò un sorriso tenero, che gli si addiceva molto di più di quel broncio. I suoi occhi letteralmente brillavano, il suo sguardo era caloroso e trasparente. Senza che lo volessi, il cuore iniziò a battermi più forte. Abbassai in fretta lo sguardo, e vidi che le sue mani non erano più sulle mie braccia. Si erano spostate fino ai polsi.

Era strano che mi tenesse così (e probabilmente non era sua intenzione) perché non appena me ne accorsi, mi lasciò andare, fece un passo indietro e si schiarì la gola.

«Puzzi di pesce» disse.

«Ehm...»

«Forse vuoi...?» Fece un gesto verso la porta.

«Vado a farmi una doccia!» lo anticipai, afferrai l'asciugamano e uscii di corsa dalla camera. Ero avvampata fino alle orecchie.

Era irresistibilmente bello, sicuro di sé e coraggioso, ma

soprattutto era un idiota impacciato e testardo. Ma... mi piaceva. Forse proprio per questo.

23

Piuttosto insistente, questo Guardiano

Era ancora presto quando mi trovai davanti allo specchio dell'armadio, ad affannarmi per far sparire il vestito rosso sotto la toga.

«Hrrr!» ringhiai con frustrazione, e srotolai il tessuto per l'ennesima volta.

Ashton tornò dal bagno, si chiuse la porta alle spalle e guardò divertito i miei inutili tentativi di avvolgermi nel lenzuolo. Ovviamente la sua toga gli calzava a pennello e, per di più, si era anche drappeggiato lo scialle sulle spalle a mo' di stola.

«Allora, qual è il piano adesso?» domandai, per distrarmi dalla mia situazione intricata. «Torniamo a Salem?»

«Non voglio attirare la Confraternita verso la mia famiglia. È rischioso, ma dovremmo cercare di scoprire i loro piani. E so già da dove possiamo cominciare».

«A-ah...» Il tessuto mi scivolò di nuovo dalle spalle. Gemetti per la frustrazione. «Mi aiuti? Ci dev'essere un trucco per riuscirci. Se ci fossero le istruzioni sull'etichetta insieme a quelle per il lavaggio, tutto questo non sarebbe un problema».

«Dubito che le istruzioni ti aiuterebbero».

«A-ha!» Tentai di nuovo la fortuna e questa volta ci riuscii. Il risultato mi faceva effettivamente assomigliare a una vera veneziana.

«Tadaa!» Allargai le braccia con orgoglio... e il tessuto scivolò giù a terra. Infastidita, chinai la testa.

«Non voglio finire così» mi disse Ashton impietosito.

Raccolse la stoffa, si mise dietro di me e me ne mise un angolo sulla spalla. «Devi avvolgerlo due volte intorno al corpo» mi spiegò, vicinissimo al mio orecchio. Il suo respiro si posò caldo sulla mia pelle, la peluria sulla nuca mi si rizzò e cercai di non far capire quanto la situazione mi turbasse.

«Vedi?» Mi mise le mani sui fianchi e mi guardò allo specchio. «Così è perfetta».

No, non lo vedevo. Per me solo il suo riflesso era perfetto. I brillanti occhi verdi incorniciati da folte ciglia, i capelli neri come la pece che gli ricadevano a ciocche sulla fronte, la curva delle sue labbra... Girai la testa di lato.

«Sta benissimo» dissi con voce velata, sgusciando tra Ashton e lo specchio per riportarmi a una distanza di sicurezza.

Se non fossi riuscita a ricompormi, per la Confraternita prenderci sarebbe stato un gioco da ragazzi. Dopotutto, riuscivo a malapena a formulare un pensiero chiaro quando Ashton mi stava vicino.

«Possiamo andare, allora?» chiese Ashton.

«Certo!»

Scendemmo le scale, ma mi arrestai quando udii una voce che conoscevo. Forse mi ero sbagliata, ma ricordava molto quella del Guardiano. Cardeles.

Il mio battito accelerò di colpo. Lanciai un'occhiata di avvertimento ad Ashton, mi portai l'indice alla bocca e salii gli ultimi gradini in punta di piedi per sbirciare dietro l'angolo. E infatti, là in piedi davanti al bancone, con la sua uniforme di Guardiano, c'era Cardeles che parlava con Alessia.

«Più di così non posso proprio aiutarla» sentii dire Alessia. «Come ha detto che si chiama?» Si chinò per appoggiare la testa sulle mani e sbatté le ciglia in modo lascivo.

«Seth Cardeles» rispose, stringato. «E gli altri ospiti? Qualcuno avrà visto qualcosa».

Diedi un'occhiata alla porta di fronte. Era chiusa. Vi era appeso un cartello con la scritta "Stuff" e dietro di essa regnava un completo silenzio. Non si sarebbe mai detto che il giorno prima ci fosse stata una sala da pranzo con una specie di bar e decine di ospiti dall'aria losca.

Alessia fece le fusa come un gattino. «Che nome melodioso. Seth. Si scioglie in bocca. Ma sono sicura che uno come Lei lo sentirà sempre. Un ragazzo così bello»

«No, non proprio» ribatté lui. «Torniamo alla mia domanda».

«Ahimè, purtroppo gli affari non vanno molto bene. Nella mia umile struttura non è presente alcun ospite, e non ho mai visto nessuno che corrisponda alla descrizione. A essere sincera, non vedo nessuno qui da molto tempo. Sono una ragazza molto sola». Si avvolse una ciocca di capelli intorno al dito e rivolse a Cardeles uno sguardo innocente. Quando mi vide sulle scale mi fece un cenno impercettibile di sparire. «Ma forse un caffè mi rinfrescherà la memoria. Conoscerà di sicuro il *Caffè Florian* in Piazza San Marco?»

«Sono in servizio» rifiutò.

Ci precipitammo alla porta.

«Quindi in servizio non beve caffè?» chiese Alessia, stupita.

«Non intendevo questo» rispose lui. Qualcosa sembrava

irritarlo, e non era il modo sfacciato di Alessia di flirtare con lui. Si girò verso la porta e ci vide. «Fermi dove siete!»

Mi fiondai fuori con tanto slancio che per poco non atterrai nel canale con un tuffo di pancia. Feci appena in tempo a curvare, sbandai quasi fino al bordo del marciapiede, mi tenni con una mano e mi rimisi in piedi.

«Di qua!» gridò Ashton, svoltando in un vicolo.

Lo raggiunsi.

«Dove andiamo?» chiesi in preda al panico.

«Hai sentito Alessia» fu la mera risposta, che non fu molto utile.

Mi gettai un'occhiata alle spalle. Cardeles ci stava alle calcagna e si avvicinava sempre di più.

Accidenti, come correva veloce! Ci braccava con un'espressione truce in volto. Prima i vampiri, poi questo Guardiano. E tutto perché gli avevo rivolto un'occhiata incuriosita?

La strada davanti a noi gradualmente si riempì. Si sentiva della musica. A quanto pare, la festa era ancora in corso e ci diede l'opportunità di scomparire tra la moltitudine di partecipanti prima che Cardeles ci raggiungesse.

Intorno a noi ballavano donne e uomini con i loro abiti variopinti a balze, le gonne fluenti e i pantaloni sbuffati, con cappelli a punta, maschere bianche, corone piumate e ampie gorgiere. Questa volta non mi presi il tempo di guardarmi intorno. Seguii Ashton, mi feci strada tra la folla, evitando qualsiasi contatto visivo per evitare che mi invitassero a ballare.

Ponte. Alla nostra destra si ergevano gli edifici, alla nostra sinistra si stendeva il mare aperto. Dopo pochi metri raggiungemmo una grande piazza, dove si svolgeva la manifestazione principale della festa. Qui, almeno un centinaio di veneziani eseguivano un'insolita coreografia sotto gli occhi di innumerevoli spettatori. Erano disposti in file da dieci in mezzo alla piazza e si muovevano come un sol uomo. Dondolavano le braccia, facevano roteare le gonne e alzavano i ventagli a ritmo di musica. Non potei fare a meno di fermarmi un attimo ad ammirare quello spettacolo impressionante.

Ashton mi prese per mano e mi trascinò con sé. Ci lasciammo alle spalle l'esibizione e corremmo verso due enormi pilastri di pietra, ciascuno sormontato dalla statua di una fata in abito veneziano. Con maschera e cappello piumato, proprio come i ballerini. Tendevano le mani come per abbracciarsi.

«Ecco!» Ashton mi trasse a sé, girò sui tacchi e si lanciò all'indietro. Una luce bianca ci avvolse, il mondo sembrò capovolgersi e un attimo dopo inciampai nella piazza, dritta tra i due pilastri. Solo che le statue delle fate erano scomparse. Al loro posto c'era un leone su una colonna e un uomo sull'altra.

Anche l'ambiente circostante era cambiato. Non c'era più una festa, bensì una moltitudine di turisti.

«Guarda!» chiamò una donna e ci indicò. L'uomo accanto a lei sollevò il cellulare e scattò una foto a me e ad Ashton con le nostre toghe.

«L'abbiamo seminato?» chiesi ansimando.

Anche Ashton era senza fiato. Annuì. «Sono abbastanza sicuro».

Sollevata, mi guardai intorno. Credo che nessuno avesse notato che eravamo apparsi dal nulla. I nostri abiti in stile antico attiravano molta attenzione.

«Questa è piazza San Marco?» chiesi. «Allora lassù deve esserci quel Marco». Indicai la statua sull'alta colonna.

Ashton si chinò verso di me. «Sinceramente, non so nulla di Venezia» confessò.

Diedi un'occhiata in mezzo alle colonne. Era davvero sbalorditivo che bastasse fare un movimento ben preciso al momento giusto e nel posto giusto per finire, da questa piazza affollata di turisti, nel bel mezzo di una festa di strada veneziana del XVI o XVII secolo.

«Ci vorranno ancora un paio d'ore perché il Guardiano capisca dove siamo andati» commentò Ashton. «E stavolta non sarà in grado di rintracciarci così in fretta, perché per allora saremo già tornati nel Mondo di Mezzo. Ma nel frattempo...»

«Sì?» chiesi.

«... per prima cosa facciamo colazione».

«Grazie a Dio! » gemetti. «Cominciavo a pensare che tu fossi uno di quei robot che mangiano solo cibo per astronauti un giorno si e uno no, e dormono giusto qualche ora per ricaricare le batterie».

«Anche se lo fossi, non riuscirei a concentrarmi sulla nostra missione con il tuo stomaco che brontola così tanto».

Mi misi una mano sullo stomaco. Lo sentiva davvero?

«Vieni» mi invitò. «Prima di partire, rifocilliamo gli orsi che ti porti nella pancia, prima che ruggiscano ancora più forte... Forse al *Caffè Florian* servono pane, banane e cacao».

Anche se avevo forti dubbi, bastò il solo pensiero a farmi venire l'acquolina in bocca.

Ci facemmo strada tra la folla di turisti e girammo l'angolo. Alla nostra sinistra c'era un porticato in cui si susseguivano negozi e caffè. Nella piazza c'erano file e file di tavoli e sedie, così stipati di clienti che si sarebbe dovuto impilarli per fare posto ad altri. Ero poco convinta che avremmo trovato un tavolo libero da qualche parte, e stavo già accarezzando l'idea di fare come i piccioni e infastidire i turisti finché non avessero avuto pietà di me e mi avessero lanciato delle briciole.

Poi un cameriere fuori da uno dei caffè ci notò. Sembrò riconoscere Ashton e alzò la mano in segno di saluto. «Ah, ecco i nostri ospiti annunciati!» Indicò l'ingresso del caffè. «Prego, entrate».

«Siamo attesi?» chiesi.

«L'ha organizzato Alessia» spiegò Ashton. «È per questo che ha parlato del caffè al Guardiano».

«E come faceva a sapere...»

«Sa praticamente tutto» mi interruppe. «È il suo mestiere».

«Okay, e che cos'ha di speciale quest'albergo?» chiesi. Mi era nuova che aiutare gli ospiti a sfuggire alla legge facesse parte delle mansioni quotidiane in un albergo, anche se gestito da un drago.

Ashton fece un sorriso sfuggente. «Che cosa dev'esserci di speciale? Alessia conduce una normalissima piccola attività famigliare. Niente di più, niente di meno».

«Ufficialmente» aggiunsi alzando le sopracciglia.

Lui annuì. «Esatto».

«E ufficiosamente?»

Ashton si sporse verso di me. «Ufficiosamente, tutti hanno bisogno di una buona scorta ogni tanto, di qualche informazione o di cose che non si possono ottenere facilmente per vie legali. E quale posto migliore per farlo se non la tana di un drago?» Indicò la porta.

Il cameriere ci precedette e noi lo seguimmo nell'angusto caffè, passando davanti a tavoli di legno antico, panche dall'imbottitura rossa e pareti decorate d'oro con enormi specchi e opere d'arte storiche. L'arredamento antico era impressionante, anche se non si confaceva troppo ai miei gusti.

Con un gesto ampio, il cameriere ci invitò ad accomodarci a un tavolo nell'angolo più in fondo. Avrei voluto chiedergli di portarmi un secchio di caffè e una carriola piena di cose da mangiare. Poco importava quali.

Presi il menù e scorsi le varie voci. «Non potevamo chiedere ad Alessia della Confraternita?»

«L'ho già fatto da tempo» mi assicurò Ashton. Dal tono sembrava rassegnato e assente. Alzai lo sguardo su di lui oltre il menù. Aveva abbassato gli occhi, sembrava del tutto assorto nei suoi pensieri, e stringeva la mano come se cercasse inconsciamente di frantumare tutta la tensione e la frustrazione. «Nessuno sa spiegarsi le aggressioni o chi ci sia dietro questa Confraternita. Nemmeno negli ambienti clandestini del Mondo di Mezzo».

«Lo scopriremo, vedrai» lo tranquillizzai, cercando di rassicurarlo un po'.

Ashton reagì con un sorriso silenzioso. «Sai già che cosa ordinare?»

Tornai a guardare. Era illustrato, il che mi fece brontolare ancora di più lo stomaco, e mi accarezzai le labbra con la lingua.

Udii Ashton fare una risata sommessa e alzai lo sguardo verso di lui. «Che c'è?» chiesi, anche se potevo ben immaginare che cosa lo divertisse. Famelica com'ero, dovevo dare l'impressione di volermi divorare il menu. Che poi non era del tutto inverosimile. Con l'appetito che avevo, mi sarei mangiata anche un pezzo di cartone.

Il cameriere tornò.

«Prendiamo una selezione di tutto» gli disse Ashton. «Per me un caffè nero. E per te?»

«Un latte macchiato» risposi in fretta.

Poco dopo, il nostro tavolo era cosparso di piccole torte, cuori ricoperti di cioccolato con lamponi freschi, mousse alla vaniglia, waffle e pasticceria assortita. Dovetti trattenermi per non sbavare sul tavolo. Dopo che il cameriere ebbe servito anche le bevande, mi avventai su quelle prelibatezze. Divoravo tutto ciò che mi capitava a tiro, senza esclusione di colpi. Forse anche il menù. A posteriori, non saprei dire di più.

«E hai già un'idea di che cosa fare dopo?» domandai con la bocca piena, infilandoci un altro cuore di cioccolato e innaffiandolo con un bel sorso di caffellatte.

«Per prima cosa voglio riesaminare l'ultima scena del crimine» disse.

«E dov'è?»

«In Francia. È per questo che abbiamo lasciato il Mondo di Mezzo a Venezia. La piega di New York finisce lì. Per andare oltre, dobbiamo usare un'altra piega».

Mi tornò alla mente la mappa appesa in camera sua. Che conoscesse tutte le biforcazioni e le intersecazioni delle pieghe dello spazio? Di certo aveva trascorso molto tempo nel Mondo di Mezzo e aveva già visto tutti i luoghi possibili.

«In Francia, quindi» dissi, alzando gli occhi per guardarlo. «Parigi?»

Ashton era seduto appoggiato allo schienale, sorseggiava il caffè e mi guardava da oltre il bordo della tazza. Il suo piatto era vuoto e inutilizzato.

«Non proprio. Si va a Marsiglia» mi spiegò.

Spostai lo sguardo da lui al suo piatto e viceversa. «Tu non mangi niente?» chiesi.

«Aspetto di poter prendere qualcosa senza rischiare. A

giudicare da come ingurgiti tutto, ti divoreresti anche me».

Sorrisi e riportai l'attenzione sul mio cibo. «Potrebbe succedere» ammisi.

24

Vive la France!, o come si dice

Dal *Caffè Florian* raggiungemmo direttamente un vicolo appartato di Marsiglia, dove innanzitutto abbandonammo le toghe. Ero davvero impaziente di vedere la parte della città nel Mondo di Mezzo, anche se la mia attenzione avrebbe dovuto essere rivolta alle indagini sull'omicidio. Mi sembrava ancora irreale che avessi appena viaggiato fino in Francia per risolvere un caso misterioso.

«Come scorre il tempo qui?» domandai.

«Non così lentamente come a New York o a Venezia» spiegò Ashton, riponendo la sua toga in un vaso di fiori. «Rispetto al tempo standard, è in ritardo di circa cento anni».

«Siamo intorno al 1920, quindi?» Abbassai gli occhi su di me. «Così andrò bene, credo».

«È vero che in Francia la moda è una priorità assoluta, ma non conta tanto il secolo a cui ci si rifà. Basta essere alla moda». Mi diede un'occhiata fugace. «Per la gente del posto è più importante che si parli la loro lingua».

Mi cadde la mascella. «Ma io non so il francese!»

«Allora almeno fai finta di saperlo» mi consigliò con un'alzata di spalle e s'incamminò.

Fare finta... Non avrebbe funzionato mai nella vita!

Uscimmo dal vicolo.

«Merci... Croissant... Attention...» borbottai.

«Vous devez travailler votre prononciation» disse Ashton in un francese perfetto... o anche no. In fondo, non conoscevo minimamente quella lingua. Come quasi tutto in francese, le sue parole suonarono come una confessione d'amore incredibilmente romantica. Ma poteva anche essere che mi avesse appena spiegato perché i cani puzzano di formaggio quando giocano a poker.

«Merci?» dissi, esitante.

Lui sogghignò e si girò verso la strada mentre io mi guardavo intorno. Non ero mai stata a Marsiglia. Men che meno nella Marsiglia degli anni Venti. Quello che vidi era davvero bello: acciottolato, stradine strette, edifici addossati l'uno all'altro, con così tante fioriere traboccanti di erbe e fiori profumati all'ingresso delle case che passarci in mezzo era una vera e propria avventura. Passammo davanti a piccoli caffè e pasticcerie dalle porte verniciate in colori vivaci, vedemmo facciate di case dipinte ad arte e donne dall'abbigliamento chic, con decolleté, cappelli di feltro rotondi, guanti di pizzo e fili di perle al collo. Mi sembrava di trovarmi dentro un vecchio film in bianco e nero... solo che era a colori, aveva il sonoro e di tanto in tanto si vedevano ali di fata, orecchie a punta o un'antica carrozzina che si spingeva da sola sul marciapiede come per magia. Guardai la carrozzina. Che ci fosse davvero un bambino dentro? Prima che riuscissi scorgere qualcosa, era scomparsa dietro l'angolo.

Era interessante il fatto che non si vedeva nessun compensatore. A quanto pareva, gli abitanti preferivano invecchiare insieme alla loro piega, il che a sua volta significava che il mondo intorno a loro, con tutti i suoi abitanti, girava più velocemente. Il fatto che non se ne preoccupassero affatto si vedeva subito. Per le vie regnava un'atmosfera tranquilla e rilassata, come se a nessuno importasse minimamente della velocità con cui gli altri correvano nelle loro vite, purché fossero lasciati in pace. Non potevo certo immaginare che in luogo come quello fosse avvenuto un omicidio.

Raggiungemmo una strada trasversale.

«Da questa parte» disse Ashton, facendo un cenno con il capo verso uno stretto vicolo sul lato opposto della strada. Feci per attraversare subito, ma lui mi trattenne per un braccio. «Un secondo ancora».

In quel momento, alla nostra sinistra lampeggiarono luci abbaglianti e come dal nulla apparve un tram. Io sbandai per lo spavento, risuonò uno scampanellio e le carrozze antiquate ci passarono davanti. Si arrestarono per una breve sosta a una fermata poco distante da noi, alcuni passanti scesero e salirono, poi il tram scomparve di nuovo nella luce della piega dello spazio alla nostra destra.

«Dov'è che porta il tram?» chiesi. Quel pezzo d'antiquariato non viaggiava certo sulle rotaie della Marsiglia dei giorni nostri.

«Nella parte parigina del Mondo di Mezzo» spiegò Ashton.

Parigi, pensai mentre attraversavamo i binari.

Marsiglia era già incredibilmente incantevole, che meraviglia doveva essere andare a Parigi?

Il fatto che stessi indugiando non fece fermare Ashton. Era già scomparso nello stretto vicolo e dovetti affrettarmi per non perderlo di vista. All'angolo successivo si fermò davanti a una scala in mezzo agli edifici.

«L'omicidio è avvenuto qui?» gli domandai.

Le case di quella zona avevano solo poche finestre piccole, in alto, e pochi ingressi di servizio. Di notte doveva essere un luogo inquietante, dove era meglio non aggirarsi da soli.

Ashton annuì. Il suo sguardo era rivolto ai gradini. «Proprio qui. L'anima è passata oltre senza problemi. Non c'è infestazione». Si accovacciò e posò la mano su un gradino. «Anche se la si riesce ancora a percepire... ma succede sempre così con le morti violente».

Mi guardai intorno. «Poi ti hanno incaricato di scacciare l'anima per precauzione?» disse.

«Precauzione?»

«Voglio dire, perché ti hanno chiamato se non per questo?»

«Tipico dei Seymour» brontolò. «Per voi necromanzia significa solo scacciare anime irrequiete. Concedere di tanto in tanto qualche anno in più o riportare in vita qualcuno per chiedere il numero di una cassetta di sicurezza. Quando incontrate un fantasma, non vi interessa scoprire che cosa lo tiene vincolato al nostro mondo. Ve ne sbarazzate e vi intascate il compenso».

«Era solo una domanda» mi difesi alzando le mani. Per aver affermato che l'inimicizia tra le nostre famiglie era una reliquia dei tempi andati, l'opinione che aveva di noi non era particolarmente alta.

Si alzò in piedi. «Quando mi hanno chiamato, il cadavere non era ancora stato portato via. Perciò ho avuto l'opportunità di richiamare l'anima nel corpo un'ultima volta. È così che sono venuto a conoscenza delle parole *fraterni e rivelazione*. Forse aveva visto il tatuaggio sul palmo della mano di uno degli aggressori. Non era un'esperta di storia; però, da quanto dicono i suoi genitori, per hobby si interessava di usanze e rituali antichi».

«Quindi, grazie al suo hobby, conosceva la Confraternita della Rivelazione e ha riconosciuto il simbolo» conclusi.

Ashton annuì. «È probabile».

«Pensi che sapesse qualcosa di più?» Forse sarebbe stato troppo sperare che potesse darci qualche nome, ma doveva pur esserci un motivo per cui ad Ashton era stata tolta l'indagine.

«Anche se fosse, non posso più richiamare l'anima perché non c'è più un corpo a cui farla tornare» spiegò. «Però c'è un'altra possibilità. Sapresti padroneggiare un incantesimo di déjà vu?»

Scossi la testa. «Non mi dice niente».

«Sono incantesimi che ti permettono di rivivere momenti passati. Funzionano solo con eventi che lasciano un'impronta. Come un omicidio, per esempio, perché interferire con l'equilibrio tra la vita e la morte di solito lascia tracce».

«È per questo che percepisci ancora la presenza della vittima?»

«Esatto. E se mi cedi i tuoi poteri, possiamo rivivere i suoi ultimi secondi. Un necromante non può lanciare l'incantesimo da solo. In due dovremmo riuscirci».

Tese il braccio verso di me, il che mi rese subito nervosa. Mi allontanai da lui e alzai le mani in segno di difesa. «Non vorrai farlo sul serio!»

«Sei voluta venire a tutti i costi per aiutarmi» disse. «Questa è la tua occasione».

«Ma non così!» insistetti. «Non con la necromanzia. Te l'ho detto che non sono capace. Il Restutio impertes è stato il primo rituale che ho eseguito, e se penso a ciò che ho scatenato, so per certo che sarebbe meglio se tenessi le mani lontane da queste cose. Voglio dire, e se mandassi per sbaglio la tua anima nell'aldilà? Di nuovo?».

Ashton mi afferrò le mani. «Non succederà» mi assicurò. «Ora chiudi gli occhi. Lascia fluire i tuoi poteri».

Mi guardai intorno incerta: «Non ci serve un cerchio rituale?»

Un sorriso fugace gli passò sulle labbra. «No, quelli sono solo per chi non riesce a controllare i propri poteri».

«Ehm... okay?» Mi aveva nascosto che io ero una di quelle persone? Sembrava proprio di sì, perché stava già chiudendo gli occhi e facendo respiri profondi. Poiché ero di certo sulla buona strada per rovinare tutto se non avessi almeno cercato di dare il mio contributo, lo imitai. Poco dopo, avvertii i poteri di Ashtons passare a me.

Mi aspettavo il contrario, cioè che mi avrebbe risucchiato la magia come limonata da una cannuccia, perciò rimasi sorpresa quando fu invece la sua magia a fluire nel mio corpo. Il potere di un necromante, intriso di vita, capace di toglierla e di concederla. Era caldo, quasi come la luce del sole, e mi scorreva nelle vene a tempo con i battiti del mio cuore.

I suoi poteri erano molto diversi dai miei. Mentre io, quando mi abbandonavo ai miei poteri, mi sentivo come travolta da un'onda irrefrenabile, i suoi erano controllati e di una calma che si rifletteva anche nelle parole che sussurrava a voce bassa. Parole in una lingua a me sconosciuta, che probabilmente solo i Goodwin padroneggiavano.

Per me era difficile lasciar fare ad Ashton. La sua magia era troppo affascinante. Sentivo il bisogno di esplorarla piuttosto che accettare che i suoi poteri si mescolassero ai miei come l'inchiostro con l'acqua. Temevo, però, che farlo avrebbe avuto effetti collaterali indesiderati. Conoscendomi, avrei inavvertitamente liberato il suo potere sulla vita e sulla morte, trasformandoci in vecchietti o in bambini piccoli. Per gli estranei sarebbe stato di sicuro uno spasso vedere due bimbi di tre anni che arrancavano per le strade di Marsiglia vestiti di abiti troppo grandi, a litigare di un incantesimo fallito. A me non avrebbe fatto piacere.

Ashton fece un sorrisetto.

«Che cosa c'è?» domandai a bassa voce.

«Niente, solo i tuoi pensieri».

«Cosa?» gemetti. «Tu mi leggi...»

«Shh» mi ammonì. «Non smettere di concentrarti sulla magia. Sto per lasciarti le mani, continua a mantenere l'incantesimo, apri gli occhi e fai qualche passo indietro».

Mantenere l'incantesimo? Avevo avuto la sensazione che fosse successo qualcosa quando i nostri poteri si erano mescolati (come gli acquerelli, quando il blu e il giallo producono un verde intenso), ma non mi ero accorta che in me fosse già in atto un incantesimo.

Tuttavia, cercai di mantenerlo stabile, concentrandomi su quel pensiero con i colori. L'incantesimo era verde e doveva rimanere tale.

Ashton mi lasciò andare, io aprii gli occhi e lo vidi in piedi, sfocato, davanti a me. Evidentemente, con la nostra magia, avevamo creato una specie di bolla tra noi. Quando feci un passo indietro, la bolla crebbe, e a ogni mio passo racchiudeva un ambiente più ampio.

Raggiunsi il muro di una casa. Non potevo arretrare più di così, ma non ne avevo bisogno. La bolla comprendeva già il luogo del crimine. L'ambiente al suo interno tremolava e sembrava di un grigio pallido; pioveva ed era piuttosto buio.

Appena nella bolla, dal nulla, apparve una persona, capii che si trattava della vittima.

L'abbigliamento dell'ondina si adattava bene alla Francia del Mondo di Mezzo. Indossava un lungo cappotto di lana, scarpe alte e un berretto da cui sporgevano le orecchie a punta. La pioggia le aveva provocato una reazione sulla pelle, che aveva assunto un riflesso verdastro e aveva formato squame di pesce ai margini del viso. I capelli sembravano alghe e nei suoi occhi sbatteva un paio di palpebre supplementari. Aveva l'aria agitata e continuava a guardarsi intorno. Probabilmente percepiva quello che sarebbe accaduto da un momento all'altro.

Quando raggiunse le scale, le ombre si staccarono dalle pareti alle sue spalle, crebbero e strisciarono verso di lei. Quella era ombromanzia! Proprio come l'aveva eseguita zia Sophia. Poteva essere una coincidenza?

Le ombre si avvicinarono all'ondina. Anche se fuori dalla bolla ero al sicuro, cominciai a provare paura. Volevo avvertirla, gridarle che era in pericolo, ma sapevo che non poteva sentirmi più di quanto io riuscissi a sentire lei.

Le ombre si tramutarono in sagome. Uomini in abiti scuri. I loro volti scomparvero sotto i cappucci. Quando la donna si accorse di loro, era ormai troppo tardi. Uno di loro la afferrò per le braccia, l'altro la minacciò con un coltello. Ma lei resistette, lottò, graffiò l'uomo e si divincolò. Perse l'equilibrio, cadde sui gradini, sbatté la testa e rimase immobile.

Mi si mozzò il respiro e l'incantesimo fu percorso da un tremolio instabile perché avevo smesso di concentrarmi. Guardai Ashton, il quale ovviamente si stava sforzando per compensare la mia mancanza di controllo. Fissava con ostinazione ciò che stava accadendo, facendo pesanti respiri.

Le sue mani tese tremavano. Non volevo abbandonarlo, così misi da parte le emozioni e lasciai fluire di nuovo i miei poteri. L'immagine tornò più nitida. Vidi che gli uomini stavano discutendo. Ovviamente, non era stata loro intenzione uccidere la donna. Alla fine, l'uomo con il coltello si chinò su di lei, le raschiò alcune scaglie dalla pelle e le raccolse in una fiala.

Non capivo perché. Di sicuro c'erano modi più semplici per ottenere le scaglie di un'ondina. Chiedere gentilmente, per esempio. Mi faceva infuriare il fatto che quella donna innocente avesse dovuto morire a causa delle azioni senza scrupoli di quegli uomini. Non aveva fatto nulla, e quel bottino non giustificava averle tolto la vita.

Qualcuno mi toccò la spalla, io gridai per lo spavento e l'incantesimo eseguito con tanta cura scoppiò come una bolla di sapone.

Ashton mi fissò, con gli occhi sgranati. Mi voltai di scatto, incespicai all'indietro e mi ritrovai di fronte a Cedric. Che diavolo ci faceva mio fratello qui? Mi sembrava che fosse apparso dal nulla, proprio come gli uomini in abito scuro di prima. Ashton mi posò una mano sul braccio come se dovesse proteggermi da lui. Proprio da Cedric, tra tutti, che ci aveva salvato dal fantasma arrabbiato del cimitero. Dopo un breve momento di shock, ritrovai la calma.

Un sorriso malizioso incurvava le labbra di Cedric. Alzò le mani e assunse un'espressione innocente. «Non volevo spaventare nessuno qui» mi assicurò.

«Come...?» balbettai. «Da dove...?»

«Come ti ho trovata? Ma voi che cosa state facendo qui?» Si guardò intorno con curiosità. «Cercate di risolvere un omicidio?»

«Tua sorella ti ha fatto una domanda» gli ricordò Ashton, gelido. Le sue parole erano velate d'inequivocabile minaccia.

«In realtà, ha solo balbettato qualche parola incoerente...» lo corresse Cedric, divertito. Si rivolse a me. «Hai idea della situazione a casa? Mamma e papà hanno un esaurimento nervoso, zia Sophia è impegnata a lanciare incantesimi di ricerca senza sosta e Mandy sta già prendendo le misure di camera tua». Rise. «Credo che abbia intenzione di trasformarla in una cabina armadio».

«Non avete voluto credermi quando vi ho detto che qualcuno aveva cercato di uccidermi» spiegai. «Ashton è l'unico che mi ha dato retta e ora stiamo cercando di...» Mi interruppi perché Ashton mi conficcò le dita nel braccio in segno di avvertimento. Squadrava Cedric con sospetto.

«Come sei riuscito a trovarmi?» domandai.

«Io ho contatti ovunque». spiegò con un occhiolino e poi fece un cenno con il mento verso Ashton. «Il tuo ragazzo potrà confermarlo, non è vero, piccoletto? Anche tu attingi ai contatti della tua famiglia per le indagini» disse.

All'improvviso, Ashton scattò verso Cedric. Reagii con prontezza e gli misi una mano sul petto appena in tempo per impedirgli di scagliarsi contro mio fratello come un animale selvaggio. I suoi occhi scintillavano di rabbia, aveva il corpo che tremava dalla tensione e il respiro corto. Gli scoccai un'occhiata di rimprovero. Che cosa pensava di fare? Aveva davvero intenzione di fare a botte per strada?

«Buono!» Cedric indietreggiò con le mani alzate. «Tieni a bada il tuo cagnetto, sorellina».

Ashton ringhiò cupo e strinse le mani a pugno. Se non mi fossi messa in mezzo, probabilmente per il naso di Cedric sarebbe già stato troppo tardi. E Ashton sembrava volerglielo spezzare ancora di più. Eppure Lyvin aveva affermato che lui ammirava Cedric. Sarebbe stato più appropriato parlare di odio.

«Non chiamarlo così» implorai Cedric.

«Come, cagnetto?» sogghignò Cedric. «O piccoletto?»

Ashton sbuffò sprezzante.

«Perché no?» chiese Cedric con aria di sfida. «Di' un po', Goodwin! La verità è che tu sei appena maggiorenne. È da irresponsabili che i tuoi genitori ti lascino lavorare completamente da solo su casi di omicidio. E poi tiri in ballo anche mia sorella. Poteva succedervi qualcosa. Che cos'è che stavate guardando? L'aggressione di un'ondina? Due ragazzi come voi non dovrebbero avere a che fare con ladri e assassini. Questo è compito dei Guardiani».

«C'è molto di più, dietro» dissi.

«Anche se fosse, questo non giustifica una manomissione della scena del crimine». Guardò Ashton. «So che a voi Goodwin piace ficcanasare nei casi di omicidio. Pensate che sia la vostra vocazione aiutare chi non è ascoltato. Ma la verità è che solo i Guardiani hanno giurisdizione su questi casi. Voi e la vostra famiglia dovreste limitarvi a tenere sedute spiritiche e a mostrare alle anime perdute la strada verso l'aldilà. Se scegliete di farvi pagare con una stretta di mano e un pasto caldo, sono affari vostri. Ma restate fuori dalle questioni dei Guardiani. Se hanno bisogno dell'aiuto di un necromante, ne chiameranno uno. Sarò senza dubbio io, certo, ma questo non ti dà il diritto di fare ricerche per conto tuo. Soprattutto quando metti in pericolo mia sorella».

«È questo che dici alle famiglie delle vittime di omicidio quando ti pregano di stare al loro fianco?» ribatté Ashton.

«Di certo non cerco di trarre profitto dal loro dolore» ribatté Cedric incrociando le braccia sul petto.

Ashton ringhiò con rabbia. «Senti chi parla».

Cedric alzò l'indice con fare minaccioso. «Se tu...»

«Basta!» li interruppi entrambi. «Lo so, avrei dovuto lasciare un biglietto. Ma non avevo nemmeno intenzione di stare via per tutto questo tempo. Abbiamo scoperto...»

«Emily!» mi avvertì Ashton. Che non si fidasse di mio fratello era evidente. Ma di qualcuno dovevamo pur fidarci, e se c'era una persona che s'intendeva di casi di omicidio nel Mondo di Mezzo, quella era Cedric. Di certo non avrei permesso alla gelosia di Ashton di impedirmi di chiedergli aiuto.

«Va bene» dissi rivolgendomi a Cedric. «Abbiamo scoperto che la morte di Ashton non è stata un incidente. Anche l'attentato alla mia vita aveva lo scopo di toglierlo di mezzo. Gli autori sono gli stessi che hanno ucciso quell'ondina».

Il sorriso impenetrabile sulle labbra di Cedric svanì. Guardò oltre me, verso Ashton. «E tu trascini mia sorella in questa storia?» lo accusò, senza aspettare la risposta e rivolgendosi a me. Sembrava sinceramente preoccupato. «Ti senti bene? Sembri pallida e stanca».

«Sì, io...»

«Oh, vieni qui!» Mi tirò verso di sé e mi abbracciò forte. «Devi averne passate tante. Mi dispiace di averti dato la sensazione di non poterti confidare con me. Almeno avrei dovuto ascoltarti come si deve. È a questo che servono i fratelli maggiori».

«Be', ora sei qui» dissi.

«Proprio così» confermò e sciolse l'abbraccio. «Dimmi tutto quello che sai. Se qualcuno vi sta davvero dando la caccia, troveremo i colpevoli. Te lo prometto».

Guardai Ashton, che irradiava con ogni fibra del suo essere la poca stima che nutriva per Cedric.

«Cedric ha ragione» dissi. «Abbiamo bisogno di aiuto se vogliamo incastrare la Confraternita».

«Confraternita?» fece eco Cedric.

Annuii, guardai di nuovo Ashton, che si limitò a fare una smorfia di lato, ma non accennò a interrompermi. Così iniziai a raccontare.

25

E la Torre Eiffel dov'è?

«È la cosa migliore» mi assicurò Cedric mentre ci dirigevamo verso la piega dello spazio. Lanciò un'occhiata sfuggente ad Ashton. «Per tutt'e due».

Si era offerto di accompagnarci alla sede del Guardiano più vicina, che si trovava a Londra. Ero già impaziente di vedere la città... anche se la paura di ciò che mi aspettava con i Guardiani superava l'emozione.

«E sei sicuro che i Guardiani non ci getteranno in una cella buia, o che so io?» chiesi.

Cedric rise. «Sono sicuro che non lo faranno. Prenderanno in considerazione le circostanze. Certo, ci sarà un'udienza perché hai lanciato un incantesimo proibito, ma fino a poco tempo fa non pensavi di avere poteri. Lo interpreteranno a tuo favore e ti lasceranno andare con un richiamo».

«Bah!» fece Ashton.

Cedric alzò un sopracciglio. «Quando si lavora spesso con i Guardiani, come faccio io, si arriva ad apprezzare loro e il loro lavoro». Si rivolse ad Ashton. «Non ti farebbe male nemmeno avere un po' più di fiducia. Non tutti quelli che limitano la tua libertà sono automaticamente tuoi nemici. La maggior parte di loro lo fanno per il tuo bene».

«Le persone di cui mi fido sono già abbastanza» gli assicurò Ashton. «I Seymour non sono tra queste».

Cedric sorrise. «Io e te potremmo imparare molto l'uno dall'altro».

Aspettammo che il tram fosse passato, poi attraversammo i binari. Poco prima di arrivare dall'altra parte, Ashton iniziò a tossire senza riuscire a ricomporsi.

«Stai bene?» chiese Cedric con sospetto.

Ashton annuì. «Mi sono solo ingozzato» gracchiò, si sostenne con le mani sulle ginocchia e accusò un altro violento accesso. Mi venne subito in mente che poteva esserci dell'altro. Veleno? Un effetto collaterale dell'incantesimo di déja vu? Mi chinai su di lui e gli toccai il braccio.

«Stai bene?» chiesi.

Lui mi guardò, mi afferrò la mano e si mise a correre.

«Ehi, che cosa fai?» gli chiesi di scatto.

«Fidati di me!»

Raggiungemmo la fermata. Il tram stava già annunciando la partenza e Ashton mi spinse verso la porta. «Salta su!»

«Ma...» Guardai Cedric, che era alle nostre calcagna. Certo, mi fidavo di Ashton. Proprio come volevo fidarmi di mio fratello. Non sapevo che cosa fare.

Ashton mi risparmiò di decidere tirandomi a sé e saltando in un sol colpo oltre la porta aperta del tram. Tenendosi a un palo, si sporse e fece un inchino esagerato in direzione di Cedric.

«Anche lui casca ogni volta nello stesso tranello» sogghignò.

Cedric ci rincorse per un po', ma presto rimase indietro e alla fine dovette arrendersi.

«Ma che cavolo fai?» imprecai, e spinsi via Ashton.

«Non c'è bisogno di arrivare alle mani» si lamentò.

«*Fidati di me*» lo scimmiottai, alzando gli occhi al cielo. «Dovrei saltare giù seduta stante».

«Magari non proprio adesso» mi consigliò.

In quel momento, fummo catturati dalla piega dello spazio, tutto divenne bianco e i sentii i miei piedi perdere il contatto con il suolo mentre il tram faceva un giro della morte.

Qualcuno mi prese la mano e, anche senza vedere nulla, seppi che era Ashton. Lo percepivo e basta... la sua vicinanza, la confidenza che c'era tra noi. Mi trasse a sé, fuori dal tram, nella piega dello spazio e del tempo. Quando i miei piedi ritrovarono un appoggio, avvertii un terreno morbido, sentii il rumore delle foglie sotto i miei passi incespicanti, e uccelli cinguettare da qualche parte sopra la mia testa. L'ambiente circostante si manifestò come un bosco, vidi qualcosa di grande e scuro davanti a me e ci sbattei violentemente contro.

Mi tenni la fronte barcollando, mentre sentivo Ashton reprimere una risata beffarda. Io ero finita dritta contro un albero, mentre il suo atterraggio era stato di gran lunga più elegante.

Ringhiai infastidita. «Sarà così ogni volta che viaggeremo insieme? Tu attraversi la piega dello spazio volteggiando come un acrobata e io ti rimbalzo dietro come una pallina magica?»

«Non sono abituato a portare qualcuno» disse lui. Se era un tentativo di scusarsi per il fatto che quasi la metà dei nostri salti si era conclusa con graffi e lividi sul mio corpo, non gli era riuscito benissimo. Mi strofinai ancora la fronte ammaccata e mi guardai intorno. Eravamo atterrati nel bel mezzo del nulla, in una foresta primordiale, o qualcosa di simile. In ogni caso, Parigi non era come me l'ero immaginata. Del tram o dei binari non v'era più traccia.

«E la Torre Eiffel dov'è?» chiesi.

«Abbiamo preso una deviazione prima che il tram raggiungesse Parigi» spiegò Ashton. «Qui nessuno ci troverà tanto in fretta».

«Con nessuno intendi Cedric, giusto?»

«Tra gli altri».

«Ti rendi conto che stava cercando di aiutarci?»

«E tu ti rendi conto che tutti i membri della tua famiglia sono sulla lista dei sospettati? Tuo fratello in cima».

«Cedric? Mai!» obiettai. «Non mi farebbe mai del male. Per non parlare del fatto che ha cercato di interrompere il rituale non appena le scintille hanno iniziato a raggiungerti. Voleva salvarti, come può essere il tuo assassino? È innocente!»

Ashton sollevò le sopracciglia. «Proprio come tua madre, suppongo?»

«Solo perché ogni tanto è un po' severa, questo non fa di lei un'assassina!»

«E tua nonna è rimbambita, non sarebbe in grado di pianificarlo, un omicidio». Mi guardò come un insegnante in attesa che arrivassi da sola alla risposta giusta. Ma non gli feci il favore. Poteva aspettare a lungo prima che accusassi qualcuno della mia famiglia.

«Tuo padre non è dotato di poteri magici» proseguì. «Quella Mandy è troppo infantile, e tua zia ha desiderato troppo a lungo di diventare una Seymour per tradire la tua famiglia. Stando a te, nessuno dei tuoi è idoneo, vero?»

«Può essere» dissi, anche se non era del tutto vero. Non potevo fare a meno di pensare che Sophia usasse l'ombromanzia proprio come gli uomini vestiti di scuro. Tuttavia, mi guardai bene dal dare ad Ashton ulteriore materiale da sfruttare per incolpare la mia famiglia. Inoltre, era già sufficiente che uno di noi fosse incline alle condanne a priori. Io, a differenza di Ashton, non avevo intenzione di lanciare accuse senza prove.

«Probabilmente si tratta solo di un grosso malinteso» disse. Le sue parole grondavano sarcasmo. «Vogliamo tornare indietro e far finta che niente sia mai successo? I vampiri se ne saranno già andati da un pezzo, e la Confraternita avrà anche di meglio da fare che dare la caccia a noi, quindi che importa?! Corriamo il rischio, torniamo a casa e speriamo in bene. Tanto, alla fine, in gioco ci sono soltanto le nostre vite»

«Cedric non è un assassino» ribadii, spingendo Ashton da parte per seguire un sentierino che, con un po' di fortuna, mi avrebbe condotto fuori da quella foresta primordiale.

«Credo di essere un giudice migliore di te» mi gridò dietro Ashton.

«Ah, sì?» risposi io, continuando a camminare in mezzo ad alberi coperti di muschio tra la boscaglia incolta.

Avevo l'impressione che fossimo i primi ad avventurarci in quella foresta da decenni. Rami e spesse radici si allungavano sullo stretto sentiero, tanto che dovetti sollevarmi l'orlo della gonna per evitare di rimanere impigliata di continuo.

Quasi non filtrava luce dal fogliame sopra di me e, quando guardavo in alto, avevo la sensazione di vedere tutto un mondo a parte. Gli alberi erano così giganteschi da offrire un habitat sufficiente per mille animali, insetti e piante rampicanti. Polline dorato scintillante aleggiava sopra di me e brillava letteralmente alla luce dei pochi raggi di sole che riuscivano a farsi strada attraverso le chiome degli alberi. Potevo osservare gli scoiattoli che correvano da un ramo all'altro e vidi un intero stormo di corvi appollaiati tra le fronde. Con gli occhi spalancati, ci fissavano con sospetto, il che era piuttosto inquietante. Dove diamine ci aveva portato Ashton?

Mi fermai e mi voltai verso di lui. Mi stava raggiungendo, volevo domandargli dove fossimo, ma non me ne diede l'occasione.

«Dimmelo sinceramente» esordì. «Tu non conosci davvero tuo fratello. Certo, vivete sotto lo stesso tetto, ma sai qualcosa della sua vita quotidiana? Sai qualcosa del suo lavoro o delle sue attività nel Mondo di Mezzo? Tu non sai nulla di necromanzia. L'hai ammesso tu stessa. Perciò, non conosci Cedric come lo conosco io. Credimi, è capace di tutto».

«Quello che ha detto Lyvin non era una battuta, eh? Sei geloso di lui».

«Credi davvero che mi lascerei condizionare dalla gelosia quando è in gioco la mia vita? Ti ho detto che la famiglia della vittima mi ha tolto il caso e lo ha dato ai Seymour. Allora perché Cedric ha fatto finta di non sapere niente del caso di omicidio? Era quello che voleva farci credere, capisci? È sicuramente coinvolto».

«Io... non ci credo». Le parole di Ashton sembravano convincenti. Ma Cedric? Mai... o forse sì? La mia mente cominciò a correre.

«Dovrai crederci per forza».

Scossi la testa. Cedric doveva essere quello che aveva tagliato il sacco di sale per poi incolpare me della morte di Ashton? Aveva aizzato l'Incubo contro di me? No, doveva esserci un'altra spiegazione. Ero abbastanza sicura che Ashton non volesse sentire ragioni. Non era più utile discuterne, quindi lasciai perdere.

Mi guardai intorno: «Questa foresta mi ricorda in modo

sospetto l'Età della pietra» dissi, cercando di cambiare argomento. «Non vorrei che un dinosauro sbucasse da dietro l'angolo e ci scambiasse per il suo pranzo».

«Non c'erano dinosauri nell'Età della pietra» mi corresse Ashton.

«Be', allora va bene così. Preferisco essere mangiata da una tigre dai denti a sciabola che da un Tyrannosaurus rex».

«Siamo in Irlanda» spiegò. «Non tutte le pieghe dello spazio attraversano grandi città, e solo perché vedi qualche albero non significa che siamo atterrati nell'Età della pietra. La maggioranza degli abitanti del Mondo di Mezzo preferisce condurre una vita ritirata nella natura, che appunto per questo costituisce gran parte del Mondo di Mezzo. Questo sentiero qui, tra l'altro, lo usano gli animali selvatici. Se continuiamo a seguirlo, probabilmente ci condurrà a un branco di cinghiali. Quindi, a meno che tu non abbia intenzione di affrontare un cinghiale arrabbiato, è meglio se mi lasci andare per primo». Girò i tacchi e tornò indietro per la strada che avevamo percorso.

«Potevi anche dirlo prima» mi lamentai.

Irlanda, dunque? Avevo visto più paesi negli ultimi due giorni che in tutte le gite scolastiche e le vacanze precedenti. Questo dipendeva principalmente dal fatto che la concezione di vacanza dei Seymour era esplorare una cripta cimiteriale o liberare la villa dalle presenze residue lasciate da innumerevoli spiriti: in pratica, le pulizie di primavera della necromanzia.

«E in questa piega chi ci vive?» chiesi.

Ora che sapevo che ci trovavamo ancora nel Mondo di Mezzo, mi guardai intorno con ancora più attenzione. Ma a parte quegli inquietanti corvi e alcuni strani coleotteri nel sottobosco, non riuscii a scorgere nulla di insolito.

«Ogni sorta di creature» rispose Ashton. «Perlopiù spiriti della natura, driadi, elfi, goblin, qualche troll e ninfe. Tutti coloro che non si sentono più a proprio agio nella natura cannibalizzata del Mondo di Fuori. Se magari ogni tanto tu stessi zitta, riusciremmo ad avvistare anche qualche abitante del posto».

«Ma io sto...!»

Ashton si fermò di colpo e si voltò verso di me. Per poco non andai a sbattergli addosso. Mi posò un dito sulla bocca, non si mosse e respirò in silenzio. Io lo imitai.

Mentre eravamo così vicini e il battito dei nostri cuori era il rumore più forte, notai che nella debole luce della foresta i suoi occhi erano verdi e intensi come il muschio degli alberi. E più lo guardavo, più sfumature dorate apparivano nel lucente verde scuro.

Ashton si comportava sempre in modo freddo e sprezzante, ma io sapevo che in realtà lui non era così. I suoi occhi non potevano mentire. Brillavano di calore, e in quel momento mi sembrava che brillassero solo per me.

Il mio cuore batteva più forte mentre lui si chinava su di me. Il suo dito si spostò piano dalle mie labbra, la sua mano scivolò sulla mia guancia e, proprio mentre apriva leggermente la bocca e tutto in me gridava: *Cavolo, sta per baciarmi!*, qualcosa di piccolo e scintillante ci sfrecciò accanto.

All'improvviso iniziarono a vorticarci intorno decine di luci, non più grandi del mio palmo. Solo quando guardai più da vicino mi resi conto che erano piccole figure alate. Dovevano essere elfi. I loro corpicini erano così luminosi che non riuscivo nemmeno a capire se fossero vestiti o completamente nudi.

Parevano incuriositi, ci ronzavano intorno e mi si

avvicinavano così tanto alla faccia che la luce mi accecava e vedevo macchioline rosse ovunque.

Ashton mi diede un colpetto e indicò un albero coperto d'edera. All'inizio non capii che cosa volesse farmi vedere, ma poi mi resi conto che non era corteccia quella che si intravedeva tra le foglie d'edera, bensì la pelle di una driade. Aprì gli occhi, mi sorrise e alzò una mano per portarsi il dito alle labbra, come Ashton aveva fatto con me poco prima. Poi chiuse di nuovo gli occhi e si fuse con l'albero alle sue spalle.

Ashton mi tese la mano, io la presi e lui mi condusse più nel fitto della foresta, dove incontrammo molte altre creature fuori dal sentiero. Ovunque intorno a noi si scorgevano movimenti. Dovetti fare attenzione a dove camminavo perché le piante tiravano fuori le radici e i rami da sotto i miei piedi. Vedevo i contorni di figure alte fino alle ginocchia nascoste negli alberi cavi e nelle siepi più fitte, driadi che emergevano dalla corteccia degli alberi e ci scrutavano, esseri senza corpo che si libravano sulle nostre teste come viluppi di nebbia scintillante. L'intera foresta era viva, respirava, sussurrava e ci osservava da innumerevoli occhi.

Ci avvicinammo a un ruscello e anche da lontano riuscii a sentire le risate sopra l'acqua che scorreva.

Ashton scostò i rami di una siepe e scoprì alla vista una radura di una bellezza mozzafiato. Da alte falesie, una cascata precipitava e si infrangeva su massi coperti di muschio che spuntavano ovunque dal torrente cristallino. Scintillando alla luce dorata del sole, l'acqua si insinuava tra un mare di fiori, felci e alberi maestosi.

Vicino alla cascata, alcune ninfe delle acque erano sedute sui massi, a ridere e parlare tra loro in una lingua che si sarebbe potuta scambiare per il canto del vento tra le chiome degli alberi.

Pensavo di essere stata molto silenziosa stavolta, e invece le ninfe si allarmarono, si guardarono intorno e infine si gettarono in acqua, dove si tramutarono in gocce e si mischiarono al corso del torrente.

«Ho fatto troppo rumore?» sussurrai ad Ashton.

«Le ninfe sentono ogni respiro umano, anche a grande distanza. Non riuscirai mai a ottenere più di una breve occhiata. Perfino qui nel Mondo di Mezzo, dove non rappresentiamo una minaccia per loro».

Sollevata da quelle parole, mi voltai verso la foresta e gridai per lo spavento quando un petto d'uomo mi sbarrò come un muro la vista. Inciampai all'indietro, facendo scappare ogni creatura che prima aveva osato uscire dal suo nascondiglio. Sopra di me, gli uccelli volarono via, gli elfi sparirono a rifugiarsi nel sottobosco, le piante e i tronchi che avevano preso vita si congelarono tornando a essere vegetazione immobile.

Davanti a me c'era un uomo enorme. Era alto almeno tre teste più di me e largo il doppio. Era così peloso che si poteva quasi parlare di pelliccia; aveva una faccia da capra, irrequiete orecchie pendenti, enormi corna ritorte sulla testa e zoccoli al posto dei piedi.

Un fauno. Più palese di così.

«Ora però hai fatto un po' troppo rumore» disse Ashton, asciutto. Evidentemente non era né sorpreso né allarmato dall'improvvisa apparizione del fauno, mentre il mio respiro si faceva corto e il mio cuore si ribellava nel petto.

Perché nel Mondo di Mezzo tutto doveva essere così tanto più grande rispetto a come me l'ero immaginata dalle illustrazioni?

Già solo quelle corna da sole... Non c'era da stupirsi che il fauno avesse sul collo una muscolatura che avrebbero fatto invidia a qualsiasi culturista. Dopotutto, doveva sorreggere sempre un peso immenso.

Il fauno si voltò verso Ashton e chinò il capo in segno di rispetto. «Ash Goodwin» lo salutò con voce scura e melodiosa. «Hai portato un'estranea nella mia foresta?»

«Non ho potuto farne a meno» si scusò Ashton. «Emily, permetti che ti presenti Kieron. È il signore di questa foresta».

Il fauno si girò verso di me e annuì di nuovo in modo cortese. L'aura che lo circondava era davvero intimidatoria. Sembrava quasi di poterla toccare.

«Signorina. Spero di non avervi spaventata troppo».

«Ehm, no... io...» balbettai, impacciata.

«Bene, allora» disse, rivolgendosi di nuovo ad Ashton. «Immagino che tu non mi abbia cercato senza motivo».

«Ho bisogno del tuo aiuto» confermò Ashton.

«Capisco, vi prego, seguitemi». Con queste parole, Kieron si voltò per andarsene.

26

Non c'è motivo di diventare subito un assassino

Non avevo idea di come o dove vivessero i fauni. Tutto ciò che sapevo su di loro proveniva da un libro in cui erano raffigurati come vivaci uomini-capre con i flauti di Pan. Una descrizione che non corrispondeva esattamente a Kieron.

Ci condusse più nel fitto della foresta, ma non seguì sentieri già esistenti e non si orientò con altri segnavia visibili. Di sicuro, senza il suo aiuto al ritorno non avrei ritrovato la strada.

Quando ormai ci eravamo già addentrati così tanto nel sottobosco che nemmeno il sole riusciva più a penetrare tra le fitte cime degli alberi, fui colta da un senso di nausea. Avrebbe dovuto essere buio pesto. Invece, tutto intorno a noi sembrava immerso in una luce verde. Ogni tanto si udiva un crepitio nella boscaglia. Un gufo ci seguiva con lo sguardo, le ombre sembravano muoversi e Kieron era riconoscibile solo come una spettrale figura indistinta. Avrei preferito fare a meno di ombre inquietanti in quel momento. Dopotutto, avevo appena visto quelle ombre tramutarsi in uomini e uccidere una donna innocente.

«Non c'è bisogno di farsi prendere dal panico» disse Ashton con noncuranza.

«Panico?» chiesi. «Che cosa te lo fa pensare?»

Probabilmente me lo leggeva in faccia. Anche se cercavo di non darlo a vedere, non riuscivo a placare il nervosismo.

«I fauni sono pacifici, e Kieron è un ottimo amico della mia famiglia da molto tempo» mi rassicurò.

«Non ho paura» insistetti con voce insolitamente stridula, che non suonò molto convincente.

Ashton spostò gli occhi verso il basso, io seguii il suo sguardo e solo allora mi resi conto che ero aggrappata alla sua manica come una bambina. Dovevo averla afferrata inconsciamente. Avvampai sulle guance e lo lasciai subito.

«Forse un pochino...» ammisi con imbarazzo.

«Ci sta» disse lui. «Abbiamo tutti paura, a volte. Anche i più coraggiosi».

«Tu mi ritieni coraggiosa?» Un sorriso mi sfiorò le labbra.

Ashton mi guardò di sfuggita. «Ho conosciuto gente più fifona».

«E tu?» chiesi con aria di sfida. «Anche all'eroico necromante Ashton Goodwin capita di spaventarsi?»

«Quando mi hai minacciato con il coltello, mi si sono strette le viscere. Non si sa mai di cosa è capace una Seymour. Ho pensato che mi avresti ucciso e, ovviamente, avevo ragione». Fece un sorrisetto.

«Non avresti dovuto cercare di rubarmi il cibo. In quei casi, non scherzo».

«Adesso lo so» disse, tendendomi la mano. «Vieni, coniglietta!»

Mi bloccai. Voleva davvero... tenermi per mano? Come una coppia di fidanzatini delle elementari? Esitante, alzai un braccio. «Un momento! Coniglietta? Io non sono una fifona!» mi lamentai.

«Lo so» disse lui, mi afferrò la mano e mi trascinò con sé.

Rossa fino ai capelli, lo seguii incespicando. Con il caos di sentimenti che mi aveva scatenato dentro, non c'era più spazio per la paura. Al massimo, avevo paura di interpretare male il suo comportamento nei miei confronti. Aveva detto che gli piacevo, ma che cosa significava? E, anche se la prima volta che ci eravamo incontrati gli ero stata simpatica, era ancora così, dopo tutto quello che era successo? Non ero sicura che avesse cercato la mia mano per noi due o perché semplicemente stavo indugiando troppo. In fondo, eravamo rimasti un po' indietro e non era certo il caso di perdere di vista Kieron nel fitto della foresta.

Ora che era Ashton a dettare il passo, in breve raggiungemmo il fauno. Kieron tirò da parte alcuni bassi rami cadenti e vi scomparve dietro. Lo seguimmo.

Davanti a noi si aprì una radura, Ashton mi lasciò la mano e io mi guardai intorno. Al centro della radura si ergeva una strana struttura composta da un albero e una casa. Era impossibile dire dove finisse la possente quercia e dove iniziasse la casa.

Spesse radici avvolgevano la facciata di legno, le pareti, le travi e le finestre erano sghembe, apparivano schiacciate e fuoriuscivano letteralmente dalle radici. Sul tetto c'era una specie di terrazza con una balaustra, ma non si capiva se fosse fatta di legno o dei rami della quercia. Il tetto, o quello che se ne riusciva a scorgere, era coperto di muschio e in alcuni punti i rami fuoriuscivano dalle finestre del piano superiore o attraversavano direttamente il muro della casa.

Gettai indietro la testa e, più in alto sul tronco dell'albero, vidi delle cavità, dalle quali si intravedevano le cornici delle finestre e le tende. Un ramo assomigliava molto a una canna fumaria, un altro poteva essere una piccola torre.

Kieron si incamminò verso una porta che pendeva sbilenca sui cardini e che scricchiolò quando la aprì. Lo seguimmo dentro, e io mi guardai intorno con curiosità. Non c'erano muri dritti o linee pulite. Tutto sembrava essere cresciuto in maniera naturale. Perfino i mobili e le scale che salivano su per il tronco dell'albero.

«Si tratta di nuovo di quegli spostamenti insoliti?» domandò Kieron mentre si dirigeva verso le scale.

«Proprio così» confermò Ashton. «Ho scoperto che gli aggressori si muovono attraverso le ombre. Ho anche incontrato due di loro. Gli uomini avevano sul palmo della mano dei tatuaggi che molto probabilmente erano stati formati dall'ombromanzia». Si voltò verso di me. «Vieni?»

Ero ancora intenta a guardarmi intorno, stupefatta. Tutto in quella casa, anche per me, sembrava tozzo e piccolo. Non riuscivo a spiegarmi il fatto che Kieron, che rispetto a me era un gigante, si sentisse a suo agio qui dentro. C'era un cucinino angusto, e le tazze a fiori che stavano su una mensola storta nelle mani di Kieron dovevano sembrare stoviglie per bambole. L'idea che si sedesse su una di quelle seggioline strette a sorseggiare da una di quelle tazze con il mignolo alzato mi fece sorridere e fece subito sembrare Kieron un po' meno minaccioso.

Seguii lui e Ashton su per le scale. «Che cosa vuol dire che i tatuaggi sono stati formati dall'ombromanzia?» domandai ad Ashton.

«Sai come funziona l'ombromanzia?» chiese lui di rimando.

Annuii. Per una volta, almeno, potevo fingere di aver capito tutto. In realtà, quel modo di viaggiare per me era del tutto nuovo.

«Quando le persone modellano a forma di ragno il frammento d'ombra che raccolgono, questo funge anche da segno di riconoscimento. Possono usarlo per essere identificati dai loro committenti, il che significa che l'organizzazione probabilmente è più grande di quanto vorremmo. Inoltre, l'ombra dopo un po' si dissolve, perciò non possiamo incastrare le persone coinvolte dai tatuaggi».

Sarebbe stato troppo facile cercare i tatuaggi sui palmi delle mani di tutti i sospettati per incastrare i colpevoli. Ma forse Ashton se lo stava inventando, perché Cedric non aveva nessun ragno sulla mano.

Continuammo a salire. I gradini ripidi e inclinati si snodavano all'interno del tronco attorno a un ceppo di legno con diverse cavità dove alcuni uccelli avevano nidificato. Sentii il pigolio degli uccellini, feci per dare una sbirciatina in una delle cavità e mi ritrassi per lo spavento quando un merlo mi piombò contro intimandomi a gran voce di stare lontana dai suoi piccoli.

«Certo che anche tu fai arrabbiare tutti, eh?» mi stuzzicò Ashton.

«Mi è giunta voce che nel frattempo ci sono stati altri episodi» disse Kieron.

«Altre due aggressioni» confermò Ashton.

«E conosci ora e luogo?»

«Certo» confermò, sciorinando una raffica di numeri che presumibilmente indicavano longitudini e latitudini. Il fatto che riuscisse a snocciolarli così a memoria mi colpì. Io non riuscivo nemmeno a ricordarmi il numero di telefono della mia famiglia.

«Quindi Kieron sa delle aggressioni?» chiesi.

«È stato lui a consigliarmi di scoprire come gli aggressori riuscissero ad apparire così all'improvviso e a scomparire senza essere visti» spiegò Ashton.

Kieron attraversò una porta che era difficile da riconoscere come tale. Pareva più una spaccatura tra due sporgenze dell'albero. «Non perdiamo tempo» suggerì. «Non sappiamo per quanto ancora sarete al sicuro qui».

«Ci stanno seguendo?» chiese Ashton.

«È da un po' che lo osservo» confermò.

«Come può averci osservato?» chiesi a voce bassa.

La stanza in cui entrammo era inondata dalla luce che filtrava dal soffitto. Anche se forse soffitto non era una definizione adatta. Sopra di noi, le pareti si incurvavano l'una verso l'altra e si fondevano diventando rami. Il sole faceva capolino tra foglie e frasche, e io scorsi qualche scoiattolo, topolini e altri nidi di uccelli.

Al centro della stanza, proprio di fronte a un cerchio rituale consumato di cui non riuscivo a capire lo scopo, dal pavimento spuntava un tavolo contorto. Su di esso erano ammassate diverse strisce di stoffa non tinta. Non avevo la più pallida idea della loro funzione. La stanza non aveva certo l'aspetto di una sartoria. Non c'erano né una macchina per cucire, né un arcolaio, né tantomeno aghi e fili.

«Se c'è qualcuno che sa come muoversi nelle pieghe dello spazio, quello è Kieron» disse Ashton. «È profondamente radicato nel Mondo di Mezzo. Proprio come la vecchia quercia di questa casa. Percepisce le correnti e le fluttuazioni nel tessuto dello spazio e del tempo. È per questo che siamo qui. Può aiutarci a rintracciare la Confraternita».

Kieron fece correre la mano sopra i pezzi di stoffa. Non ne toccò nessuno, eppure la stoffa sembrò reagire. Dove faceva scorrere le dita, i fili guizzavano di luce.

«Dalla prima volta in cui sei venuto qui a sottopormi la questione, non ho mai smesso di tenere d'occhio i movimenti insoliti del tessuto spazio-temporale» spiegò Kieron mentre si concentrava con intensità sulle strisce di stoffa. «Ultimamente, si sono radunati intorno a te, e me ne sono accorto solo quando ho percepito la tua presenza nella mia foresta, Ash. Chiunque ti stia seguendo è già vicino».

«Cedric?» chiesi io, incerta.

«Non so di chi si tratti, ma qualcuno è entrato nella mia foresta poco dopo di voi». Alzò lo sguardo dalla stoffa. «Non preoccupatevi, per il momento siete al sicuro. Nessuno trova questo posto tanto presto».

Prese una delle strisce di stoffa che avevano reagito alla sua vicinanza con un bagliore particolarmente intenso e la tastò con entrambe le mani: «È questa» disse. «Allontanatevi un po', per favore».

Ashton fece un passo indietro per lasciare libero il cerchio rituale. Mi era sembrato un residuo dimenticato di un antico incantesimo, ma evidentemente serviva ancora a qualcosa. Indietreggiai quando le linee e i cerchi consumati cominciarono a tremolare sotto i miei piedi.

Kieron sollevò in aria la striscia di stoffa, che si dispiegò sul cerchio rituale e si posò dolcemente a terra. All'inizio sembrava una tovaglia stropicciata, ma più la guardavo e più il disegno delle pieghe mi diventava familiare.

«Questa è...» mormorai, ma mi interruppi mentre il bagliore del cerchio rituale impregnava le fibre del tessuto fino a far apparire parole, linee sottili e forme. «Una mappa» terminai, guardando Ashton. «Le pieghe dello spazio, giusto?»

«In parte» confermò lui.

«L'Europa occidentale all'epoca dell'assassinio» spiegò Kieron. «Francia, Germania, una parte della Spagna e dell'Italia». Girò intorno al tessuto e vi scorse di nuovo le mani sopra. Sia il tessuto che la luce del cerchio rituale reagirono. Mentre la stoffa cominciava a muoversi dolcemente, come se ci fosse una finestra aperta da qualche parte che faceva entrare una leggera brezza, la luce continuava a guizzare e a pulsare lungo le pieghe del tessuto.

Osservai ogni cosa e a poco a poco cominciai a capire. «Tutto si muove. Il mondo, le pieghe... non stanno fermi».

«Il mondo è in continuo movimento» confermò Kieron.

Mi accovacciai. «E la luce sono le persone che viaggiano attraverso le pieghe?»

Kieron annuì. Era molto concentrato, il suo sguardo dardeggiava sulla stoffa come se cercasse qualcosa di molto specifico.

Guardai anch'io la mappa e trovai Marsiglia. Rispetto al resto della mappa, la città era solo un puntino attraversato da una delle pieghe, ma non feci in tempo a individuarla che sprofondò nell'ombra per una frazione di secondo.

«È questa» disse Kieron.

Potevo solo supporre che l'ombra avesse segnato l'ora dell'omicidio. All'inizio non capii come questo potesse aiutarci. Ma poi vidi che l'ombra era ancora presente. Si mosse lungo una piega dello spazio verso l'Italia e scomparve ai margini del tessuto.

Kieron reagì subito. Di slancio, tolse la stoffa dal cerchio rituale, la gettò sul tavolo e stese un altro panno al suo posto. Immediatamente linee e luoghi si tracciarono sulla stoffa, di nuovo la luce balenò lungo le pieghe e di nuovo notai l'ombra farsi strada attraverso la mappa. E non era l'unica. Vidi prima tre, poi cinque, ben presto una dozzina di quelle ombre.

Kieron tirò di nuovo via la nuova stoffa e ne gettò sul cerchio un'altra. Questa volta il materiale era intessuto così finemente che aveva innumerevoli pieghe. Evidentemente, mostrava il mondo intero con tutte le sue pieghe dello spazio. Le ombre fluttuavano ovunque. Dovevano essere almeno cinquanta, o più. Se erano tutti membri della Confraternita che si muovevano nel mondo con l'aiuto dell'ombromanzia, avevamo un problema molto più grande di un paio di vampiri e di ladri a piede libero.

Notai subito che le ombre continuavano a radunarsi in un luogo specifico.

«New York» disse Ashton.

Kieron tirò via il telo e ne stese uno più grezzo, che aveva una sola piega. Vi si stagliavano contro vie e palazzi. Mi avvicinai. La mappa mostrava ogni singolo edificio nella piega dello spazio di New York, il Vicolo delle Fate, la *Sartoria da Mary*, *Cursed Dolls & Doll Curses* e anche la libreria antiquaria. Le ombre arrivavano da un edificio in una via laterale.

«Laggiù!» disse Ashton. «Dobbiamo ripartire subito»

Kieron fece un respiro profondo e rilassò la postura. Luce e ombra svanirono, la magia del cerchio rituale svanì e anche la mappa di New York scomparve.

Mi alzai in piedi. «Vuoi andare là?»

«Ma certo» disse Ashton, come se non ci fosse motivo di esitare. Indicò la stoffa stesa a terra. «Quello sarà il quartier generale della Confraternita, lì troveremo i responsabili».

«È un motivo in più per starne alla larga» insistetti. «L'ultima volta che hai avuto a che fare con questa gente, ti hanno quasi ucciso».

Ashton strinse lo sguardo. «L'ultima volta che mi sono scontrato con uno di loro, ti ha convinto a seguirlo ciecamente».

«Non puoi proprio sapere se...»

«Tu resta qui!» mi interruppe. «Qui sarai al sicuro e non mi sarai d'intralcio. Andrò a New York da solo».

«Non hai nessuna prova che Cedric stia lavorando con quelli!» gridai, con le parole che quasi si accavallarono.

«È proprio per questo che devo andarci» insistette. «Devo trovare delle prove».

«Potrebbe essere il momento di condividere quanto hai appreso finora con i Guardiani del Tribunale» interferì Kieron.

«Ah!» feci io. «Proprio quello che ha detto Cedric».

Ashton mi lanciò un'occhiata velenosa.

«Sto solo dicendo...» brontolai.

Si rivolse a Kieron. «Non abbiamo ancora abbastanza prove in mano. Viaggiare con l'ombromanzia sarà anche malvisto, ma non è vietato. Inoltre, non sappiamo ancora perché queste persone puntassero alle scaglie dell'ondina. Anche nelle altre aggressioni sono state rubate cose insolite, piuttosto che di valore: capelli di ninfa, polvere di fata, la sfera di cristallo di una veggente...»

Riflettei. «Sembra che qualcuno stia raccogliendo gli ingredienti per un rituale e sia disposto a uccidere per averli».

«Solo che non si tratta di ingredienti che possano servire a uno scopo elevato» disse Ashton. «Tutti sanno che la polvere di fata si limita a brillare. Quella minuscola scintilla di magia che contiene non serve a nulla. E nemmeno le scaglie di un'ondina».

Per me, questa era un'ulteriore prova che Cedric non potesse avere nulla a che fare con tutto ciò. Lui sapeva bene quanto fossero inutili tutte quelle cose.

«Dovremmo davvero...» cominciai.

«No» mi interruppe di nuovo Ashton. «Se porto ai Guardiani questa storia, non mi ascolteranno e la questione della mia uccis...» Esitò.

Kieron e io ci scambiammo un rapido sguardo. Il fauno sembrava preoccupato.

«In che cosa ti sei invischiato, Ash?»

Ashton scosse la testa. «Non posso rivolgermi ai Guardiani. Devo scoprire da solo chi è il responsabile, è l'unico modo per cancellare tutto. È meglio che tu rimanga con Kieron, Em».

Senza aspettare una risposta, uscì dalla stanza. Feci per seguirlo, ma Kieron mi trattenne delicatamente per un braccio.

«Che cos'è successo?» chiese.

«Quella Confraternita lo ha ucciso» spiegai con voce velata. «Non volevano che li smascherasse, così lo hanno tolto di mezzo. Io l'ho riportato in vita, e ora è legato a me».

«Tu sei una Seymour, vero? Emily Seymour? Hai detto che Cedric è tuo fratello».

Annuii.

«Allora hai riportato indietro Ash con il Restutio?»

«Come...?» A quanto pareva, praticamente tutti conoscevano gli abissi più oscuri dei Seymour, Restutio impertes compreso... tranne me.

Kieron mi guardò. «Per svincolarsi dall'incantesimo, esiste un solo modo a me noto. Anche Ashton dovrebbe sapere qual è».

«Lui conosce un modo?» Perché non me l'aveva detto? Quindi non si fidava ancora di me. Il pensiero mi fece salire un nodo alla gola. Credevo che avessimo superato ormai da tempo quel punto.

«Deve vendicare la sua morte» spiegò Kieron. «Solo togliendo la vita a colui che lo ha ucciso potrà spezzare il legame».

Sgranai gli occhi. Ashton credeva che il responsabile della sua morte fosse Cedric! Voleva uccidere mio fratello? Presa dal panico, mi precipitai fuori dalla stanza.

«Ashton!» gridai e corsi giù per le scale.

Lui era già davanti alla porta d'ingresso.

«Fermati!» chiesi.

Ashton si bloccò di colpo, con la mano già sulla maniglia. La sua espressione si oscurò.

«Non... non voleva essere un ordine» mi scusai. Mi ero precipitata al piano di sotto così in fretta che dovetti fare un respiro profondo. «Per favore, puoi dirmi cosa stai combinando?»

Allontanò la mano dalla porta, ma non si voltò verso di me. «Lo sai benissimo. Tornerò a New York e scoprirò cosa c'è dietro le macchinazioni della Confraternita. Devono esserci per forza degli indizi, e io li troverò».

«E poi?» incalzai.

«Poi farò ciò che è necessario» disse con fermezza.

Scossi la testa. «Ma tu non sei un assassino!»

Ashton non mi guardò. Non ce n'era bisogno, perché sapevo già quanto fosse teso.

«Se devo scegliere tra ciò che sono ora e ciò che sarò quando avrò ucciso...»

«C'è di sicuro un altro modo».

«Non c'è, credimi». La sua voce era roca e sfinita.

«Ma...» Il mio sguardo scivolò sul pavimento. Aveva davvero intenzione di farlo? Sarebbe arrivato a tanto?

«Posso muovermi di nuovo?» sbottò.

Sussultando, alzai lo sguardo. «Certo. Scusa, io... non l'ho fatto apposta, davvero». Se non altro, stavolta non gli avevo ordinato di trattenere il fiato.

Ashton si girò verso di me, ma non mi guardò. Evitava letteralmente il mio sguardo, come se temesse che, guardandomi negli occhi, avrebbe dovuto ammettere di avere dubbi sulla sua decisione. Esitante, si avvicinò. «Se voglio porre fine a questa storia, devo consegnare il colpevole alla giustizia» spiegò con calma. «Non posso andare dai Guardiani e rischiare di mandare a monte la mia unica possibilità di tornare a essere me stesso».

«Ma non torneresti te stesso, diventeresti un assassino. Non posso permettere che...»

«Hai intenzione di vietarmelo?» chiese con amarezza.

«Ashton, guardam...» Mi morsi la lingua. «Puoi guardarmi, per favore?»

Con riluttanza, alzò gli occhi verso di me e mi mostrò la freddezza intrisa di rabbia che imperversava dentro di lui. Ma non solo. Dietro il dolore e l'amarezza c'era qualcos'altro. Vergogna. Si vergognava di aver preso la decisione di uccidere mio fratello. Era evidente quanto quel passo andasse contro tutto ciò che era. Eppure non sembrava vedere alcuna via d'uscita.

«Non voglio proibirti nulla» sbottai e feci un passo verso di lui. Nonostante il fatto che riuscisse a malapena a guardarmi negli occhi, nulla sembrava poter cambiare la sua decisione. Il solo pensiero di perderlo così mi spaventava immensamente. Non importava quanto spesso si comportasse in modo freddo e assente, io sapevo che aveva un cuore buono. Non potevo permettere che diventasse un assassino. Eppure non scorgevo un'ombra dubbio sul suo volto impassibile.

«Dovrai darmi un ordine se vuoi fermarmi» disse, in tono quasi minaccioso.

«Non posso farlo» insistetti. «Voglio che tu, di tua spontanea volontà...»

«Io non ho scelta!» mi interruppe. «Se non fosse stato per te, a Marsiglia avrei già...»

Sgranai gli occhi. «Avresti già cosa? Ucciso Cedric? Non è ancora stato dimostrato che c'entri qualcosa con quella Confraternita!»

Ashton non fece una piega. Le mie parole gli rimbalzavano addosso. Voleva un colpevole e credeva di averlo trovato in Cedric. «Forse non per te, ma per me i fatti parlano chiaro. Può essere stato solo Cedric. Quindi devi fare una scelta. O mantieni la tua promessa oppure mi privi definitivamente del mio libero arbitrio e mi togli l'unica via d'uscita che mi è rimasta».

Stentavo a credere che mi stesse mettendo di fronte a quell'ultimatum. In un caso o nell'alto, avrei comunque perso.

«Tu non hai idea di quello che stai facendo» dissi, con voce tremante. «Vuoi che le cose tornino come prima? Non sarà così! Niente tornerà come prima. Togliere la vita a qualcuno ti cambierà. Lo so perché anch'io non sono più la stessa».

L'espressione fredda di Ashton si sciolse davanti ai miei occhi. «Tu non sei un'assassina» obiettò, allungando la mano verso di me ma abbassandola di nuovo prima che potesse toccarmi.

Ora ero io a non riuscire più a guardarlo. Anche se l'incidente nel cimitero era stato organizzato, ero stata io a provocare la morte di Ashton. Avevo trascinato il sacco di sale senza accorgermi del buco. Il senso di colpa non era scomparso. Mi aveva divorato le viscere in profondità e si era addensato in un grumo doloroso.

«Ma io sentivo di esserlo, e credimi, tu non vuoi sopportare quel peso per il resto della tua vita».

«Se andrò fino in fondo, riavrai anche gli anni che hai perso» provò a ribattere lui. Pensava davvero che per me avrebbe fatto la differenza?

«Non li rivoglio!» dissi un po' più ad alta voce di quanto intendessi. «Non a quel prezzo» aggiunsi.

Ashton irrigidì la postura come se dovesse prepararsi a ricevere un pugno inesorabile. «Quindi mi ordinerai di non farlo» disse amaramente.

«No, te lo chiederò per favore» obiettai. «Ti supplicherò, se necessario!»

«Perciò, mi supplicherai di rinunciare alla mia vita per risparmiare quella di un assassino». La sua voce sembrava fragile. Vedevo quanta avversione provava all'idea di dover mettere in discussione le sue intenzioni. Vendicarsi era stata la sua ancora di salvezza, che ora rischiava di perdere per causa mia. Era ovvio che la cosa non gli piacesse, ma io non potevo farci niente. Dovevo convincerlo!

«Tu avresti ucciso me?» gli chiesi. Ashton aggrottò le sopracciglia, così mi spiegai: «Quando ancora credevi che fossi io la colpevole, mi avresti ucciso per spezzare la maledizione?»

«Questo è uno dei motivi per cui il Restutio è proibito. Non è possibile spezzare la maledizione quando si è sotto il controllo del proprio assassino. Ci si ucciderebbe da soli. Non avrei potuto uccidere te».

«Ma se fosse stato possibile, in quel caso l'avresti fatto?» chiesi a gran voce.

«Io...» Mi guardò nel vuoto.

«Avresti ucciso la persona sbagliata, perché solo in seguito si è scoperto che io non ero responsabile della tua morte, ma ero stata usata solo come tramite. Saresti diventato un assassino, e tutto per niente. E ora hai intenzione di fare lo stesso con Cedric. Vuoi assaltare alla cieca quel posto a New York e vendicarti prima ancora di sapere che piani ha questa Confraternita».

«Non ti avrei ucciso» disse, tornando a guardarmi. C'era una tristezza così profonda nel suo sguardo che mi provocò uno spasmo doloroso. Era come se ogni speranza lo avesse abbandonato, perché doveva rendersi conto che non poteva andare avanti alla cieca con il suo piano. Ma c'era anche qualcos'altro che prima non avevo visto. Forse una ritrovata confidenza tra noi? Difficile a dirsi.

«Allora non dovresti fare del male a nessun altro» lo implorai.

Ashton sorrise cupo. «Va bene, allora. Prima scopriremo che cos'ha in mente la Confraternita, poi vedremo».

«Okay...» mormorai con sollievo, ma anche abbattuta.

Ashton mi mise una mano sotto il mio mento e lo sollevò. Il suo sorriso era diventato più ampio e più caldo. Aveva raggiunto gli occhi e scacciato ogni senso di vergogna. «Sei piuttosto insistente, Em».

«Em? Mi hai già chiamato così anche prima» dissi.

Un'ombra di incertezza gli attraversò il viso. Allontanò la mano da me e la fece sparire nella tasca dei pantaloni. «È il diminutivo di Emily, no?»

Feci un sorrisetto. «Nessuno mi aveva mai chiamato così».

«Non ti piace?»Nella sua voce c'era un accenno appena percettibile di nervosismo.

«Sì!» ammisi. Em... Perfino Santana mi chiamava Emily.

«Allora d'ora in poi ti chiamerò così» decise. «È più breve. Sai com'è».

Un sorriso si insinuò anche sulle mie labbra. Più breve, eh... Guai a perdere tempo con nomi lunghi e complicati. Emily ha tre sillabe, una in più di Ashton. Il mio sorriso si trasformò in un ampio ghigno. «D'accordo... Ash».

27

Chi non vorrebbe un albero sul tavolo della cucina?

Kieron non aveva intenzione di lasciarci andare via finché non ci fossimo saziati. Stava in cucina ai fornelli, a friggere uova in un tegame di ghisa, mentre io ero seduta al tavolo da pranzo e cercavo di ricompormi perché il profumo era terribilmente delizioso. Che Kieron avesse preso le uova dai nidi nelle scale? L'idea di essere attaccata di nuovo da un'infuriata mamma uccello per aver mangiato le sue uova per pranzo non mi piaceva per niente.

Guardai Ashton, che era in piedi alla finestra a osservare la radura, perso nei suoi pensieri. Potevo ben immaginare che si stesse già pentendo di aver abbandonato il piano. Ma la vendetta non sarebbe mai stata la strada giusta. Avrebbe causato solo altri problemi.

Kieron poggiò la padella sul tavolo. «Il fatto che tu sia la sorella minore di Cedric Seymour è davvero una piacevole sorpresa».

Ashton ci raggiunse e io lo indicai. «L'ha già detto anche Ash. Che cosa intendi dire di preciso?»

«Girano voci di ogni tipo sulla sorella minore del miglior necromante del nostro tempo» spiegò Kieron, facendo scivolare due uova al tegamino nel mio piatto.

«Voci?»

Ashton si sedette e prese una fetta di pane. «Tutti sanno che Odila Seymour ha due figli» spiegò Kieron. «Cedric, che ormai conoscono davvero tutti, e una figlia che nessuno riesce mai a vedere. Ben presto si è diffusa l'ipotesi che tu abbia preso da tuo padre».

«Quindi che tu non sia una necromante» aggiunse Ashton, spezzettando il pane. Non sembrava avere chissà quanta fame.

«Questo però non risponde alla mia domanda. Voglio dire, non è che ce l'abbia scritto in fronte che conosco la magia».

«Non in fronte, no» confermò Kieron. Si sedette nel posto davanti a me. «Però si nota. Si percepisce che in te è sopito un grande potere».

Feci un sorrisetto. «Non può essere tanto grande, altrimenti mia madre ne sarebbe venuta a conoscenza molto tempo fa, e di certo non avrebbe chiuso con me e con il mio glorioso futuro di necromante». Rivolsi la mia attenzione a una delle uova al tegamino e poi guardai Ashton. «Non mangi? Questa volta non dovrai temere che ti stacchi la mano a morsi».

Continuò a spiluccare il pane. «Non ha più un buon sapore».

«Il pane?» chiesi, confusa. Era vecchio o ammuffito? Kieron non sembrava farci caso, aveva già finito il suo.

«No, voglio dire che niente ha più un buon sapore da quando... sai». Fece un sorriso teso. «La cosa positiva è che non sento più nemmeno la fame. Quindi ogni cosa ha i suoi pro e i suoi contro, no?»

Mi costrinsi a ricambiare il sorriso, ma non sapevo che cosa avrei dovuto dire. Tutte le parole che mi venivano in mente suonavano false alle mie orecchie. Quell'incantesimo, il Restutio, portava alla luce sempre più abissi, mostrandomi che non potevo immedesimarmi davvero nella situazione di Ashton, per quanto mi sforzassi. Nonostante ciò, non mi pentivo di avergli impedito di scegliere la vendetta. Ero fermamente convinta che ci dovesse essere un'altra soluzione.

Kieron tirò un pesante sospiro. «È per via dello stato di sospensione tra la vita e la morte. Quando una persona è in procinto di morire, il corpo inizia a interrompere le funzioni più dispendiose. Assumere cibo richiede molta energia, quindi non si percepisce più lo stimolo della fame. Ma non morirai, Ash. Anche se il tuo cervello è confuso dalla situazione attuale e invia segnali sbagliati, tu devi comunque mangiare».

Ashton diede doverosamente un morso al pane, al che Kieron annuì soddisfatto e si voltò verso di me. «È una questione di pratica» spiegò, ma la mia mente era ancora troppo presa da Ashton per prestare subito attenzione a Kieron.

Aspettò che lo guardassi, poi continuò: «Più impari a controllare i tuoi poteri, più avvertirai la scintilla di magia che risiede in ogni cosa. Guarda».

Tra noi due c'era una bella ciotola di legno con dentro un mucchio di noci. Kieron ne prese una e la mise al centro del tavolo. «Ash?»

«Non credo che sia una buona idea» commentò Ashton.

Kieron però non si lasciò scoraggiare, perciò Ashton sospirò e tese la mano.

«Che cosa volete fare?» chiesi.

«Devi imparare a percepire i tuoi poteri e a capirli se vuoi usarli in maniera mirata» spiegò Kieron. «La magia è in ogni cosa e in ognuno di noi. Pulsa nelle tue vene, nel tavolo, in questa noce. Quando lo comprenderai, sarai in grado di riconoscerla ovunque».

Incerta, fissai la noce. «È solo che non so se voglio farlo».

«Chi non lo vorrebbe?» chiese Ashton, tendendomi ancora una volta la mano.

Esitai ancora. «Quando abbiamo lanciato insieme l'incantesimo di déja vu, ho percepito i tuoi poteri. Sono calmi e controllati. I miei sono l'esatto opposto. Se cercherò di tenerli sotto controllo, sono sicura che la situazione non farà che peggiorare. Non credo sia una buona idea scatenare una cosa del genere nel mondo. Soprattutto se mi permette di decidere della vita e della morte. Finora mi è andata bene che non fossi una necromante. Forse dovrei lasciar perdere».

«Da quanto tempo la pensi così?» chiese Kieron.

«Non lo so, è da poco che so di aver ereditato i poteri della mia famiglia. Per cui... una settimana?»

«Secondo me, ti ribolle dentro da molto prima» obiettò. «Sembra che tu abbia sviluppato questa insicurezza sui tuoi poteri molto presto e te la sia portata dietro per tutto questo tempo. Hai semplicemente messo un coperchio su una pentola d'acqua bollente e hai sperato che si raffreddasse da sola. Ma questi poteri fanno parte di te. Che tu lo voglia o no. Negare che esistano non li dominerà. Al contrario. La pentola sta per traboccare, e può finire male».

Spostai lo sguardo da lui ad Ashton e, con riluttanza, afferrai la mano che mi tendeva. Dopotutto, non volevo rischiare di far sì che un esercito di non morti si presentasse di punto in bianco alla porta solo perché i miei poteri traboccanti erano partiti per la tangente.

«E adesso che cosa devo fare?» chiesi.

«Concentrati sui tuoi poteri, come in quel vicolo di Marsiglia» mi esortò Ashton. «Concentrati sulla luce, sul colore o anche solo sulla sensazione che ti danno. Quello che più ti si addice».

Chiusi gli occhi. «Sono colori» dissi, cercando di percepirli fluire. Li vidi scorrere nel mio corpo con l'occhio della mente. Blu spumeggiante come il mare in tempesta. Indomabile, incontrollabile. E poi c'era Ashton. La luce del sole, il calore di una mite giornata estiva. Avrei collocato i suoi poteri tra il rosso fuoco e il nero cenere, chiuso e freddo come spesso appariva. Ma non era così. Non proprio. Era la luce che squarciava le nubi della tempesta e calmava il mare.

Feci un respiro profondo e riaprii gli occhi. Tutto intorno a me sembrava diversissimo da prima, i colori erano più intensi, tremolavano, scorrevano attraverso i mobili, il pavimento, le radici, perfino attraverso Kieron, che era seduto di fronte a me, di un verde lussureggiante che si inerpicava come un sottilissimo rampicante su tutto ciò che lo circondava, facendo fiorire ogni cosa, formando foglie e radici.

Era questo che si provava sotto l'effetto di una droga? Si diceva sempre che si riuscivano a vedere tutti i colori più intensamente, a toccarli e perfino a sentirne il sapore. Non c'era da stupirsi se tutti erano ben felici di padroneggiare la magia. Se ci si impegnava davvero, era come un trip travolgente, ma senza il successivo down e il pericolo di morte.

«Non starai davvero pensando alla droga adesso, vero?» chiese Ashton.

«Smettila di leggermi nel pensiero quando facciamo magia» sibilai.

«Non posso farci niente, urlano troppo forte per essere ignorati».

«Concentrati sulla noce» mi esortò Kieron. «Riesci a percepire la scintilla che giace al suo interno? La vita che attende di risvegliarsi? Solo una necromante può scendere così in profondità alle radici di tutta la magia per percepire quella scintilla».

Guardai la noce e in effetti lo vidi. Come un vortice di magia e di vita. Una scintilla che aspettava di accendersi.

«Lascia che divampi» disse Kieron. «Lascia fluire i tuoi poteri, mescola i colori, lascia che nasca qualcosa di nuovo».

Espirai e con il respiro il mio potere mi abbandonò. Scorse verso la noce. Riuscivo a vederlo, a sentirlo, a spostarlo come se fossero le mie braccia. Controllavo il mare in tempesta.

La scintilla si levò, la luce fuoriuscì dalla noce, il guscio si frantumò e spuntò un giovane germoglio. La nuova vita che emergeva faceva risplendere tutti i colori intorno a me. Mi sembrava bello, giusto. Era una meraviglia incredibile. Spuntarono delle foglie, si allargarono, un germoglio sottile come l'erba si fece tronco, la corteccia si ispessì, crebbero nuovi rami, le radici strisciarono sul tavolo.

Quando una delle radici mi toccò il ginocchio, saltai su e persi la mano di Ashton. Tutto d'un tratto i colori esplosero tutt'intorno a me, vorticando e fondendosi in una miscela indefinibile. La loro chiara bellezza splendente si perse nel caos. E l'albero continuò a crescere. Superò il tavolo, si inerpicò sul soffitto e mi costrinse a indietreggiare.

«Come faccio a fermarlo?» domandai in preda al panico.

Anche Ashton e Kieron dovettero tenersi a distanza. Tra i tanti rami e le foglie, ben presto non li vidi più. All'improvviso Ashton comparve in piedi accanto a me, mi afferrò le mani e mi girò verso di lui: «Che colore?» chiese.

«B-blu».

Fece un sorriso sfuggente. «Chiudi gli occhi, concentrati sul blu. Non guardate gli altri colori, vedi solo la corrente blu, il mare, le onde. Cancella tutto il resto».

«Va bene».

«Lo senti il gocciolio?»

Aggrottai la fronte. Che cosa intendeva dire?

«Come un rubinetto che perde. Goccia... goccia... lento, costante».

Presi fiato. *Gocce... gocce d'acqua.* A poco a poco mi calmai, avvertii di nuovo i miei poteri e li sentii ritrarsi da tutto ciò che mi circondava. Con costanza, come goccia a goccia.

«Vedi? Non è stato poi così difficile».

«Non è stato così difficile?» gemetti con voce stridula. «È cresciuto un maledettissimo albero sul tavolo!» Indicai il noce, il cui tronco aveva un diametro di mezzo metro. Un altro minuto o due e sarebbero piovute noci.

«A me piace» disse Kieron. «Penso che lo lascerò così».

Mi arrabbiai. «Ma il tavolo...?»

«Era da tempo ormai che dovevo rinnovare l'arredamento».

«Non avreste dovuto mettermi alle strette. Ve l'ho detto che non riesco a controllare i miei poteri. Quell'albero avrebbe potuto schiacciare uno di noi!»

«Secondo te com'è nata la quercia su cui ci troviamo?» chiese Kieron, guardando Ashton.

«Tu hai...» balbettai.

«Forse mi sono lasciato sfuggire qualcosa in quel momento» disse Ashton, scusandosi. «Credi che abbia sempre tenuto così bene sotto controllo i miei poteri? Nessuno della tua famiglia ti ha mai insegnato a percepirli e a governarli?»

«Immagino di no» concordò Kieron. «Ho già avuto il piacere di conoscere i Seymour. Per loro la necromanzia è come la matematica; per te, Ash, è un'arte. Emily è un'artista nata in una famiglia di matematici. Parlano lingue diverse e non si capiranno mai veramente. Non c'è da stupirsi che i suoi talenti non siano stati riconosciuti e coltivati a sufficienza. Semplicemente, sono passati inosservati».

Quindi la mia famiglia, i tanto famosi e famigerati Seymour, non poteva vedere e percepire la magia come mi aveva mostrato Kieron? Anche il fatto che evidentemente fossi un'artista non mi si spiegava. Io non ero in grado di disegnare nemmeno un omino stilizzato che fosse riconoscibile come tale. Alzai lo sguardo verso i rami dell'albero. Il pensiero che fosse stata solo una noce sul tavolo e che avesse potuto crescere solo grazie al mio intervento era spaventoso, ma anche emozionante. Avevo creato la vita. Con i miei poteri. E senza scenari apocalittici. Lanciai un'occhiata alla porta. Non aveva bussato ancora nessun non-morto. Tuttavia, Kieron a un tratto si irrigidì e guardò verso la finestra.

Ashton si allarmò subito. «C'è qualcosa che non va?» domandò.

Quindi i non morti erano arrivati? In qualche modo era stato ormai assodato che i miei esperimenti con la magia non potevano andare a buon fine. «Ho combinato un pasticcio?» chiesi.

«No, tu non c'entri. Qualcuno è entrato nella radura» spiegò Kieron.

«Cedric?» chiesi.

Kieron strinse lo sguardo. «Non un necromante. Uno stregone».

«Stregone? Non credevo che esistessero davvero». Per quanto ne sapevo, le streghe partorivano solo femmine. Esistevano maghi o fattucchieri, a seconda di come li si chiamava, ma streghe maschi?

«Dovreste sparire» consigliò Kieron. «Su per le scale, in alto, sulla quercia».

Ashton annuì e noi corremmo su per i gradini, oltre la stanza con le mappe di stoffa, sempre più in alto nel tronco dell'albero, finché le scale non furono quasi più riconoscibili come tali e dovetti arrampicarmi sui rami e infilarmi tra il fitto fogliame. Al piano terra sentii bussare alla porta. Ashton era scomparso da qualche parte davanti a me tra i rami e le foglie, io lo cercai e trovai la sua mano tesa verso di me. Con il suo aiuto, mi arrampicai finalmente sulla chioma dell'albero. Per un pezzo avanzammo in equilibrio su un ramo e salimmo sul tetto muschioso, dal quale si poteva ridiscendere fino a raggiungere la grondaia. Sotto di noi riuscivo a vedere la radura e l'ombra della persona che era stata accolta da Kieron alla porta d'ingresso.

«Posso esservi d'aiuto?» lo udii domandare.

«Sto cercando due giovani fuggiaschi» rispose Cardeles.

Quindi Seth Cardeles era uno stregone? Mi chiesi come facesse Kieron a saperlo. Percepiva i diversi tipi di magia, come me, che li vedevo sotto forma di colori? Ma di che colore erano gli stregoni che non sarebbero dovuti esistere?

«Entrate pure, innanzitutto, e poi vediamo se posso essere d'aiuto agli stimati guardiani del Tribunale». Sentii la porta scricchiolare mentre Kieron la apriva del tutto, seguito da passi che sfumarono all'interno della casa. Dopo che Kieron ebbe chiuso la porta, Ashton si alzò.

«Ora» mi esortò, e saltò giù dal tetto in un solo balzo.

Lo seguii con lo sguardo. Erano due metri buoni e lui li aveva affrontati come se si fosse trattato di un saltino. Non c'era modo che mi riuscisse un atterraggio altrettanto elegante. Mi lasciai scivolare con cautela fino al bordo del tetto, mi girai e spinsi i piedi oltre il bordo. Potevo solo sperare che non ci fosse una finestra in quel punto esatto, altrimenti Cardeles avrebbe visto le mie gambe penzolare mentre, scalciando, cercavo di trovare un appoggio. Sentii qualcosa di solido e spostai il peso su di esso. Sotto di me grugnì Ashton, che probabilmente mi stava tenendo il piede per sostenermi.

«Dai, sbrigati» gemette.

«Non mi starai guardando sotto la gonna, vero?» chiesi, torva.

«Con tutti quegli strati di tessuto non riuscirei comunque a vedere niente, lasciati cadere e basta».

Lasciarsi cadere e basta? Non mi sembrava una buona idea. D'altra parte, non c'era nulla a cui potessi aggrapparmi per spostarmi più in basso. Lasciarmi andare avrebbe probabilmente significato atterrare di sedere, che però era comunque meglio che penzolare dal tetto finché Cardeles non fosse tornato fuori. Così serrai forte le labbra per non lasciarmi sfuggire un grido se avessi urtato maldestramente il terreno, mi lasciai andare... e atterrai molleggiando tra le braccia di Ashton. Mi mise a terra e restò molto vicino a me, la sua mano ancora sul mio fianco, il mio braccio intorno alla sua spalla.

«Hai ragione, non pesi così tanto quando il vestito è asciutto» disse.

«Te l'avevo detto».

Sorrise. «Vogliamo andare?»

Come un segnale per dirci di affrettarci a partire, si udirono dei rumori da dentro casa.

«Ci conviene» concordai e seguii Ashton attraverso la radura, nel fitto della foresta.

28

Se non mi va bene con la necromanzia, posso sempre diventare scassinatrice

Essere di nuovo a New York, e con un vestito che avevo rubato due vie più in là, mi dava un senso di nausea. Non era passato molto tempo da quando ci eravamo scontrati con i vampiri nella libreria antiquaria di Lyvin. Probabilmente anche il cronut che avevo dato ad Ashton era ancora commestibile... sempre che non fosse stato calpestato durante la lotta.

Era già l'imbrunire, le strade non erano affollate come alla nostra ultima visita, e alcuni dei venditori delle bancarelle stavano già riordinando la merce.

«Sarebbe bello poter andarcene da un posto senza fuggire, per una volta» dissi.

Ashton lanciò un'occhiata al punto di ingresso della piega dello spazio. «Non succederà finché questo Cardeles ci sta alle calcagna».

Probabilmente aveva ragione. Per quanto si ostinasse a seguirci, non saremmo stati al sicuro nemmeno se ci fossimo spinti fin sulla luna. Che gli stregoni avessero capacità speciali che li rendevano in grado di rintracciare i loro target negli angoli più remoti del mondo? Avrei dovuto chiederlo a Santana non appena fossi tornata a casa.

Ashton si incamminò avanti.

«Andiamo da Lyvin?» domandai. «Sarà in pensiero per te».

«Vorrà solo sapere che cosa abbiamo scoperto» ribatté lui.

«E se glielo dirai, non ci lascerà cercare le prove per conto nostro».

«Esatto». Si diresse con decisione verso una via laterale.

Feci una pausa. «E se noi...»

Ashton si fermò di colpo e si voltò verso di me. «Non sei obbligata a venire se non vuoi. Se ti senti più al sicuro con Lyvin...»

«Non è affatto questo il punto». Non era della mia sicurezza che mi preoccupavo. Rintanarsi nella libreria antiquaria mentre lui affrontava la Confraternita era fuori discussione. Soprattutto finché si ostinava a credere che il colpevole fosse Cedric.

«Sono sicuro che non ti biasimerà».

Incrociai le braccia sul petto. «E io non ho intenzione di lasciarti da solo».

Ashton annuì e continuò a camminare. «Non andremo lì alla cieca» spiegò. «Per prima cosa, osserveremo l'edificio. Quando la via sarà libera, daremo un'occhiata in giro. Tutto qui. Okay?»

«Okay» convenni. Tuttavia, mi sarei sentita più a mio agio se non si fosse trattato di una casa retrostante, in un'isolata strada secondaria. Tenere d'occhio un bel caffè sulla strada maestra sarebbe stato di sicuro molto più piacevole.

«È già un inizio se riusciamo a scoprire chi è il proprietario dell'edificio» disse Ashton, svoltando nella via laterale.

Controllai ancora una volta che nessuno ci stesse guardando, dopodiché lo seguii. La luce dei lampioni della via principale non arrivava molto lontano nello stretto vicolo. Le ombre inghiottivano bidoni e scale antincendio, qua e là vedevo finestre chiuse o addirittura l'ingresso di un retrobottega.

«E fai spesso questo genere di cose?» chiesi.

«Ogni tanto. Non puoi contare sul fatto che i defunti rispondano a tutte le tue domande».

Questo forse era uno dei motivi per cui nella mia famiglia nessuno faceva mai domande. Risolvevano i problemi con gli spiriti infestanti semplicemente sbarazzandosi di loro. Finora non avevo mai messo in discussione quell'approccio, perché non conoscevo alternative e non avevo mai nutrito chissà quale interesse per la necromanzia. Ma adesso capivo bene il punto di vista di Ashton. Lui si impegnava al massimo per aiutare i morti a trovare la redenzione, mentre i Seymour si limitavano a fare piazza pulita. Ma non era solo questo. Sgusciare in un vicolo solitario di New York all'imbrunire, con il rischio di essere scoperti che ci solleticava il collo, era tanto spaventoso quanto eccitante. L'adrenalina mi scorreva nelle vene, ero più vigile che mai, prestavo attenzione a ogni rumore e a ogni movimento nell'ombra. Era un'euforia simile a quella che avevo provato quand'ero sulle tracce del Grimorio nero. Non faceva che aumentare la voglia di provarla ancora, e dovevo stare attenta a non osare troppo.

Si udirono dei passi davanti a noi, e il cuore mi sobbalzò nel petto. Ashton mi spinse sotto una scala di metallo dove potevamo nasconderci dietro una pattumiera.

Mi accovacciai.

Due figure in abiti scuri ci passarono davanti. Assomigliavano molto agli uomini che avevano ucciso l'ondina a Marsiglia. Trattenni il respiro.

«Quello là evidentemente si è montato la testa con le sue competenze» disse uno di loro in tono sprezzante.

Non osavo alzare lo sguardo, quindi non potevo vedere gli uomini in faccia, ma riuscii a scorgere le loro mani. La pelle non era pallida e argentea come quella dei vampiri, ma riconobbi il tatuaggio del ragno, perciò appartenevano alla Confraternita.

«Un problema comune tra le streghe» disse l'altro uomo.

Streghe? Possibile che fosse coinvolto Cardeles? Era l'unico stregone maschio che conoscevo. Era per questo che ci dava la caccia in modo così implacabile?

Dopo che gli uomini girarono l'angolo, Ashton si alzò. «Andiamo » sussurrò, incamminandosi lungo il vicolo.

«Parlavano di uno stregone, vero?»

Ashton sbirciò dietro un angolo. «Potrebbe essere, ma forse intendeva soltanto dire che un problema del genere è comune tra le streghe in generale, il che non significa che l'altro stesse parlando di uno stregone maschio».

Continuò a camminare, mentre io ancora riflettevo. L'ipotesi di Ashton poteva senz'altro essere giusta.

Dopotutto, avevamo ascoltato solo un frammento della conversazione e non sapevamo nemmeno se gli uomini stessero parlando di un membro della Confraternita. Poteva anche essere che si riferissero all'ultima volta che avevano ordinato la pizza.

«Via libera!» esclamò Ashton a voce bassa.

Lo raggiunsi. Era in piedi davanti alla facciata di un magazzino fatiscente e scrutava attraverso una finestra polverosa.

«Non c'è nessuno dentro, ma lì dietro c'è un tavolo con dei documenti e accanto alcune scatole a cui dovremmo dare un'occhiata. Entriamo, facciamo un giro d'ispezione e usciamo di nuovo senza lasciare tracce, okay?»

Guardai nella direzione da cui eravamo venuti.

«Sbrighiamoci, allora. Quegli uomini potrebbero tornare da un momento all'altro».

Ashton corse alla porta, scosse invano la maniglia, poi si accovacciò per controllare la serratura. «Potrei farla arrugginire e forzarla ad aprirsi, ma non passerebbe inosservata. Hai una forcina?» Mi tese la mano.

«Ehm, no... Ti sembra che abbia delle forcine nei capelli?»

Mi rivolse un'occhiata sfuggente. «Che ne so, credevo che voi ragazze vi portaste sempre quelle cose dietro».

«Nei film, forse. Aspetta, fammi controllare nella borsetta». Feci una pausa retorica. «Ah, giusto, non ne ho una».

«In un film, io avrei un grimaldello pronto per l'uso».

«Oppure faresti scattare la serratura con una gomma da masticare e una graffetta». E anche questo non avrebbe lasciato alcuna traccia. Mi guardai intorno e notai che una delle finestre in alto era inclinata. La indicai con il pollice. «Che ne dici se ci arrampichiamo ed entriamo dalla finestra aperta?»

Ashton si alzò. «Buona idea. Perché neanch'io ho portato una gomma da masticare».

«Ma una graffetta sì?» chiesi.

Ashton sorrise. Si avvicinò alla finestra e intrecciò le dita per aiutarmi a salire. «Prima tu».

Me l'ero immaginata esattamente così: mi sarei arrampicata attraverso la finestra e, non appena fossi stata all'interno di quella sala, gli uomini sarebbero tornati e io sarei rimasta in trappola. Ma non mi veniva in mente nessuna alternativa.

«D'accordo» dissi e raccolsi la gonna. Più di una volta mi ero pentita di aver sostituito i jeans con il vestito. Con tutta quella stoffa intorno alla vita, non era adatto per fare il bagno, né comodo per attraversare una fitta foresta, per non parlare dello spiraglio di una finestra a due metri d'altezza.

Salii sui palmi di Ashton, mi appoggiai al muro e lui mi sollevò.

«Ci arrivi?» mi chiese.

«Sì». Dovetti tirare in dentro la pançia per passare attraverso la stretta fessura. Era evidente che Ashton non sarebbe mai entrato da lì.

«Vai alla porta, ti apro io» gli dissi di rimando.

«Okay».

Per un attimo rimasi a testa in giù in mezzo alla finestra, sotto di me il nudo pavimento di cemento, le gambe ancora fuori dalla sala. Poi riuscii a trascinare dentro un ginocchio. Mi girai con decisione, scivolai lungo la parete e saltai giù per l'ultimo pezzo. Nel frattempo, mi risuonava in testa la colonna sonora di *Mission: Impossible*.

Alzai lo sguardo verso la finestra. Non era certo stato uno spettacolo elegante, e poi scavalcare una finestra aperta non rientrava tra le arti più elevate degli scassinatori provetti, ma ero comunque orgogliosa di me stessa. Per una che, nell'ora di ginnastica, veniva scelta per ultima in squadra, era stata una prestazione magistrale. Soddisfatta, mi poggiai le mani sui fianchi e mi guardai intorno.

Tutto era quieto, cupo e polveroso. Accanto al tavolo e alle scatole, c'era una scala di metallo che conduceva a una porta al primo piano. Me l'ero immaginato diverso, il covo segreto di una confraternita secolare. Quelle persone, un tempo, erano pur sempre state alleate dei Crociati. Non sarebbero state più appropriate le segrete di un castello con torce, stemmi e armature da cavalieri appese alle pareti? Si sarebbe abbinata molto meglio alle loro vesti, tra l'altro.

Una volta accertato che nessuno si fosse accorto dell'intrusione, corsi alla porta d'ingresso e spinsi la maniglia verso il basso. Le mie viscere si strinsero. Strattonai la porta più volte, ma non accadde nulla.

«Chiusa a chiave» sibilai. Era ovvio.

«Nessun problema» sentii dire ad Ashton. «Tu da un'occhiata in giro, io cerco un'altra entrata».

Nessun problema?

«Facile per te dirlo!» brontolai. «Tu non sei bloccato qui dentro». Non sarei riuscita a raggiungere la finestra senza l'aiuto di Ashton.

«Ti raggiungo, promesso!»

Okay, avevo bisogno di calmarmi. Respirai a fondo e feci un passo indietro. Se c'era un'altra strada per entrare in quella sala, Ashton l'avrebbe trovata. Fino ad allora, ero sola con le prove che aspettavano soltanto di essere trovate. Prove che, si sperava, avrebbero smascherato la Confraternita e le sue macchinazioni e, con un po' di fortuna, dimostrato che Cedric era innocente.

Mi avvicinai al tavolo e guardai i fogli che vi erano accatastati sopra. Erano moduli d'ordine. Vidi nomi e indirizzi, ma non sapevo che farmene. Poi aprii una delle scatole. Era piena di fiale simili a quelle che avevo visto nel Vicolo delle Fate. Il liquido all'interno scintillava e, quando lo scossi, iniziò a brillare. Probabilmente si trattava della tipica magia delle fate, che non aveva alcun reale effetto, come ormai sapevo. Anche nella seconda scatola non trovai nulla di illegale. Solo ciondoli di legno di rosa con incisa la runa dell'oro.

Quando ne presi uno in mano, cominciò a vibrare e a ronzare dolcemente.

Era probabile che fosse inutile come la magia delle fate.

Reagiva agli oggetti di valore nelle immediate vicinanze, nel mio caso ai bottoni ornamentali del mio abito, ma era garantito che non avrebbe condotto il suo proprietario a ricchezze incalcolabili, come tesori di pirati sepolti o cose del genere.

Cominciai a domandarmi se quella Confraternita dell'Apocalisse non fosse altro che un negozio di oggettistica che offriva gingilli inutili.

Un rumore attirò la mia attenzione. Proveniva dall'esterno della sala, e io pensai subito agli uomini che forse erano appena tornati. Il cuore iniziò a battermi forte, mi gettai occhiate frenetiche intorno e decisi di rifugiarmi tra le scatole. In fretta e furia, ne tirai avanti un paio, mi ci infilai dietro e le spostai il più possibile vicino di me.

Il chiavistello fu spinto verso il basso, notai che la scatola con i ciondoli era ancora aperta, la richiusi in fretta e furia e tirai giù la testa. Sentivo già dei passi.

«Dite sul serio?» chiese una voce a me familiare.

Cedric.

Mi cacciai le mani sulla bocca, con il cuore e la mente in fibrillazione. Non poteva essere, Cedric non aveva mai fatto parte di questa cospirazione! Non mi avrebbe mai fatto una cosa del genere.

Forse ci stava solo seguendo? O si era infiltrato nella Confraternita per smascherarla, proprio come avevamo intenzione di fare noi?

«Sarà fatto oggi» promise qualcuno. La voce sembrava quella di uno degli uomini che avevano lasciato il magazzino poco prima.

«Avrebbe dovuto essere fuori già da ieri» lo apostrofò Cedric in tono velenoso.

Un negozio di souvenir, pregai tra me e me. La sala doveva essere il magazzino di un negozio di souvenir di cui Cedric era socio. Ma non avrei dovuto saperlo? Certo, io non mi ero mai occupata di ciò che svolgeva nel quotidiano. Ma se i miei famigliari avessero venduto souvenir oltre ai servizi di necromanzia, nemmeno a me sarebbe sfuggito.

«Ci occupiamo noi della roba» insistette l'uomo con voce ferma. «Tu occupati della tua parte. Che ne è stato di quel Goodwin che dovevi far fuori?»

Mi si mozzò il fiato. Ashton aveva davvero ragione? Cedric era... Non volli nemmeno terminare il pensiero.

«Quel disgraziato ha scoperto il mio gioco» disse Cedric. «Non so quanto abbia intuito, ma con le buone non andrò da nessuna parte».

«Come se tu avessi mai usato le buone» commentò uno degli uomini subito vicino a me.

La scatola di fronte a me si mosse, io per lo spavento aprii di scatto gli occhi, ma non potei fare nulla quando l'uomo la allontanò, liberando la visuale su di me. Cedric mi notò subito.

Sulle labbra gli passò un sorriso beffardo. «Ma guarda un po'! Non c'era affatto bisogno di rintracciarvi. Vi buttate nella nostra rete di vostra spontanea volontà».

Mi alzai in piedi. «Che cosa significa tutto questo?» esclamai. «Che cosa c'entri tu con questa Confraternita? Ti prego, dimmi che non sei stato tu ad attentare alla vita di Ashton!»

Cedric spinse da parte l'uomo con la scatola e mi afferrò il braccio con tanta forza da farmi male. «A questa domanda puoi risponderti da sola» disse, trascinandomi via dalle scatole. Poi si rivolse agli uomini. «Trovate il ragazzo Goodwin. Di sicuro si aggira da qualche parte qui nei paraggi».

Cercai di allontanarmi. «Perché lo fai?» urlai a Cedric.

Lui mi strinse più forte a sé. Il suo ghigno diabolico si fece ancora più ampio, gli occhi scintillavano minacciosi. «Perché posso».

Non lo riconoscevo. Il modo in cui parlava, le espressioni del viso, nulla mi ricordava il Cedric perennemente allegro, un po' snob e un po' troppo vanitoso assieme al quale ero cresciuta. Aveva forse finto per tutto questo tempo? Era cambiato così tanto da diventare un estraneo per me?

I due uomini si divisero. Uno perlustrò la sala, l'altro corse verso la porta. Cedric mi trascinò verso le scale di metallo.

«Mi fai male!» mi lamentai.

Lui mi spinse via, facendomi atterrare in malo modo sui gradini. Con un sorriso cattivo, si chinò verso di me. «Aspetta che decidiamo come sbarazzarci di te. Con tutti i guai che ci hai causato, ti meriti una morte particolarmente dolorosa».

Ero troppo scioccata per ribattere. Nei suoi occhi non c'era il minimo accenno di pietà o di compassione nei confronti della sua sorellina. Era un mostro, e io l'avevo pure difeso.

Non conoscevo affatto mio fratello.

«In piedi» mi incalzò. «Sali le scale».

Sentivo le gambe di piombo. Non riuscivo a obbedirgli. Né volevo fare ciò che mi chiedeva. Avrei voluto lanciarmi contro di lui e graffiargli la faccia, ma non ero in grado di fare nemmeno quello. Lo shock che proprio lui fosse il traditore era troppo paralizzante.

Cedric sbuffò infastidito, mi afferrò i capelli e mi tirò in piedi. Gridai di dolore.

«Sali, ho detto!» ruggì, impaziente.

Incespicai su per i gradini.

«Che cos'avete intenzione di fare con quelle cose nelle scatole?» chiesi.

«Non ci sei ancora arrivata da sola? Che tu fossi una piccola perdente imbranata lo sapevo già, ma non credevo che fossi anche così stupida».

Una volta di sopra, si avvicinò alla maniglia. In quel momento la porta si spalancò di scatto, sbattendogli contro la testa e facendolo inciampare all'indietro. Sbatté la schiena contro la balaustra e per poco non cadde di sotto.

Ashton mi afferrò la mano e mi tirò dietro di sé. «Tutto bene?» mi chiese.

«No, non va bene niente».

Si voltò verso Cedric. «Era palese che ci fossi tu dietro questa storia».

«Eppure ho fatto di tutto per stare dalla tua parte» sogghignò Cedric. Sbatté le palpebre perché la porta gli aveva procurato una lacerazione e il sangue gli colava nell'occhio. «Ora, fai il bravo e arrenditi. Non hai nessuna possibilità contro di me. Perciò, non renderti la vita difficile inutilmente».

«Che il grande Cedric Seymour sia superiore a tutti gli altri lo credi solo tu». Ashton tese le mani davanti a sé. La determinazione era dipinta sul suo volto, all'improvviso tutto il suo corpo si tese fino a spezzarsi, le dita divaricate e tutto il braccio gli tremavano. Cedric fece un passo verso di lui, ma il piede gli cedette perché la grata sotto di lui aveva cominciato ad arrugginire e a creparsi. Anche la ringhiera e i gradini invecchiarono in pochi secondi. Il metallo scricchiolò, le viti si staccavano dagli ancoraggi, e Cedric dovette agitare le braccia a mulinello per non cadere.

Le scale ondeggiarono, lui incespicò all'indietro, si aggrappò al corrimano, ma questo gli si sbriciolò tra le dita.

Sbigottito, sgranò gli occhi. Ci fu uno scossone, Cedric si lanciò in avanti, all'ultimo momento afferrò Ashton per il colletto e lo trascinò giù con sé. Urlando, caddero a terra tra i detriti delle scale.

Un dolore acuto mi attraversò la schiena, costringendomi a inginocchiarmi. La polvere che si era sollevata mi oscurò la vista. In preda al panico, cercai di intravedere qualcosa, poi sentii Ashton gemere. La polvere gradualmente si depositò, e io lo vidi alzarsi a fatica. Accanto a lui giaceva Cedric, che non si muoveva. L'uomo che aveva perlustrato la sala si avvicinò di corsa.

«Ash, dietro di te!» urlai, guardando l'uomo. «Non osare avvicinarti o farò a te quello che lui ha fatto alle scale!»

In effetti, la minaccia funzionò. L'uomo, sconcertato, si fermò. Io non ero in grado di controllare i miei poteri come Ashton, ma non c'era bisogno che quel tizio lo sapesse.

Osservai i gradini. Alcuni pendevano sbilenchi dai loro ancoraggi. Deglutii, mi alzai e ne cercai uno con il piede. Schiacciandomi alla parete con forza e con il cuore che batteva all'impazzata, feci il primo passo. Il gradino gemette sotto il mio peso, ma resistette. Solo quando cercai il successivo con la punta delle dita dei piedi, quello cedette con uno scossone. Saltai sul gradino sottostante, che cedette a sua volta, e non ebbi altra scelta se non correre da un gradino all'altro il più in fretta possibile, mentre questi crollavano uno dopo l'altro dietro di me. Quando arrivai al pavimento, avevo ancora così tanto slancio che incespicai per diversi passi, dritta tra le braccia dell'uomo, che probabilmente avevo intimidito meno di quanto avrei voluto.

Mi afferrò i polsi e mi tenne stretta. «Questo è il capolinea» annunciò, alzando lo sguardo verso Ashton e Cedric.

Mentre Cedric era ancora disteso a terra, ma ormai si muoveva, Ashton era tornato in piedi. Teneva in mano qualcosa: una sbarra di metallo della ringhiera delle scale. Le dita erano strette intorno alla sbarra, il suo sguardo implacabile era rivolto a Cedric.

Mi si contrassero le viscere. «No!» urlai, sforzandomi di raggiungerlo. «Non farlo».

A prescindere da ciò che Cedric aveva fatto e da come la sua morte avrebbe modificato il legame tra me e Ashton, non potevo lasciare che Ashton lo uccidesse. Non mentre giaceva indifeso a terra. Non così.

Ashton non doveva diventare un assassino, e io non volevo perdere mio fratello.

Anche se avevo la sensazione che ormai fosse troppo tardi.

L'uomo che mi tratteneva mi torse dolorosamente il braccio dietro la schiena. «Molla quella sbarra o giuro che alla tua fidanzatina stacco il braccio dalla spalla!»

Ashton si voltò verso di noi. L'avevo già visto arrabbiato in passato, ma l'odio che gli ardeva negli occhi superava ogni altra cosa. Vi bruciava una freddezza indicibile, che penetrò nel profondo delle mie viscere e mi provocò un dolore fisico. Era così deciso a porre fine alla vita di Cedric e alla maledizione che non sembrava essersi accorto che ero finita nelle grinfie di quell'uomo. Solo quando i nostri occhi si incontrarono, la sua espressione fredda si sciolse, e tornò in sé. Allentò la presa sulla spranga, che gli scivolò di mano, ma, prima che cadesse a terra, Cedric era alle sue spalle, afferrò la sbarra e gliela premette con forza sulla gola.

Gli occhi di Ashton si spalancarono, annaspò in preda al panico.

Avvertii la pressione sulla gola e mi sembrò di soffocare.

«Facciamola finita una volta per tutte» sibilò Cedric, stringendo più forte.

Ashton cercò disperatamente di spingere la sbarra lontano da sé, con il respiro affannoso come il mio. Macchie sfocate si mescolarono all'immagine che avevo davanti agli occhi.

«Lascialo andare!» dissi con voce strozzata. Mi liberai una mano e mi lanciai in avanti.

«Falla stare zitta!» chiese Cedric.

Mi fischiavano le orecchie, il cuore mi batteva in gola e riuscii a pensare solo a ciò che Kieron mi aveva insegnato sui miei poteri. Non potevo liberarmi con la pura forza fisica, ma dentro di me avevo quel potere. Dovevo solo usarlo, perciò mi concentrai con ogni fibra di me stessa sulla magia.

Tutti i colori intorno a me cominciarono a brillare, ogni cosa si riempì di un'energia inconfondibile, di vita e di magia. La percepivo, la avvertivo, diventavo parte di lei, se mi impegnavo.

Mi concentrai completamente su Cedric.

All'inizio non capii che cosa gli stesse succedendo. Sgranò gli occhi, allentò la presa sulla sbarra di ferro e infine la lasciò cadere. Stordito, incespicò all'indietro e si fissò le mani.

Ashton crollò a terra, rantolando avidamente in cerca d'aria.

I capelli di Cedric erano percorsi da striature grigie. La pelle era segnata da rughe.

Non riuscivo a credere che fossi stata io a farlo. Avevo semplicemente lasciato fluire i miei poteri, e loro mi avevano obbedito.

Un dolore acuto mi attraversò il braccio fino alla spalla

quando l'uomo che mi tratteneva mi costrinse a inginocchiarmi. Non potei fare altro che lasciare andare Cedric.

Abbassò di nuovo le mani e mi guardò. «Bel tentativo, sorellina» sogghignò. «Per quanto tempo pensavi di potermi farmi perdere il controllo? Hai già dimenticato che sono un necromante di gran lunga superiore?» Fece un respiro profondo e irrigidì la postura, come se volesse scrollarsi la mia magia di dosso. Le ciocche grigie tornarono bionde, le rughe scomparvero.

Avevo fatto guadagnare soltanto qualche respiro ad Ashton, che era ancora troppo debole per reagire, quando Cedric lo afferrò per i capelli e lo tirò in piedi. «Dove eravamo rimasti?» chiese.

«Nessuno si muova!» gridò qualcuno.

Girai la testa di scatto verso la porta. Diversi Guardiani armati di manganello avevano fatto irruzione nel magazzino. Erano guidati da Seth Cardeles.

«Lasciateli andare e allontanatevi!» chiese.

Cedric e il suo scagnozzo fecero come era stato loro richiesto. Ci lasciarono andare, alzarono le mani e fecero un passo indietro. Io mi accovacciai a quattro zampe sul pavimento, Ashton crollò in ginocchio, facendo respiri profondi.

«Abbiamo preso questi due scassinatori con le mani nel sacco» affermò Cedric, indicando Ashton.

Seth si guardò intorno nella stanza, poi si avvicinò. «E, per sicurezza, avete mandato loro alle calcagna un paio di assassini per farli fuori nella libreria antiquaria?»

«Noi non c'entriamo niente» rispose Cedric.

«Sta mentendo!» urlai.

«L'avevo già capito» ribatté Cardeles. Mi lanciò un'occhiata fugace. Aveva riattaccato il manganello alla cintura. «Sei illesa?»

«S-sì».

Si rivolse ad Ashton. «E tu?»

«Sto bene» gracchiò.

«La sala andrà lasciata vuota. Sequestreremo tutto».

I suoi uomini si stavano già occupando delle scatole.

«Qui non troverete nulla di proibito» dichiarò Cedric. Era l'incarnazione della calma. E perché no? Era effettivamente tutta roba inutile. In quel momento mi si accese una lampadina.

«Vendono quelle cose al Mondo di Fuori!» dissi ad alta voce ancora prima di terminare quel pensiero. Ma era proprio così! Avevo letto gli indirizzi di consegna, eppure in quel momento non ci avevo pensato. Solo a poco a poco avevo capito di che cosa si trattasse. Alcuni di quei luoghi non si trovavano di sicuro in nessuna piega dello spazio. Anche se non ero affatto informata tanto quanto Ashton, ne ero abbastanza sicura.

«Niente di illegale, dunque?» ripeté Cardeles, alzando le sopracciglia.

Cedric sospirò dalla frustrazione. Uno dei Guardiani lo afferrò per un braccio e lo condusse via.

«Non finisce qui» minacciò.

«Sì, sì...» Cardeles girò gli occhi al cielo. «Questi discorsi puoi pure risparmiarteli. Vi condanneremo solo per l'attività di vendita al Mondo di Fuori. Anche se non riuscissimo a dimostrare che tu e la tua organizzazione avete commesso innumerevoli rapine e omicidi, di certo non rivedrai mai più la luce del sole».

Quindi Cardeles era da tempo al corrente di tutto?

Mentre Cedric veniva portato via, si avvicinò a me e si mise in ginocchio. «Stai tremando» osservò, togliendosi la giacca e gettandomela sulle spalle. «Meglio, così?»

Annuii e mi infilai le maniche. Non avevo notato che stavo tremando. In ogni caso, non avevo freddo. Probabilmente era per via dell'adrenalina che ancora mi scorreva nelle vene.

Cardeles mi tese la mano. Allungai esitante la mia e lasciai che mi aiutasse ad alzarmi. In ognuno dei nostri fugaci incontri, mi era parso un rapace a caccia, ma adesso non mi sembrava più minaccioso. Aveva un sorriso caloroso sulle labbra e gli occhi scuri e stretti davano un'impressione di apertura e sincerità.

Ashton si tirò in piedi con le sue forze.

«È stato emozionante giocare al gatto e al topo» disse Cardeles. «È bello ritrovarsi infine faccia a faccia».

«Come...?» chiesi.

«A parte Lyvin, che è sempre stata una pessima bugiarda, devi la cattura al tuo amico Kieron. Ha fatto l'unica cosa giusta e mi ha detto tutto. Almeno qualcuno che si fida dei Guardiani».

Guardai Ashton, ma lui evitò il mio sguardo.

«Siamo in arresto, vero?» chiesi.

«Avete intenzione di scappare di nuovo?»

Scossi la testa.

«Allora direi che le manette non saranno necessarie». Si rivolse ai suoi colleghi. «Miller, Roberts, mettete al sicuro le prove. Tutti gli altri: torniamo al quartier generale. Voi due venite con noi». Mi mise una mano sulla schiena e mi condusse fuori dal corridoio.

29

Quest'assassino di piante in realtà è un tipo abbastanza a posto

Il quartier generale del Tribunale era a poche vie di distanza. Durante il tragitto, Cedric attirò su di sé gli sguardi di tutti. Probabilmente nella piega di New York non capitava ogni giorno di vedere una persona ammanettata e scortata da due Guardiani, e di certo non un volto così familiare come quello di Cedric Seymour.

Mio fratello era un criminale... Ancora mi era impossibile crederci davvero. Mi aveva invaso un senso di amarezza, quasi non riuscivo più a guardarlo in faccia.

Ashton l'aveva detto, tutto lasciava supporre che il colpevole fosse Cedric, eppure... avrei potuto scommettere che sarebbe andata in modo molto diverso. Perché non poteva essere lui. Eppure ora lo stavano portando via in manette.

Se non altro, io e Ashton non eravamo stati ammanettati. A quel pensiero, lo guardai. Teneva con ostinazione gli occhi fissi a terra, il suo stato d'animo oscillava tra lo sconforto e la rabbia, che io attribuivo al fatto che gli avevo rovinato la possibilità di spezzare la maledizione. Non avrebbe avuto un'altra occasione per uccidere Cedric, e io ne ero felice. Evidentemente, lui non la vedeva così.

«Troveremo un altro modo» gli promisi con voce velata.

«Per il momento fareste meglio a concentrarvi su come trovare una via d'uscita da questo guaio in cui vi siete cacciati» si intromise Cardeles.

«Non è che ci siamo messi contro questa Confraternita di proposito» dissi.

Se non avessi riportato indietro Ashton, di certo non sarei entrata in contatto con gli affari segreti di Cedric.

«Non devi convincere me» disse Cardeles. «Anzi, io vi ammiro per il vostro coraggio. È del Tribunale che dovete preoccuparvi». Fece un cenno con la testa avanti a sé, dove tra le facciate delle case era comparso un edificio nero opaco. Era costituito quasi interamente da finestre e colonne. Con una buona dozzina di piani, era più alto delle case circostanti, ma largo appena quattro metri.

Gettai indietro la testa e guardai su, verso il tetto, dove era visibile un'enorme vetrata colorata semicircolare. Sotto, in lettere dorate, c'era scritto *Tribunale* sopra le parole "*Lex inter mundos*". Contai di nuovo e ottenni un totale di tredici piani.

Cedric doveva essere spaventato perché, mentre ci avvicinavamo all'edificio, iniziò a opporre resistenza. Cardeles se ne accorse, mise mano al manganello e, scorrendovi sopra con il pollice, fece apparire una sottile lama. Evidentemente, l'arma delle guardie era sia una spada corta che un manganello.

Poiché Cedric non riuscì a divincolarsi dai Guardiani, e le manette che sopprimevano la magia facevano il resto, Cardeles si rilassò e fece scivolare la lama di nuovo nel fodero.

Notò il mio sguardo e accarezzò l'arma. «Uno dei vantaggi di essere un Guardiano. Siete fortunati che non abbia dovuto usare il Catscrap contro di voi».

Feci un sorriso stanco. Non ero in grado di fare praticamente nient'altro, dopo tutto quello che era successo.

Salimmo i gradini dell'ingresso principale ed entrammo in un atrio gigantesco, quasi vuoto. Il pavimento nero di pietra, attraversato da scintillanti venature verdi, mi dava la sensazione di camminare su catrame liquido. Al centro della sala c'era un banco per l'accettazione, dietro il quale, in piedi, c'era una giovane donna. Era vestita in modo simile ai Guardiani, da cui si differenziava solo per una mantella lunga fino al pavimento.

Su tutti i lati, c'erano passaggi che conducevano a corridoi apparentemente infiniti con innumerevoli porte, interrotti solo da solitarie panche.

«Dall'esterno non sembra così grande, vero?» Feci un cenno ad Ashton, ma lui si voltò dall'altra parte senza parlare. Ci rimasi male. Doveva essere piuttosto arrabbiato con me.

Cardeles e i suoi uomini annunciarono il loro rientro timbrando i cartellini a un orologio marcatempo dall'aria storica accanto alla porta d'ingresso. Il clic senza pretese dell'orologio provocò uno sferragliamento dietro le pareti che mi ricordò il meccanismo nella biblioteca del nonno. Come un'onda, lo sferragliamento, lo scricchiolio e il ticchettio si propagarono attraverso le pareti fino ai corridoi, dove diverse porte si aprirono con un forte scatto. Come sospettavo, erano gli uffici di ciascun Guardiano.

«La vacanza è già finita?» chiese la donna al bancone a Cardeles. La sua voce aveva qualcosa di rilassante, era melodica e gentile.

«Magari fosse stata una vacanza» rispose lui.

«Ho capito subito che avevi in mente qualcosa di molto diverso. Vacanza è l'ultima parola che si può associare a te.

Allora, chi ci hai portato?» Guardò Cedric. «Non è il giovane Seymour?» disse.

«Tutto questo è un malinteso» affermò Cedric. «Voglio parlare immediatamente con il superiore di questo Guardiano fin troppo motivato».

«Lo farai molto presto» disse Cardeles, facendo cenno con il mento verso uno dei corridoi. «Portate lui e i suoi complici alla sala interrogatori».

I Guardiani condussero via i tre, e io guardai Cedric. Mi chiedevo che ne sarebbe stato di lui. Come avrebbero reagito mamma e papà quando avrebbero scoperto quello che aveva fatto?

«E voi due?» La donna si avvicinò a me e mi posò una mano sul braccio. Alzai lo sguardo e mi bloccai. I suoi occhi sembravano la superficie scintillante di un profondo lago. Mi ci immersi, letteralmente, e dimenticai tutto ciò che mi circondava. Lei mi rivolse un sorriso dolce e avvolgente.

«Noi... non volevamo...» balbettai.

«È quello che presumo» disse.

Era una sirena, ne ero sicurissima. Se mi avesse chiesto di tutti i reati che avevo commesso di recente, non mi sarebbe mai passato per la testa neanche per un secondo di nasconderle qualcosa. Una sirena non aveva bisogno di usare un incantesimo della verità.

«Avete l'aria stanca» disse. «È meglio che vi sediate e che vi porti un po' di tè caldo. Che ne dite?»

In quel momento la porta alle nostre spalle si aprì e nell'atrio entrò Lyvin. Era senza fiato e sembrava sconvolta. Soltanto quando vide che Ashton era vivo e vegeto, tirò un sospiro di sollievo e si rilassò.

«Grazie a Dio!» Gli andò incontro a braccia aperte e lo strinse a sé, cosa che Ashton sopportò malvolentieri. «Dappertutto gira voce che Cedric sia stato arrestato. Cedric Seymour, a capo di una banda di contrabbandieri?! Chi l'avrebbe mai detto?» Si staccò da Ashton e volse lo sguardo a me. «E anche tu stai bene?»

«Non proprio» confessai.

«Non mi meraviglio. È pur sempre tuo fratello». Accarezzò la testa di Ashton, che si scansò. «Che diamine, sto bene, okay?» sibilò con rabbia, e poi si rivolse a Cardeles. «Possiamo lasciarci questa storia alle spalle, adesso?»

«Ma certo» rispose lui. «Anch'io ho di meglio da fare che occuparmi di una coppia di adolescenti in fuga».

«Ah!» sogghignò la centralinista. «Perché non ammetti che questo caso è il pezzo forte dell'anno? Li hai inseguiti in lungo e in largo per il Mondo di Mezzo seguendo un'intuizione e, da quello che ho sentito, ti hanno bellamente preso per il naso».

«Non era un'intuizione, ma un ragionevole sospetto» disse. «E non mi sono fatto prendere per il naso da nessuno». Il suo sguardo andò a Lyvin, che parve offesa e sgranò gli occhi.

«Nessuno poteva immaginare che proprio tu, tra tutti, ti saresti presentato a casa mia» brontolò lei.

«Vi conoscete?» domandai.

«Di sfuggita» disse Lyvin, guardando Cardeles come se dovesse convincersi di non averlo scambiato per qualcun altro.

«La prossima volta dirai la verità e basta» le disse.

«La prossima volta non mettermi sotto torchio in questo modo» ribatté lei. «E guai se convochi Ash in Tribunale. Non ha fatto nulla di male».

«Questo lo vedremo» la liquidò Cardeles. «Ora seguitemi. Ci sono dei moduli da compilare e alcune domande a cui rispondere».

Si diresse verso uno dei corridoi e mi fece strada. Il senso di nausea alla bocca dello stomaco gradualmente si trasformò in paura vera e propria. Avrei voluto sapere che cosa avesse appreso da Lyvin e Kieron prima che iniziasse a investirci di domande. E se alla fine Lyvin avesse avuto ragione e il Tribunale avesse annullato il Restutio? Non volevo nemmeno pensarci.

«E il tè?» ci gridò dietro la donna al bancone.

«Magari più tardi, Myrria» rispose Cardeles senza voltarsi. Fece un gesto verso una panca. «Sedetevi, io mi occupo delle pratiche». Con queste parole, scomparve nel suo ufficio.

«Io contatterò mamma e papà» decise Lyvin. «Devo chiamare anche i tuoi genitori? Tanto non ci vorrà molto prima che le voci arrivino fino a loro. Al più tardi domani, quando la notizia sarà pubblicata sullo *Space & Time Chronicals*, tutto il Mondo di Mezzo lo saprà».

Riuscivo benissimo immaginarmi il titolo in prima pagina: *Scandalo! Cedric Seymour arrestato e scortato in Tribunale*. L'articolo non sarebbe certo entrato nell'album di famiglia.

«Okay» convenni con voce insolitamente roca e mi avvolsi le braccia intorno al corpo.

«Bene, allora» disse Lyvin. «Voi aspettatemi qui, sono sicura che c'è un telefono all'accettazione».

Si riavviò verso l'atrio, e io la seguii con lo sguardo.

Un silenzio soffocante calò su di noi e mi si strinse intorno al petto. Potevo solo supporre che la scarica di adrenalina stesse iniziando a svanire, perché non mi sentivo affatto bene.

«Avrei dovuto finirlo a Marsiglia» disse Ashton cupo. Il suo sguardo era perso in lontananza. Aveva un tono rabbioso e frustrato.

«Ucciderlo, vuoi dire» aggiunsi con amarezza.

«Io...» S'interruppe, strinse gli occhi e serrò le mani a pugno.

«Troveremo un altro modo, okay?» promisi di nuovo.

Si limitò a sbuffare con sprezzo e a evitare il mio sguardo.

Non sapendo come rompere quel muro, gli toccai il braccio. «Ash...» cominciai.

Ashton allontanò la mia mano con un gesto brusco, e io indietreggiai. Non solo era incredibilmente arrabbiato, ma aveva gli occhi arrossati e vi si rifletteva la disperazione che provava.

«Sarebbe potuto finire tutto molto tempo fa!» mi urlò addosso all'improvviso.

«È mio fratello» gli ricordai con voce velata. Le parole quasi mi si bloccarono in gola, come se la mia mente fosse all'opera contro il mio cuore. Non potevo negare che Cedric fosse responsabile di tutto, eppure mi opponevo a quella verità inconfutabile. Il fatto che Ashton fosse arrabbiato con me per non avergli permesso di togliere la vita a Cedric mi faceva ancora più male.

«Lui mi ha ucciso, maledizione! Avrebbe fatto lo stesso con te... Em, lui ti voleva...!» La sua voce si spezzò, fece un passo verso di me e pensai che stesse per afferrarmi e scuotermi. Invece, esitò un attimo, poi mi afferrò la manica. Non la mano o il braccio, soltanto la manica, come se non osasse toccarmi direttamente. Il suo sguardo era fisso sul pavimento che ci separava, e, all'improvviso, quell'Ashton così imperturbabile e sicuro di sé, aveva un velo di timidezza.

«Io posso continuare a vivere senza essere me stesso» spiegò, a malapena udibile. C'era un leggero tremito nella sua voce. Solo dopo una breve pausa mi guardò. «Ma se ti avesse fatto qualcosa solo perché ho insistito per affrontarlo da solo...»

Il mio cuore ebbe un sussulto. «Ma non l'ha fatto».

Le dita di Ashton sprofondarono ancora di più nel tessuto della mia manica. Mi tirò con delicatezza a sé, io inciampai di un passo, lui mi afferrò e mi strinse forte. Così forte che mi mancò il respiro, e io avevo la sensazione che non volesse lasciarmi più. Non sapevo che cosa mi stesse succedendo, ma non ero nemmeno in grado di chiedergli che cosa stesse accadendo dentro di lui. Era troppo bello saperlo così vicino a me, essere abbracciata da lui, lasciare che il calore del suo corpo diventasse il mio e sentire che gradualmente si rilassava. Quel momento sarebbe potuto durare per sempre.

«Voglio che tu mi ordini di fare qualcosa» mi disse.

Sgranai gli occhi, stupita.

Ashton mi avvolse ancora di più nelle sue braccia. «Ordinami di non deluderti mai più» mormorò vicino al mio orecchio.

«Ma... non l'hai fatto!»

«Oh sì, invece». Mi allontanò, ancora incapace di guardarmi negli occhi. Una rabbia amara trasformò il suo volto in pietra: rabbia verso se stesso, non verso di me, come in quel momento compresi. Per tutto quel tempo non era stato infuriato con me perché gli avevo impedito di commettere un omicidio. Lo era stato solo e unicamente perché si sentiva in colpa.

«Non avrei dovuto lasciarti entrare in quel magazzino da sola. Non avrei dovuto proprio portarti lì fin dall'inizio! Fin dall'inizio».

«Io... non sono un cavalluccio marino» dissi.

Ashton si accigliò. «Cosa?»

«Non devi proteggermi e nemmeno salvarmi» spiegai. «Io prendo le mie decisioni con la mia testa e se mi metto nei guai, non è colpa tua».

«Non avevi idea di quello in cui ti stavi cacciando» mi ribatté.

«Nemmeno tu» gli ricordai. Nessuno avrebbe potuto immaginare che dietro l'aggressione a Marsiglia ci fosse un giro di contrabbando guidato anche da Cedric.

«Avrei dovuto saperlo» insistette, e di nuovo i suoi occhi scintillarono di rabbia.

«Perché fai così?» chiesi.

«In che senso?»

«Perché ce l'hai con te stesso? Perché ti carichi sulle spalle i problemi di tutto il mondo e cerchi di risolverli da solo?»

«Io... non lo faccio» negò.

«Probabilmente non te ne rendi nemmeno più conto, ma è così. Ti senti responsabile di tutto e di tutti e, quando qualcosa va storto, dai la colpa a te stesso. Non si può sempre fare tutto da soli, tutti hanno bisogno di aiuto. Tutti commettono errori, e va benissimo se gli altri intervengono per sostenerti».

Un sorriso cupo gli attraversò le labbra. «Ormai dovresti conoscermi abbastanza bene da sapere perché lavoro da solo».

«No, non lo so» obiettai.

«Non sono bravo con le persone, Em. Dovrebbe essere ovvio per te dopo essere stata costretta avere con fatica a che fare con me».

Il mio primo impulso fu quello di contraddirlo, ma aveva ragione. Più volte ci eravamo scontrati, più volte aveva detto cattiverie, e spesso non se ne era nemmeno reso conto. Inoltre, aveva aspettative incredibilmente alte nei confronti di se stesso e, quando aveva la sensazione di aver fallito, la rabbia lo faceva apparire distaccato e sprezzante. Potevo ben immaginare che avesse già offeso molte persone. Avrei voluto scappare anch'io se le circostanze non ci avessero legato l'uno all'altra.

«Tu sei un idiota» confermai. «Però...»

Esitai e Ashton mi guardò con aria interrogativa. «Tu... sei il mio idiota».

Ashton sorrise. «Davvero?»

Annuii.

Con tutte le cose brutte che erano successe dal nostro primo incontro, avrei dovuto desiderare di tornare indietro nel tempo e ricominciare tutto da capo. Eppure ero felice. Ero felice che il destino ci avesse fatto incontrare e mi avesse costretto a conoscere lui... il vero Ashton, quell'idiota così coraggioso e senza paura. Che non avrebbe potuto avere un cuore più grande, anche se spesso faceva l'imbronciato e il testardo.

Il suo ghigno si trasformò in un ampio sorriso, si avvicinò a me e mi accarezzò la guancia con le dita. Un brivido piacevole mi attraversò tutto il corpo. Il mio cuore batteva all'impazzata, alzai lo sguardo verso di lui e lui si avvicinò così tanto che le nostre labbra quasi si toccarono.

Qualcuno accanto a noi si schiarì la voce.

Indietreggiai e sentii le mie guance avvampare. Cardeles era uscito dal suo ufficio.

«Prima tu» disse, facendo un gesto verso Ashton. Con un cenno verso il suo ufficio, fece capire ad Ashton di entrare.

Avremmo fatto meglio a usare il tempo a nostra disposizione per uniformare le nostre versioni. Ma ormai era troppo tardi.

Ashton mi lanciò un'occhiata fugace, poi scomparve oltre la porta e Cardeles lo seguì.

Sprofondai sulla panca e sperai che tutto andasse bene. Passò un'eternità prima che Ashton tornasse. Balzai subito in piedi.

«Che cos'hai...?»

«Ora tu» mi interruppe Cardeles.

Con aria colpevole e gli occhi bassi, entrai nell'ufficio. Mi sembrava che mi stessi dirigendo verso il patibolo. Cardeles mi mise una mano sulla schiena, mi condusse oltre la porta e la chiuse dietro di me.

«Il Restutio impertes, dunque?» chiese.

Io trasalii. Almeno ora non dovevo più domandarmi se conoscesse tutti i dettagli.

«Ashton non può morire!» gemetti, mordendomi le labbra. «Lui... lui non ha colpa e...»

«Chi credi che io sia?» chiese Cardeles.

Fece il giro della scrivania e io mi gettai una rapida occhiata intorno.

Non aveva un ufficio molto grande. Non c'era nemmeno una finestra, soltanto due sedie, la scrivania, le pareti spoglie e una pianta d'appartamento appassita in un angolo.

«Un assassino di piante?» dissi, guardando la palma morta.

Cardeles rise. Prese una brocca d'acqua da un vassoio di servizio e cominciò a riempire uno dei bicchieri.

«Uno stregone» aggiunsi. Non seppi perché dissi proprio questo. Mi era passato per la testa e poi mi era semplicemente uscito di bocca. Ma compresi subito che era stato un errore, perché Cardeles si bloccò a metà del movimento.

Riacquistò l'autocontrollo appena in tempo e posò la brocca prima che l'acqua traboccasse dal bordo del bicchiere. «Il fauno, vero? È stato lui a dirtelo».

Annuii. Cardeles mi porse il bicchiere e io bevvi un bel sorso. Solo allora mi resi conto di quanta sete avessi.

«Non sono molte le persone che hanno una sensibilità così raffinata per la magia. Che Kieron fosse uno di loro mi è stato chiaro nel momento in cui mi ha aperto la porta».

«Non intendevo...» dissi docilmente. «Non voleva essere un ricatto o altro».

«Tieni questa cosa per te» disse con calma, e indicò la sua scrivania. Lì, sopra una pila di fogli, c'era un modulo su cui riuscii a leggere in parte la parola deposizione. «Scrivi quello che è successo».

Mi sedetti, lui mi porse una penna e iniziai a scrivere. Cardeles mi osservò in silenzio finché non ebbi riempito tutta la pagina e posato la penna.

«Bene» disse, e si alzò. «Per ora, tu e il tuo amico potete andare ».

«Cosa?» chiesi, incredula. Chissà perché, mi aspettavo di essere rinchiusa proprio come Cedric.

Cardeles circumnavigò la scrivania e si diresse verso la porta. Mi alzai in piedi. «Non è per la cosa che mi ha detto Kieron, vero?»

Fece una breve risata. «Io non mi lascio ricattare o corrompere. Non importa se qualcuno pensa di avere qualcosa da usare contro di me, io faccio tutto attenendomi scrupolosamente alle regole».

Aprì la porta e indicò l'esterno. Ashton e Lyvin aspettavano nel corridoio.

«Finché la questione non sarà risolta, siete agli arresti domiciliari» disse, rivolgendosi anche ad Ashton, poi si voltò verso di me. «I tuoi genitori stanno arrivando?»

«Sì, arrivano» confermò Lyvin.

«Ho bisogno che firmino alcuni documenti, dato che tu sei ancora minorenne, poi sarai libera di andare. E anche lui. Considerate le circostanze, potete aspettarvi una sentenza clemente».

«Grazie!» esclamai raggiante di gioia.

«Non c'è problema. Venite subito da me la prossima volta che vi mettete nei guai». Guardò prontamente Ashton.

«Sarà fatto» promise con riluttanza.

Cardeles si voltò verso di me. «E quello che hai detto prima...»

«La cosa dell'assassino di piante?» chiesi con aria cospiratoria.

Lyvin sembrò confusa.

«Esatto» confermò. «Nessuno deve saperlo. Siamo intesi?»

«Certo». Annuii.

«Allora preparo tutto ciò che serve». Sparì nel suo ufficio e io sprofondai esausta sulla panca. Mi si era tolto un peso dal cuore. Anche se non fremevo dalla voglia di affrontare di nuovo tutta la storia con i miei genitori, se non altro non dovevo più temere per la vita di Ashton.

30

Non si baciano i ragazzi morti

Ashton e io eravamo seduti sulla panca fuori dall'ufficio di Cardeles, a fissare il vuoto. Lyvin camminava su e giù davanti a noi, impastandosi con nervosismo le mani e lanciando ogni tanto un'occhiata all'ingresso.

Aspettare che i miei genitori mi venissero a prendere mi faceva sentire come se avessi combinato qualcosa e dovessi attendere per l'eternità fuori dall'ufficio del preside. Non mi mettevo spesso nei guai a scuola perché non davo granché nell'occhio, non avevo un cellulare da usare di nascosto in classe e, a parte Santana, praticamente non avevo amici. Una volta le avevo fatto scivolare un bigliettino sotto il banco, in un paio di altre occasioni ero stata sorpresa a leggere. Quando mia madre si era presentata con un abito fluente dal colletto alto e una mantella a mezza lunghezza, quella era bastata come punizione. Grazie al suo vestiario inappropriato, ogni volta mi era venuta voglia di sotterrarmi e avevo iniziato a credere che lo facesse apposta per mettermi in imbarazzo davanti agli altri. Ora sapevo che i gusti assurdi della mia famiglia in fatto di moda erano perfettamente normali nel Mondo di Mezzo.

Lanciai un'occhiata fugace ad Ashton, che ricambiò il mio sguardo con un sorriso.

«A proposito...» esordì.

«Sì?» chiesi.

«Dovresti prepararti qualche buon incantesimo in cui riversare la tua magia, se mai dovessi avere bisogno di difenderti. Quello che hai fatto a Cedric è stato piuttosto intenso».

«Oh... sì, non sapevo che cosa fare».

«Ed è per questo che hai pensato che sarebbe stata una buona idea scatenare i tuoi poteri e vedere cosa sarebbe successo?»

Scrollai le spalle. «È andata bene, per fortuna, no?»

Ashton tornò ad appoggiare la schiena alla panca. «Almeno ha colpito la persona giusta».

«Probabilmente ne sei felice. Cedric non ti è mai piaciuto, vero?»

«Non è vero» obiettò lui. «È... complicato».

«In che senso?»

Ashton sospirò. «È un ottimo necromante, e questo lo sanno tutti. Ma non è il migliore, né è infallibile. Tuttavia, viene chiamato subito, appena c'è bisogno di un necromante. Non saprei contare il numero di volte in cui mi è stato chiesto di chiamarlo quando sono rimasto bloccato su un caso. Dicono sempre: "Chiamiamo Cedric Seymour, risolverà subito il problema". È snervante...»

«Ora è tutto finito» dissi. Probabilmente Cedric non sarebbe stato coinvolto nella risoluzione di altri crimini tanto presto.

«Già, purtroppo».

«Purtroppo?»

Un sorriso teso apparve sulle sue labbra. «Credo che, segretamente, sperassi di sbagliarmi». Il suo sguardo, tra i pensieri, si perse nel vuoto.

Quindi ammirava davvero Cedric? E, tra tutti, era stato

proprio il suo modello a ucciderlo. Doveva essere stato un duro colpo per lui. Vedevo bene quanto l'intera faccenda lo stesse distruggendo, quanto gli riuscisse difficile risolvere i sentimenti che tutto questo gli aveva scatenato dentro. Mi dispiaceva terribilmente per lui.

Si sentirono dei passi. Lyvin si arrestò a metà del movimento, Ashton e io balzammo in piedi. Non furono i nostri genitori, però, a entrare nell'atrio. Da uno degli altri corridoi, Cedric stava venendo portato via in manette. A quanto pareva, l'interrogatorio era finito. Era durato un'ora abbondante.

«Non potete provare nulla di tutto questo! Niente di niente!» ruggì e oppose resistenza ai due Guardiani.

Non l'avevo mai visto così sconvolto. Aveva la testa arrossata e i capelli, di solito così ben curati, sparavano da tutte le parti. Imprecò e urlò, si scagliò più volte contro le mani che lo trattenevano e dovette essere trascinato a forza oltre il bancone dell'accettazione, verso un altro corridoio.

Quello spettacolo mi fece venire i brividi. Avevo assistito con i miei occhi a ciò che aveva fatto e che intendeva fare, ma ancora non volevo crederci.

Ashton sbuffò sprezzante. La delusione era dipinta sul suo volto.

«Cedric Seymour, un assassino...» mormorò Lyvin. «Mai in vita mia me lo sarei sognato».

«È sempre stato spietato» affermò Ashton.

Non provai nemmeno a contraddirlo. Per lui era certamente più facile vedere Cedric così. Inoltre, avevo esaurito gli argomenti, e anche ipotizzare che Cedric avesse deciso in qualche modo di farsi coinvolgere, che magari all'inizio non volesse fare nulla di proibito, ma poi aveva perduto il senso di ciò che era giusto e ciò che era sbagliato, non cambiava i fatti.

«Che cosa gli succederà adesso?» domandai.

«Sarà il Tribunale a decidere» disse Cardeles alle mie spalle. Era uscito dal suo ufficio senza che lo notassi. In mano teneva una pila di fogli.

«Molto probabilmente lo rinchiuderanno» disse Lyvin. «Esistono pieghe dello spazio progettate proprio per questo scopo. I sigilli magici impediscono la fuga. Una volta che si arriva là...»

«Mamma!» udii gridare Cedric.

Guardai verso l'ingresso dove erano apparsi i miei genitori. Papà, in jeans e camicia, sembrava fuori luogo almeno quanto mi ero sentita io quando ero arrivata a New York. Mamma, nel suo abito nero aderente, era identica alla nonna nelle sue vecchie foto.

«Che cosa sta facendo con mio figlio?» disse la mamma alla donna al bancone.

Gli occhi di papà caddero su di me. Dovette guardare due volte perché con quel vestito probabilmente non mi riconobbe subito. «Emily?»

Guardai Cardeles. Aveva detto che potevamo andare, ma mi sentivo ancora un po' prigioniera. Cardeles annuì e io mi precipitai incontro a papà.

«Ti abbiamo cercato dappertutto, piccola!» Mi abbracciò.

«Lasciatemi parlare con mio figlio» pretese la mamma.

Cardeles le sbarrò la strada per impedirle di parlare con Cedric. «Suo figlio è accusato di alcuni gravi crimini. Per il momento non può parlargli».

La mamma si voltò verso di me. «Tu, invece, stai bene?» chiese.

«Non riesco ancora a crederci...» mormorai.

Arrivarono anche i genitori di Ashton. La tensione tra loro e mia madre era quasi palpabile. Papà, invece, non si curava della vecchia faida familiare. Fece un cenno al signor Goodwin, che lo ricambiò.

Lyvin e Ashton entrarono nell'atrio. La signora Goodwin accarezzava con ansia il braccio di Ashton. Aveva un'aria triste, che fu in fretta sostituita dalla rabbia.

«Il Restutio impertes?» accusò la mamma. «Dite sul serio?»

Quindi l'avevano già scoperto da Lyvin. Mi si formò un nodo in gola.

«Emily stava solo cercando di aiutare» la rassicurò Ashton.

«Sei sempre stato troppo buono per questo mondo» commentò lei. Non c'era traccia della donna gentile e aperta che avevo conosciuto. «I Seymour ne hanno approfittato senza farsi scrupoli».

«Abbiamo accolto tuo figlio a braccia aperte» le fece eco la mamma.

«E dopodiché *tuo* figlio l'ha ucciso!» replicò lei inviperita.

La mamma si raddrizzò. «Questo è tutto da dimostrare».

«Questa volta non ve la caverete così facilmente!» La signora Goodwin si alzò in piedi di fronte alla mamma. «Farò in modo che ogni singolo Seymour paghi per questo incidente. Oggi è la fine del vostro buon nome. Te lo posso giurare!»

La mamma la guardò dall'alto in basso. «Come se voi Goodwin, ridotti come siete, foste in grado di intaccare la meritata reputazione dei Seymour».

«Signore» intervenne Cardeles. «Ci sono dei moduli da firmare prima che i ragazzi possano andarsene. Dopodiché, potrete continuare a scornarvi come vi pare e piace».

«Voglio sapere esattamente di che cosa è accusato mio figlio!» chiese mia madre.

Cardeles posò i documenti che aveva portato in due pile sul bancone dell'accettazione. «Prego, li legga lei stessa!» disse indicandoli.

Mia madre e la signora Goodwin si guardarono. Arrabbiate com'erano, non mi sarei meravigliata se si fossero polverizzate con lo sguardo. Si avvicinarono al bancone, si strinsero l'una accanto all'altra e si spintonarono come due bambine bisbetiche. Solo quando iniziarono a leggere i verbali si lasciarono stare, e calò uno spaventoso silenzio.

La signora Goodwin fu la prima ad alzare lo sguardo.

«Firmi qui a conferma che si occuperà di suo figlio durante gli arresti domiciliari» le disse Cardeles.

Lei obbedì e poi si voltò verso l'uscita. «Noi ce ne andiamo» decise bruscamente. «Lyvin, tu vieni a casa con me».

Non voleva sapere nient'altro? Non voleva domandarmi perché l'avessi fatto? Rimproverarmi, così che potessi difendermi?

«Mi farò sentire» mi promise Ashton.

«Vieni subito!» sibilò indignata la signora Goodwin. Lui con riluttanza la raggiunse e io lo seguii con lo sguardo.

«Troveremo un modo!» gridai.

Non si voltò più verso di me. Probabilmente perché non aveva speranze che quella promessa si sarebbe avverata, forse anche perché non aveva davvero intenzione di farsi sentire.

Quel pensiero mi spaventò.

Ora che tutto era venuto a galla, l'accordo tra le nostre famiglie non aveva più alcun significato, e i suoi genitori probabilmente non sarebbero stati d'accordo se avessimo mantenuto i contatti.

Ma da quando gli importava di quello che pensavano gli altri?

Eppure, avevo paura. Possibile che non ci saremmo rivisti mai più? Le mie orecchie cominciarono a ronzare. Il panico mi assalì.

Guardai mia madre. Aveva finito di leggere i verbali, fissava i fogli come stordita e non si muoveva. Papà si avvicinò a lei, le mise amorevolmente una mano sulla spalla e prese i fogli per dare un'occhiata.

E se adesso fosse successo proprio quello che tutti temevano? Una rottura definitiva tra i Seymour e i Goodwin avrebbe potuto gettare nel caos l'intero Mondo di Mezzo.

Non potevo lasciare che Ashton se ne andasse! Non così, non in quel modo. In un attimo, mi decisi e gli corsi dietro.

«Aspetta!» urlai.

Lui si girò su se stesso e dovette afferrarmi perché altrimenti l'avrei travolto senza controllo.

«Promettimi che ci incontreremo di nuovo!» lo implorai.

Lui sorrise. «Lo giuro solennemente».

La sua mano scivolò tra i miei capelli, si chinò verso di me e io mi sciolsi tra le sue braccia come burro quando posò le sue labbra sulle mie. Fu solo un tocco fugace, ma fu sufficiente a far tremare tutto il mio mondo. Un secondo dopo si allontanò da me incespicando. Suo padre lo aveva afferrato per un braccio e lo aveva trascinato via. Mi aggrappai alla mano di Ashton, ma capii che non era il caso di fare il tiro alla fune, perciò lo lasciai andare.

La mamma di Ashton lo riparò da me con il braccio, come se dovesse proteggerlo dall'attacco di una bestia selvaggia. Cercò di allontanarlo da me.

«Adesso non esagerare!» si lamentò lui.

«Esagerare?» lo rimbrottò lei. «Non penserai davvero di provare qualcosa per questa Seymour, vero? Dipende tutto da quell'incantesimo». Lo spinse verso la porta.

«Em non mi ha mai ordinato di...»

«Come fai a saperlo?» lo interruppe lei. «Può farti dimenticare tutto quello che non vuole che tu sappia, farti provare tutto quello che decide lei, o fare in modo che tu non provi nulla, quando le fa comodo».

Suo padre aprì la porta, mi lanciò un'ultima occhiata che sembrava inquisitiva ma non giudicante, poi uscirono dall'edificio.

Lyvin si voltò di nuovo verso di me mentre camminavano. «Cercherò di parlare con mia madre» promise, ma non sembrava troppo convinta.

La guardai andare via e continuai a fissare la porta anche dopo che si era chiusa dietro di lei. Papà mi mise le mani sulle spalle.

«Dai, andiamo a casa» disse.

31

Il codice Morse me l'ero proprio dimenticato

Attraversammo la piega dello spazio da New York direttamente fino al bosco di abeti di Springdale. Il sole stava sorgendo, colorando di rosso la nebbia mattutina che si avviluppava tra gli alberi.

Guardai l'abete diviso in due tronchi alle mie spalle. Probabilmente Santana stava ancora dormendo e non sarebbe stato opportuno chiedere ai miei genitori il permesso di andare a trovarla. Inoltre, Mirabell ci aveva proibito di vederci. Non avrebbe cambiato idea dopo che io ero scappata di casa e avevo infranto più di una legge del Mondo di Mezzo.

«Quanto detesto questo sentiero!» si lamentò mamma.

Soffocai l'impulso di farle notare che avrebbe fatto meglio a non indossare i tacchi alti se intendeva attraversare un bosco a piedi. Da quando aveva letto il verbale era rimasta in silenzio. Preferivo che maledicesse il sentiero piuttosto che non dicesse nulla. Di certo, avrebbe fatto volentieri a meno di una risposta stizzita da parte mia. Se io non riuscivo a credere che Cedric fosse un assassino, come poteva farlo lei? Dopotutto, lui era sempre stato il suo orgoglio e la sua gioia.

Quindi non dissi niente e la seguii con gli occhi bassi. Il fatto che non riuscisse a guardarmi mi provocava un nodo alla gola. Non avevo colpa per le azioni di Cedric, ma io avevo fatto saltare la sua copertura e mi sembrava che lei, per questo, ce l'avesse con me.

Papà mi mise un braccio sulle spalle e mi strinse a sé. «È contenta che tu stia bene» mi assicurò. «Lo siamo entrambi».

«Non avrei mai pensato che lui, tra tutti...» cominciai.

«Nessuno di noi l'avrebbe pensato» concordò papà.

Raggiungemmo la villa e già dal piazzale vidi che le luci erano accese ovunque.

A quanto pareva, il nostro ritorno era atteso, e infatti zia Sophia aprì la porta prima ancora che salissimo le scale.

Si guardò intorno tesa: «Dov'è Cedric?» domandò.

La mamma non rispose. Le passò accanto per entrare in casa, e noi la seguimmo. Nel salone di ingresso ci attendevano la nonna e Mandy. Mentre Mandy sembrava appena caduta dal letto, con i capelli arruffati, la mascherina per dormire sulla fronte e un pigiama rosa con nuvole bianche e orsetti, la nonna si era messa in tiro come se avesse intenzione di andare a un banchetto. Portava fard e rossetto, un boa di pelliccia e diversi anelli d'oro con grosse pietre preziose alle dita. Confusa com'era ogni tanto, forse credeva davvero che tutti si fossero riuniti per andare a una festa.

«Su, ditemi!» intimò Sophia.

Mia madre fissava il pavimento. «Racconta tu» pregò mio padre.

«Va bene» disse, e cominciò a raccontare.

Io ascoltai a malapena. Dopotutto, avevo vissuto tutto di persona e sapevo che cos'era successo.

Dover riascoltare quello che Cedric aveva fatto era una cosa che avrei preferito risparmiarmi.

Dopo che papà ebbe illustrato tutta la storia, seguì un momento di silenzio.

«Io torno a letto» annunciò la nonna e si girò verso le scale.

«Ammettiamolo» disse zia Sophia. «È sempre stato piuttosto sfuggente».

«Ma intelligente solo la metà di quanto affermano tutti» disse Mandy, sbadigliando. Indicò me. «Dopotutto, non è riuscito a sbarazzarsi di una come lei».

«La stai prendendo un po' troppo alla leggera» disse Sophia con severità. Guardò la nonna, che si stava faticosamente trascinando su per le scale. Finora aveva salito solo un terzo dei gradini. «A proposito, dov'è Joseph? Io l'ho svegliato».

«Cedric non si sarebbe mai sporcato le mani in quel modo» commentò la mamma.

Sophia alzò le spalle. «Le prove dicono altro. Evidentemente non era chi pensavamo che fosse».

«Non è ancora stato condannato» ribatté la mamma. «Non posso escludere che dietro a tutto questo ci siano i Goodwin. Stanno cercando di incastrarlo».

«Mamma, io c'ero» le ricordai con voce monocorde.

«Magari ti sbagli!» mi investì.

«Ma io...» Io stessa non volevo crederci, né tantomeno dovevo convincere gli altri della sua colpevolezza. Volevo solo riavere mio fratello.

Papà prese le mie difese. «Emily ne ha passate abbastanza» disse.

«Dico solo che non dovremmo dare tutto per scontato. È nostro figlio, per l'amor del cielo. L'hai già dimenticato?».

«Anche i migliori possono prendere la cattiva strada» disse Sophia.

«L'importante è negare qualsiasi conoscenza o coinvolgimento da parte nostra. Il suo comportamento non deve ripercuotersi sui Seymour».

«È stato condannato da sua sorella» disse la mamma, senza guardarmi. «Questo fa pensare che abbia agito a nostra insaputa. I Goodwin stanno sollevando un polverone, ma alla fine tutto si risolverà. La nostra reputazione non è in pericolo. Almeno non nel lungo periodo».

«Perderemo comunque qualche incarico» ipotizzò Sophia.

«Intanto che ne dite di un caffè?» suggerì papà.

«È una magnifica idea» concordò Sophia e si voltò verso la cucina.

Tutti iniziarono a spostarsi, solo io rimasi indietro. Le mie gambe sembravano radicate sul posto.

«Vieni?» chiese papà.

«Preferisco andare in camera mia». Il pensiero di dover rivangare ancora tutto quello che era successo non è che mi esaltasse.

«Va bene» acconsentì.

Corsi verso le scale e mi aggrappai alla ringhiera quando mia madre mi raggiunse.

«Aspetta un attimo» chiese, e cercò le parole giuste. Esitante, mise una mano sulla mia. «Ho avuto molta paura per te e mi sono sentita in colpa perché non ho voluto crederti. Alla fine avevi ragione tu, fin dall'inizio. Qualcuno ce l'aveva con te. Solo che non pensavo... Ancora non ci credo che...»

«Neanch'io» dissi, con voce rauca. La mamma strinse le labbra in una linea sottile, poi mi abbracciò. Le lacrime mi si raccolsero agli angoli degli occhi.

«Sono solo felice di riaverti con me» sussurrò. «La cosa più importante è che tu stia bene. Tutto il resto lo supereremo insieme».

Mi allontanò da lei e mi guardò per un attimo, come se cercasse di ritrovare la figlia che era uscita di casa di nascosto qualche giorno prima nella ragazza che le stava davanti in quel momento. Potevo ben immaginare che cosa provasse, perché anch'io avevo la sensazione di non essere più la stessa. Erano successe troppe cose.

«Allora riposati, adesso» suggerì, fece un passo indietro e si voltò verso papà. Lui la stava aspettando, le mise un braccio attorno alle spalle e insieme seguirono Sophia.

Anche Mandy si era fermata e mi aveva guardato a lungo.

«Che c'è?» le sbottai contro con irritazione. Dopo tutto quello che era successo, non avevo nessuna voglia di lasciare che anche lei si prendesse gioco di me.

Lei strinse gli occhi e alzò l'indice con fare minaccioso. «Quella volta in cucina, quando la tua amica mi ha fatto un incantesimo, non la dimenticherò tanto in fretta».

«E allora?»

Lei lanciò un'occhiata agli altri, poi continuò, abbassando la voce. «Non sono disumana, perciò ti ho fatto questo favore, ma la cosa finisce qui, capito? Non è che adesso siamo amiche o altro».

«Di che cosa stai parlando?» chiesi.

«Vedrai» disse e girò i tacchi.

La guardai con stupore. Probabilmente non sarei mai riuscita a capirla davvero. Salii le scale, entrai in camera mia e scoprii subito il motivo del discorso di Mandy: sul mio letto c'era un cellulare.

Era davvero da parte di Mandy? Lo presi in mano e lo accesi.

Lo sfondo mostrava una foto di me e Santana. Sorrisi, cercai tra i contatti e pigiai il suo numero. Santana rispose all'istante.

«Emily, grazie a Dio!» esclamò.

«Il telefono è da parte tua?» chiesi.

«Che ne pensi? Negli ultimi giorni non ho fatto altro che pensare al fatto che, se tu avessi avuto un cellulare, avrei potuto chiamarti. Se non altro, quando non eri nel Mondo di Mezzo. Là questi aggeggi non funzionano. Hai viaggiato nel Mondo di Mezzo? Devi raccontarmi tutto!»

Sprofondai sul pavimento accanto al mio letto. Tornare nella mia stanza mi dava una sensazione strana. Indossare ancora il vestito di New York faceva sembrare che due mondi si fossero fusi: quello in cui non volevo sapere nulla della necromanzia e del Mondo di Mezzo, dove la mia unica preoccupazione era la prossima verifica di matematica e la mia più grande nemica era Mandy; e il mondo in cui temevo per la mia vita, in cui i miei poteri erano diventati parte di me e avevo visto cose che non avrei mai sognato.

Raccontai tutto a Santana, nei minimi dettagli. «E poi è arrivato Cedric...» dissi con la voce che mi si spezzava.

«Ho già saputo» disse Santana. Sembrava sconvolta. «Ma non è vero, no? Lo stanno incastrando».

«Non voglio crederci nemmeno io». Tirai un pesante sospiro. Probabilmente non avrei voluto crederci nemmeno se lo avessero condannato e rinchiuso in cella. Se trovarmi davanti a lui quando aveva cercato di strangolare Ashton non era servito a convincermi, come avrebbe potuto farlo qualsiasi altra prova?

«*Non può* essere!» rincarò Santana. «Cedric non è così. Lui è...»

«Lo so...»

Rimanemmo in silenzio per un po'.

«E adesso che succederà?» domandò Santana.

Le raccontai dei miei arresti domiciliari, dell'imminente processo di Cedric, e di Ashton. Ogni volta che pronunciavo il nome di Ashton, un sorriso involontario mi si insinuava sulle labbra. Non potevo farci niente. Mi aveva baciato e mi sembrava di riuscire ancora a sentirne il sapore.

Persa nei miei pensieri, mi portai un dito alla bocca.

Per quanto fossi devastata da ciò che era emerso su Cedric, per quanto temessi la punizione che mi avrebbe atteso al termine degli arresti domiciliari, bastava il pensiero di Ashton a farmi battere più forte il cuore.

Volevo fare tutto il possibile per spezzare la maledizione che avevo causato. Soprattutto dopo quello che aveva detto sua madre. Sapevo di potergli dare ordini e che lui era obbligato a fare quello che gli chiedevo. Ma non pensavo che fosse possibile arrivare a costringerlo a dimenticare le cose o a provare ciò che gli chiedevo.

Doveva esserci un modo per annullare il Restutio, e io avrei fatto di tutto per trovarlo.

Prima che Santana dovesse riattaccare perché era quasi ora di andare a scuola, mi promise di aiutarmi, anche se sua madre insisteva con il divieto di avere contatti con me. Proprio come i genitori di Ashton non mi avrebbero di certo permesso di entrare in casa loro una seconda volta.

Era una follia. Tutti quelli che mi erano vicini o si rivelavano criminali o non potevano più vedermi. Era come se fossi maledetta. E in qualche modo lo ero, ogni volta che sbagliavo qualcosa.

Si udirono dei passi fuori dalla mia stanza, così nascosi il cellulare nella scatola delle cianfrusaglie sotto il mio letto.

Mentre lo facevo, il mio sguardo cadde sulla polvere sepolcrale che non avevo ancora ripulito. Cedric era sempre stato un grande appassionato di rituali e incantesimi. Aveva un talento fuori dal comune. Però mi era difficile immaginare che si sporcasse le mani di proposito. Scacciai l'immagine di mio fratello che strisciava sotto il mio letto tra i grumi di polvere e i calzini sporchi, mi tolsi il vestito per mettermi il pigiama e mi infilai a letto.

Era l'alba quando una brezza fredda sulle natiche mi svegliò. La coperta era scivolata a terra, per fortuna non con me dentro. A quanto pareva, avevo dormito per tutto il giorno. Feci un maestoso sbadiglio, mi tirai a sedere, ma rimasi impigliata nella coperta e finii distesa sul pavimento. «Ahi» gemetti e mi alzai di nuovo in piedi.

Forse certe cose non sarebbero cambiate mai.

Mi infilai i vestiti migliori che mi capitarono tra le mani e uscii dalla mia stanza. La casa era così buia e silenziosa che probabilmente stavano dormendo tutti, mentre io ero sveglissima.

Era l'occasione migliore per fare ulteriori indagini sul Restutio impertes. Anche perché non mi aspettavo che la mia famiglia mi avrebbe dato il suo appoggio.

Mi diressi verso la biblioteca, passai davanti allo studio del nonno e mi fermai. Quante probabilità avevo di trovare in biblioteca una guida universale e di facile comprensione per annullare gli effetti collaterali dei rituali proibiti? Sarebbe stato un ottimo titolo per un libro di magia, ma niente di più.

Non a caso ero andata a chiedere aiuto a Cedric. Senza di lui, probabilmente avrei dovuto mettere tutta la biblioteca sottosopra, senza comunque riuscire a cavare un ragno dal buco.

E se invece la soluzione fosse stata a portata di mano? E se nel Grimorio nero, forse proprio dietro le pagine strappate, ci fosse stato scritto come spezzare il legame? Volevo perlomeno dare un'occhiata, anche se il pensiero di far arrabbiare di nuovo i miei antenati non mi entusiasmava affatto. Dopo tutto quello che avevo vissuto negli ultimi giorni, non volevo farmi intimidire da qualche fantasma. Entrai nello studio, stavolta con la lanterna a gas della scrivania in mano, ed entrai nel camino.

Azionai nervosamente il meccanismo e, insieme al camino, scesi nelle catacombe. Probabilmente gli spiriti dei miei antenati laggiù si stavano già sfregando le mani attendendo con gioia il mio imminente ritorno. D'altra parte, sapevo che, sebbene i fantasmi potessero essere incredibilmente rancorosi, di solito lo erano rispetto a cose avvenute mentre erano in vita. Gli eventi accaduti dopo la morte di rado rimanevano loro impressi.

Di sotto c'era silenzio. Niente ululati dalle pareti, niente nubi di nebbia che si alzavano dalle fessure delle bare. Feci un respiro profondo e iniziai a camminare.

Dopo aver superato le prime due tombe senza dover lottare contro le vischiose presenze residue di qualche fantasma, la tensione passò. Ma quando, proprio accanto a me, si udirono forti e pesanti colpi, trasalii. Sembrava quasi un tentativo disperato di sfondare un muro a pugni. Il cuore mi batteva fino in gola, e avevo il respiro accelerato.

«Non voglio guai, davvero!» giurai ai miei antenati. «Se mi

lasciate in pace, me ne andrò molto presto. Promesso!»

Tornò il silenzio. Forse le mie parole erano suonate più convincenti di quanto non fossero parse a me. Continuai a camminare, ma mi fermai dopo pochi passi, perché i colpi ricominciarono. Questa volta, però, non così tempestosi come prima. Era un susseguirsi regolare e deciso. Tre volte in rapida successione, tre volte intervallate da una pausa, e di nuovo tre volte velocemente, proprio come l'avevo sentito già una volta, poco prima di fuggire dalle catacombe con Santana. Non poteva essere una coincidenza! Non esistevano fantasmi che chiedevano l'SOS in alfabeto Morse bussando sul muro. Almeno, non che io sapessi.

«È una richiesta di aiuto?» domandai.

I colpi cessarono. Che li avessi immaginati?

«Batti un colpo per dire sì».

Un colpo. Il cuore mi sprofondò fino ai pantaloni.

«Un'altra volta, per favore?» chiesi, incerta.

Un altro colpo.

Accidenti, qualcuno stava davvero chiedendo aiuto dall'altra parte dei muri! O era un trucco? I miei antenati stavano cercando di attirarmi vicino a una delle bare, per trascinarmi dentro e non farmi uscire mai più? Ma ero troppo turbata per rimuginare a lungo. Dovevo semplicemente capire da dove provenivano i colpi.

«Continua a battere!» implorai e mi affannai a perlustrare tra le pareti. Il rumore era particolarmente forte dietro una delle bare. Appoggiai la lanterna a terra, scrutai la parete e trovai una piccola rientranza in cui a malincuore infilai le dita. Invece di trovarvi ragni e insetti, come temevo, i miei polpastrelli si imbatterono in una leva che riuscii a spingere verso il basso.

Si udì uno sferragliare dietro la parete, e io sarei indietreggiata se la bara non mi avesse bloccato la strada. Piovve polvere dal soffitto mentre la parete si apriva e si spostava al rallentatore come la porta di un ascensore. Lo sporco che vorticava nell'aria mi costrinse a schermarmi gli occhi e mi venne da tossire. Solo quando tornò il silenzio, strabuzzando mi tolsi la polvere dalle ciglia e mi guardai intorno.

La luce della lanterna illuminava una stanza piccola, senza finestre. Illuminava...

«Cedric?!» gemetti.

Era in piedi davanti a me come un morto vivente. Pallido come un cadavere, con le occhiaie, le labbra screpolate, il volto coperto di polvere e i capelli scarmigliati. Quasi non lo riconoscevo. Aveva le mani legate, dai vestiti sembrava essere rimasto bloccato in quel buco per settimane. La branda sgangherata, le confezioni vuote di vari piatti pronti, decine di bottiglie d'acqua e, ultimo ma non meno importante, un sigillo magico inciso nel muro che sopprimeva i suoi poteri: tutto concorreva a delineare un quadro chiaro di ciò che era successo in quel lurido scantinato. Qualcuno lo aveva tenuto prigioniero... e per un tempo spaventosamente lungo.

Rimasi lì in piedi, come sotto shock.

«Era ora» disse con voce stentata. Appariva tremendamente indebolito. Eppure sorrideva. La sua vista mi si incise a fondo nel cuore.

«Come...» mi sfuggì. «Cosa...» Non riuscivo a formulare una frase. La mia mente era nel caos. Non sapevo che cosa pensare, provare o dire. Dopotutto, neanche ventiquattro ore prima avevo assistito al suo arresto e incarceramento. Non aveva senso!

«Per prima cosa possiamo fare che mi sleghi?» Mi tese le mani.

«Certo!» Sentii che tremava. Se era stato davvero rinchiuso per settimane, doveva aver sofferto terribilmente. Tutto solo in quella cella, senza sapere se qualcuno lo avrebbe mai trovato, privato dei poteri magici con cui avrebbe potuto liberarsi con facilità. E se era così, allora un sosia aveva preso il suo posto. Ma a quale scopo? Che cosa c'era davvero dietro? Dietro tutto quello che era successo, dietro la Confraternita dell'Apocalisse, gli omicidi, gli attacchi ad Ashton e a me. Chi muoveva davvero i fili?

«Emily, stai bene?» chiese Cedric, preoccupato.

Alzai gli occhi per guardarlo. «A me lo chiedi?» Le lacrime mi riempirono gli occhi. «Guardati, tu... hai un aspetto terribile! Chi è stato a...»

Cedric alzò di scatto la testa e guardò oltre le mie spalle, verso il corridoio. «No!» gemette.

Mi voltai di scatto, ma prima che potessi rendermi conto di cosa o chi lo avesse spaventato tanto, avvertii un dolore acuto alla tempia. Le immagini davanti ai miei occhi si offuscarono, la luce della lanterna mi accecò, infine si fece lontana e mi lasciò al buio.

Si udì un rumore di passi, un'ombra si posò su di me.

«Giù le mani da mia sorella!» udii la voce minacciosa di Cedric.

Poi, seguì il silenzio.

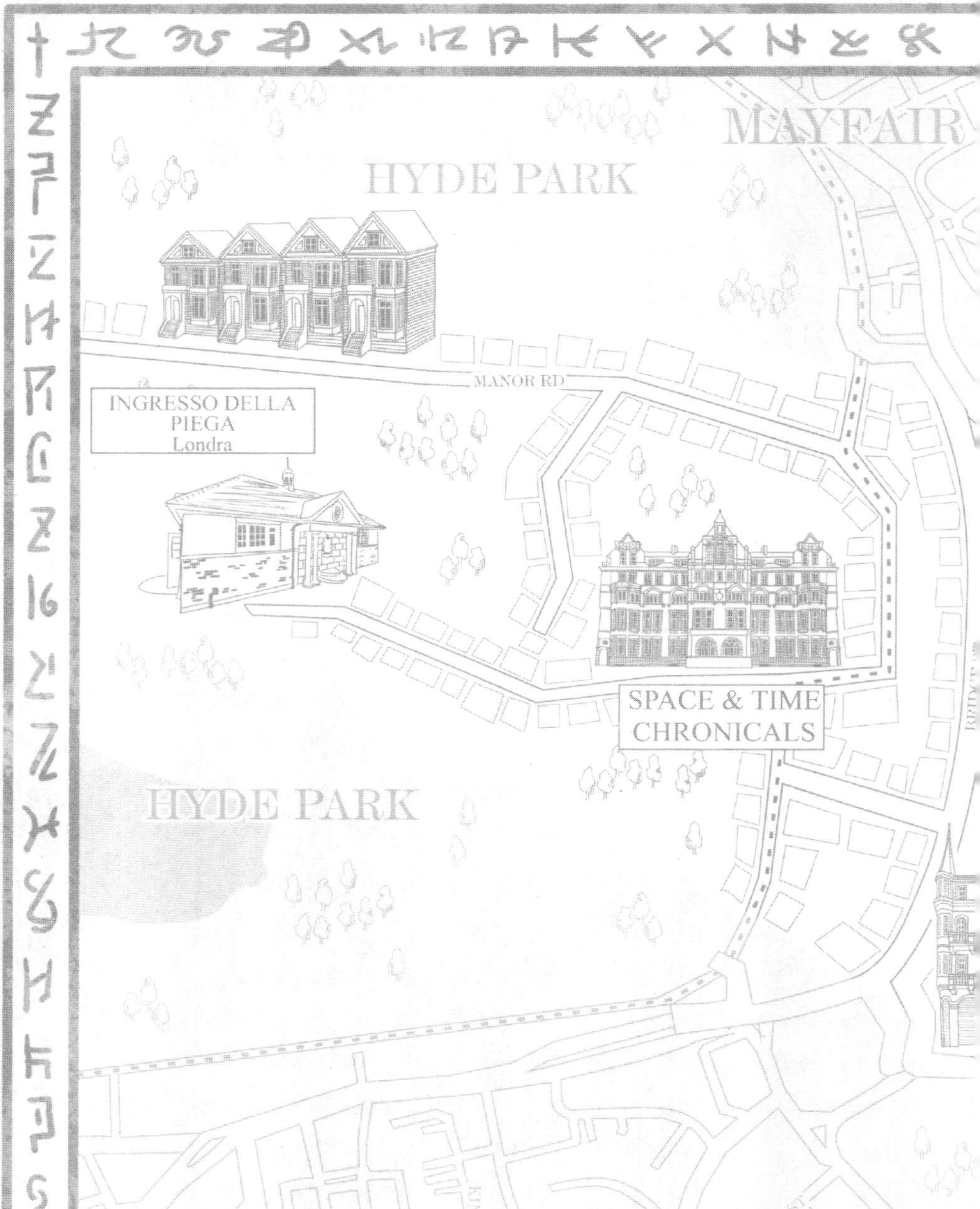
MAYFAIR
HYDE PARK
MANOR RD
INGRESSO DELLA
PIEGA
Londra
SPACE & TIME
CHRONICALS
HYDE PARK
HALKIN ST
LONDRA
BELGRAVIA

GREEN PARK
ELLINGTON ARCH
BUCKINGHAM
PALACE
WEST-
MINSTER
MARSHALL LN
CASTLE LN
CENTRALE
DEI GUARDIANI
Londra
FAIRHOLT ST
AMPIRE
STITUTE
ELIZABETH CLARKE
ACADEMY
UCKINGHAM
PALACE
GARDEN

CHEVAL AVE
BAY VIEW AVE
JUNIPER AVE
COLUMBUS AVE
STAR AVE
JUNIPER
BEACH
Moon AVE
TORRE DEI LUPI MANNARI
OCEAN PALACE
SCHOOL OF MIGH
& MAGIC
COLUMBUS AVE
BAY VIEW
SUTTON AVE
SALEM WILLOW
PARK
SALEM
FORT PICKERING
BEACH